A

Der dritte Fall für Sophie Hannahs »neuen« Poirot! Und diesmal muss sich der belgische Privatdetektiv um eine ganz und gar ungewöhnliche Angelegenheit kümmern. Gleich zwei des Mordes beschuldigte Personen suchen ihn auf, doch von dem mutmaßlichen Opfer, einem gewissen Barnabas Pandy, fehlt jede Spur. Und nicht nur das: Niemand hat je auch nur von ihm gehört. Wie also klärt man ein Verbrechen auf, das bisher nur auf dem Papier zu existieren scheint? Kein leichtes Spiel, selbst für Hercule Poirot. Und es soll nicht bei zwei Beschuldigten bleiben …

Mit seinem unvergleichlichen Charme und einer Beobachtungsgabe, die ihresgleichen sucht, begibt sich Poirot auf die Suche nach Antworten – und findet dabei hoffentlich nicht allzu viele Leichen.

Sophie Hannah ist eine internationale Bestsellerautorin und seit ihrem dreizehnten Lebensjahr eine leidenschaftliche Verehrerin von Agatha Christie. Bei Atlantik erschienen von ihr *Die Monogramm-Morde* (2014) und *Der offene Sarg* (2016).

Giovanni und Ditte Bandini arbeiten seit vielen Jahren als Übersetzer aus dem Englischen. Sie haben zusammen zahlreiche Romane u. a. von Colm Toíbín, Matt Ruff und natürlich Agatha Christie ins Deutsche übersetzt.

Sophie Hannah

Das Geheimnis der vier Briefe

Ein neuer Fall für Hercule Poirot

Aus dem Englischen von
Giovanni und Ditte Bandini

Atlantik

Die Originalausgabe erschien 2018 unter dem Titel
The Mystery of Three Quarters bei HarperCollins, London.

*Atlantik Bücher erscheinen im
Hoffmann und Campe Verlag, Hamburg.*

2. Auflage 2020
The Mystery of Three Quarters
Copyright © 2018 Agatha Christie Limited.
All rights reserved.
AGATHA CHRISTIE® POIROT® and the Agatha Christie Signature
are registered trademarks of Agatha Christie Limited in the UK
and elsewhere. All rights reserved.
Für die deutschsprachige Ausgabe
Copyright © 2019 Hoffmann und Campe Verlag, Hamburg
www.hoffmann-und-campe.de   www.atlantik-verlag.de
Umschlaggestaltung: Holly Macdonald © HarperCollinsPublishers Ltd 2018
Umschlagabbildung: shutterstock
Satz: Pinkuin Satz und Datentechnik, Berlin
Gesetzt aus der Trump Mediäval LT Std
Druck und Bindung: GGP Media GmbH, Pößneck
Printed in Germany
ISBN 978-3-455-00907-1

HOFFMANN
UND CAMPE

Ein Unternehmen der
GANSKE VERLAGSGRUPPE

Für Faith Tilleray,
die mehr als ihr Bestes gegeben
und mir unglaublich viel
beigebracht hat

Inhaltsverzeichnis

Das erste Viertel

Poirot wird beschuldigt

Hercule Poirot lächelte in sich hinein, als sein Chauffeur das Automobil mit erfreulicher Akkuratesse zum Stehen brachte. Als Liebhaber von Ordnung und Präzision wusste Poirot solch eine perfekte Ausrichtung nach der Eingangstür von Whitehaven Mansions, wo er seine Wohnung hatte, zu schätzen. Man hätte vom Mittelpunkt des Fahrzeugs zur Berührungslinie der zwei Türflügel eine Senkrechte ziehen können.

Der Lunch, von dem er gerade zurückkehrte, war *très bon divertissement* gewesen: vorzügliches Essen und eine ebensolche Tischgesellschaft. Poirot stieg aus, bedachte seinen Chauffeur mit einem herzlichen Dank und war eben im Begriff, das Gebäude zu betreten, als er das eigentümliche Gefühl verspürte, etwas hinter ihm (so beschrieb er sich die Empfindung selbst) bedürfe seiner Aufmerksamkeit.

Als er sich umwandte, rechnete er dennoch nicht damit, etwas Ungewöhnliches wahrzunehmen. Für Februar war es zwar ein milder Tag, aber vielleicht hatte ja eine leichte Brise die Luft um ihn in Bewegung versetzt.

Bald jedoch erkannte Poirot, dass die Unruhe nicht vom Wetter verursacht worden war, wenngleich die gutgekleidete Frau, die mit hohem Tempo herannahte, trotz ihres modischen hellblauen Mantels und Hutes in der Tat einer Naturgewalt ähnelte. »Sie ist ein orkanischer Wirbelwind«, murmelte Poirot bei sich.

Der Hut missfiel ihm. In der Stadt hatte er Frauen schon ähnliche tragen sehen: minimalistisch, schmucklos, den Kopf wie Badekappen umschließend. Ein Hut sollte eine Krempe oder irgendeine andere Verzierung besitzen, fand Poirot. Zumindest sollte er etwas mehr leisten, als lediglich den Kopf zu bedecken.

Zweifellos würde er sich an diese modernen Hüte bald gewöhnen – und kaum wäre es ihm gelungen, würde die Mode wechseln, wie sie das immer tat.

Die Lippen der Blaugekleideten zuckten und schürzten sich, ohne dass etwas zu hören gewesen wäre. Es schien, als probte die Frau, was sie sagen würde, wenn sie Poirot endlich erreicht hätte. Denn dass er ihr Ziel war, stand außer Zweifel. Sie sah fest entschlossen aus, ihm so bald als möglich etwas Unerfreuliches anzutun. Er wich einen Schritt zurück, während sie wie eine Stampede (er hätte es nicht anders bezeichnen können) auf ihn zumarschierte – eine Stampede, die aus nichts und niemandem außer ihr selbst bestand.

Sie hatte dunkelbraunes, glänzendes Haar. Als sie direkt vor ihm abrupt haltmachte, erkannte Poirot, dass sie nicht so jung war, wie sie von weitem ausgesehen hatte. Nein, diese Frau hatte die Fünfzig schon hinter sich. Eine Dame mittleren Alters, die die Kunst beherrschte, die Fältchen in ihrem Gesicht zu verbergen. Ihre Augen waren von einem erstaunlichen, weder hellen noch dunklen Blau.

»Sie sind Hercule Poirot, richtig?«, sagte sie im lautestmöglichen Flüsterton. Poirot begriff, dass sie Zorn zum Ausdruck zu bringen wünschte, ohne von Dritten gehört zu werden, obwohl niemand in der Nähe war.

»*Oui*, Madame. Der bin ich.«

»Wie *können* Sie es wagen! Wie können Sie es *wagen*, mir einen solchen Brief zu schreiben!«

»Verzeihen Sie, Madame, aber ich glaube nicht, dass wir uns kennen.«

»Spielen Sie mir nicht den Unschuldigen! Ich bin Sylvia Reagan. Wie Sie sehr wohl wissen.«

»Jetzt weiß ich es, weil Sie es mir gesagt haben. Noch vor einem Moment wusste ich es nicht. Sie erwähnten einen Brief ...«

»Wollen Sie mich zwingen, Ihre Verleumdungen an einem öffentlichen Ort zu wiederholen? Also schön, wie Sie wollen. Heute Morgen erhielt ich einen Brief – einen äußerst widerwärtigen und anstößigen Brief, unterschrieben von *Ihnen*.« Sie durchstieß die Luft mit einem Zeigefinger, der, Poirot, wäre er ihm nicht mit einem Ausfallhopser ausgewichen, mitten in die Brust getroffen hätte.

»*Non*, Madame …«, begann er zu beteuern, doch sein Versuch zu leugnen wurde im Nu hinweggefegt.

»In diesem Spottbild eines Briefes beschuldigen Sie mich des Mordes. Des Mordes! Mich! Sylvia Reagan! Sie behaupten, meine Schuld beweisen zu können, und empfehlen mir, mich sofort zur Polizei zu begeben und meine Tat zu gestehen. Wie können Sie es wagen! Sie können mir überhaupt nichts nachweisen, und zwar aus dem einfachen Grund, dass ich unschuldig bin. Ich habe niemanden ermordet! Ich bin der am wenigsten zu Gewalt neigende Mensch, dem ich jemals begegnet bin. Und von einem Barnabas Pandy habe ich noch nie etwas gehört!«

»Einem Barnabas …«

»Dass Sie ausgerechnet mich beschuldigen, ist ungeheuerlich! Schlicht ungeheuerlich. Ich hätte gute Lust, mich damit an meinen Rechtsanwalt zu wenden, wäre es mir nicht zuwider, dass er erfährt, wie schändlich ich verleumdet worden bin. Vielleicht sollte ich wirklich zur Polizei gehen. Die Schmach, die ich erlitten habe! Die Beleidigung! Eine Frau in meiner gesellschaftlichen Stellung!«

Sylvia Reagan schimpfte eine Zeit lang so weiter. Ihr entrüstetes Flüstern war von vielerlei Gezisch und Gespritze durchsetzt. Sie erinnerte Poirot an die lauten, tosenden Wasserfälle, die er auf seinen Reisen gesehen hatte: eindrucksvoll zu betrachten, aber bedrohlich, vor allem aufgrund ihrer Unerschöpflichkeit. Der Strom riss niemals ab.

Sobald er sich Gehör verschaffen konnte, sagte er: »Madame, gestatten Sie mir, Ihnen zu versichern, dass ich keinen solchen Brief geschrieben habe. Falls Sie einen erhalten haben, wurde er nicht von mir gesandt. Auch ich habe von Barnabas Pandy noch nie etwas gehört. Das ist der Name des Mannes, dessen Ermordung der Verfasser des Briefes, wer auch immer er sei, Ihnen zur Last legt?«

»Der Verfasser sind Sie, und reizen Sie mich nicht noch weiter, indem Sie das bestreiten! Eustace hat Sie dazu angestiftet, habe ich recht? Sie wissen beide, dass ich niemanden ermordet habe, dass ich so unbescholten bin, wie ein Mensch nur sein kann! Sie und Eustace haben einen Plan ausgeheckt, um mich zum Wahnsinn zu treiben! Das wäre so typisch für ihn, und anschließend wird er natürlich behaupten, es sei alles nur ein Scherz gewesen!«

»Ich weiß von keinem Eustace, Madame.« Poirot gab sich weiterhin alle Mühe, obwohl es offensichtlich war, dass nichts, was er sagte, den geringsten Eindruck auf Sylvia Reagan machte.

»Er hält sich ja für so gescheit – für den gescheitesten Mann in ganz England! –, mit diesem widerlichen süffisanten Grinsen, das er ständig zur Schau trägt. Wie viel hat er Ihnen gezahlt? Ich weiß, dass es seine Idee gewesen sein muss! Und Sie erledigen die Schmutzarbeit für ihn. Sie, der berühmte Hercule Poirot, dem unsere zuverlässige und tüchtige Polizei so sehr vertraut. Sie sind ein Schwindler! Wie konnten Sie nur? Eine Frau meines untadeligen Charakters verleumden! Eustace würde alles tun, um mich zu vernichten. Alles! Was auch immer er Ihnen über mich erzählt haben mag – es ist eine Lüge!«

Wenn sie die Bereitschaft gezeigt hätte, ihm zuzuhören, hätte Poirot ihr erklären können, dass er schwerlich mit einem Mann kooperieren würde, der sich für den gescheitesten Mann in ganz England hielt, solange er, Hercule Poirot, sein Domizil in London hatte.

»Bitte zeigen Sie mir den Brief, den Sie erhalten haben, Madame.«

»Sie glauben doch wohl nicht etwa, ich hätte ihn behalten? Es machte mich krank, ihn auch nur in der Hand zu halten! Ich habe ihn in ein Dutzend Fetzen zerrissen und ins Feuer geworfen. Am liebsten würde ich mit Eustace genauso verfahren! Ein Jammer, dass derlei Taten gegen das Gesetz verstoßen. Ich kann dazu nur sagen, dass derjenige, der dieses bestimmte Gesetz erlassen hat, Eustace unmöglich gekannt haben kann. Wenn Sie mich jemals wieder so verleumden, gehe ich direkt zu Scotland Yard – und zwar nicht um irgendetwas zu gestehen, denn ich bin gänzlich unschuldig, sondern um Sie anzuzeigen, Monsieur Poirot!«

Ehe Poirot eine angemessene Entgegnung formulieren konnte, hatte Sylvia Reagan kehrtgemacht und war davonmarschiert.

Er rief sie nicht zurück. Er blieb noch ein paar Sekunden lang stehen und schüttelte langsam den Kopf. Während er die Stufen zum Hauseingang hinaufstieg, brummelte er in sich hinein: »Wenn sie der am wenigsten zu Gewalt neigende Mensch ist, möchte ich dem am meisten dazu Geneigten nicht begegnen!«

In seiner geräumigen und gut ausgestatteten Wohnung erwartete ihn sein Kammerdiener George. Sein eher steifes Lächeln verwandelte sich, als er Poirots Miene sah, in einen Ausdruck der Betroffenheit.

»Ist Ihnen nicht wohl, Sir?«

»*Non.* Mir ist wirr, George. Sagen Sie mir, als jemand, der viel weiß über die höheren Kreise der englischen Gesellschaft ... kennen Sie eine Sylvia Reagan?«

»Nur vom Hörensagen, Sir. Sie ist die Witwe des verstorbenen Clarence Reagan. Hervorragende Verbindungen. Meines Wissens sitzt sie im Vorstand verschiedener wohltätiger Organisationen.«

»Und was ist mit Barnabas Pandy?«

George schüttelte den Kopf. »Dieser Name ist mir nicht geläufig. Mein Spezialgebiet ist die Londoner Gesellschaft, Sir. Wenn Mr Pandy andernorts lebt ...«

»Ich weiß nicht, wo er lebt. Ich weiß nicht einmal, ob er überhaupt lebt und nicht vielmehr ermordet worden ist. *Vraiment,* ich könnte über Barnabas Pandy nicht weniger wissen, als ich derzeit weiß – das wäre eine Sache der Unmöglichkeit! Aber versuchen Sie nicht, Georges, das Sylvia Reagan zu erklären, die sich nämlich in den Kopf gesetzt hat, dass ich *au contraire* alles über ihn weiß! Sie glaubt, ich habe ihr einen Brief geschrieben, in dem ich sie seiner Ermordung bezichtige, einen Brief, den ich hiermit bestreite, geschrieben zu haben. Ich habe den Brief nicht geschrieben. Ich habe Mrs Sylvia Reagan keinerlei Mitteilung gleich welcher Art gemacht.«

Poirot zog Hut und Mantel mit weniger Behutsamkeit aus als gewöhnlich und übergab beides George. »Es ist nicht angenehm, einer Sache beschuldigt zu werden, die man nicht getan hat. Man müsste imstande sein, Unwahrheiten von sich abzuschütteln, aber irgendwie klammern sie sich an das Denken und verursachen eine Art Phantomschuld – wie ein Gespenst im Kopf oder im Gewissen! Irgendjemand ist sicher, dass man eine schreckliche Tat begangen hat, und dann beginnt man, sich so zu fühlen, als wenn es wahr wäre, obwohl man weiß, dass dem nicht so ist. Allmählich begreife ich, Georges, wie Menschen sich irgendwelcher Verbrechen für schuldig bekennen können, die sie gar nicht begangen haben.«

George setzte eine zweifelnde Miene auf, was er häufig tat. Die englische Diskretion, hatte Poirot oft beobachtet, nahm eine äußere Erscheinung an, die an Zweifel erinnerte. Viele der höflichsten Engländerinnen und Engländer, die er über die Jahre kennengelernt hatte, sahen so aus, als hätte man ihnen befohlen, jeder seiner Äußerungen zu misstrauen.

»Darf ich Ihnen einen Drink servieren, Sir? Einen *sirop de menthe*, wenn ich mir einen Vorschlag gestatten darf?«

»*Oui*. Das ist eine hervorragende Idee.«

»Ich sollte außerdem erwähnen, Sir, dass ein Besucher darauf wartet, von Ihnen empfangen zu werden. Soll ich Ihren Drink sofort servieren und den Herrn bitten, sich noch ein wenig zu gedulden?«

»Ein Besucher?«

»Ja, Sir.«

»Wie ist sein Name? Vielleicht Eustace?«

»Nein, Sir. Es ist ein Mr John McCrodden.«

»Ah! Das ist eine Erleichterung. Kein Eustace. Ich kann mich also in der Hoffnung wiegen, dass der Albtraum um Madame Reagan und ihren Eustace sich verzogen hat und Hercule Poirot nicht wieder heimsuchen wird! Hat Monsieur McCrodden sein Anliegen genannt?«

»Nein, Sir. Ich sollte Sie allerdings warnen, er wirkte ... ungehalten.«

Poirot ließ es zu, dass ein kleiner Seufzer seinen Lippen entwich. Nach dem mehr denn befriedigenden Lunch schien sich der Nachmittag eher enttäuschend zu gestalten. Immerhin war es unwahrscheinlich, dass John McCrodden sich als so enervierend wie Sylvia Reagan erweisen würde.

»Ich werde das Vergnügen des *sirop de menthe* verschieben und zuerst Monsieur McCrodden empfangen«, sagte Poirot zu George. »Er klingt mir vertraut, der Name.«

»Denken Sie möglicherweise an Rechtsanwalt Stanley McCrodden, Sir?«

»*Mai oui, bien sûr!* Stanley Strang, des Henkers hilfreicher Freund – wenngleich Sie, Georges, zu höflich sind, um ihn bei seinem so treffenden *sobriquet* zu nennen. Der Galgen – nicht Rast noch Ruhe gönnt ihm Stanley Strang!«

»Er war maßgeblich daran beteiligt, dass etliche Verbrecher ihrer gerechten Strafe zugeführt wurden, Sir«, pflichtete George ihm gewohnt taktvoll bei.

»Vielleicht ist John McCrodden ja mit ihm verwandt«, sagte Poirot. »Lassen Sie mir einen Augenblick Zeit, es mir bequem zu machen, und dann mögen Sie ihn hereinführen.«

Der Aufgabe, John McCrodden hereinzuführen, wurde George indes durch McCroddens Entschlossenheit enthoben, führerlos und unangemeldet hereinzumarschieren. Er schob sich an dem Kammerdiener vorbei und platzierte sich in der Mitte des Teppichs, wo er innehielt und erstarrte, als hätte er die Anweisung, eine Statue zu spielen.

»Bitte, Monsieur, so nehmen Sie doch Platz«, sagte Poirot mit einem Lächeln.

»Nein, danke«, sagte McCrodden. Sein Ton drückte verächtliche Distanz aus.

Er mochte um die vierzig sein, schätzte Poirot. Sein Gesicht besaß jene Art von Schönheit, die einem außer in Kunstwerken nur selten begegnete. Seine Züge hätte ein Meistergraveur ziseliert haben können. Es fiel Poirot schwer, das Gesicht mit der Kleidung in Einklang zu bringen, die schäbig und stellenweise mit Erde beschmutzt war. Hatte Mr McCrodden die Angewohnheit, auf Parkbänken zu nächtigen? Hatte er überhaupt Zugang zu den üblichen häuslichen Annehmlichkeiten? Poirot fragte sich, ob McCrodden bestrebt war, alle Vorzüge, mit denen die Natur ihn bedacht hatte – die großen grünen Augen und das goldblonde Haar –, dadurch zu tilgen, dass er sich ansonsten um eine möglichst abstoßende Erscheinung bemühte.

McCrodden blickte wütend auf Poirot herab. »Ich habe Ihren Brief erhalten«, sagte er. »Er traf heute Morgen ein.«

»Zu meinem Leidwesen muss ich Ihnen widersprechen, Monsieur. Ich habe Ihnen keinen Brief geschickt.«

Stille trat ein und zog sich unbehaglich in die Länge. Poirot wünschte keine voreiligen Schlüsse zu ziehen, befürchtete aber zu wissen, in welche Richtung das Gespräch sich weiterentwickeln würde. Aber es konnte nicht sein! Wie wäre das möglich? Nur in Träumen hatte er dieses Gefühl schon erlebt: die unheilvolle Gewissheit, dass man in einer Situation gefangen ist, die keinerlei Sinn ergibt noch, was man auch tun mag, jemals ergeben wird.

»Was stand darin, in diesem Brief, den Sie erhalten haben?«, fragte er.

»Sie sollten es doch wohl wissen, da Sie ihn geschrieben haben!«, sagte John McCrodden. »Sie beschuldigten mich, einen Mann namens Barnabas Pandy ermordet zu haben!«

2

Untragbare Provokation

Ich muss gestehen, ich war ziemlich enttäuscht«, fuhr McCrodden fort. »Der berühmte Hercule Poirot lässt sich zu einem Werkzeug für derlei Frivolitäten machen!«

Poirot wartete ein paar Augenblicke ab, bevor er etwas darauf erwiderte. War es vielleicht seine Wortwahl gewesen, die sich als ungeeignet erwiesen hatte, Sylvia Reagan zum Zuhören zu bewegen? Dann würde er sich bei John McCrodden um größere Klarheit und Überzeugungskraft bemühen. »Monsieur, s'il vous plaît. Ich glaube Ihnen, dass jemand Ihnen einen Brief geschickt hat und dass Sie darin des Mordes beschuldigt wurden. Des Mordes an Barnabas Pandy. Diesen Teil Ihrer Geschichte stelle ich nicht in Abrede. Jedoch ...«

»Das könnten Sie auch nicht!«, sagte McCrodden.

»Monsieur, bitte, glauben Sie mir, wenn ich Ihnen versichere, dass ich nicht der Verfasser des Briefes bin, den Sie erhalten haben. Für Hercule Poirot hat Mord nichts Frivoles an sich. Ich würde ...«

»Ach, einen Mord hat es bestimmt gar nicht gegeben!«, unterbrach ihn McCrodden erneut, jetzt mit einem bitteren Lachen. »Oder falls doch, hat die Polizei den Verantwortlichen mit Sicherheit schon festgenommen. Das ist wieder nur so ein kindisches Spielchen meines Vaters.« Dann zog er die Brauen zusammen, als wäre ihm ein beunruhigender Gedanke gekommen. »Es sei denn, der alte Domschrat ist ein noch größerer Sadist, als ich dachte, und würde wirklich meinen Hals in einem tatsächlich unaufgeklärten Mordfall aufs Spiel setzen. Möglich wäre es wohl. Bei seiner rücksichtslosen Entschlossenheit ...« McCrodden verstummte, dann murmelte er: »Ja. Es ist möglich. Daran hätte ich denken müssen.«

»Ihr Vater ist der Rechtsanwalt Stanley McCrodden?«, fragte Poirot.

»Das wissen Sie doch.« John McCrodden hatte sich bereits für enttäuscht erklärt, und genau so klang er jetzt auch: als ob Poirot mit jedem Wort, das er sprach, nur noch tiefer in seiner Achtung sänke.

»Ich kenne Ihren Vater nur vom Hörensagen. Persönlich bin ich ihm noch nie begegnet, habe auch noch nie mit ihm gesprochen.«

»Sie müssen natürlich die Komödie weiterspielen«, sagte John McCrodden. »Er hat Ihnen zweifellos eine ansehnliche Summe gezahlt, damit Sie seinen Namen heraushalten.« Er blickte sich im Zimmer um, in dem er stand, und schien es zum ersten Mal bewusst wahrzunehmen. Dann nickte er, als bestätigte er sich selbst irgendetwas, und sagte: »Die Reichen, die, die Geld am wenigsten nötig haben – wie Sie, wie mein Vater –, scheuen vor nichts zurück, um noch mehr davon in die Finger zu bekommen. Deswegen habe ich ihm auch von jeher misstraut. Ich tat recht daran. Sobald man sich an Geld gewöhnt hat, verdirbt es den Charakter, und Sie, Monsieur Poirot, sind der lebende Beweis dafür.«

Poirot konnte sich nicht entsinnen, wann zuletzt jemand etwas so Unerfreuliches, so Unfaires oder so persönlich Verletzendes zu ihm gesagt hatte. Er entgegnete leise: »Ich habe mein ganzes Leben dem Kampf für das Gute und der Verteidigung der Unschuldigen und – ja! – der zu Unrecht Beschuldigten geweiht. Diese Gruppe schließt Sie ein, Monsieur. Und heute schließt sie auch Hercule Poirot ein. Auch ich werde zu Unrecht beschuldigt. Ich bin ebenso wenig schuldig, den Brief, den Sie erhalten haben, verfasst und versendet zu haben, wie Sie eines Mordes. Auch mir ist kein Barnabas Pandy bekannt. Kein toter Barnabas Pandy und auch kein lebender Barnabas Pandy! Doch hier – ah! Hier enden die Ähnlichkeiten zwischen uns beiden auch schon, denn wenn Sie beteuern, Sie seien unschuldig, höre ich Ihnen zu. Ich denke bei mir: Dieser Mann könnte die Wahrheit sagen. Wohingegen wenn ich …«

»Verschonen Sie mich mit Ihren hochtrabenden Floskeln!«, fiel ihm McCrodden wieder ins Wort. »Wenn Sie sich einbilden, ich würde funkelnder Rhetorik weniger misstrauen, als ich Geld, Ansehen oder sonst einem der Dinge misstraue, die mein Vater wertschätzt, so irren Sie sich gewaltig. Und da Stanley Strang zweifellos von Ihnen erwarten wird, dass Sie ihm meine Reaktion auf seine schmutzige kleine Intrige referieren, sagen Sie ihm bitte Folgendes: Ich spiele nicht mit! Ich habe noch nie etwas von einem Barnabas Pandy gehört, ich habe niemanden ermordet, also habe ich auch nichts zu befürchten. Ich habe genügend Zutrauen zum Gesetz dieses Landes, um mir sicher zu sein, dass man mich nicht wegen eines Verbrechens hängen wird, das ich nicht begangen habe.«

»Glauben Sie denn, es ist das, was Ihr Vater will?«

»Ich weiß es nicht. Schon möglich. Ich war von jeher der Überzeugung, dass Vater, sollten ihm jemals die Schuldigen ausgehen, die er an den Galgen bringen kann, seine Aufmerksamkeit den Unschuldigen zuwenden und behaupten würde, sie seien schuldig – und zwar vor Gericht ebenso wie vor sich selbst. Hauptsache, er kann seinen Durst nach dem Blut seiner Mitmenschen stillen!«

»Das ist eine bemerkenswerte Anschuldigung, Monsieur, und nicht die erste, die Sie seit Ihrem Erscheinen erhoben haben.« McCroddens knappe, nüchterne Sprechweise ließ Poirot frösteln. Sie verlieh seinen Worten einen Anschein von Objektivität, als ob er lediglich die reinen, unbestreitbaren Fakten referierte.

Der Stanley Strang, von dem Poirot im Laufe der Jahre so viel gehört hatte, war nicht der Mann, den sein Sohn jetzt beschrieb. Er war ein glühender Verfechter der Todesstrafe – ein bisschen zu glühend für Poirots Geschmack, da es oft Umstände gab, die es zu berücksichtigen galt –, aber Poirot vermutete doch, dass McCrodden senior bei der Vorstellung, ein Unschuldiger könnte gehängt werden, ebenso entsetzt, wie er selbst gewesen wäre. Und wenn der fragliche Angeklagte sogar sein eigener Sohn war ...

»Monsieur, ich bin noch nie, in all meinen Jahren nicht, einem Vater begegnet, der bestrebt gewesen wäre, seinen Sohn für einen Mord, den er nicht begangen hat, an den Galgen zu bringen.«

»Sind Sie doch!«, gab John McCrodden sofort zurück. »Trotz Ihrer anderslautenden Beteuerungen weiß ich, dass Sie meinem Vater begegnet sein müssen, oder zumindest haben Sie mit ihm gesprochen, und Sie beide haben sich verschworen, mich zu beschuldigen. Schön, Sie können meinem teuren Papa ausrichten, dass ich ihn nicht mehr hasse. Jetzt, da ich sehe, wie tief er bereit ist zu sinken, tut er mir leid. Er ist nicht besser als ein Mörder. Ebenso wenig wie Sie, Monsieur Poirot. Und das Gleiche gilt für jeden, der es für richtig hält, Übeltäter vermittels eines Strangs vom Leben zum Tode zu befördern, wie unser brutales Rechtssystem es vorsieht.«

»Ist das Ihre Überzeugung, Monsieur?«

»Mein Leben lang bin ich für Vater ein Quell der Scham und Enttäuschung gewesen: indem ich mich weigerte, mich zu fügen, das zu tun, was er verlangt, zu denken, was er denkt, den Beruf *seiner* Wahl zu ergreifen. Er wollte, dass ich Jurist werde. Er hat mir nie verziehen, dass ich nicht er sein wollte.«

»Dürfte ich fragen, was Sie von Beruf sind?«

»Beruf?« McCrodden schnaubte. »Ich arbeite für meinen Lebensunterhalt. Nichts Besonderes. Nichts Großartiges, was etwa beinhaltete, mit dem Leben anderer Leute zu spielen. Ich habe in einem Bergwerk gearbeitet, auf Bauernhöfen, in Fabriken. Ich habe Flitter für Damen gemacht und verkauft. Verkaufen kann ich gut. Momentan habe ich einen Marktstand. Dank ihm habe ich ein Dach über dem Kopf, aber nichts von alldem ist gut genug für meinen Vater. Und da er Stanley McCrodden ist, wird er sich nicht geschlagen geben. Niemals.«

»Was meinen Sie damit?«

»Ich hatte gehofft, er hätte mich aufgegeben. Jetzt ist mir klar, dass er das niemals tun wird. Er weiß, dass ein des Mordes Beschuldigter sich verteidigen muss. Tatsächlich ist es ziemlich clever von ihm: Er versucht, mich zu provozieren, und malt sich, wie ich vermute, genüsslich aus, dass ich darauf bestehen würde, mich in meinem Mordprozess im Old Bailey selbst zu verteidigen. Und dazu müsste ich mich wohl oder übel in die Juristerei vertiefen, nicht wahr?«

Ganz offensichtlich war Stanley McCrodden für John McCrodden das, was Eustace für Sylvia Reagan war.

»Sie können ihm von mir ausrichten, dass sein Plan nicht aufgegangen ist. Ich werde nie der Mensch sein, den mein Vater in mir sehen will. Und ich würde es vorziehen, wenn er weitere Versuche unterließe, mit mir in Verbindung zu treten – sei es direkt oder indem er Sie oder sonst eine seiner Schranzen als Postillion verwendet!«

Poirot erhob sich aus seinem Sessel. »Bitte warten Sie hier einen Augenblick«, sagte er. Er verließ das Zimmer und achtete darauf, dass die Tür hinter ihm weit offen blieb.

Als Poirot zurückkam, wurde er von seinem Kammerdiener begleitet. Er lächelte John McCrodden zu und sagte: »Georges kennen Sie ja bereits. Wie ich hoffe, konnten Sie hören, wie ich ihm erklärte, dass für eine kurze Weile seine Anwesenheit vonnöten sei. Ich habe eigens die Stimme erhoben, damit Sie alles hören konnten, was ich zu ihm sagte.«

»Ja, ich habe es gehört«, sagte McCrodden mit gelangweilter Stimme.

»Wenn ich sonst noch etwas zu Georges gesagt hätte, so hätten Sie das ebenfalls gehört. Das habe ich nicht. Somit wird das, was er Ihnen gleich sagen wird, Sie, wie ich hoffe, davon überzeugen, dass ich nicht Ihr Feind bin. Bitte, Georges – sprechen Sie!«

George machte ein verdutztes Gesicht. Er war es nicht gewohnt, so unbestimmte Anweisungen zu erhalten. »Worüber, Sir?«

Poirot wandte sich zu John McCrodden. »Sie sehen? Er weiß es nicht. Ich habe ihn nicht darauf vorbereitet. Georges, als ich heute vom Lunch zurückkehrte, erzählte ich Ihnen etwas, was mir gerade widerfahren war, richtig?«

»So ist es, Sir.«

»Bitte wiederholen Sie, was ich Ihnen erzählte.«

»Sehr wohl, Sir. Sie wurden von einer Dame angesprochen, die sich als Mrs Sylvia Reagan vorstellte. Mrs Reagan war der irrigen Auffassung, Sie hätten ihr einen Brief geschrieben, in dem Sie sie des Mordes bezichtigten.«

»*Merci*, Georges. Und sagen Sie mir, wer war das angebliche Opfer dieses Mordes?«

»Ein Mr Barnabas Pandy, Sir.«

»Und was sagte ich Ihnen sonst noch?«

»Dass Sie mit einem Mann dieses Namens nicht bekannt seien, Sir. Falls es einen solchen Gentleman gebe, wüssten Sie nicht, ob er lebendig oder tot sei oder ob er ermordet worden sei. Als Sie versuchten, dies Mrs Reagan klarzumachen, weigerte sie sich zuzuhören.«

Poirot wandte sich triumphierend zu John McCrodden. »Monsieur, vielleicht wünscht Ihr Vater also, dass auch Sylvia Reagan sich im Old Bailey selbst verteidigt? Oder sind Sie endlich bereit einzuräumen, dass Sie Hercule Poirot falsch beurteilt und auf höchst unfaire Weise angefeindet haben? Übrigens könnte es für Sie von Interesse sein, dass Madame Reagan mich gleichfalls beschuldigte, mich mit einer ihrer Widersacher gegen sie verschworen zu haben – einem Mann namens Eustace.«

»Ich behaupte nach wie vor, dass hinter alldem mein Vater steckt«, sagte John McCrodden nach einer kurzen Pause. Er klang entschieden weniger sicher als zuvor. »Er genießt nichts so sehr wie die Auseinandersetzung mit einem anspruchsvollen Rätsel. Offenbar soll ich jetzt auch noch herausfinden, warum Mrs Reagan den gleichen Brief wie ich erhalten hat.«

»Wenn man eine vorherrschende Sorge hat – Ihre Befasstheit mit Ihrem Vater oder Sylvia Reagans Besessensein von diesem Eustace –, färbt dies auf die Art und Weise ab, wie man die Welt wahrnimmt«, sagte Poirot mit einem Seufzer. »Ich vermute, Sie haben den Brief nicht bei sich?«

»Nein. Ich habe ihn zerrissen und die Fetzen meinem Vater zugesandt, mit ein paar Begleitzeilen, in denen ich ihm gesagt habe, was ich von ihm halte, und jetzt sage ich es Ihnen, Monsieur Poirot. Ich lasse mir das nicht bieten. Nicht einmal der große Hercule Poirot kann Unschuldige des Mordes bezichtigen und erwarten, damit ungestraft davonzukommen!«

Es war eine beträchtliche Erleichterung, als John McCrodden endlich den Raum verließ. Poirot trat ans Fenster und beobachtete, wie sein Besucher sich vom Gebäude entfernte.

»Wäre jetzt Ihr *sirop de menthe* genehm, Sir?«, fragte George.

»*Mon ami*, jetzt wäre mir ein ganzer Ozean von *sirop de menthe* genehm!« Als er erkannte, dass er möglicherweise eine gewisse Verwirrung verursacht hatte, stellte er klar: »Ein Glas, bitte, Georges. Nur eins.«

Poirot kehrte tief beunruhigt zu seinem Sessel zurück. Was konnte man noch für die Gerechtigkeit oder den Frieden in der Welt hoffen, wenn drei Menschen, die eigentlich einen Interessenbund hätten schließen können – drei zu Unrecht Beschuldigte: Sylvia Reagan, John McCrodden und Hercule Poirot –, es nicht fertigbrachten, sich zusammenzusetzen und ein ruhiges, vernünftiges Gespräch zu führen, durch das sie gemeinsam hätten ergründen können, was genau geschehen war? Stattdessen hatte es Wutausbrüche gegeben, die fast fanatische Weigerung, einen anderen Standpunkt als den eigenen einzunehmen, und eine unablässige Flut von Verbalinjurien. Nicht vonseiten Hercule Poirots allerdings; *er* hatte sich selbst angesichts einer untragbaren Provokation untadelig verhalten.

Als George ihm seinen *sirop* brachte, fragte er: »Sagen Sie – ist sonst noch jemand da, der mich sprechen möchte?«

»Nein, Sir.«

»Niemand hat angerufen und um einen Termin gebeten?«

»Nein, Sir. Erwarten Sie jemanden?«

»*Oui*. Ich erwarte einen wütenden Unbekannten, vielleicht sogar mehrere davon.«

»Ich kann Ihnen nicht ganz folgen, Sir.«

Just in dem Augenblick klingelte das Telefon. Poirot nickte und gestattete sich ein kleines Lächeln. Wenn eine Situation keine weiteren Freuden bot, dachte er, konnte man sich ebenso gut darüber freuen, recht gehabt zu haben. »Das ist er schon, Georges – oder *sie*. Die dritte Person. Die dritte von wer weiß wie vielen – drei, vier, fünf? Jede Zahl wäre möglich.«

»Jede Zahl wovon, Sir?«

»Von Menschen, die einen Brief erhalten haben, der sie des Mordes an Barnabas Pandy beschuldigt – und betrügerischerweise unterschrieben ist mit dem Namen Hercule Poirots!«

3

Die dritte Person

Um drei Uhr des folgenden Tages erhielt Poirot den Besuch einer Miss Annabel Treadway. Während er darauf wartete, dass George sie hereinführte, merkte er, dass er sich auf die bevorstehende Begegnung freute. Menschen andersgearteten Temperaments hätte es vielleicht bald gelangweilt, von einer Folge von wildfremden, in ihrer Entschlossenheit, auf nichts, was man ihnen sagte, zu hören, vereinten Personen, ein um das andere Mal mit derselben Beschuldigung konfrontiert zu werden; nicht so Poirot. Dieses – dritte – Mal, gelobte er sich, würde es ihm gelingen, seine Argumentation zum Abschluss zu bringen. Er würde Miss Annabel Treadway davon überzeugen, dass er die Wahrheit sagte. Vielleicht würde man dann etwas vorankommen und sich interessanteren Fragen zuwenden können.

Dem Rätsel, wie die meisten Leute, selbst intelligente Exemplare, so unlogisch und stur sein konnten, war Poirot bereits in der vergangenen Nacht, während er wach lag, hinlänglich nachgegangen; jetzt drängte es ihn, seine Aufmerksamkeit Barnabas Pandy selbst zuzuwenden. Vorausgesetzt natürlich, Barnabas Pandy besaß überhaupt etwas wie Selbstheit. Es war schließlich möglich, dass er gar nicht existierte, nie existiert hatte und nichts mehr war als ein Hirngespinst des Verfassers dieser Briefe.

Die Tür öffnete sich, und George ließ eine magere Frau von durchschnittlicher Größe eintreten, mit hellem Haar, dunklen Augen und ebensolcher Kleidung. Poirot erschrak über seine eigene Reaktion auf ihren Anblick. Er hatte das Gefühl, den Kopf neigen und »Mein Beileid, Mademoiselle« sagen zu müssen. Da er aber keinen Grund zu der Annahme sah, dass sie einen Verlust erlitten hatte, unterdrückte er diesen Impuls. Ein Brief, der sie des Mordes beschuldigte, mochte bei ihr Ärger oder Besorgnis auslösen, doch er konnte schwerlich als eine Tragödie gewertet werden; traurig, sagte sich Poirot, würde er einen nicht machen.

Doch ebenso unbestreitbar, wie John McCrodden Poirots Zimmer mit kalter Verachtung erfüllt hatte, brachte Annabel Treadway Kummer mit sich. Herzeleid, dachte Poirot. Er spürte es so intensiv, als wäre es sein eigenes.

»Danke, Georges«, sagte er. »Bitte, nehmen Sie Platz, Mademoiselle.«

Sie eilte zum nächsten Stuhl und nahm darauf eine Sitzposition ein, die unmöglich bequem sein konnte. Poirot stellte fest, dass ihr auffälligstes physiognomisches Merkmal eine tiefe senkrechte Falte war, die zwischen ihren Augenbrauen entsprang: eine deutliche Furche, die ihre Stirn in zwei exakte Hälften zu teilen schien. Poirot beschloss, nicht wieder hinzusehen, damit sie es nicht am Ende bemerkte.

»Danke, dass Sie mir gestattet haben, heute zu Ihnen zu kommen«, sagte sie leise. »Ich hatte damit gerechnet, dass Sie ablehnen würden.« Während sie sprach, sah sie Poirot fünf- oder sechsmal an, um jedes Mal rasch wieder wegzuschauen, als wollte sie nicht von ihm dabei ertappt werden, wie sie ihn beobachtete.

»Woher kommen Sie, Mademoiselle?«

»Ach, der Name würde Ihnen sicher nichts sagen. Er sagt niemandem was. Ein Nest auf dem Land.«

»Warum hatten Sie damit gerechnet, dass ich Sie nicht empfangen würde?«

»Die meisten Menschen würden nichts unversucht lassen, um zu verhindern, dass jemand, den sie für einen Mörder halten, ihr Heim betritt«, sagte sie. »Monsieur Poirot, was ich Ihnen sagen wollte, ist … Na ja, vielleicht glauben Sie mir nicht, aber ich bin unschuldig. Ich könnte keine Menschenseele töten. Niemals! Sie können nicht wissen …« Sie brach atemlos ab.

»Bitte fahren Sie fort«, sagte Poirot freundlich. »Was kann ich nicht wissen?«

»Ich habe noch nie irgendjemandem Schmerz oder Schaden zugefügt, und ich wäre dazu auch gar nicht fähig. Ich habe Leben gerettet!«

»Mademoiselle …«

Annabel Treadway hatte ein Taschentuch hervorgeholt und betupfte sich jetzt damit die Augen. »Bitte verzeihen Sie, wenn ich prahlerisch geklungen haben sollte. Es war nicht meine Absicht, mir besondere Herzensgüte oder besondere Leistungen zuzuschreiben, aber es stimmt, dass ich ein Menschenleben gerettet habe. Vor vielen Jahren.«

»*Ein* Menschenleben? Ich hatte Sie so verstanden, dass es mehrere waren.«

»Ich meinte damit nur, dass ich, wenn ich wieder die Gelegenheit dazu hätte, jedes Leben retten würde, das ich nur retten kann – selbst wenn ich dazu mein eigenes in Gefahr bringen müsste.« Ihre Stimme zitterte.

»Liegt es daran, dass Sie besonders heldenmütig sind, oder daran, dass Sie glauben, andere Menschen seien wichtiger als Sie selbst?«, fragte Poirot.

»Ich … ich weiß nicht genau, was Sie meinen. Für jeden von uns sollten andere Menschen grundsätzlich vorgehen. Ich behaupte nicht, selbstloser als die Mehrheit zu sein, und ich bin alles andere als tapfer. Tatsächlich bin ich ein schrecklicher Feigling. Hierherzukommen, um Sie zu sprechen, hat meinen ganzen Mut erfordert. Meine Schwester Lenore – sie ist die Mutige. Sie sind bestimmt auch mutig, Monsieur Poirot. Würden Sie nicht jedes Leben retten, das Sie retten können, jedes einzelne?«

Poirot runzelte die Stirn. Das war eine eigenartige Frage. Das ganze Gespräch war bislang ungewöhnlich gewesen – selbst für das, was Poirot im Geiste »das neue Zeitalter des Barnabas Pandy« getauft hatte.

»Ich habe viel über Ihre Arbeit gehört, und ich bewundere Sie sehr«, sagte Annabel Treadway. »Deswegen hat mich Ihr Brief ja auch so verletzt. Monsieur Poirot, Sie gehen völlig fehl in Ihrem Verdacht. Sie sagen, Sie hätten Beweise gegen mich, aber ich begreife nicht, wie das möglich sein könnte. Ich habe kein Verbrechen begangen.«

»Und ich habe Ihnen keinen Brief geschickt«, entgegnete Poirot. »Ich habe Sie nicht beschuldigt – und beschuldige Sie auch jetzt nicht –, Barnabas Pandy ermordet zu haben.«

Annabel Treadway blinzelte Poirot erstaunt an. »Aber ... ich verstehe nicht.«

»Der Brief, den Sie erhalten haben, wurde nicht vom wahren Hercule Poirot geschrieben. Auch ich bin unschuldig! Ein Schwindler hat diese Anschuldigungen verschickt, jedes Mal mit meinem Namen unterzeichnet.«

»Jedes ... jedes Mal? Wollen Sie damit sagen ...?«

»*Oui.* Sie sind die dritte Person in zwei Tagen, die mir genau das sagt: dass ich ihr geschrieben und sie beschuldigt hätte, Barnabas Pandy ermordet zu haben. Gestern waren es Madame Sylvia Reagan und Monsieur John McCrodden. Heute sind Sie es.« Poirot beobachtete sie aufmerksam, um festzustellen, ob die Namen ihrer Mitangeklagten irgendeine Reaktion bei ihr auslösten. Soweit er erkennen konnte, war das nicht der Fall.

»Dann haben Sie also nicht ...« Ihre Lippen bewegten sich, nachdem sie verstummt war, noch eine Zeit lang weiter. Endlich sagte sie: »Sie halten mich also nicht für eine Mörderin?«

»Das ist korrekt. Zum gegenwärtigen Zeitpunkt habe ich keinen Grund zu der Annahme, Sie hätten wen auch immer ermordet. Wohlgemerkt, wenn Sie die einzige Person wären, die zu mir gekommen wäre und von diesem Anklagebrief erzählt hätte, könnte ich mich schon fragen ...« Dann aber beschloss Poirot, keinen weiteren Einblick in seine Gedankengänge zu gewähren, lächelte und sagte: »Es ist ein grausamer Streich, den dieser Gauner, wer auch immer er sei, uns beiden gespielt hat, Mademoiselle. Die Namen Sylvia Reagan und John McCrodden sind Ihnen nicht bekannt?«

»Ich höre beide zum ersten Mal«, sagte Annabel Treadway. »Und Streiche sollten lustig sein. Dieser ist nicht lustig. Er ist entsetzlich. Wer würde nur so etwas machen? Ich selbst bin nicht wichtig, aber so etwas einem Mann Ihres Rufes anzutun, ist empörend, Monsieur Poirot.«

»Mir sind Sie sogar sehr wichtig«, versicherte er ihr. »Einzig Sie, von den drei Personen, die diesen Brief erhalten haben, haben mir zugehört. Einzig Sie glauben Hercule Poirot, wenn er sagt, dass er einen solchen Anklagebrief weder geschrieben noch verschickt hat. Sie geben mir nicht das Gefühl, dass ich allmählich den Verstand verliere, so wie es die zwei anderen getan haben. Dafür bin ich Ihnen zutiefst dankbar.«

Noch immer lastete eine beklemmende Trauerstimmung auf dem Zimmer. Wenn es Poirot nur gelänge, ein Lächeln auf Annabel Treadways Gesicht zu zaubern ... Ah, doch das war eine gefährliche Denkrichtung! Gestattete man jemandem, die eigenen Emotionen zu beeinflussen, litt die Urteilskraft darunter – immer! Nachdem er sich ins Gedächtnis gerufen hatte, dass Miss Treadway, auch wenn sie hilflos und verloren wirkte, durchaus einen Mann namens Barnabas Pandy ermordet haben konnte, fuhr Poirot weniger überschwänglich fort: »Madame Reagan und Monsieur McCrodden, sie schenkten Poirot keinen Glauben. Sie hörten nicht zu.«

»Sie haben Sie doch wohl nicht der Lüge bezichtigt?«

»Bedauerlicherweise doch.«

»Aber Sie sind doch Hercule Poirot!«

»Eine unbestreitbare Tatsache«, pflichtete Poirot ihr bei. »Darf ich fragen – haben Sie den Brief mitgebracht?«

»Nein. Ich habe ihn leider sofort vernichtet. Ich ... ich konnte seine bloße Existenz nicht ertragen.«

»*Dommage.* Ich hätte ihn mir gern angesehen. *Eh bien*, Mademoiselle, wenden wir uns dem nächsten Schritt in unserer Ermittlung zu. Wer könnte auf diese bestimmte Weise Unheil anrichten wollen – zu Ihrem, zu meinem und zu Madame Reagans und Monsieur McCroddens Schaden? Vier Personen, die diesen Barnabas Pandy nicht kennen, falls er überhaupt existiert, was, soweit wir wissen ...«

»Ach!«, entfuhr es Annabel Treadway.

»Was ist mit Ihnen?«, fragte Poirot. »Sagen Sie es mir. Haben Sie keine Angst!«

Sie sah zu Tode erschrocken aus. »Es ist nicht wahr«, flüsterte sie.

»Was ist nicht wahr?«

»Er existiert sehr wohl.«

»Monsieur Pandy? Barnabas Pandy?«

»Ja. Na ja, er hat existiert. Er ist nämlich tot. Aber nicht ermordet worden! Er schlief ein, und ... ich dachte ... es war nicht meine Absicht, Sie zu täuschen, Monsieur Poirot. Ich hätte es gleich klipp und klar sagen sollen ... Ich dachte einfach ...« Ihre Blicke flogen hierhin und dorthin durchs Zimmer. In diesem Moment, spürte Poirot, herrschte in ihrem Geist ein gewaltiges Durcheinander.

»Sie haben mich nicht getäuscht«, beruhigte er sie. »Madame Reagan und Monsieur McCrodden behaupteten Stein und Bein, niemanden dieses Namens zu kennen, und ich kenne ihn ebenso wenig. Ich zog den vorschnellen Schluss, das Gleiche träfe auch auf Sie zu. Jetzt erzählen Sie mir bitte alles, was Sie über Monsieur Pandy wissen. Er ist tot, sagen Sie?«

»Ja. Er starb im Dezember letzten Jahres. Vor drei Monaten.«

»Und Sie sagen, es war kein Mord – was bedeutet, Sie wissen, wie er ums Leben kam?«

»Natürlich. Ich war ja da. Wir lebten zusammen, im selben Haus.«

»Sie ... Sie lebten zusammen?« Das hatte Poirot nicht erwartet.

»Ja, seit meinem achten Lebensjahr«, sagte sie. »Barnabas Pandy war mein Großvater.«

»Er war für mich eher ein Vater als ein Großvater«, erklärte Annabel Treadway Poirot, sobald er es geschafft hatte, sie zu überzeugen, dass er ihr wirklich nicht vorwarf, ihn in die Irre geführt zu haben. »Meine Eltern starben, als ich sieben war, und Grandy – so nannte ich ihn – nahm uns auf, Lenore und mich. Auch Lenore ist mir wie ein Elternteil gewesen – in gewisser Hinsicht. Ich weiß nicht, was ich ohne sie täte. Grandy war furchtbar alt. Natürlich ist es traurig, wenn sie uns verlassen, aber alte Leute sterben nun einmal, nicht? Natürlich erst, wenn ihre Zeit gekommen ist.«

Die Diskrepanz zwischen ihrem sachlichen Ton und der Traurigkeit, die sie ausstrahlte, veranlasste Poirot zu dem Schluss, dass es auf jeden Fall nicht der Tod ihres Großvaters war, der sie so betrübte.

Dann änderte sich ihr Verhalten. Etwas blitzte in ihren Augen auf, und sie sagte heftig: »Die Leute nehmen es sich viel weniger zu Herzen, wenn alte Leute sterben, und das ist fürchterlich unfair! ›Er hatte ein ausgefülltes Leben‹, sagen sie dann, als ob es dadurch erträglicher wäre, während wenn ein Kind stirbt, jeder weiß, dass das eine schreckliche Tragödie ist. Ich glaube, dass *jeder* Tod eine Tragödie ist! Finden Sie das nicht auch unfair, Monsieur Poirot?«

Das Wort »Tragödie« schien in der Luft widerzuhallen. Hätte man Poirot aufgetragen, ein Wort auszuwählen, das die Frau vor ihm am treffendsten definierte, hätte er sich für genau dieses entschieden. Es war fast eine Erleichterung, es laut ausgesprochen zu hören.

Als er ihre Frage nicht sofort beantwortete, errötete Annabel Treadway und sagte: »Als ich von alten Leuten sprach und davon, dass niemand sich ihren Tod so zu Herzen nehmen würde wie ... also, ich meinte damit nicht ... ich habe da von wirklich *sehr* alten Leuten gesprochen. Grandy war vierundneunzig, was mit Sicherheit viel älter ist als ... Ich hoffe, ich bin Ihnen nicht zu nahe getreten.«

So, sinnierte Poirot, schafften es manche Erklärungen, mehr zu beunruhigen als die ursprüngliche Bemerkung, die sie eigentlich entschärfen sollten. Nicht ganz aufrichtig, erklärte er Annabel Treadway, er sei nicht beleidigt. »Wie vernichteten Sie übrigens den Brief?«, fragte er sie.

Sie richtete den Blick auf ihre Knie.

»Sie würden es vorziehen, es mir nicht zu sagen?«

»Wenn man des Mordes beschuldigt wird – nicht von Ihnen, aber von irgendjemandem doch mit Sicherheit –, zögert man ein wenig, überhaupt etwas preiszugeben.«

»Das verstehe ich. Trotzdem würde ich gern wissen, was Sie damit gemacht haben.«

Sie zog die Brauen zusammen. *Alors!*, dachte Poirot, als sich die Falte über ihrer Nasenwurzel vertiefte. *Das* Rätsel zumindest war damit gelöst. Sie hatte die Angewohnheit, die Augenbrauen zusammenzuziehen, und zwar schon seit vielen Jahren. Die Furche auf ihrer Stirn war der Beweis.

»Sie halten mich bestimmt für eine abergläubische Gans, wenn ich es Ihnen verrate«, sagte sie und hob dabei das Taschentuch bis unter ihre Nase. Sie weinte zwar noch nicht, rechnete aber vielleicht damit, dass es bald passieren würde. »Ich habe einen Federhalter genommen und jedes Wort dick durchgestrichen, sodass man überhaupt nichts mehr lesen konnte. Auch Ihren Namen, Monsieur Poirot. Jedes einzelne Wort! Dann habe ich das Blatt zerrissen und die Schnipsel verbrannt.«

»Drei jeweils vollgültige Methoden der Tilgung.« Poirot lächelte. »Ich bin beeindruckt. Madame Reagan und Monsieur McCrodden waren nicht so gründlich wie Sie, Mademoiselle. Da wäre noch etwas anderes, was ich Sie fragen möchte. Mein Eindruck täuscht mich doch nicht, dass Sie unglücklich sind und sich möglicherweise fürchten?«

»Zu befürchten habe ich nichts«, antwortete sie sofort. »Ich sagte Ihnen doch, ich bin unschuldig. Ach, wenn's nur Lenore oder Ivy wären, die mich beschuldigten, dann wüsste ich schon, wie ich sie überzeugen könnte. Ich würde einfach sagen: ›Ich schwöre es beim Leben von Hoppy‹, und dann wüssten sie, dass ich die Wahrheit sage. Natürlich wissen sie schon so, dass ich Grandy nicht getötet habe.«

»Wer ist Hoppy?«, fragte Poirot.

»Hopscotch. Mein Hund. Er ist mein allerliebster Liebling. Ich würde nie bei seinem Leben schwören und dann lügen. Sie würden ihn lieben, Monsieur Poirot. Es ist unmöglich, ihn nicht zu lieben.« Zum ersten Mal seit ihrer Ankunft lächelte Annabel Treadway, und die dicke Schicht Traurigkeit, die die Atmosphäre im Zimmer beschwerte, lichtete sich ein wenig. »Jetzt muss ich zu ihm zurück. Sie werden es verrückt von mir finden, aber er fehlt mir entsetzlich. Und ich habe keine Angst – ehrlich. Wenn derjenige, der den Brief geschrieben hat, nicht bereit war, seinen Namen darunterzusetzen, dann ist es keine ernst zu nehmende Anschuldigung, oder? Es war ein alberner Streich, mehr steckt nicht dahinter, und ich bin sehr froh, dass ich Sie aufsuchen durfte und die Sache richtigstellen konnte. Jetzt muss ich gehen.«

»Bitte, Mademoiselle, brechen Sie noch nicht auf! Ich würde Ihnen gern weitere Fragen stellen.«

»Aber ich muss zu Hoppy zurück«, beharrte Annabel Treadway und stand auch schon auf. »Er braucht ... und keiner von ihnen kann ... Wenn ich nicht da bin, ist er ... Es tut mir sehr leid. Ich hoffe, wer auch immer diese Briefe geschickt hat, wird Ihnen keine weiteren Unannehmlichkeiten bereiten. Danke, dass Sie mich empfangen haben. Guten Tag, Monsieur Poirot.«

»Guten Tag, Mademoiselle«, sagte Poirot in die Leere eines Zimmers, das mit einem Mal nichts außer ihm und einem nachklingenden Gefühl von Hoffnungslosigkeit enthielt.

4

Der ausgeschlossene Vierte?

Der nächste Vormittag fühlte sich für Hercule Poirot sonderbar an. Es schlug zehn, und noch immer hatte kein Unbekannter angerufen. Keine Menschenseele war in Whitehaven Mansions vorstellig geworden, um ihn zu beschuldigen, sie des Mordes an Barnabas Pandy beschuldigt zu haben. Er wartete noch bis zwanzig vor zwölf (man konnte nie wissen, wann ein schadhafter Wecker einen Beschuldigten verschlafen ließ) und brach dann zu Pleasant's Coffee House auf, ans andere Ende der Stadt.

Die inoffizielle Geschäftsführung des Pleasant's hatte eine junge Kellnerin namens Euphemia Spring inne. Jedermann nannte sie nur Fee. Poirot mochte sie maßlos. Sie sagte die überraschendsten Dinge. Ihr fliegendes Haar trotzte der Schwerkraft, indem es sich weigerte, glatt an ihrem Kopf anzuliegen; ihr Verstand allerdings hatte nichts Flatterhaftes oder Verfusseltes an sich, sondern war im Gegenteil stets bei der Sache. Sie kochte den besten Kaffee in ganz London, und anschließend tat sie ihr Bestes, um Gäste davon abzubringen, welchen zu trinken. Tee, wie sie gern verkündete, sei ein weit edleres Getränk und der Gesundheit zuträglich, wohingegen Kaffee angeblich zu schlaflosen Nächten und zu jedweder Art von Verderben führte.

Ungeachtet von Fees Warnungen und Beschwörungen fuhr Poirot fort, ihren ausgezeichneten Kaffee zu trinken, und hatte festgestellt, dass sie zu vielerlei Themen (mit Ausnahme des eben erwähnten) viel Kluges anzumerken hatte. Eines ihrer Spezialgebiete war Poirots Freund und gelegentlicher Helfer Inspector Edward Catchpool – was auch der Grund für Poirots heutiges Hiersein war.

Das Coffee House füllte sich langsam. An der Innenseite der

Fenster rann Feuchtigkeit herab. Als Poirot hereinkam, bediente Fee gerade einen Herrn, aber sie winkte ihm mit der Linken zu: eine beredte Geste, die ihm bedeutete, wo genau er sich hinsetzen und auf sie warten sollte.

Poirot setzte sich. Er rückte das Besteck, das vor ihm lag, wie er es immer tat, gerade und bemühte sich, die Teekannenkollektion, die die deckenhohen Wandregale füllte, nicht anzusehen. Er empfand ihren Anblick als unerträglich: allesamt verschieden und allem Anschein nach planlos ausgerichtet. Das entbehrte jeder Logik. Jemand zu sein, dem Teekannen immerhin so viel bedeuteten, dass er sie in solchen Mengen sammelte, und dennoch die Notwendigkeit nicht einzusehen, die Tüllen alle in dieselbe Richtung zu drehen … Poirot hatte Fee seit langem im Verdacht, sich einzig und allein zu dem Zweck, ihm Seelenqualen zu bereiten, um eine möglichst undurchdachte Anordnung zu bemühen. Einmal, als die Teekannen noch auf eine konventionellere Manier aufgereiht standen, hatte er angemerkt, dass eine nicht korrekt ausgerichtet sei. Seitdem war, sooft er ins Pleasant's kam, keinerlei System mehr zu erkennen gewesen. Auf Kritik sprach Fee nicht gut an.

Sie erschien von der Seite und knallte einen Teller zwischen Gabel und Messer auf den Tisch. Darauf lag ein Stück Kuchen, das Poirot nicht bestellt hatte. »Ich brauch gleich Ihre Hilfe«, sagte sie, bevor er sie wegen Catchpool fragen konnte, »aber zuerst wird aufgegessen.«

Es war ihr berühmter Kirchenfensterkuchen, so genannt, weil jedes einzelne Stück zwei gelbe und zwei rosafarbene Quadrate aufwies, die an die bunten Glasfelder eines Kirchenfensters erinnern sollten. Poirot fand den Namen ärgerlich. Kirchenfenster waren buntfarbig, das schon, aber sie waren auch durchsichtig und aus Glas. Ebenso gut hätte man ihn »Schachbrettkuchen« nennen können – daran musste Poirot immer denken, wenn er ihn sah: an ein Schachbrett, wenngleich ein zu kleines und in den falschen Farben gehaltenes.

»Ich habe heute Morgen bei Scotland Yard angerufen«, erklärte er Fee. »Es heißt, Catchpool mache Urlaub am Meer, mit seiner Mutter. Das klingt mir nicht wahrscheinlich.«

»Essen!«, sagte Fee.

»*Oui, mais* ...«

»Aber Sie wüssten gern, wo Edward ist. Warum? Is was passiert?« Neuerdings nannte sie Catchpool beim Vornamen, allerdings nie, wie Poirot beobachtet hatte, in seiner Anwesenheit.

»Wissen Sie, wo er ist?«, fragte Poirot sie.

»Gut möglich.« Fee grinste. »Ich verrat Ih'n gerne alles, was ich weiß, sobald Sie versprochen ha'm, dass Sie mir helfen. Jetzt essen Sie.«

Poirot seufzte. »Inwiefern ist es Ihnen eine Hilfe, wenn ich ein Stück Ihres Kuchens esse?«

Fee setzte sich neben ihn und stemmte beide Ellbogen auf den Tisch. »Das is nich mein Kuchen«, flüsterte sie, als wäre von etwas Peinlichem die Rede. »Sieht genauso aus, schmeckt genauso, is aber nich von mir. Das is das Problem.«

»Ich verstehe nicht.«

»Sind Se hier mal von nem Mädchen bedient worden, was Philippa hieß – klapperdürr, Zähne wie'n Pferd?«

»*Non*. Die Beschreibung sagt mir nichts.«

»War nich lang hier. Ich hab se mal dabei erwischt, wie sie Essen klaute, und musste mit ihr Tacheles reden. Nich, dass se nich was auf den Rippen gebrauchen könnte, aber dass se sich von den Tellern von Leuten bediente, die wo treu un brav bezahlt hatten, das konnt ich nich durchgehen lassen. Ich hab zu ihr gesagt, Reste könnt se gerne haben, aber die waren ihr ja nich gut genug! Hat ihr nich gepasst, als Diebin bezeichnet zu werden – passt Dieben ja nie! –, und so hat se sich nich wieder blicken lassen. Schön, jetz serviert se in dem neuen Coffee House, Kemble's, gleich bei der Weinhandlung auf der Oxford Street. Die können se herzlich gern behalten, un' viel Vergnügen dabei – aber dann fangen Gäste an, mir zu erzählen, dass se *meinen* Kuchen bäckt! Anfangs, da hab ich ih'n nich geglaubt. Woher sollte se das Rezept kennen? Von meiner Uroma stammte das, dann kriegte es meine Oma, dann meine Ma un' dann ich. Ich tät mir eher die Zunge abbeißen, als das irgendwem von außerhalb der Familie zu verraten, und hab ich auch nicht, keiner Menschenseele – ganz bestimmt aber nich ihr. Ich hab's auch nirgendwo aufgeschrieben. Die einzige Art, wie sie's wissen konnte, wär, wenn se mir heimlich dabei zugeschaut hätte, wie ich den Kuchen am Machen war ... und als ich richtig nachgedacht hab, da hab ich gedacht, ja, das könnt so gewesen sein. Ein einziges Mal hätt schon gereicht, wenn se richtig aufgepasst hat, und so ganz ausschließen kann ich das nich. Die viele Zeit, wo wir nebeneinandergestanden hatten, immer in dieser winzigen Küche ...«

Fee streckte einen vorwurfsvollen Finger aus, als wäre die Küche des Pleasant's an allem schuld. »Is ja nich weiter ne Kunst, so zu tun, wie wenn se grad mit was andrem beschäftigt wäre. Und sie *war* ne richtige kleine Schnüfflerin ... Wie auch immer, ich musste da hin und den probieren, oder? Und ich glaub, die haben recht, die, wo mir gesagt ha'm, sie würde meinen Kuchen backen. Ich glaub, die ha'm so was von recht!« Ihre Augen flammten vor Empörung.

»Was möchten Sie, dass ich tue, Mademoiselle?«

»Hab ich das nich gesagt? Essen Sie das, un' dann sagen Se mir, ob ich recht oder unrecht hab. Das is *der* ihr Kuchen, nich meiner. Ich hab den in der Manteltasche verschwinden lassen, wie sie grad nicht hingeguckt hat. Sie hat nich mal mitgekriegt, dass ich überhaupt in ihrem Coffee House war – so sehr hab ich mich vorgesehen. Ich bin verkleidet hin – richtig kostümiert!«

Poirot hegte keinen Wunsch, ein Stück Kuchen zu essen, das sich in jemandes Tasche befunden hatte. »Ich habe Ihren Kirchenfensterkuchen seit vielen Monaten nicht gekostet«, erklärte er Fee. »Meine Erinnerung daran ist nicht so deutlich, dass ich ein Urteil fällen könnte. Überhaupt erinnert man sich an Geschmäcke nicht so genau – das ist unmöglich.«

»Mei'n Se, das wüsst ich nich selber?«, sagte Fee ungeduldig. »Gleich danach geb ich Ih'n ja ein Stück von *meinem*, oder? Hol ich direkt.« Sie stand auf. »Sie beißen ein Stückchen von dem einen ab, dann von dem anderen. Dann gleich noch mal, von jedem Stück ein bisschen. Un' dann sagen Se mir, ob die nich beide von demselben Stück sein könnten.«

»Wenn ich das tue, sagen Sie mir dann, wo Catchpool ist?«

»Nö.«

»Nein?«

»Ich hab gesagt, ich würd Ihnen sagen, wo Edward is, wenn Sie mir helfen.«

»Und ich habe eingewilligt, den Kuchen zu ...«

»Das Probieren is nich die Hilfe«, sagte Fee bestimmt. »Die kommt danach.«

Hercule Poirot beugte sich selten einem fremden Willen, aber Fee Spring zu trotzen war ein fruchtloses Unterfangen. Er wartete, bis sie mit einem weiteren Stück Kirchenfensterkuchen zurückkam, das dem ersten wie ein Ei dem andern glich, und kostete dann folgsam von beiden. Um sicherzugehen, entnahm er jedem Stück jeweils drei Proben.

Fee beobachtete ihn, wachsam wie ein Schießhund. Schließlich konnte sie sich nicht länger beherrschen und fragte: »Und? Gleich oder nicht gleich?«

»Ich kann keinen Unterschied schmecken«, entgegnete Poirot. »Nicht den geringsten. Aber ich fürchte, Mademoiselle, es gibt kein Gesetz, das es einem untersagte, exakt den gleichen Kuchen zu backen wie jemand anders, wenn er oder sie mit eigenen Augen beobachtet hat, wie ...«

»Oh, ich hab nich vor, gerichtlich gegen sie vorzugehen. Was ich nur wissen will, is, ob sie selbs' glaubt, dass sie den von mir gestohlen hat oder nich.«

»Ich verstehe«, sagte Poirot. »Sie sind nicht am juristischen, sondern am ethischen Aspekt des Tatbestands interessiert.«

»Ich möchte, dass Sie in der ihr Coffee House gehen, ihren

Kuchen bestellen und se dann danach fragen. Fragen Se se, wo se das Rezept herhat.«

»Was, wenn sie sagt: ›Es ist das, was Fee Spring im Pleasant's verwendet‹?«

»Dann geh ich persönlich bei ihr vorbei und verrat ihr, was se nich wusste: nämlich, dass das Familienrezept von den Springs von keinem anderen nachgebacken werden darf. Wenn's ein Versehen war, ohne böse Absicht, werd ich's entsprechend behandeln.«

»Und was wollen Sie tun, wenn sie eher ausweichend antwortet?«, fragte Poirot. »Oder wenn sie frech behauptet, sie habe das Rezept für ihren Kuchen aus anderer Quelle, und Sie glauben ihr nicht?«

Fee lächelte und machte ihre Augen schmal. »Oh, dann sorg ich dafür, dass sie's schon bald bereut«, sagte sie, um rasch hinzuzufügen: »Also, nich so, dass *Sie* bereuen müssten, dass Se mir geholfen haben – dass das klar ist.«

»Das freut mich zu hören, Mademoiselle. Wenn Sie Poirot gestatten, Ihnen einen weisen Ratschlag zu geben: Nach Rache zu streben ist selten eine gute Idee.«

»Rumsitzen un' Däumchendrehen, wenn jemand sich mit dei'm rechtmäßigen Besitz vom Acker gemacht hat, aber auch nich«, sagte Fee. »Was ich von Ih'n will, is die Hilfe, um die ich gebeten hab, nich Ratschläge, um die ich *nich* gebeten hab.«

»*Je comprends*«, sagte Poirot.

»Gut.«

»Bitte. Wo ist Catchpool?«

Fee grinste. »An der See mit seiner Ma, genau wie die bei Scotland Yard gesagt ha'm.«

Poirots Gesicht nahm einen gestrengen Ausdruck an. »Ich sehe, ich bin überlistet worden«, sagte er.

»Gar nich! Sie hatten de'n ja nich geglaubt, wo die es Ih'n gesagt ha'm. Jetzt sag ich Ihnen, dass es wahr ist, also wissen Sie's. Da is er. Great Yarmouth, ob'm im Osten.«

»Wie ich schon sagte ... das klingt nicht wahrscheinlich.«

»Er wollte auch eigntlich nich, aber er musste, damit das alte Mädchen endlich Ruhe gibt. Sie hatte schon wieder die perfekte Frau für ihn gefunden.«

»Ah!« Catchpools Mutters Ehrgeiz, ihren Sohn mit einer netten jungen Dame verpaart zu sehen, war Poirot wohlbekannt.

»Un' dabei hatte diese spezielle auch noch ne Menge zu bieten – richtig was fürs Auge, meinte Edward, und aus or'ntlicher Familie. Dazu nett *und* gebildet. Er fand's schwerer als sonst, Nein zu sagen.«

»Zu seiner Mutter? Oder machte ihm die *jolie femme* selbst den Heiratsantrag?«

Fee lachte. »Nö, die hatte sich seine Ma in'n Kopf gesetzt, das war alles. Hat das alte Mädchen richtig fertiggemacht, wie er gesagt hat, er hätt kein Interesse. Da hat se bestimmt gedacht: Wenn er sich nicht mal zu *dieser* bereden lässt ... Da hat sich Edward gedacht, dass er was tun müsste, um se wieder aufzubauen, und sie liebt Great Yarmouth, und so sin' se jetz dort.«

»Wir haben Februar«, sagte Poirot erbost. »Im Februar in einen englischen Badeort zu gehen heißt, das Unheil herauszufordern, ist es nicht so?« Wie elend muss es Catchpool gerade gehen, dachte er bei sich. Er sollte umgehend nach London zurückkehren, sodass Poirot mit ihm die Sache mit Barnabas Pandy erörtern könnte.

»Sie entschuldigen, Monsieur Poirot? Monsieur Hercule Poirot?« Eine zögernde Stimme unterbrach seine Gedanken. Er drehte sich um und sah sich einem elegant gekleideten Mann gegenüber, der ihn so anstrahlte, als wäre er von der lautersten Freude durchdrungen.

»Hercule Poirot, *c'est moi*«, bestätigte er.

Der Mann streckte ihm die Hand entgegen. »Welch ein Vergnügen, Sie kennenzulernen«, sagte er. »Sie haben einen formidablen Ruf. Es ist schwer zu entscheiden, wie man solch einen großen Mann ansprechen sollte. Ich bin Dockerill – Hugo Dockerill.«

Fee beäugte den Neuankömmling mit Argwohn. »Dann lass

ich Se mal allein«, sagte sie. »Vergessen Se nich, dass Sie versprochen ha'm, mir zu helfen«, warnte sie Poirot, bevor sie den Tisch verließ. Er versicherte ihr, dass er es nicht vergessen werde, und bat dann den lächelnden Mann, Platz zu nehmen.

Hugo Dockerill war, obwohl nach Poirots Schätzung noch keine fünfzig, fast vollständig kahl.

»Es tut mir außerordentlich leid, Sie so zu überfallen«, sagte Dockerill mopsfidel und keineswegs bedauernd. »Ihr Diener sagte, ich könnte Sie vielleicht hier finden. Er ermutigte mich, einen Termin für den späteren Nachmittag zu vereinbaren, aber es drängt mich schon sehr, das Missverständnis aufzuklären. Also sagte ich ihm, dass ich Sie lieber früher als später sprechen würde, und als ich ihm erklärt hatte, worum es genau ging, schien er der Ansicht zu sein, dass Sie vielleicht *mich* recht dringend sprechen wollen würden – und da bin ich!« Er lachte wiehernd, als hätte er gerade eine humoristische Anekdote erzählt.

»Missverständnis?«, sagte Poirot. So langsam fragte er sich, ob möglicherweise ein vierter Brief ... doch nein, wie sollte das angehen? Würde *irgendjemand*, selbst der enthusiastischste und optimistischste Mensch, unter solchen Umständen wie ein Honigkuchen strahlen?

»Ja. Ich erhielt vor zwei Tagen Ihren Brief, und ... nun ja, die Schuld liegt mit Sicherheit gänzlich bei mir, und es wäre mir furchtbar unangenehm, wenn Sie glauben würden, dass ich mir auch nur die geringste Kritik an Ihnen herausnehmen möchte – nichts läge mir ferner«, quasselte Hugo Dockerill weiter. »Tatsächlich bin ich ein glühender Bewunderer Ihrer Arbeit, soweit sie mir bekannt ist, aber ... na ja, ich muss unwissentlich etwas getan haben, was Sie auf falsche Gedanken gebracht hat. Dafür bitte ich um Vergebung. Ich neige tatsächlich zuweilen zur Schusseligkeit. Da brauchen Sie nur meine Frau Jane zu fragen – sie erzählt es Ihnen gern. Ich wollte Sie eigentlich stante pede aufsuchen, sobald ich Ihren Brief bekommen hatte, aber ich habe ihn fast umgehend verlegt ...«

»Monsieur«, sagte Poirot streng. »Von welchem Brief sprechen Sie?«

»Den über ... nun ja, über den alten Barnabas Pandy doch«, sagte Hugo Dockerill und strahlte – jetzt, da der alles entscheidende Name heraus war – mit neu entfesselter Leuchtkraft. »Normalerweise würde ich nicht wagen zu unterstellen, dass der unglaubliche Hercule Poirot sich in was auch immer irren könnte, aber in diesem speziellen Fall ... So leid es mir tut, ich war es nicht. Ich dachte ... na ja, wenn Sie mir sagen könnten, was genau Sie zu der Annahme veranlasste, ich wäre es gewesen, dann könnten wir vielleicht diesen komischen Kuddelmuddel mit vereinten Kräften aus der Welt schaffen. Wie gesagt, das Missverständnis geht zweifellos ganz auf meine Kappe.«

»Sie sagen, Sie wären es nicht gewesen, Monsieur. *Was* waren Sie nicht?«

»Derjenige, der Barnabas Pandy ermordete«, sagte Hugo Dockerill.

Nachdem er sich des Mordes für nicht schuldig erklärt hatte, nahm sich Hugo Dockerill eine unbenutzte Gabel vom zweiten Gedeck auf Poirots Tisch und spießte einen Batzen von Fee Springs Kirchenfensterkuchen auf. Vielleicht war es aber auch Philippas der Diebischen Stück; Poirot erinnerte sich nicht mehr, welcher welcher war.

»Sie haben doch nichts dagegen?«, sagte Dockerill. »Wär doch schade, den verkommen zu lassen. Verraten Sie es bloß nicht meiner Frau! Ständig beklagt sie sich, ich hätte die Tischmanieren eines Penners. Aber wir Jungs haben nun mal einen handfesteren Appetit, hab ich recht?«

Sprachlos vor Verblüffung, dass jemand ein halb gegessenes Stück Kuchen verlockend finden konnte, gab Poirot einen taktvoll unspezifischen Laut von sich. Er gestattete sich eine, wenn auch kurze, Betrachtung von Ähnlichkeit und Differenz. Wenn viele Menschen exakt das Gleiche sagen oder tun, ist das Resultat das Gegenteil dessen, was man vielleicht erwarten würde. Zwei Frauen und zwei Männer hatten sich zu Wort gemeldet, um die identische Botschaft mitzuteilen: Sie hatten einen mit »Hercule Poirot« unterzeichneten Brief erhalten, der sie des Mordes an Barnabas Pandy beschuldigte. Statt über die Ähnlichkeiten zwischen diesen vier Begegnungen nachzudenken, merkte Poirot, dass ihn die Unterschiede weit mehr faszinierten. Er erkannte jetzt mit der größten Klarheit, dass die zuverlässigste Methode, die charakterlichen Unterschiede zwischen zwei oder mehreren Personen zu ermitteln, darin bestand, sie in identische Situationen zu versetzen.

Sylvia Reagan war ichbezogen und voll von selbstgerechtem Zorn. Wie John McCrodden wurde sie von einer leidenschaftlichen negativen Fixation auf eine bestimmte Person umgetrieben. Beide waren davon überzeugt, dass Poirot die Briefe auf Geheiß ebenjener Person geschrieben haben musste, sei dies nun Stanley »Strang« McCrodden oder der geheimnisvolle Eustace. John McCroddens Zorn, dachte Poirot, war demjenigen Sylvia Reagans ebenbürtig, aber doch andersgeartet: weniger explosiv, dauerhafter. McCrodden würde nicht vergessen, während es bei ihr, sollte sich ein neues, dringlicheres Drama ereignen, durchaus passieren konnte.

Von den vieren war Annabel Treadway am schwersten zu ergründen. Sie war überhaupt nicht aufgebracht gewesen, aber sie verbarg etwas. Und irgendetwas bedrückte sie.

Hugo Dockerill war der erste und einzige Briefempfänger, der sich in dieser misslichen Lage die gute Laune bewahrt hatte, und mit Sicherheit der erste, der die Überzeugung zu erkennen gegeben hatte, dass jedes Problem dieser Welt sich lösen ließ, wenn sich nur anständige Leute an einen Tisch zusammensetzten und vernünftig miteinander redeten. Falls er Anstoß daran nahm, des Mordes beschuldigt zu werden, wusste er es gut zu verbergen. Er schaffte es nach wie vor, strahlend und mit sämtlichen Zähnen zu lächeln und dabei, zwischen dem einen und dem anderen

Mundvoll Kirchenfensterkuchen, nuschelnd zu versichern, wie leid es ihm tue, wenn er auf irgendeine Weise den Eindruck erweckt haben sollte, er könnte ein Killer sein.

»Genug der Entschuldigungen«, entgegnete Poirot. »Sie sprachen gerade vom ›alten Barnabas Pandy‹. Warum haben Sie ihn so bezeichnet?«

»Na ja, als er starb, war er doch auf dem besten Weg, hundert zu werden, oder nicht?«

»Sie kannten also Monsieur Pandy?«

»Persönlich nicht, aber ich wusste natürlich von ihm – durch Timothy.«

»Wer ist Timothy?«, fragte Poirot. »Ich sollte anmerken, Monsieur, dass der Brief, den Sie erhalten haben, nicht von mir kam. Ich wusste nichts von einem Barnabas Pandy, bis ich von drei Personen aufgesucht wurde, die alle den gleichen Brief erhalten hatten. Und jetzt einer vierten: Ihnen. Mit ›Hercule Poirot‹ waren diese Briefe von einem Betrüger unterzeichnet worden. Einem Schwindler! Sie stammten nicht von mir. Ich habe niemanden des Mordes an Monsieur Pandy beschuldigt – der, soweit ich unterrichtet bin, eines natürlichen Todes starb.«

»Herrje!« Hugo Dockerills breites Lächeln erschlaffte leicht, während sich seine Augen mit Verwirrung füllten. »Was für ein Kuddelmuddel. Ein Dummejungenstreich?«

»Wer ist Timothy?«, fragte Poirot noch einmal.

»Timothy Lavington – er ist der Urenkel des alten Pandy. Ich bin sein Hausvorsteher im Internat. Turville. Pandy war selbst dort Schüler, ebenso Timothys Vater – beides alte Turvillianer. Wie auch ich. Mit dem einzigen Unterschied, dass ich da nie abgegangen bin!« Dockerill gluckste.

»Ich verstehe. Sie sind also mit Timothy Lavingtons Familie bekannt?«

»Ja. Aber wie ich schon sagte, den alten Pandy habe ich nie kennengelernt.«

»Wann starb Barnabas Pandy?«

»Das genaue Datum kann ich Ihnen nicht sagen. Es war gegen Ende letzten Jahres, glaube ich. Im November oder Dezember.« Das stimmte mit Annabel Treadways Angabe überein.

»In Ihrer Eigenschaft als Hausvorsteher wurden Sie, wie ich vermute, informiert, dass der Urgroßvater eines Ihrer Zöglinge verstorben war?«

»So ist es. Hat uns schon alle ein wenig aufs Gemüt gedrückt. Aber immerhin erreichte der alte Knabe ein wahrhaft gesegnetes Alter. So einen Dusel sollten wir alle haben!« Schon war das freudige Lächeln wieder am Platze. »Und wenn man schon abtreten muss, gibt's bestimmt unangenehmere Methoden als Ertrinken.«

»Ertrinken?«

»Ja. Der arme alte Pandy schlief in der Badewanne ein und glitt unter Wasser. Ertrunken. Scheußlicher Unfall. Es wurde nie auch nur angedeutet, dass es etwas anderes gewesen sein könnte.«

Annabel Treadway hatte erwähnt, ihr Großvater sei eingeschlafen. Poirot hatte das so verstanden, dass er bei Nacht eines natürlichen Todes gestorben war. Von einer Badewanne oder von Ertrinken hatte sie nichts gesagt. Hatte sie diesen Teil der Geschichte bewusst unterschlagen?

»Das ist also, was Sie glaubten, bis Sie einen mit ›Hercule Poirot‹ unterschriebenen Brief erhielten – dass Monsieur Pandy in der Badewanne ertrunken war und es ein Unfall war?«

»Das ist, was alle glauben«, sagte Hugo Dockerill. »Es gab eine gerichtliche Untersuchung, die auf Tod durch Unfall befand. Ich erinnere mich, wie Jane, meine Frau, Jung Timothy ihr Mitgefühl aussprach. Da ist dem Untersuchungsrichter wohl ein Schnitzer unterlaufen, wie?«

»Haben Sie den Brief bei sich?«, fragte ihn Poirot.

»Nein, tut mir leid. Wie ich schon sagte, ich habe ihn verlegt. Tatsächlich ist er mir sogar zweimal abhandengekommen. Das erste Mal habe ich ihn wiedergefunden – daher habe ich überhaupt Ihre Adresse –, aber dann hat er sich noch einmal selbstständig gemacht. Ich habe vor meiner Abfahrt nach London zwar noch nach dem vermaledeiten Ding gesucht, aber es hat sich nicht blicken lassen. Ich hoffe wirklich, es ist nicht einem unserer Jungs in die schmutzigen Griffel geraten. Es wäre mir ziemlich unangenehm, wenn jemand dächte, dass ich des Mordes beschuldigt werde – besonders wenn Sie, wie sich rausstellt, mir nichts in der Art vorgeworfen haben!«

»Haben Sie und Ihre Frau Kinder?«

»Noch nicht. Wir wünschen uns welche. Ach so – ich spreche als Hausvorsteher, wenn ich ›unsere Jungs‹ sage. Fünfundsiebzig Stück haben wir von den kleinen Rackern! Meine Frau ist eine Heilige, dass sie die erträgt, sage ich immer, und *sie* sagt immer, dass sie überhaupt keine Last mit ihnen hat und dass, wenn sie eine Heilige ist, dann weil sie *mich* erträgt!« Es folgte, wie erwartet, ein Wiehern.

»Vielleicht könnten Sie Ihre Frau bitten, Ihnen beim Suchen zu helfen?«, sagte Poirot. »Bislang hat mir niemand seinen Brief zeigen können. Es wäre mir eine große Hilfe, wenn ich mir wenigstens einen davon ansehen könnte.«

»Natürlich. Daran hätte ich selbst denken können. Jane wird ihn finden, da habe ich gar keinen Zweifel. Sie ist unglaublich! Sie hat ein besonderes Talent dafür, Sachen zu finden, auch wenn sie das bestreitet. Sie sagt zu mir: ›Du würdest die Sachen allesamt selbst finden, Hugo, wenn du nur die Augen aufmachen und das Gehirn einschalten würdest.‹ Sie ist einfach herrlich!«

»Kennen Sie eine Frau namens Annabel Treadway, Monsieur?«

Hugos Lächeln ging in die Breite. »Annabel! Natürlich. Sie ist Timothys Tante, und vom alten Pandy ... was da noch mal? Lassen Sie mich nachdenken. Timothys Mutter Lenore ist Pandys Enkelin, also ... ja, Annabel war seine ... äh ... Sie ist Lenores Schwester, also ... ist sie ebenfalls Pandys Enkelin.«

Poirot kam der Verdacht, dass Hugo Dockerill einer der dümmsten Menschen sein musste, denen er jemals begegnet war.

»Nach Turville kommt Lenore gewöhnlich in Begleitung Annabels und ihrer Tochter Ivy – Timothys Schwester –, dadurch habe ich Annabel im Lauf der Jahre ziemlich gut kennengelernt. Zu meinem Bedauern, Monsieur Poirot, gäbe es hierzu noch einiges zu berichten, wie man zu sagen pflegt. Vor ein paar Jahren machte ich Annabel einen Antrag. Heiraten, Sie verstehen. Völlig verknallt war ich. Ach so – zu der Zeit war ich noch nicht mit meiner Frau verheiratet«, erklärte Dockerill.

»Es freut mich zu hören, Monsieur, dass Sie keinen bigamistischen Antrag machten.«

»Was? Herrje, nein! Ich war damals Junggeselle. Tatsächlich war es eigenartig. Bis heute kann ich mir keinen Reim darauf machen. Als ich sie fragte, schien Annabel überglücklich, und dann, fast im nächsten Moment, brach sie in Tränen aus und lehnte meinen Antrag ab. Wenn Frauen etwas sind, dann wechselhaft, wie jedermann weiß – abgesehen von Jane. *Sie* ist ungeheuer zuverlässig! Aber trotzdem ... Nein zu sagen schien Annabel wahnsinnig zu betrüben – so sehr, dass ich ihr zu bedenken gab, dass ihr Nein durch ein Ja zu ersetzen sie vielleicht viel vergnügter machen würde.«

»Was war ihre Reaktion?«

»Ein entschiedenes Nein – leider. Ach, nun ja, die Dinge haben so eine Art, sich zuletzt doch noch immer zum Guten zu kehren, ist es nicht so? Jane ist so prächtig mit unseren Jungs! Als sie meinen Antrag ablehnte, versicherte mir Annabel, dass sie als Hausmutter vollkommen unbrauchbar wäre. Ich weiß nicht, warum sie das meinte, so vernarrt, wie sie in Timothy und Ivy ist. Das ist sie nämlich wirklich – wie eine zweite Mutter ist sie für sie. Ich hab mich schon mehr als einmal gefragt, ob sie nicht insgeheim Angst hatte, eigene Kinder zu bekommen – weil das ihre mütterliche Bindung zu ihrer Nichte und ihrem Neffen vielleicht geschwächt hätte. Oder vielleicht hat sie auch nur die schiere Masse von Jungs in meinem Haushalt abgeschreckt. Sie sind manchmal schon die reinste Tierherde, und Annabel ist eher ein stilles Geschöpf. Aber andererseits vergöttert sie Timothy, wie schon gesagt, und der gehört ja nun nicht gerade zu den einfachsten Jungen. Er hat uns im Laufe der Jahre ziemlich viel Ärger gemacht.«

»Was für eine Art Ärger?«, fragte Poirot.

»Oh, nichts Ernstes. Aus dem wird bestimmt ein ganz brauchbarer Bursche. Aber wie viele Turville-Jungs kann er ziemlich selbstgefällig sein, auch da, wo etwas Demut angesagt wäre. Führt sich manchmal so auf, als ob die Internatsregeln für ihn keine Gültigkeit hätten. Jane macht dafür …« Hugo Dockerill brach ab. »Hoppla!«, lachte er. »Nur keine Indiskretionen!«

»Nichts, was Sie mir sagen, wird meine Lippen je wieder verlassen«, versicherte ihm Poirot.

»Ich wollte nur sagen, dass Timothy, wenn man seine Mutter hört, nie an etwas schuld ist. Als ich mich einmal absolut gezwungen sah, ihn wegen Aufsässigkeit zu bestrafen – Jane bestand darauf –, wurde ich meinerseits von Lenore Lavington bestraft. Sie sprach fast sechs Monate lang nicht mehr mit mir. Nicht ein Wort!«

»Kennen Sie einen John McCrodden?«, fragte Poirot.

»Nein, tut mir leid. Sollte ich?«

»Und wie steht es mit Sylvia Reagan?«

»Ja, Sylvia kenne ich.« Hugo strahlte, glücklich, die Frage positiv beantworten zu können.

Poirot war überrascht. Wieder hatte er sich geirrt. Es gab nichts, was ihn so sehr befremdete. Er hatte angenommen, es gäbe zwei Zweiergespanne, wie die zwei gelben und die zwei rosafarbenen Quadrate bei einem Stück Kirchenfensterkuchen, sinnierte er: Sylvia Reagan und John McCrodden, die Barnabas Pandy nicht kannten und noch nie etwas von ihm gehört hatten; und das andere Paar, das Pandy persönlich oder zumindest indirekt gekannt hatte: Annabel Treadway und Hugo Dockerill.

Irrigerweise hatte Poirot angenommen, diese Paare würden säuberlich voneinander getrennt bleiben, so klar umrissen wie die gelben und die rosa Kuchen-Quadrate. Jetzt jedoch geriet die Sache durcheinander: Hugo Dockerill kannte Sylvia Reagan.

»Woher kennen Sie sie?«

»Ihr Sohn Freddie ist Zögling in Turville. Er ist im selben Jahrgang wie Timothy Lavington.«

»Wie alt sind diese zwei Jungen?«

»Zwölf, glaube ich. Beide in der zweiten Klasse jedenfalls, und beide in meinem Haus. Sehr verschiedene Jungen. Grundgütiger, sie könnten verschiedener nicht sein! Timothy ist ein beliebter, geselliger junger Bursche, ständig umgeben von einem Pulk von Bewunderern. Der arme Freddie ist ein Eigenbrötler. Er scheint überhaupt keine Freunde zu haben. Verbringt tatsächlich eine Menge Zeit damit, Jane zu helfen. Sie ist unglaublich. ›Kein Junge wird sich hier einsam fühlen, solange ich was daran ändern kann‹, sagt sie oft. Und so meint sie das auch!«

Hatte Sylvia Reagan gelogen, als sie bestritt, Pandy zu kennen?, fragte sich Poirot. Musste denn jemand unbedingt den Namen des Urgroßvaters eines Schulkameraden seines Sohnes kennen, und dazu noch, wenn die Nachnamen verschieden waren? Timothys Zuname war Lavington, nicht Pandy.

»Dann hat Madame Reagan also einen Sohn, der im selben Haus desselben Internats wohnt wie der Urenkel Barnabas Pandys«, murmelte Poirot, mehr zu sich selbst als zu Hugo Dockerill.

»Herrje. Wirklich?«

»Zu diesem Ergebnis sind wir gerade gelangt, Monsieur.« Vielleicht hatte Hugo Dockerill ja nur mit Verwandtschaftsverhältnissen Probleme. Und damit, Dinge wiederzufinden – Dinge wie wichtige Briefe, zum Beispiel.

Dockerills Lächeln verblasste, während er darum rang, Poirots Aussage gedanklich zu durchdringen. »Einen Sohn, der … der Urenkel von … Natürlich! Ja, hat sie. Hat sie wirklich!«

Dies bedeutete, dachte Poirot, dass die Sache nicht ganz so einfach lag wie zwei rosa und zwei gelbe Quadrate; es ging hier nicht um Paare. Drei Empfänger des Briefes konnten zweifelsfrei mit Barnabas Pandy in Verbindung gebracht werden, einer nicht – zumindest noch nicht.

Zwei Fragen beschäftigten Poirot: War Barnabas Pandy ermordet worden? Und war John McCrodden der ausgeschlossene Vierte? Oder stand auch er in irgendeiner Beziehung zum verstorbenen Pandy – einer Beziehung, die lediglich noch ungeklärt war?

5

Ein Buchstabe mit Loch

Ich verfasse diesen Bericht über »Das Rätsel der drei Viertel«, wie Poirot diesen Fall später zu nennen beschloss, auf einer Schreibmaschine mit einem schadhaften »e«. Ich weiß nicht, ob jemand ihn jemals veröffentlichen wird, aber wenn Sie gerade eine gedruckte Fassung lesen, werden sämtliche »e«s tadellos sein. Es ist aber dennoch von Bedeutung, dass im Original-Typoskript in der Mitte des waagerechten Balkens jedes darin vorkommenden »e«s eine kleine weiße Lücke klafft (oder sollte ich mit Rücksicht auf künftige Leser »klaffte« sagen?) – ein außerordentlich kleines Loch in der schwarzen Tinte.

Warum ist das wichtig? Diese Frage sofort zu beantworten würde bedeuten, meiner eigenen Erzählung vorzugreifen. Ich werde es Ihnen erklären.

Mein Name ist Edward Catchpool, und ich bin Inspector bei Scotland Yard. Ich bin auch derjenige, der diese Geschichte erzählt – und zwar nicht erst ab jetzt, sondern von Anfang an, wobei mir, als es darum ging, jene Teile der Handlung zu ergänzen, an denen ich nicht persönlich beteiligt war, mehrere Personen geholfen haben. Besonders dankbar bin ich dabei für die scharfen Augen und die Redseligkeit Hercule Poirots, dem, wenn es um Details geht, nie etwas entgeht. Dank ihm habe ich nicht das Gefühl, von den Ereignissen, die ich bislang geschildert habe – und die sich durchweg vor meiner Rückkehr aus Great Yarmouth zutrugen –, in nennenswerter Weise ausgeschlossen gewesen zu sein.

Je weniger Worte ich über meinen sterbenslangweiligen Aufenthalt an der See verliere, desto besser. Das einzig Berichtenswerte ist, dass ich mich aufgrund zweier Telegramme gezwungen sah, früher als geplant nach London zurückzukehren (meine Erleichterung können Sie sich wohl vorstellen). Ein Kabel kam von Hercule Poirot, der mir mitteilte, er brauche dringend meine Hilfe – ob ich umgehend zurückkommen könne? Das andere stammte von meinem Chef bei Scotland Yard, Superintendent Nathaniel Bewes, und verlangte daher eine unverzügliche Reaktion. Dieses zweite Telegramm kam also zwar nicht von Poirot, handelte aber von ihm. Offenbar »stiftete er Unfrieden«, und Bewes wollte, dass ich dem ein Ende bereitete.

Ich fand es rührend, welch (völlig ungerechtfertigtes) Vertrauen der Super in meine Fähigkeit setzte, das Verhalten meines belgischen Freundes zu beeinflussen, und so saß ich, kaum wieder zur Stelle, brav in Bewes' Büro, schwieg und nickte nur mitfühlend, während er seinem Ärger Luft machte. Der Kern des Problems schien klar genug zu sein: Poirot war davon überzeugt, der Sohn Stanley »Strang« McCroddens sei des Mordes schuldig, er hatte sich entsprechend geäußert und behauptet, dies durch Beweise belegen zu können. Das gefiel dem Super ganz und gar nicht, da Stanley Strang sein Freund war, und er wollte, dass ich Poirot zum Umdenken bewegte.

Anstatt auf die lautstarken und vielfältigen Missfallensäußerungen des Supers groß zu achten, legte ich mir bereits im Geist eine Antwort zurecht. Sollte ich sagen: »Es hat keinen Sinn, dass ich mit Poirot darüber rede – wenn er davon überzeugt ist, recht zu haben, wird er sowieso nicht auf mich hören«? Nein, dadurch würde ich nur aufsässig und defätistisch erscheinen. Und da Poirot mich dringend – vermutlich in eben derselben Angelegenheit – zu sprechen wünschte, beschloss ich, dem Super zu versprechen, dass ich mein Möglichstes tun würde, um ihn zur Vernunft zu bringen. Dann würde ich von Poirot erfahren, *warum* er glaubte, Stanley Strangs Sohn sei ein Mörder, obwohl er damit allem Anschein nach völlig allein dastand, und seine Überlegungen dem Super referieren. Das alles erschien mir nicht weiter problematisch. Ich sah keine Notwendigkeit, auf der Arbeit die Pferde scheu zu machen, indem ich darauf hinwies, dass »Er ist der Sohn meines Freundes« weder einen Unschuldsbeweis noch eine tragfähige Verteidigungsstrategie darstellte.

Nathaniel Bewes ist ein sanfter, ausgeglichener und unvoreingenommener Mensch – außer, wenn irgendetwas ihn gerade besonders durcheinandergebracht hat. In solchen seltenen Momenten ist er unfähig zu erkennen, dass er unter einer schweren seelischen Belastung steht und dass sein emotionaler Zustand seinen Blick verstellt haben könnte. Da sein Urteil zumeist nüchtern und verlässlich ist, geht er davon aus, das sei immer der Fall, und tendiert daher dazu, in Stresssituationen die absurdesten Dinge zu behaupten – Dinge, die er sonst, bei klarem Verstand, als Erster für schwachsinnig befinden würde. Ist er nach einer solchen Episode erst wieder im Vollbesitz seiner geistigen Kräfte, erwähnt er die Zeitspanne, während der er eine ganze Reihe von lächerlichen Behauptungen und Anweisungen von sich gegeben hat, mit keinem Wort jemals wieder – und soweit mir bekannt, spielt auch sonst niemand je wieder darauf an. Ich jedenfalls hüte mich, das zu tun. Auch wenn es absurd klingt, glaube ich nicht, dass der normale Super sich der Existenz seines unzurechnungsfähigen Alter Egos bewusst ist, das gelegentlich seine Rolle übernimmt.

Ich nickte verständnisinnig, während der Ersatzmann, in seinem kleinen Büro auf und ab marschierend, schimpfte und zeterte und dabei seine Brille hochschob, die ihm mit befremdlicher Ausdauer immer wieder die Nase hinunterrutschte.

»Stannies Sohn ein Mörder? Hanebüchen! Er ist der Sohn Stanley McCroddens! Wenn Sie der Sohn eines solchen Mannes wären, Catchpool, würden Sie sich etwa die Zeit mit Mord vertreiben? Selbstredend würden Sie das nicht! Das täte nur ein Narr! Abgesehen davon war der Tod Barnabas Pandys ein Unfall – ich habe mir den amtlichen Totenschein angesehen, und da steht es klipp und klar und schwarz auf weiß: *Unfall!* Der Mann ist in seiner Badewanne ertrunken. Vierundneunzig war er. Ich meine, ich bitt Sie – vierundneunzig! Wie viel länger hätte er nach menschlichem Ermessen noch zu leben gehabt? Würden Sie Ihren Hals riskieren, um einen Vierundneunzigjährigen zu ermorden, Catchpool? Das spottet doch jeder Vernunft! Keiner täte das! Warum sollte er auch?«

»Also …«

»Es wäre kein Grund denkbar«, schloss Bewes. »So, ich weiß zwar nicht, was Ihr belgischer Kumpel sich dabei eigentlich gedacht hat, aber Sie täten gut daran, ihm unmissverständlich klarzumachen, dass er umgehend Stannie McCrodden schreiben und sich auf das wortreichste entschuldigen muss.« Bewes hatte offenkundig vergessen, dass auch er mit Poirot befreundet war.

Es waren natürlich viele Gründe denkbar, warum jemand einen Greis in den Neunzigern ermorden wollen könnte: Wenn der Greis gedroht hatte, gleich am nächsten Tag ein schimpfliches Geheimnis des künftigen Mörders in alle Welt auszuposaunen, beispielsweise. Und Bewes – der wirkliche Bewes, nicht sein gestörter Doppelgänger – wusste ebenso gut wie ich, dass manche Morde anfangs für Unfälle gehalten wurden. Als der Sohn eines Mannes aufzuwachsen, der dafür berühmt war, dass er tatkräftig daran mitwirkte, Übeltäter an den Galgen zu bringen, konnte jemandes Psyche durchaus so weit aus dem Gleichgewicht bringen, dass er zum Mörder wurde.

Ich wusste, dass es in dem Moment keinen Sinn gehabt hätte, das alles dem Super auseinanderzusetzen, auch wenn er, in einer anderen geistigen Verfassung, diese Argumente selbst vorgebracht hätte. Ich beschloss, nur einen bescheidenen Einwand zu riskieren. »Sagten Sie nicht, Poirot habe diesen Anklagebrief Stanley Strangs *Sohn*, nicht Stanley Strang selbst zugeschickt?«

»Na und?«, giftete mich Bewes an. »Ändert das irgendetwas an der Sache?«

»Wie alt ist denn John McCrodden?«

»Wie alt? Wovon zum Teufel reden Sie da? Spielt sein Alter irgendeine Rolle?«

»Ist er ein Mann oder ein Junge?«, fuhr ich geduldig fort.

»Sind Sie von allen guten Geistern verlassen, Catchpool? John McCrodden ist ein erwachsener Mann!«

»Wäre es dann nicht sinnvoller, wenn ich Poirot auffordern würde, sich statt bei seinem Vater bei *John* McCrodden zu entschuldigen? Falls er sich tatsächlich irrt und John McCrodden unschuldig ist. Ich meine, wenn John nicht minorenn ist ...«

»In einer Mine hat er durchaus schon gearbeitet«, sagte Bewes. »Irgendwo oben im Nordosten.«

»Ah«, sagte ich, aus Erfahrung wissend, dass die Fähigkeit meines Chefs, Fremdwörter auseinanderzuhalten, umso rascher zurückkehren würde, je weniger ich jetzt sagte.

»Doch das, Catchpool, tut gar nichts zur Sache. Der arme Stannie ist derjenige, um den wir uns Sorgen machen müssen. John macht *ihn* für den ganzen Schlamassel verantwortlich. Poirot muss Stannie augenblicklich schreiben und so viel Asche auf sein Haupt streuen, wie er überhaupt auftreiben kann. Das ist eine ungeheuerliche Anschuldigung – eine empörende Verunglimpfung! Bitte sorgen Sie dafür, dass das geschieht, Catchpool.«

»Ich werde mein Bestes tun, Sir.«

»Gut.«

»Können Sie mir Näheres zum Fall sagen, Sir? Stanley Strang hat nicht zufällig erwähnt, *warum* Poirot auf die Idee verfallen ist, dass ...«

»Woher zum Teufel sollte ich das wohl wissen, Catchpool? Der Mann muss schlagartig senil geworden sein – das ist die einzige Erklärung, die ich mir denken kann. Sie können den Brief selbst lesen, wenn Sie wollen.«

»Haben Sie ihn denn?«

»John hat ihn in Fetzen gerissen und selbige mit ein paar schmähenden Zeilen an Stannie geschickt. Stannie hat die Fetzen wieder zusammengesetzt und den wiederhergestellten Brief dann an mich weitergeleitet. Ich weiß nicht, warum John glaubt,

Stannie stecke hinter der Sache. Stannie kämpft mit offenem Visier. Hat er schon immer. Sein Sohn sollte das eigentlich am besten wissen. Wenn Stannie John etwas zu sagen hätte, dann würde er es ihm offen ins Gesicht sagen.«

»Wenn ich darf, würde ich den Brief gern sehen, Sir.«

Bewes ging an seinen Schreibtisch, zog eine Schublade auf und fischte den Stein des Anstoßes mit einer angewiderten Grimasse heraus. Er reichte ihn mir. »Das ist der pure Nonsens!«, sagte er für den Fall, dass ich mir seiner diesbezüglichen Ansicht nicht sicher wäre. »Gehässiger Unflat!«

»Aber Poirot ist nie gehässig«, hätte ich um ein Haar gesagt; ich hielt mich noch gerade rechtzeitig zurück.

Ich las den Brief. Er war kurz: ein einziger Absatz. Trotzdem, für das, was er mitteilen sollte, hätte die Hälfte vollauf genügt. Auf eine verworrene und ungeschickte Weise beschuldigte er John McCrodden des Mordes an Barnabas Pandy und behauptete, es gebe dafür Beweise. Wenn McCrodden sich nicht umgehend dieses Mordes für schuldig bekannte, würde das Beweismaterial der Polizei übergeben werden.

Mein Blick blieb an der Unterschrift am Ende des Briefes hängen. In einem schrägen Duktus ausgeführt, stand da der Name »Hercule Poirot«.

Es wäre hilfreich gewesen, wenn ich mich an die Unterschrift meines Freundes erinnert hätte, doch es gelang mir nicht, obwohl ich sie schon ein-, zweimal gesehen hatte. Vielleicht hatte der Verfasser des Briefes Poirots Handschrift sorgfältig kopiert. Was er allerdings nicht entfernt geschafft hatte, war, so zu klingen wie der Mann, der er zu sein vorgab, oder zumindest einen Brief zu schreiben, wie er ihn geschrieben haben könnte.

Und wenn Poirot der Überzeugung gewesen wäre, dass John McCrodden diesen Barnabas Pandy ermordet und es dabei so eingerichtet hatte, dass sein Tod wie ein Unfall aussah, dann hätte er McCrodden, in Begleitung der Polizei, einen Besuch abgestattet. Er hätte keinen solchen Brief abgeschickt und damit McCrodden die Chance gegeben, zu fliehen oder sich das Leben zu nehmen, bevor Hercule Poirot ihm ins Auge blicken und die Verkettung von Fehlern erläutern konnte, die zu seiner Entlarvung geführt hatten. Und der widerwärtige, anzügliche Ton ... Nein, es war unmöglich. Ich hatte nicht den leisesten Zweifel.

Ich hatte keine Zeit, mir zu überlegen, welche Wirkung meine Mitteilung auf den Super haben würde, aber ich wusste, dass ich es ihm sofort sagen musste: »Sir, die Situation scheint etwas anders gelagert zu sein, als ich ... oder als Sie ... Das heißt, ich weiß nicht, ob eine Entschuldigung vonseiten Poirots ...« Ich geriet ins Stammeln.

»Was versuchen Sie zu sagen, Catchpool?«

»Der Brief ist eine Fälschung, Sir«, sagte ich. »Ich weiß nicht, wer ihn geschrieben hat, aber so viel kann ich Ihnen mit Sicherheit sagen: Hercule Poirot war das jedenfalls nicht.«

6

Stanley Strang

Die Befehle des Supers waren klar: Ich sollte unverzüglich Poirot ausfindig machen und ihn auffordern, mich zur Kanzlei von Stanley Strangs Anwaltsfirma Donaldson & McCrodden zu begleiten. Dort angelangt, sollten wir erklären, dass der John McCrodden zugesandte Brief nicht von Poirot geschrieben worden war, und uns in aller Ausführlichkeit für die Ungelegenheiten entschuldigen, die keiner von uns beiden verursacht hatte.

Nachdem ich schon zu viele Tage in Great Yarmouth vergeudet hatte, war einiges liegen geblieben, das ich dringend aufarbeiten musste, und so war es mir lästig, diese Aufgabe aufgehalst zu bekommen. Hätte es nicht genügt, wenn Bewes Stanley Strang angerufen hätte? Schließlich waren sie doch dicke Freunde. Aber nein, der Super hatte darauf beharrt, McCrodden senior sei ein mehr denn durchschnittlich vorsichtiger Mann, der von Poirot die Versicherung brauchen würde, dass er den Brief des Anstoßes nicht geschrieben hatte. Mich wollte Bewes bei der Prozedur dabeihaben, damit ich ihm anschließend berichten könnte, dass die Angelegenheit auf zufriedenstellende Weise erledigt worden war.

Das Ganze müsste in ein, zwei Stunden über die Bühne zu bringen sein, dachte ich bei mir, als ich mich auf den Weg zu den Whitehaven Mansions machte. Leider war Poirot nicht zu Hause. Sein Kammerdiener erklärte mir, er befinde sich höchstwahrscheinlich *en route* zu Scotland Yard. Er hatte es offensichtlich genauso eilig, mich zu sprechen wie ich ihn.

Ich kehrte zu Scotland Yard zurück und erfuhr, dass Poirot da gewesen war, nach mir gefragt und sogar ein Weilchen gewartet hatte, jetzt allerdings wieder fort war. Von Superintendent Bewes war ebenfalls nichts zu sehen, und so konnte ich ihn auch nicht fragen, wie ich weiter vorgehen sollte. Ich probierte es in Pleasant's Coffee House, aber auch dort war Poirot nicht. Am Ende beschloss ich entnervt, Stanley McCroddens Kanzlei allein aufzusuchen. Ich sagte mir, dass es ihm wahrscheinlich lieber sein würde, so schnell wie möglich zu erfahren, dass sein Sohn nicht von Hercule Poirot des Mordes bezichtigt worden war; das Wort eines Scotland-Yard-Inspectors sollte sogar für Stanley Strang gut genug sein.

Die Kanzlei Donaldson & McCrodden befand sich in den zwei obersten Etagen eines hohen Gebäudes mit stuckverzierter Fassade auf der Henrietta Street, gleich neben dem Covent Garden Hotel. Begrüßt wurde ich von einer lächelnden jungen Frau mit einem rosigen Gesicht und dunkelbraunem, kurz und streng geometrisch geschnittenem Haar. Sie trug eine weiße Bluse und einen gewürfelten Rock, der an eine Picknickdecke erinnerte.

Nachdem sie sich als Miss Mason vorgestellt hatte, stellte sie mir eine Reihe von Fragen, die mich daran hinderten, mein Anliegen so schlicht und einfach vorzubringen, wie wenn sie mich einfach gefragt hätte: »Wie kann ich Ihnen behilflich sein?« Stattdessen vergeudete sie eine schier unvorstellbare Menge Zeit mit: »Und wenn ich bitte Ihren werten Namen erfahren könnte, Sir?«, »Und wenn ich Sie fragen dürfte, wen Sie zu sprechen wünschen, Sir?«, »Und wenn ich wissen dürfte, ob Sie einen Termin haben, Sir?«, »Und wäre es Ihnen möglich, den Zweck Ihres Besuches anzugeben?« Ihre Befragungsmethode gewährleistete, dass ich immer nur zwei Worte auf einmal anbringen konnte, und während der ganzen Prozedur starrte sie mit unverhohlener Lüsternheit auf das Kuvert in meiner Hand, das den von irgendjemandem an John McCrodden gesandten, ihn des Mordes beschuldigenden Brief enthielt.

Als Miss Mason mich endlich einen schmalen, zu beiden Seiten mit ledergebundenen juristischen Wälzern ausgekleideten Korridor entlangführte, war ich eher versucht, in die entgegengesetzte Richtung zu fliehen, als ihr wohin auch immer zu folgen. Mir fiel auf – was jedem ins Auge gesprungen wäre –, dass sie nicht so sehr ging als vielmehr, auf zwei der winzigsten Füße, die ich jemals gesehen habe, voranhüpfte.

Wir erreichten eine schwarz lackierte Tür, auf der in Weiß der Name »Stanley McCrodden« stand. Miss Mason klopfte an, und eine Stimme sagte: »Herein!« Wir traten ein und wurden von einem Mann mit lockigem grauem Haar, einer riesigen Stirn, die einen unverhältnismäßig großen Anteil an seiner Gesamt-Gesichtsfläche auszumachen schien, und kleinen stechenden schwarzen Augen begrüßt, die den landläufigen Mindestabstand zwischen Augen und Kinn deutlich unterschritten.

Da McCrodden sich bereit erklärt hatte, mich zu empfangen, rechnete ich eigentlich damit, unser Gespräch unverzüglich beginnen zu können, aber ich hatte Miss Masons Fähigkeit zur Hemmung jeglichen Fortschritts nicht berücksichtigt. Es entspann sich ein frustrierender Versuch, McCrodden dazu zu überreden, ihr zu erlauben, meinen Namen in seinen Terminkalender einzutragen. »Was hätte das für einen Nutzen?«, fragte McCrodden mit offensichtlicher Ungeduld. Er hatte eine dünne, näselnde Stimme, die an ein Holzblasinstrument erinnerte. »Inspector Catchpool ist bereits hier.«

»Aber, Sir, die Regel besagt, dass niemand ohne einen Termin zu Ihnen vorgelassen wird.«

»Inspector Catchpool ist bereits vorgelassen worden, Miss Mason. Da steht er – Sie haben ihn zu mir vorgelassen!«

»Sir, wenn Sie eine Besprechung mit Inspector Catchpool haben, sollte ich dann nicht einen Termin für, nun, jetzt vereinbaren und entsprechend ein…«

»Nein«, fiel ihr Stanley McCrodden ins Wort. »Danke, Miss Mason, das wäre alles. Bitte nehmen Sie Platz, Inspector …« Er unterbrach sich, blinzelte wiederholt und sagte schließlich: »Was ist, Miss Mason?«

»Ich wollte nur fragen, Sir, ob Inspector Catchpool vielleicht

Tee zu sich nehmen möchte. Oder Kaffee. Oder vielleicht ein Glas Wasser? Oder, natürlich, ob Sie vielleicht etwas wün...«

»Für mich nichts«, sagte McCrodden. »Inspector?«

Ich brachte auf Anhieb keine Antwort zustande. Eine Tasse Tee war genau das, was ich jetzt brauchte, aber sie hätte zwingend Miss Masons Rückkehr zur Folge gehabt.

»Denken Sie doch einfach in aller Ruhe nach, Inspector Catchpool, ich sehe in ein paar Minuten hier wieder herein und ...«

»Ich bin mir sicher, der Inspector kann sich ohne Bedenkzeit entscheiden«, sagte McCrodden unwirsch.

»Für mich nichts, danke«, sagte ich mit einem Lächeln.

Endlich ließ Miss Mason Gnade walten und zog sich zurück. Ich war fest entschlossen, keine weitere Zeit zu vergeuden, also holte ich den Brief aus dem Kuvert, legte ihn auf McCroddens Schreibtisch und teilte dem Anwalt mit, es könne keine Rede davon sein, dass er von Hercule Poirot stammte. McCrodden fragte, wie ich mir so sicher sein könne, und ich erklärte, Ton und Inhalt des Schreibens ließen keinen Raum für Zweifel.

»Wenn also Poirot den Brief nicht geschrieben hat, wer war es dann?«, fragte McCrodden.

»Das weiß ich leider nicht.«

»Weiß es Poirot?«

»Ich hatte noch nicht die Gelegenheit, mit ihm zu sprechen.«

»Und warum hat der Absender behauptet, Hercule Poirot zu sein?«

»Das weiß ich nicht.«

»Dann ist Ihr ganzes Verhalten, wenn ich so sagen darf, fehlerbehaftet.«

»Ich verstehe nicht ganz, was Sie meinen«, gestand ich.

»Sie sagten, Sie seien hier, um etwas aufzuklären, und Ihr Gebaren erweckt den Eindruck, dass Sie es für nunmehr aufgeklärt erachten: Hercule Poirot hat meinen Sohn nicht des Mordes beschuldigt, also habe ich keinen Grund zur Besorgnis. Ist das Ihre Meinung?«

»Also …« Ich suchte verzweifelt nach der richtigen Antwort. »Ich kann nachvollziehen, dass es ärgerlich ist, derlei erleben zu müssen, aber wenn die Anschuldigung nur ein dummer Streich war, würde ich mir an Ihrer Stelle keine unnötigen Gedanken machen.«

»Das sehe ich anders. Jetzt bin ich, ganz im Gegenteil, noch besorgter.« McCrodden stand auf und begab sich ans Fenster. Er sah kurz auf die Straße hinunter, bewegte sich dann zwei Schritte nach rechts und starrte die Wand an. »Solange ich annahm, der Absender sei Poirot, konnte ich mir berechtigte Hoffnungen auf eine zufriedenstellende Auflösung machen. Wie ich annahm, würde er früher oder später seinen Fehler einräumen. Ich habe zwar davon gehört, dass er ein stolzer Mann ist, aber auch ehrenwert und, dies vor allem, für Vernunftgründe zugänglich. Wie ich gehört habe, betrachtet er den Charakter eines Menschen als etwas Faktisches, Beweiskräftiges. Trifft das zu?«

»Er ist auf jeden Fall davon überzeugt, dass die Kenntnis des menschlichen Charakters eine wesentliche Voraussetzung für die Aufklärung von Verbrechen ist«, sagte ich. »Ohne das Motiv zu kennen, kann man nichts aufklären, und ohne Verständnis des Charakters bleibt das Motiv im Dunkeln. Ich habe ihn auch sagen hören, kein Mensch könne auf eine Weise handeln, die seiner wahren Natur zuwiderläuft.«

»Dann hätte ich ihn davon überzeugen können, dass John nie einen Mord verüben könnte – eine solche Tat widerspräche seinen Grundsätzen. Die bloße Vorstellung ist lachhaft. Nun jedoch erfahre ich, dass Hercule Poirot nicht derjenige ist, den ich überzeugen muss, da er den Brief nicht geschrieben hat. Mehr noch, ich kann den unausweichlichen Schluss ziehen, dass der wahre Verfasser des Schreibens ein Lügner und ein Betrüger ist. Ein solcher Mensch macht in seinem Bestreben, meinen Sohn zu vernichten, möglicherweise vor nichts halt.«

McCrodden kehrte schnell zu seinem Stuhl zurück, als ob die Wand, die er die ganze Zeit angestarrt hatte, ihn wortlos dazu aufgefordert hätte. »Ich muss wissen, wer den Brief geschrieben und abgeschickt hat«, sagte er. »Es ist unbedingt unerlässlich, wenn ich Johns Sicherheit gewährleisten will. Ich würde mich gern der Dienste Hercule Poirots versichern. Glauben Sie, er wäre bereit, in meinem Auftrag zu ermitteln?«

»Gut möglich, aber ... es ist doch gar nicht erwiesen, dass der Briefschreiber tatsächlich glaubt, was er zu glauben behauptet. Was, wenn das Ganze nicht mehr ist als ein unvorstellbar dummer und geschmackloser Scherz? Gut möglich, dass die Sache damit erledigt ist. Wenn Ihr Sohn keine weiteren Mitteilungen erhält ...«

»Sie sind in höchstem Grade naiv, wenn Sie das wirklich glauben«, sagte McCrodden. Er hob den Brief auf und warf ihn mir zu. Er landete zu meinen Füßen auf dem Boden. »Wenn jemand einem so etwas zuschickt, dann will er einem schaden. Ihn zu ignorieren bedeutet, ein unkalkulierbares Risiko einzugehen.«

»Laut meinem Superintendent starb Barnabas Pandy infolge eines häuslichen Unfalls«, sagte ich. »Er ertrank in der Badewanne.«

»So heißt es, ja. Offiziell besteht kein Verdacht auf Fremdeinwirkung.«

»Sie klingen so, als wären Sie da anderer Meinung.«

»Sobald die Möglichkeit ausgesprochen worden ist, hat man die Pflicht, sie zu überprüfen«, sagte McCrodden.

»Aber am wahrscheinlichsten ist, dass Pandy nicht ermordet wurde, und Sie sagen, Ihr Sohn könnte nie einen Mord begehen, folglich ...«

»Ich verstehe«, sagte McCrodden. »Sie verdächtigen mich der vorsätzlichen väterlichen Blindheit? Nein, das ist es nicht. Niemand kennt John besser als ich. Er hat viele Fehler, aber töten würde er nicht.«

Er hatte mich missverstanden; ich hatte nur gemeint, dass, da niemand im Zusammenhang mit Pandys Tod nach einem Mörder suchte und da er wusste, dass sein Sohn unschuldig war, McCrodden wirklich nichts zu befürchten hatte.

»Sie haben vermutlich gehört, dass ich ein überzeugter Befürworter der Todesstrafe bin. ›Stanley Strang‹ nennt man mich. Ich
halte nichts von dem Namen, und niemand würde es wagen, ihn
in meiner Anwesenheit auszusprechen. Wenn man mich stattdessen ›Stanley für eine gerechte und zivilisierte Gesellschaft‹
nannte ... Leider geht das einem weniger leicht von der Zunge.
Ich bin sicher, Sie werden mir darin beipflichten, dass jeder von
uns für seine Taten einstehen muss. Von Platons Ring des Gy-
ges brauche ich Ihnen gewiss nichts zu erzählen. Ich habe die
Geschichte mit John viele Male erörtert. Ich tat alles, was ich
konnte, um ihm die richtigen Wertvorstellungen zu vermitteln,
bin aber gescheitert. Er ist so leidenschaftlich gegen jede Zer-
störung menschlichen Lebens, dass er die Todesstrafe selbst für
die entmenschtesten Monster ablehnt. Er argumentiert, ich sei
ebenso sehr ein Mörder wie der gewissenlose Schurke, der um
einiger weniger Shillings willen in einer dunklen Gasse eine Kehle durchschneidet. Mord bleibt Mord, sagt er. Sie begreifen also,
dass er sich niemals gestatten würde, einen Menschen zu töten.
Das würde ihn in seinen eigenen Augen lächerlich machen, und
das wäre ihm unerträglich.«

Ich nickte, obwohl ich nicht überzeugt war. Meine Erfahrungen als Polizeiinspector haben mich gelehrt, dass viele Menschen
eine sehr strapazierfähige Eigenliebe besitzen, die selbst die ab-
scheulichsten Verbrechen unbeschadet übersteht. Alles, was sie
interessiert, ist, wie sie in den Augen der anderen wirken und ob
sie ungestraft davonkommen können.

»Und wie Sie selbst sagen, scheint außer unserem ruchlosen
Briefschreiber niemand der Meinung zu sein, Pandys Tod könnte
eine strafbare Ursache gehabt haben«, fuhr McCrodden fort. »Er
war ein äußerst wohlhabender Mann – Eigentümer des Herren-
gutes Combingham Hall und ehemaliger Eigentümer mehrerer
Schieferbergwerke in Wales. Damit hat er sein Vermögen gemacht.«

»Bergwerke?« Ich erinnerte mich an mein Gespräch mit dem

Super und das Missverständnis um das Wort »minorenn«. »Arbeitete Ihr Sohn nicht früher einmal in einer Mine?«

»Ja. Im Norden, in der Nähe von Guisborough.«

»Also nicht in Wales?«

»In Wales nie. Die Idee können Sie vergessen.«

Ich bemühte mich nach Kräften, so auszusehen, als hätte ich sie vergessen.

»Pandy war vierundneunzig, als er in der Badewanne ertrank«, sagte McCrodden. »Er war seit fünfundsechzig Jahren Witwer gewesen. Er und seine Frau hatten ein einziges Kind, eine Tochter, die heiratete und ihrerseits zwei Töchter bekam, bevor sie und ihr Ehemann bei einem Hausbrand ums Leben kamen. Pandy nahm seine zwei verwaisten Enkelinnen, Lenore und Annabel, bei sich auf, und sie leben seither auf Combingham Hall. Die jüngere Schwester Annabel hat nie geheiratet. Die ältere, Lenore, heiratete einen Mann namens Cecil Lavington. Sie bekamen zwei Kinder, Ivy und Timothy, in dieser Reihenfolge. Cecil starb vor vier Jahren an einer Infektion. Das ist alles, was ich herausfinden konnte, und nichts davon ist von geringstem Interesse oder liefert einen Ansatzpunkt für weitergehende Ermittlungen. Ich hoffe, Poirot hat da mehr Erfolg.«

»Vielleicht gibt es ja nichts herauszufinden«, sagte ich. »Das könnte auch eine ganz normale Familie sein, in der kein Mord stattgefunden hat.«

»Es gibt reichlich herauszufinden«, korrigierte mich McCrodden. »Wer hat den Brief geschrieben, und warum hat er – oder sie – sich auf meinen Sohn eingeschossen? Solange wir das nicht wissen, bleiben diejenigen unter uns, die beschuldigt wurden, grundsätzlich unter Verdacht.«

»*Sie* wurden doch gar nicht beschuldigt«, sagte ich.

»Das würden Sie nicht behaupten, wenn Sie Johns Begleitschreiben gelesen hätten, mit dem der Brief kam!« Er zeigte auf die Stelle zu meinen Füßen, wo der Brief nach wie vor lag. »Er beschuldigt mich, Poirot dazu angestiftet zu haben, damit er, John, keine andere Wahl hätte, als sich der Juristerei zuzuwenden, um sich selbst verteidigen zu können.«

»Was bringt ihn auf die Idee, dass Sie das getan haben könnten?«

»John ist davon überzeugt, ich würde ihn hassen. Nichts könnte weniger wahr sein. Ich habe mich in der Vergangenheit kritisch über seine Lebensgestaltung geäußert, aber nur weil ich möchte, dass er es zu etwas bringt. Er scheint eher das Gegenteil anzustreben. Er hat jede einzelne Chance vertan, die ich ihm geboten habe. Einer der Gründe, warum er Barnabas Pandy nicht getötet haben kann, ist die Tatsache, dass er die dazu nötige Aggressivität überhaupt nicht erübrigen könnte. Sein ganzer Hass gilt – völlig zu Unrecht – mir.«

Ich produzierte ein höfliches Geräusch, das, wie ich hoffte, Mitgefühl ausdrückte.

»Je eher ich mich mit Hercule Poirot besprechen kann, desto besser«, sagte McCrodden. »Ich hoffe, ihm wird es gelingen, dieser widerwärtigen Angelegenheit auf den Grund zu gehen. Die Hoffnung, meinen Sohn von seiner schlechten Meinung über mich abzubringen, habe ich zwar seit langem aufgegeben, aber ich würde doch gern, wenn es möglich ist, beweisen, dass ich mit diesem Brief nichts zu tun habe.«

7

Ein alter Feind

Während ich mich in der Kanzlei von Donaldson & McCrodden auf der Henrietta Street aufhielt, war auch Poirot bei einer Anwaltsfirma: Fuller, Fuller & Vout, auf der nur einen kurzen Fußweg entfernten Drury Lane. Unnötig zu sagen, dass ich das zu dem Zeitpunkt nicht wusste.

Nachdem es ihm nicht gelingen wollte, mich aufzuspüren, hatte mein belgischer Freund seine Aufmerksamkeit Barnabas Pandy zugewandt, und fast als Erstes hatte er über ihn herausgefunden, dass Pandy in allen juristischen Angelegenheiten von Peter Vout vertreten worden war, dem Seniorpartner der Firma.

Anders als ich hatte Poirot einen Termin vereinbart – oder besser gesagt, sein Diener George hatte das für ihn erledigt. Er erschien pünktlich, und das Mädchen, das ihn in Vouts Büro führte, war weit weniger aufdringlich als McCroddens Miss Mason. Als er das Zimmer sah, in dem der Rechtsanwalt arbeitete, versuchte er, sein Entsetzen zu verbergen.

»Willkommen, willkommen«, sagte Vout, während er aufstand, um seinem Besucher die Hand zu geben. Er hatte ein gewinnendes Lächeln und schneeweißes Haar, das ihm in planlosen Zacken und Locken vom Kopf abstand. »Sie müssen *Erkühl Puaroh* sein – ist das korrekt?«

»*C'est parfait*«, sagte Poirot beifällig. Ein Engländer, der sowohl seinen Vor- als auch seinen Zunamen korrekt auszusprechen vermochte, hatte in der Tat Seltenheitswert. War es indes vertretbar, einem Menschen Bewunderung zu zollen, der es fertigbrachte, in einer solchen Umgebung zu arbeiten? Der Raum bot einen sehr ungewöhnlichen Anblick. Er war groß, rund zwanzig auf fünfzehn Fuß, und hatte eine hohe Decke. Ganz an die rechte Wand gerückt, standen Vouts wuchtiger Mahagoni-Schreibtisch und nicht minder massiger grüner Ledersessel. Vor dem Schreibtisch standen zwei braunlederne Polsterstühle mit gerader Lehne. Im rechten Drittel des Zimmers befanden sich ein Bücherschrank, eine Lampe und ein Kamin. Auf dem Sims lehnte eine Einladung zu einem Dinner der Law Society.

Die restlichen zwei Drittel des Raumes wurden von ramponierten Pappkartons eingenommen, die, aufeinandergestapelt, ein ebenso gigantisches wie unförmiges Bauwerk von schier atemberaubender Absonderlichkeit bildeten. Es wäre unmöglich gewesen, sich zwischen die Kartons zu zwängen oder um sie herumzugehen. Tatsächlich verringerte ihre Anwesenheit die verfügbare Fläche des Zimmers in einem solchen Ausmaß, dass jeder gesund empfindende Mensch davon Beklemmungen bekommen hätte. Viele Kartons waren offen und quollen von allerlei Kram über: vergilbten Papieren, zerbrochenen Bilderrahmen, lehmbeschmutzten alten Kleidungsstücken. Hinter diesem Karakorum von Kartons war ein Fenster, an dem Streifen eines gelblichen Stoffs herabhingen, die sich keine Hoffnungen machen konnten, die Glasscheiben hinter sich zu verdecken.

»C'est le cauchemar«, murmelte Poirot.

»Ich sehe, Sie haben die Gardinen bemerkt.« Vout klang leicht verlegen. »Es würde den Raum gleich wohnlicher machen, wenn man sie auswechselte. Sie sind furchtbar alt. Ich würde ja einem der Büromädchen auftragen, sie abzuhängen, aber wie Sie sehen können, kommt man da einfach nicht ran.«

»Wegen der Kartons?«

»Tja, meine Mutter starb vor drei Jahren. Es gibt viel auszusortieren, und ich muss gestehen, dass ich noch nicht richtig damit angefangen habe. Wohlgemerkt, nicht alle Kartons enthalten Mamas Sachen. Viel davon ist mein eigener … Krimskrams.« Er klang so, als wäre er mit der Situation vollauf zufrieden. »Aber bitte, nehmen Sie doch Platz, Monsieur Poirot. Wie kann ich Ihnen behilflich sein?«

Poirot ließ sich auf einem der verfügbaren Polsterstühle nieder. »Es stört Sie nicht, hier drinnen zu arbeiten, mit ... dem ganzen Krimskrams?« Es ließ ihn nicht los.

»Ich merke, er fasziniert Sie, Monsieur Poirot. Ich vermute, Sie gehören zu den Leuten, bei denen immer alles tipptopp in Schuss sein muss, habe ich recht?«

»Ganz gewiss gehöre ich zu ihnen, Monsieur. Ich bin ein unersättlicher Liebhaber der Tipptoppität. Ich brauche Ordnung um mich, wenn ich klar und produktiv denken soll. Geht es Ihnen nicht auch so?«

»Ich lasse mich doch nicht von ein paar alten Pappschachteln aus dem Konzept bringen!« Vout gluckste. »Ich kann sie tagelang übersehen. Irgendwann werde ich sie mir vornehmen. Bis dahin ... warum sollte ich mich von ihnen stören lassen?«

Mit einem leichten Zucken der Augenbrauen wandte sich Poirot dem Gegenstand zu, der ihn an diesen Ort geführt hatte. Vout äußerte Bedauern über den Tod seines guten alten Freundes Barnabas Pandy und belieferte Poirot mit genau denselben Fakten, die Stanley McCrodden (vielleicht genau im selben Augenblick) vor mir ausbreitete: walisische Schieferbergwerke; Landgut Combingham Hall; zwei Enkelinnen, Lenore und Annabel; zwei Urenkel, Ivy und Timothy. Darüber hinaus steuerte Vout allerdings ein Detail über Barnabas Pandy bei, das in Stanley Strangs Mitteilung fehlte: Er erwähnte den treuen, altgedienten Kingsbury. »Eher so etwas wie ein jüngerer Bruder von Barnabas war Kingsbury. Er fühlte sich mehr wie ein Familienmitglied als wie ein Bediensteter – obwohl er, was die Erfüllung seiner Pflichten anging, immer äußerst gewissenhaft war. Natürlich traf Barnabas Vorsorge für seine Zukunft. Ein Legat ...«

»Ah ja, das Testament«, sagte Poirot. »Ich würde gern Näheres darüber erfahren.«

»Nun, ich wüsste nicht, wem es schaden sollte, wenn ich es Ihnen verrate. Barnabas hätte nichts dagegen gehabt, und seine letztwillige Verfügung war auch ganz simpel – eigentlich genau so, wie man erwartet hätte. Aber ... dürfte ich fragen, warum es Sie interessiert?«

»Mir ist – indirekt – zu Ohren gekommen, dass Monsieur Pandy ermordet wurde.«

»Ach so, ich verstehe!« Vout lachte und verdrehte die Augen. »Ermordet, hm? Nein, keine Rede davon. Barnabas ertrank. Schlief in der Badewanne ein, rutschte mit dem Kopf unter Wasser und, bedauerlicherweise ...« Er ließ den offensichtlichen Ausgang unausgesprochen.

»Das ist die offizielle Version. Allerdings erwägt man jetzt auch die Möglichkeit, dass der Tod zwar wie ein Unfall aussehen sollte, tatsächlich aber absichtlich herbeigeführt wurde.«

Vout schüttelte die ganze Zeit vehement den Kopf. »Purer Quatsch! Meine Güte, da hat einer die Gerüchteküche aber mächtig eingeheizt, wie? Beziehungsweise *eine* – es sind ja in aller Regel die Damen, die dem Klatsch obliegen. Wir Kerle sind viel zu vernünftig, um unsere Zeit mit Ärgermachen zu vergeuden.«

»Sie sind sich also sicher, dass Monsieur Pandys Tod ein Unfall war?«

»Könnte mir gar nicht sicherer sein.«

»Wie können Sie das mit so viel Überzeugung behaupten? Waren Sie im Badezimmer zugegen, als er starb?«

Vout sah ihn entrüstet an. »Natürlich war ich nicht bei ihm im Badezimmer! Ich war *überhaupt* nicht da! 7. Dezember, nicht? Rein zufällig waren meine Frau und ich da auf der Hochzeit meines Neffen. In Coventry.«

Poirot lächelte höflich. »Ich wollte lediglich zu bedenken geben, dass, wenn Sie weder im Badezimmer waren, als er starb, noch auch nur in Combingham Hall, Sie dann kaum in der Lage sind, mit Bestimmtheit zu behaupten, dass Monsieur Pandys Tod auf einen Unfall zurückzuführen war. Wenn jemand ins Badezimmer geschlichen wäre und ihn unter Wasser gedrückt hätte ... Wie könnten Sie wissen, dass das passiert ist oder nicht passiert ist, wenn Sie auf einer Hochzeit in Coventry waren?«

»Es ist nur so, dass ich die Familie kenne«, sagte Vout und runzelte besorgt die Stirn. »Ich bin ihnen allen ein guter Freund, ebenso wie sie mir durchweg gute Freunde sind. Ich weiß, wer sich gerade im Herrenhaus aufhielt, als es zur Tragödie kam: Lenore, Annabel, Ivy und Kingsbury, und ich kann Ihnen versichern, dass keiner von ihnen Barnabas auch nur ein Haar gekrümmt hätte. Es ist völlig undenkbar! Ich habe mit eigenen Augen gesehen, wie sehr sie alle um ihn trauerten, Monsieur Poirot.«

Lautlos artikulierte Poirot die Worte »*C'est ça*«. Sein Verdacht hatte sich bestätigt. Vout war einer dieser Menschen, die an Dinge wie Mord und das Böse und überhaupt jegliche Unannehmlichkeit nur dann glaubten, wenn sie sie nicht direkt betrafen. Läse er in der Zeitung, dass ein Irrer eine fünfköpfige Familie in kleine Stücke gehackt hat, so würde er keinen Augenblick lang daran zweifeln. Aber würde man ihm gegenüber andeuten, dass ein Mann, den er als seinen Freund betrachtete, ermordet worden sein könnte, ließe er sich nie davon überzeugen, dass dies auch nur im Bereich des Möglichen lag.

»Bitte erzählen Sie mir von Monsieur Pandys Testament«, sagte Poirot.

»Wie gesagt, Kingsbury bekam ein nettes Sümmchen: genug, um einen behaglichen Lebensabend verbringen zu können. Haus und Ländereien werden für Ivy und Timothy bis zu deren Erreichen der Volljährigkeit treuhänderisch verwaltet, mit dem Zusatz, dass Leonore und Annabel dort Wohnrecht auf Lebenszeit genießen. Das ganze Geld und die übrigen Vermögenswerte, wovon es etliche gibt, gehen an Lenore und Annabel. Jetzt sind sie beide, jede für sich, äußerst wohlhabende Frauen.«

»Also könnte eine Erbschaft ein Motiv geliefert haben.«

Vout seufzte ungeduldig. »Monsieur Poirot, bitte hören Sie doch, was ich Ihnen klarzumachen versuche. Es ist schlechterdings unvorstellbar ...«

»Ja, ja, ich höre. Die meisten Leute würden sich sagen, dass ein Vierundneunzigjähriger ohnehin in absehbarer Zeit sterben wird.

Aber wenn jemand sofort Geld bräuchte ... wenn noch ein Jahr zu warten die schlimmsten Konsequenzen für ihn hätte ...«

»Ich sag Ihnen doch, Mann, Sie sind völlig auf dem Holzweg!« Vouts Augen und Stimme verrieten heftige Besorgnis. »Es ist eine reizende Familie.«

»Sie sind ihr ein guter Freund, Monsieur«, gab Poirot sanft zu bedenken.

»Genau! Bin ich! Glauben Sie, ich würde einer Familie die Freundschaft halten, zu der ein Mörder gehört? Barnabas wurde nicht ermordet. Ich kann es beweisen. Er ...« Vout verstummte. Eine neue Rosigkeit umwölkte seine Wangen.

»Was immer Sie mir sagen können, wird mir eine große Hilfe sein«, ermunterte Poirot ihn.

Vout sah verdrießlich drein. Nachdem ihm etwas gegen seinen Willen herausgerutscht war, fehlte ihm jetzt die Geistesgegenwart, um sich glaubwürdig herauszureden.

»Was soll's – es wird schon nichts schaden, wenn ich es Ihnen sage.« Er seufzte. »Ich werde einfach das Gefühl nicht los, dass Barnabas wusste, dass er bald sterben würde. Ich sah ihn kurz vor seinem Tod, und ... na ja, er schien zu ahnen, dass seine Zeit sich dem Ende zuneigte.«

»Was vermittelte Ihnen diesen Eindruck?«

»Als ich ihn zum letzten Mal sah, erschien er mir wie ein Mann, dem eine schwere Last von den Schultern genommen worden war. Er schien seinen Frieden gefunden zu haben. Er lächelte auf eine besondere Weise, ließ gewisse Bemerkungen fallen, die andeuteten, er müsse bestimmte Angelegenheiten *jetzt* in Ordnung bringen, bevor es zu spät wäre. Er schien das Gefühl zu haben, dass der Tod mit Riesenschritten nahte – und leider sollte er recht behalten.«

»*Dommage*«, pflichtete Poirot ihm bei. »Trotzdem, es ist besser, dem unausweichlichen Ende mit einem gelassenen Geist zu begegnen, nicht wahr? Was für Angelegenheiten wünschte Monsieur Pandy denn in Ordnung zu bringen?«

»Hm? Ach, es gab da so einen Mann, der sein ... na ja, wirklich sein Feind gewesen war, falls das Wort nicht zu melodramatisch klingt. Vincent Lobb hieß der Knabe. Bei unserer letzten Begegnung erklärte Barnabas, er wünsche, diesem Burschen zu schreiben und ihm eine Aussöhnung vorzuschlagen.«

»Das plötzliche Bedürfnis, einem alten Feind zu verzeihen«, murmelte Poirot. »Das ist interessant. Angenommen, jemand wollte, dass dieser Friedensschluss nicht zustande kam ... Wurde dieser Brief an Monsieur Lobb jemals abgeschickt?«

»Durchaus«, sagte Vout. »Ich erklärte Barnabas, dass ich das für eine ausgezeichnete Initiative hielt, und er gab ihn noch an demselben Tag in die Post. Ob er eine Antwort bekam, ist mir nicht bekannt. Es geschah wirklich nur wenige Tage, bevor er ... dahinging. Sehr traurig. Obwohl er mit vierundneunzig wirklich ein prächtiges Alter erreichte! Es ist wohl möglich, dass ein Antwortbrief nach seinem Tod ankam, aber andererseits hätten mir Annabel oder Lenore dann, glaube ich, davon erzählt.«

»Was war die Ursache der Feindschaft zwischen den Messieurs Pandy und Lobb?«, fragte Poirot.

»Ich fürchte, da kann ich Ihnen nicht helfen. Barnabas hat es mir nie erzählt.«

»Ich wäre Ihnen dankbar, wenn Sie mir etwas über die Familie erzählen könnten«, sagte Poirot. »War es – ist es – ein glücklicher Haushalt, in Combingham Hall?«

»Oh, sehr glücklich. Wirklich sehr glücklich. Lenore ist ein wahrer Fels in der Brandung. Annabel und Ivy bewundern sie beide maßlos. Annabel betet Lenores Kinder geradezu an – und ihren geliebten Hund natürlich ebenso. Hopscotch. Der ist eine richtige Nummer! Ein Riesenvieh. Springt gern die Leute an und schleckt sie ab! Keine Spur von Gehorsam, aber sehr anhänglich. Und was den jungen Timothy angeht – der Bursche hat eine große Zukunft vor sich. Er hat einen gescheiten Kopf und jede Menge Willenskraft. Ich könnte mir durchaus vorstellen, dass er es eines Tages noch bis zum Premierminister bringt. Auch Barnabas sagte das oft. ›Dieser Junge könnte alles werden, was er sich vornimmt‹, sagte er oft. ›Absolut alles.‹ Barnabas hing an ihnen allen sehr, und sie an ihm.«

»Sie schildern wahrhaftig die vollkommene Familie«, sagte Poirot. »Doch es gibt keine Familie, die nicht ihre Probleme hätte. Es muss irgendetwas gegeben haben, was nicht ganz vollkommen war.«

»Also ... ich würde es nicht so ... ich meine, selbstverständlich ist das Leben nie gänzlich frei von Unliebsamkeiten, aber zum größten Teil ... Wie ich bereits sagte, Monsieur Poirot: Es sind die Damen, die verleumderischen Klatsch genießen. Barnabas liebte seine Familie – und Kingsbury –, und sie alle liebten ihn. Mehr werde ich dazu nicht sagen. Und da nicht die Rede davon sein kann, dass sein Tod etwas anderes gewesen wäre als ein Unfall, sehe ich keine Notwendigkeit, das Privatleben eines guten Mannes und dessen Familie umzugraben und darin nach unappetitlichen Happen zu wühlen.«

Als er erkannte, dass Vout fest entschlossen war, nichts weiter preiszugeben, dankte ihm Poirot für seine Hilfe und brach auf.

»Aber es gibt mehr preiszugeben«, sagte er zu niemand Bestimmtem, als er wieder auf der Drury Lane stand. »Ganz gewiss ist da noch mehr, und ich werde es herausfinden. Nicht *ein* unappetitlicher Happen wird Hercule Poirots Lappen entgehen!«

8

Poirot erlässt Anweisungen

Ich fand Poirot in meinem Büro vor, als ich zu Scotland Yard zurückkehrte. Er schien in Gedanken versunken zu sein und murmelte, als ich hereinkam, lautlos vor sich hin. Er war so geschniegelt wie stets, und sein beachtlicher Schnauzbart sah besonders gut gepflegt aus.

»Poirot! Endlich!«

Aus seiner zeitweiligen Absenz aufgeschreckt, erhob er sich. »*Mon ami* Catchpool! Wo waren Sie? Ich habe eine Angelegenheit mit Ihnen zu besprechen, die mir große Verwirrung bereitet.«

»Lassen Sie mich raten«, sagte ich. »Ein mit Ihrem Namen unterzeichneter, wenngleich von Ihnen weder geschriebener noch entsandter Brief, der Stanley McCroddens Sohn John des Mordes an Barnabas Pandy beschuldigt …?«

Poirot sah mich verblüfft an. »*Mon cher* … Irgendwie wissen Sie es schon. Sie werden mir gewisslich verraten, woher. Ah, aber Sie sagen ›Brief‹, nicht ›Brie-fe‹! Bedeutet dies, dass Sie von den anderen nichts wissen?«

»Den anderen?«

»*Oui, mon ami.* Jeweils an Mrs Sylvia Reagan, Miss Annabel Treadway und Mr Hugo Dockerill adressiert.«

Annabel? Ich wusste, dass ich den Namen erst kürzlich gehört hatte, konnte mich aber nicht erinnern, wo. Dann fiel es mir ein: Stanley McCrodden hatte mir erzählt, dass eine von Pandys Enkelinnen so hieß.

»Völlig korrekt«, sagte Poirot, als ich nachfragte. »Miss Treadway ist in der Tat eine Enkelin Monsieur Pandys.«

»Wer sind dann die zwei anderen? Wie waren noch mal die Namen?«

»Sylvia Reagan und Hugo Dockerill. Sie sind zwei Personen – und Annabel Treadway ist eine dritte und John McCrodden eine vierte –, die mit meinem Namen unterschriebene Briefe erhielten und der Ermordung Barnabas Pandys beschuldigt wurden. Die meisten dieser Personen haben bei mir vorgesprochen, um mich für die Zusendung dieser Briefe, die ich nicht geschickt habe, zu beschimpfen, und haben mir kein Gehör geschenkt, als ich ihnen erklären wollte, dass ich sie überhaupt nicht geschickt hatte! Es war entnervend und entmutigend, *mon ami*. Und nicht einer von ihnen war in der Lage, mir den erhaltenen Brief zu zeigen.«

»Gut möglich, dass ich Ihnen in dem Punkt behilflich sein kann«, antwortete ich ihm.

Seine Augen weiteten sich. »Haben Sie einen der Briefe? Ja! Dann müssen Sie den haben, der John McCrodden zugesandt wurde, da es ja sein Name war, den Sie erwähnt haben. Ah! Es ist eine Freude, in Ihrem Büro zu sein, Catchpool. Hier ist kein unansehnliches Gebirge von Kartons!«

»Kartons? Warum sollten hier Kartons sein?«

»Sollten sie nicht, mein Freund. Aber verraten Sie mir, wie können Sie im Besitz des Briefes sein, den John McCrodden erhielt? Er sagte mir, er habe ihn in Fetzen gerissen und diese Fetzen seinem Vater zugeschickt.«

Ich berichtete ihm von dem Telegramm des Supers und meinem Treffen mit Stanley Strang, wobei ich mich bemühte, nichts auszulassen, was hätte relevant sein können. Während ich sprach, nickte er die ganze Zeit eifrig.

Als ich fertig war, sagte er: »Welch eine Koinzidenz! Ohne es zu ahnen, haben wir sehr tüchtig und – wie sagt man doch? – konzertiert gehandelt! Just während Sie mit Stanley McCrodden sprachen, unterhielt ich mich mit dem Rechtsbeistand Barnabas Pandys.« Dann referierte er mir, was er herausgefunden hatte und was nicht. »Da ist noch mehr, vielleicht sehr viel mehr, was Peter Vout mir über Barnabas Pandys Familie verraten könnte, aber nicht verraten wollte. Und da er sich absolut sicher ist,

dass Pandy nicht ermordet wurde, fühlt er sich auch nicht verpflichtet, andere an seinem Wissen teilhaben zu lassen. Doch
ich habe eine Idee – eine, bei deren Umsetzung Stanley Strang,
sofern er dazu bereit ist, behilflich sein könnte. Ich muss bald-
möglichst mit ihm sprechen. Aber zunächst, zeigen Sie mir bitte
John McCroddens Brief.«

Ich gab ihn ihm. Als er ihn las, flammten Poirots Augen vor
Zorn auf.

»Es ist undenkbar, dass Hercule Poirot so etwas geschrieben
und abgeschickt haben sollte, Catchpool. Er ist so ungeschickt
formuliert und so stillos geschrieben! Es beleidigt mich, dass jemand glauben konnte, der Brief käme von mir.«

Ich versuchte, ihn zu trösten. »Keiner der Empfänger kennt
Sie persönlich. Andernfalls hätten sie, so wie ich, auf den ersten
Blick erkannt, dass er nicht aus Ihrer Feder stammt.«

»Es gibt viel zu bedenken. Ich werde eine Liste erstellen. Wir
müssen uns an die Arbeit machen, Catchpool!«

»Ich fürchte, *ich* muss mich an die Arbeit machen, Poirot.
Wenn Sie mit Stanley Strang sprechen wollen, nur zu – er möchte
Sie selbst dringend sprechen –, aber wenn Sie beabsichtigen, in
Sachen Barnabas Pandy weitere Schritte zu unternehmen, kön-
nen Sie auf mich, so leid es mir tut, nicht zählen.«

»Wie könnte ich keine Schritte unternehmen, *mon ami*? Was
glauben Sie, warum die vier Briefe verschickt wurden? Jemand
wünscht, mir die Idee in den Kopf zu setzen, dass Barnabas Pandy
ermordet wurde. Ist es da nicht begreiflich, dass ich neugierig
bin? So, und jetzt müssten Sie etwas für mich erledigen.«

»Poirot ...«

»Ja, ja, Sie müssen Ihre Arbeit machen. *Je comprends.* Das werde ich Ihnen auch gestatten, sobald Sie mir geholfen haben. Es ist
nur eine kleine Aufgabe und für Sie viel leichter zu erledigen als
für mich. Finden Sie heraus, wo die vier an dem Tag waren, als
Barnabas Pandy starb: Sylvia Reagan, Hugo Dockerill, Annabel
Treadway und John McCrodden. Der Rechtsanwalt, Vout, sagte

mir, dass Mademoiselle Treadway zu Hause war, als ihr Großvater starb, in Combingham Hall. Finden Sie heraus, ob das den
Tatsachen entspricht. Und bitte, es ist von entscheidender Wichtigkeit, dass Sie jeden von ihnen auf genau dieselbe Weise befragen: dieselben Fragen, in derselben Reihenfolge. Ist das klar? Mir
ist aufgegangen, dass dies die effektivste Methode ist, den Charakter eines Menschen von dem eines anderen zu unterscheiden.
Außerdem interessiert mich dieser Eustace, von dem Madame
Reagan so besessen ist. Wenn Sie vielleicht ...«

Ich winkte ihm ein »Stopp!« zu, wie ein Bahnwärter, auf den
ein führerloser Zug zurast.

»Poirot, bitte! Wer ist Eustace? Nein, vergessen Sie die Frage.
Barnabas Pandys Tod ist offiziell für einen Unfall erklärt worden.
So leid es mir tut, bedeutet dies, dass ich schlecht bei Leuten ins
Haus platzen und sie nach ihren Alibis fragen kann.«

»Nicht geradeheraus, natürlich«, pflichtete Poirot mir bei. Er
stand auf und begann, imaginäre Knitterfalten in seiner Kleidung
zu glätten. »Ich bin sicher, Sie werden schon eine geschickte Lösung für dieses Problem finden. Guten Tag, *mon ami*. Kommen
Sie mich besuchen, sobald Sie mir die erforderlichen Informationen liefern können. Und – ja, ja! – dann können Sie die Arbeit
erledigen, die Ihnen Scotland Yard zugeteilt hat.«

9

Vier Alibis

Am Abend desselben Tages klingelte im Haus, in dem John McCrodden wohnte, das Telefon. Seine Hauswirtin nahm den Hörer ab.

»John McCrodden wollen Sie, ja? Nicht John Webber? McCrodden, ja? In Ordnung, ich hol ihn. Hab ihn vorhin erst gesehen. Ist wahrscheinlich oben in seinem Zimmer. Sie möchten mit ihm reden, ja? Dann hol ich ihn eben. Sie warten solange. Ich hol ihn.«

Während die Anruferin fast fünf Minuten lang wartete, sagte sie sich, dass es eine erstaunlich unfähige Frau sein musste, die es fertigbrachte, ihren eigenen Untermieter nicht zu finden, wenn er zu Hause war.

Schließlich meldete sich eine männliche Stimme. »McCrodden. Wer spricht da?«

»Ich rufe im Auftrag von Inspector Edward Catchpool an«, sagte die Anruferin. »Von Scotland Yard.«

Es entstand eine Pause. Dann sagte John McCrodden: »Ach wirklich?« Er klang so, als hätte die Idee ihn belustigen können, wenn er nur nicht so müde gewesen wäre.

»Ja. Ja, das stimmt.«

»Und wer sind dann bitte Sie? Seine Frau?«, fragte er sarkastisch.

Die Anruferin hätte keine Probleme damit gehabt, McCrodden zu verraten, wer sie war, aber sie hatte die ausdrückliche Anweisung erhalten, dies zu unterlassen. Sie hatte Kärtchen vor sich liegen, auf denen genau stand, was sie sagen sollte, und sie beabsichtigte, sich buchstabengetreu daran zu halten.

»Ich hätte einige Fragen an Sie, Fragen, auf die Inspector Catchpool Ihre Antworten benötigt. Wenn Sie …«

»Warum stellt er sie mir dann nicht selbst? Wie heißen Sie überhaupt? Sagen Sie mir augenblicklich Ihren Namen, oder dieses Gespräch ist beendet!«

»Wenn Sie meine Fragen zufriedenstellend beantworten, dann, hofft Inspector Catchpool, wird es nicht erforderlich sein, Sie zur Vernehmung auf die Polizeiwache zu bitten. Alles, was ich wissen möchte, ist: Wo waren Sie an dem Tag, an dem Barnabas Pandy starb?«

McCrodden lachte. »Seien Sie so freundlich und teilen Sie meinem Vater mit, dass ich nicht willens bin, mir seine Belästigungskampagne auch nur eine Sekunde länger gefallen zu lassen. Wenn er nicht aufhört, mich auf diese hinterhältige Weise zu verfolgen, dann täte er besser daran, Vorkehrungen für seine eigene Sicherheit zu treffen. Sagen Sie ihm, dass ich nicht die leiseste Ahnung habe, wann Barnabas Pandy starb, weil ich keinen Barnabas Pandy kenne. Ich weiß nicht, ob er gelebt hat, gestorben oder als Trapezkünstler zum Zirkus gegangen ist, und ich weiß auch nicht, wann er das alles getan hat, falls überhaupt.«

Die Anruferin war vorgewarnt worden, dass John McCrodden sich möglicherweise als wenig kooperativ erweisen würde. Sie hörte geduldig zu, während er fortfuhr, sie mit eisiger Verachtung zu traktieren.

»Darüber hinaus dürfen Sie ihm mitteilen, dass ich nicht so dumm bin, wie er glaubt, und dass ich mir völlig sicher bin, dass, sollte Scotland Yard tatsächlich einen Inspector namens ›Edward Catchpool‹ beschäftigen – was ich stark bezweifle –, der gute Mann dann nichts von diesem Telefonat weiß und Sie keineswegs autorisiert sind, es zu führen. Was auch der Grund ist, weswegen Sie sich weigern, mir Ihren Namen zu nennen.«

»Barnabas Pandy starb am 7. Dezember letzten Jahres.«

»Tatsächlich? Freut mich ungemein zu hören.«

»Wo waren Sie an diesem Tag, Sir? Nach Inspector Catchpools Informationen starb Mr Pandy auf seinem Landsitz, Combingham Hall …«

»Nie davon gehört.«

»... wenn Sie mir also sagen können, wo Sie an dem genannten Tag waren und ob das jemand bestätigen kann, dann wird es für Inspector Catchpool wahrscheinlich nicht nötig sein ...«

»Wo ich war? Aber natürlich! Sekunden bevor Barnabas Pandy seinen letzten Atemzug tat, stand ich neben seinem hingestreckten Körper mit einem Tranchiermesser in der Hand, um ihm selbiges ins Herz zu stoßen. Ist es das, was mein Vater gern von mir hören möchte?«

Es ertönte ein lauter Knall, und dann war die Leitung tot.

Auf der Rückseite einer ihrer Fragekarten notierte sich die Anruferin, was sie für die wesentlichen Punkte hielt: dass John McCrodden glaubte, sein Vater stecke hinter dem Anruf, dass er die Existenz Edward Catchpools angezweifelt hatte und – was die Anruferin für das Wichtigste hielt – dass er nicht gewusst hatte beziehungsweise vorgegeben hatte, nicht zu wissen, an welchem Tag Barnabas Pandy gestorben war.

»Kein Alibi angegeben«, schrieb sie. »Sagte, er hätte, direkt bevor Pandy starb, mit einem Messer in der Hand neben ihm gestanden, aber er sagte es so, als ob ich es nicht glauben sollte.«

Nachdem sie ihre Notizen zweimal durchgelesen und ein paar Minuten lang nachgedacht hatte, griff die Anruferin wieder nach ihrem Bleistift und fügte hinzu: »Aber vielleicht war es die Wahrheit, und die Lüge bestand in dem Ton, in dem er es sagte.«

»Bin ich mit Mrs Reagan verbunden? Mrs Sylvia Reagan?«

»Am Apparat. Mit wem spreche ich?«

»Guten Abend, Mrs Reagan. Ich rufe im Auftrag von Inspector Edward Catchpool an. Von Scotland Yard.«

»Scotland Yard?« Sylvia Reagan klang augenblicklich erschrocken. »Ist etwas passiert? Geht es um Mildred? Ist etwas mit Mildred?«

»Das hat nichts mit irgendeiner Mildred zu tun, Ma'am.«

»Sie sollte mittlerweile wieder zu Hause sein. Ich fing schon an, mir Sorgen zu machen, und dann ... Scotland Yard? Ach du meine Güte!«

»Es geht um etwas anderes. Es besteht kein Grund anzunehmen, dass Mildred etwas passiert ist.«

»Halt!«, bellte Sylvia Reagan, worauf die Anruferin den Telefonhörer ruckartig von ihrem Ohr entfernte. »Ich glaube, da kommt sie gerade. Oh, dem Himmel sei Dank! Ich will nur eben ...« Ein paar Knurrlaute und keuchende Atemzüge später sagte Mrs Reagan: »Ja, es ist Mildred. Sie ist wohlbehalten zurück. Haben Sie Kinder, Inspector Catchpool?«

»Ich sagte, ich rufe *im Auftrag* von Inspector Catchpool an. Ich bin nicht Inspector Catchpool.« Verdammte Idiotin! Wusste Mrs Reagan nicht, dass Frauen nicht Inspector werden durften, egal, wie sehr sie es sich vielleicht wünschten oder wie begabt sie waren? Es fuchste die Anruferin, gezwungen worden zu sein, sich diese unerfreuliche Tatsache wieder einmal in all ihrer Ungerechtigkeit bewusst zu machen. Sie hegte die heimliche Überzeugung, dass sie einen besseren Inspector abgeben würde als jede ihr bekannte Person.

»Ach so, ja. Ja, sicher«, sagte Sylvia Reagan, die so klang, als hörte sie nur mit halbem Ohr zu. »Jedenfalls, wenn Sie Kinder haben, dann werden Sie auch wissen, dass man ihretwegen ununterbrochen in Sorge ist, wie alt sie auch sein mögen. Sie könnten überall sein, und wie soll man dann wissen, wo? Und dazu mit den verkommensten Subjekten! *Haben* Sie Kinder?«

»Nein.«

»Nun, das kommt bestimmt noch. Und ich bete für Sie, dass Sie dann nicht erleiden müssen, was ich gerade durchmache! Meine Mildred ist mit dem widerwärtigsten Mann verlobt ...«

Die Anruferin warf einen Blick auf die Notizen, die man ihr gegeben hatte. Sie tippte, dass die Erwähnung des Namens Eustace unmittelbar bevorstand.

»... und jetzt haben sie ein Hochzeitsdatum festgelegt! Nächsten Juni, behaupten sie jedenfalls. Ich traue Eustace absolut zu, dass er Mildred dazu überreden kann, ihn schon vor diesem Datum heimlich zu heiraten. Oh, er weiß, dass ich jeden wachen Augenblick zwischen jetzt und kommendem Juni mit dem Versuch zubringen werde, dieses verflixte Mädchen zur Vernunft zu bringen – und zwar mit Sicherheit vergeblich! Wer hört schon auf die eigene Mutter? Ich glaube, er hat die Gelegenheit erkannt, mir einen grausamen Streich zu spielen.«

»Mrs Reagan, ich habe eine Frage …«

»Er will, dass ich mich in dem Glauben wiege, ganze sechzehn Monate Zeit zu haben, um ihr die Heirat mit ihm auszureden, sodass ich nicht sofort damit anfange. Oh, ich weiß, wie sein abartiger Verstand arbeitet! Es würde mich gar nicht überraschen, wenn er und Mildred in einem Monat bereits verheiratet vor mir erscheinen und sagen würden: ›Überraschung! Schon passiert!‹ Deswegen bin ich so ein Nervenbündel, sobald sie das Haus verlässt. Eustace ist zu allem fähig. Ich weiß nicht, warum diese dumme Gans so durch und durch unfähig ist, eine eigene Position zu beziehen.«

Die Anruferin hätte sich ein, zwei Gründe dafür vorstellen können.

»Mrs Reagan, ich muss Ihnen eine Frage stellen. Es geht um den Tod von Barnabas Pandy. Wenn Sie sie zufriedenstellend beantworten können, dann, hofft Inspector Catchpool, wird es nicht erforderlich sein, Sie zur Vernehmung auf die Polizeiwache zu bitten.«

»Barnabas Pandy? Wer ist das? Ach, jetzt erinnere ich mich! Der Brief, den dieser grässliche kontinentale Detektiv mir auf Eustace' Betreiben hin geschrieben hat – was für eine verwerfliche kleine Kröte er doch ist! Ich hatte bis dahin eine hohe Meinung von Hercule Poirot, aber jemand, der sich dazu hergibt, als Eustace' Handlanger zu fungieren … Ich weigere mich, auch nur an ihn zu denken!«

»Wenn Sie meine Fragen zufriedenstellend beantworten, dann, hofft Inspector Catchpool, wird es nicht erforderlich sein, Sie zur

Vernehmung auf die Polizeiwache zu bitten«, wiederholte die Anruferin geduldig. »Wo waren Sie an dem Tag, an dem Barnabas Pandy starb?«

Aus dem Hörer schnappte es nach Luft. »Wo ich war? Sie fragen mich, wo ich war?«

»Ja.«

»Und Sie sagen, dass Inspector – wie war der Name noch mal?«

»Edward Catchpool.«

Es klang so, als würde sich Sylvia Reagan den Namen notieren. »Und Inspector Edward Catchpool von Scotland Yard möchte das wissen?«

»Ja.«

»Warum? Weiß er nicht, dass Eustace und dieser Ausländer diesen Unfug miteinander ausgeheckt haben?«

»Ob Sie mir einfach sagen könnten, wo Sie an dem fraglichen Tag waren?«

»An welchem Tag? Dem Tag, an dem ein Mann namens Barnabas Pandy ermordet wurde – ein Mann, den ich nicht kenne, dessen Name mir, bis ich diesen ekelhaften Brief erhielt, unbekannt war? Wie sollte ich wissen, wo ich gerade war, als jemand ihn ermordete? Ich habe keine Ahnung, wann er starb!«

Die Anruferin nahm dreierlei zur Kenntnis: Erstens schien Sylvia Reagan nicht in Zweifel zu ziehen, dass Pandy ermordet worden war; zweitens war dies nachvollziehbar, wenn sie glaubte, dass dieser Anruf tatsächlich von Scotland Yard kam; drittens behauptete sie, nicht zu wissen, wann Pandy gestorben war, was dafür sprechen konnte, dass sie ihn nicht getötet hatte.

»Mr Pandy starb am 7. Dezember«, sagte die Anruferin.

»Wenn Sie einen Augenblick warten, gehe ich im Terminkalender vom letzten Jahr nachsehen«, sagte Mrs Reagan. »Übrigens, gleichgültig, ob Inspector ...« Es entstand eine kleine Pause. Die Anruferin stellte sich vor, dass Mrs Reagan einen Blick auf einen Notizzettel warf. »Gleichgültig, ob Inspector Catchpool es für nötig erachtet, mich doch noch zu befragen, würde ich mich

86

sehr gern mit ihm unterhalten. Ich möchte klarstellen, dass ich niemanden ermordet habe und auch nicht die Sorte Mensch bin, die derlei tun würde. Sobald ich ihm die Sache mit Eustace dargestellt habe, wird er diese unersprießliche Angelegenheit, wie ich hoffe, als das ansehen, was sie ist: ein Versuch, mir ein Verbrechen in die Schuhe zu schieben, an dem ich vollkommen unschuldig bin. Ich bin sicher, dass er es ebenso schockierend wie ich finden wird – eine Frau meines Ansehens und Standes! Ich bin eigentlich froh, dass diese Sache passiert ist, denn ich rechne damit, dass sie Eustace das Genick brechen wird. Die Behinderung der polizeilichen Untersuchung eines Mordes mithilfe verleumderischer Beschuldigungen ist doch eine Straftat, nicht wahr?«

»Das würde ich doch meinen«, sagte die Anruferin.

»Na dann! Ich sehe jetzt in meinem Terminkalender nach. Der 7. Dezember letzten Jahres, sagten Sie?«

»Ja.«

Während die Anruferin wartete, horchte sie auf die Geräusche in Sylvia Reagans Haus. Sie hörte allerlei Getrampel, Öffnen und Schließen von Türen, Schritte auf einer Treppe. Als Mrs Reagan sich zurückmeldete, sagte sie triumphierend:

»Am 7. Dezember war ich im Turville College – von zehn Uhr morgens bis zur Abendessenszeit. Mein Sohn Freddie ist dort Schüler, und es war der Tag des Weihnachtsmarkts. Ich bin bis weit nach acht Uhr geblieben. Außerdem waren Hunderte Personen anwesend – Eltern, Lehrer und Schüler –, und *alle* werden bestätigen, was ich Ihnen gesagt habe. Ach, wie herrlich!« Sylvia Reagan seufzte. »Eustace' Plan ist zum Scheitern verurteilt. Wäre es nicht einfach traumhaft, wenn er für seine Lügen und Verleumdungen an den Galgen käme – also genau das Schicksal erleiden würde, das er mir zugedacht hatte?«

Nach John McCrodden und Sylvia Reagan war es entschieden ein Vergnügen, Annabel Treadway zu befragen. Sie hegte, soweit erkennbar, gegen niemanden einen Groll, hatte keine Eustace-

Entsprechung und ließ sich nicht lang und giftig über irgendwelche Leute aus, die die Anruferin nicht weiter interessierten. Und was noch wichtiger war – sie hatte Relevantes zu berichten.

»Am 7. Dezember war ich zu Haus«, sagte sie. »Wir waren alle da – alle, die auf Combingham Hall wohnen. Kingsbury war ein paar Tage fort gewesen und gerade wieder zurückgekehrt. Er ließ das Bad ein, wie er es immer tat, und er war auch derjenige, der ... der etwas später Grandy fand. Erschütternd war es für uns alle, aber für Kingsbury muss es ganz besonders schlimm gewesen sein. Derjenige zu sein, der eine solche Tragödie entdeckt ... Noch bevor Lenore, Ivy und ich das Badezimmer betreten hatten, wussten wir, dass etwas Schlimmes passiert sein musste. Ich will nicht behaupten, wir wären darauf gefasst gewesen – auf etwas so Entsetzliches kann man nicht gefasst sein! –, aber wir waren vorgewarnt worden. Der Schrei, den Kingsbury ausstieß, als er es ... Ach, der arme Kingsbury! Ich werde nie vergessen, wie seine Stimme sich überschlug, als er nach uns rief.«

Annabel Treadway stieß einen gequälten Laut aus. »Kingsbury ist weder ein junger noch ein kräftiger Mann, und seit Grandys Ableben ist er noch viel älter und schwächer geworden. Nicht im wörtlichen Sinne natürlich – aber dem Aussehen nach ist er um zehn Jahre gealtert. Er war den größten Teil seines Lebens bei Grandy gewesen.«

»Wer ist Kingsbury?« Die Frage stand nicht auf der Liste, aber die Anruferin hatte das Gefühl, dass es nachlässig von ihr gewesen wäre, sie nicht zu stellen.

»Er ist Grandys Kammerdiener. *War*, sollte ich wohl besser sagen. So ein reizender, gütiger Mensch! Ich kenne ihn seit meiner Kindheit. Tatsächlich ist er so etwas wie ein Familienmitglied. Wir machen uns seinetwegen alle schreckliche Sorgen. Wir fragen uns, wie er zurechtkommen wird, jetzt, wo Grandy nicht mehr da ist.«

»Er wohnt in Combingham Hall?«

»Er hat ein Cottage auf dem Gutsgelände. Früher verbrachte er die meiste Zeit bei uns im Herrenhaus, aber seit Grandy gestorben ist, bekommen wir ihn nicht annähernd so oft zu Gesicht. Er erledigt seine Arbeit und verschwindet dann still und leise in sein Häuschen.«

»Wohnt abgesehen von Kingsbury sonst noch jemand auf dem Gelände von Combingham Hall?«

»Nein. Wir haben eine Köchin und ein Küchenmädchen, außerdem noch zwei Hausmädchen, aber sie wohnen alle im Ort.«

»Und wer wohnt alles im Herrenhaus?«

»Es waren nur wir vier. Und mein Hund, Hopscotch. Und dann, seit Grandy starb, nur noch meine Schwester Lenore, meine Nichte Ivy, Hopscotch und ich. Ach, und Timothy natürlich, während eines Teils der freien Wochenenden und Schulferien, wobei er dann allerdings häufig bei dem einen oder anderen Freund übernachtet.«

Die Anruferin betrachtete die vor ihr liegenden Notizen. Sie hatte alles ordentlich auf dem Tisch ausgebreitet, sodass sie, mit einem Blick und ohne blättern zu müssen, alle potenziell wichtigen Informationen und gleichzeitig alle Fragen sehen konnte, die sie jedem der vier Verdächtigen stellen musste – falls »Verdächtige« eine treffende Bezeichnung für diese Personen war. »Timothy ist Ihr Neffe, richtig, Miss Treadway?«, fragte sie.

»Ja. Er ist der Sohn meiner Schwester Lenore. Ivys jüngerer Bruder.«

»War Timothy in Combingham Hall, als Ihr Großvater starb?«

»Nein. Er war auf dem Weihnachtsmarkt seiner Schule.«

Mit einem zufriedenen Nicken machte sich die Anruferin eine entsprechende Notiz. Laut ihren Spickzetteln besuchte Timothy Lavington das Turville College. Anscheinend hatte Sylvia Reagan die Wahrheit gesagt, was das Datum des Schul-Weihnachtsmarktes betraf: der 7. Dezember.

»Hielt sich sonst noch jemand im Herrenhaus auf, als Mr Pandy starb – also außer Ihnen, Ihrer Schwester Lenore, Ihrer Nichte Ivy und Kingsbury?«

»Nein. Niemand«, sagte Annabel Treadway. »Normalerweise wäre unsere Köchin auch da gewesen, und noch ein Zimmermädchen, aber wir hatten ihnen den Tag freigegeben. Lenore, Ivy und ich hatten eigentlich auf den Weihnachtsmarkt gehen wollen, das heißt, wir hätten zu Mittag und zu Abend in Turville gegessen. Am Ende sind wir dann aber doch nicht hingefahren.«

Bemüht, nicht zu neugierig zu klingen, fragte die Anruferin, warum der Plan, den Weihnachtsmarkt zu besuchen, aufgegeben worden war.

»Tut mir leid, das weiß ich nicht mehr«, sagte Annabel schnell. Die Anruferin glaubte ihr nicht.

»Dann fand der Kammerdiener Kingsbury Mr Pandy also um zwanzig nach fünf tot in seinem Badewasser vor und rief um Hilfe? Wo waren Sie, als Sie ihn rufen hörten?«

»Deswegen weiß ich ja, dass Grandy nicht ermordet worden sein kann.« Sie klang so, als freute sie sich über die Frage. »Ich war im Schlafzimmer meiner Nichte Ivy, zusammen mit Ivy und Lenore und Hopscotch – als Grandy noch immer am Leben war *und* als er gestorben sein muss. Zwischen diesen zwei Zeitpunkten verließ keine von uns das Zimmer, nicht einmal für eine Sekunde.«

»Zwischen welchen zwei Zeitpunkten, Miss Treadway?«

»Entschuldigen Sie, ich habe mich wohl etwas unklar ausgedrückt. Kurz nachdem Lenore und ich zu Ivy ins Schlafzimmer gegangen waren, um mit ihr zu reden, hörten wir Grandys Stimme. Wir wussten, dass er gerade sein Bad nahm – auf dem Weg zu Ivys Zimmer war ich am Badezimmer vorbeigekommen und hatte Kingsbury bei den Vorbereitungen gesehen. Das Wasser lief gerade ein. Kurze Zeit später dann, als Lenore und ich seit vielleicht zehn Minuten in Ivys Zimmer waren, hörten wir alle Grandy schreien – da war er also mit Sicherheit noch am Leben.«

»Schreien?«, fragte die Anruferin. »Meinen Sie, um Hilfe rufen?«

»Ach so, nein, nichts dergleichen! Er klang sehr energisch.

Er brüllte: ›Kann man nicht mal in Ruhe baden? Ist diese Kakophonie unbedingt nötig?‹ Er verwendete eindeutig das Wort
›Kakophonie‹. Er meinte uns, wie ich gestehen muss: Lenore, Ivy
und mich. Wir redeten wahrscheinlich alle durcheinander, wie
wir das so tun, wenn wir in ausgelassener Stimmung sind. Und
wenn wir laut durcheinanderreden, wirft Hoppy häufig auch etwas ein: jault oder bellt. Für einen Hund ist er unglaublich – er
hat ein erstaunliches Repertoire an Lauten, die er von sich geben
kann, aber leider empfand Grandy sie alle als störend, und ganz
besonders in diesem Moment. Nachdem er uns angeblafft hatte,
machten wir Ivys Tür zu und blieben alle drei in ihrem Zimmer,
bis wir Kingsbury verzweifelt rufen hörten.«

»Wie viel später war das?«

»Nach so vielen Wochen ist es schwer, sich genau zu erinnern,
aber ich würde sagen, vielleicht eine halbe Stunde später.«

»Worüber haben Sie und Ihre Schwester und Ihre Nichte denn
die ganze Zeit, in ausgelassener Stimmung, so geredet?«, fragte
die Anruferin, die mittlerweile beschlossen hatte zu vergessen,
dass sie kein Inspector bei Scotland Yard war.

»Ach, das kann ich Ihnen wirklich nicht sagen, so lange danach«, entgegnete Annabel Treadway. Wieder kam die Antwort
ein Spürchen zu schnell. »Aber ich kann mir nicht vorstellen,
dass es etwas Wichtiges war.«

Die Anruferin konnte es sich dagegen sehr gut vorstellen. Sie
schrieb »schlechte Lügnerin« und unterstrich die Wörter zweimal.

»Wichtig ist doch nur, dass es beweist, dass niemand Grandy
ermordet haben kann – begreifen Sie nicht? Er schlief ein und
ertrank in seinem Badewasser, wie das jedem hätte passieren
können, der so alt und gebrechlich wie er war.«

»Kingsbury könnte ihn unter Wasser gedrückt haben«, konnte
sich die Anruferin nicht verkneifen anzumerken. »Er hatte die
Gelegenheit dazu.«

»Was?«

»Wo war Kingsbury, während Sie drei Damen sich bei geschlossener Tür im Schlafzimmer Ihrer Nichte unterhielten?«

»Das weiß ich nicht, aber ... Sie können doch nicht ernsthaft glauben ... ich meine, Kingsbury *fand* Grandy. Sie wollen doch nicht andeuten ...«

Die Anruferin wartete.

»Es ist undenkbar, dass Kingsbury meinen Großvater ermordet haben sollte«, sagte Annabel Treadway, sobald sie sich wieder gefasst hatte. »Vollkommen undenkbar.«

»Wie können Sie da so sicher sein, wenn Sie gar nicht wissen, wo er war oder was er gerade machte, als Mr Pandy starb?«

»Kingsbury ist ein lieber, lieber Freund unserer Familie. Er könnte niemals einen Mord begehen. Niemals!« Es klang so, als hätte Annabel Treadway angefangen zu weinen. »Ich muss jetzt Schluss machen. Ich habe Hoppy heute sträflich vernachlässigt – das arme Schätzchen! Bitte sagen Sie Inspector Catchpool ...« Sie hielt inne und stieß dann einen lauten Seufzer aus.

»Was?«, fragte die Anruferin.

»Nichts«, sagte Annabel Treadway. »Es ist nur ... Ich wünschte, ich könnte ihm das Versprechen abnehmen, Kingsbury nicht zu verdächtigen. Und ich wünschte, ich hätte keine Ihrer Fragen beantwortet. Aber jetzt ist es zu spät, nicht? Es ist *immer* zu spät!«

»Am 7. Dezember?«, sagte Hugo Dockerill. »Könnte ich Ihnen nicht sagen, wo ich da war. Tut mir leid! Aber wahrscheinlich zu Hause, mit irgendwas beschäftigt.«

»Sie waren also nicht auf dem Weihnachtsmarkt des Turville College?«, fragte die Anruferin.

»Auf dem Weihnachtsmarkt? Doch, natürlich – würde ich mir nie entgehen lassen! –, aber der war viel später.«

»Wirklich? Wann fand denn der Weihnachtsmarkt statt?«

»Nun ja, an das genaue Datum kann ich mich nicht erinnern – für so was habe ich einfach keinen Kopf. Aber ich kann Ihnen sagen, wann Weihnachten ist: am 25. Dezember, genau wie jedes Jahr!« Dockerill gluckste. »Der Weihnachts*markt* war dann vermutlich am 23. oder so um den Dreh. Was, Liebste?«

Im Hintergrund war eine Frauenstimme zu hören: ungeduldig und leicht überdrüssig.

»Aha … Ah! Moment!«, sagte Hugo Dockerill. »Meine Frau Jane hat mich gerade daran erinnert, dass am 23. alle schon längst in die Weihnachtsferien ausgeflogen waren. Ja, natürlich, sie hat absolut recht. Du hast absolut recht, Jane, Liebes. Also … Ah! Wenn Sie so nett wären, noch einen Augenblick zu warten, Jane geht gerade im Kalender vom letzten Jahr nachsehen, wann der Weihnachtsmarkt genau war. Wie war das, meine Liebste? Ja, ja, natürlich, du hast absolut recht. Sie hat völlig recht. Natürlich war der Weihnachtsmarkt nicht am Tag vor Heiligabend – lächerliche Vorstellung!«

Die Anruferin hörte eine Frauenstimme sagen: »Am 7. Dezember.«

»Wie ich aus verlässlicher Quelle weiß, fand unser letztjähriger Weihnachtsmarkt am 7. Dezember statt. So, nach welchem Tag wollten Sie mich noch mal fragen? Ich bin ziemlich verwirrt.«

»Dem 7. Dezember. Waren Sie an dem Tag auf dem Weihnachtsmarkt, Mr Dockerill?«

»Und ob ich das war! Ein richtiger Hauptspaß war das. Ist es immer. Wir in Turville wissen, wie …« Er verstummte abrupt, und dann sagte er: »Jane meint, was ich Ihnen sagen wollte, wird Sie nicht interessieren, und ich sollte mich darauf beschränken, Ihre Fragen zu beantworten.«

»Von wann bis wann waren Sie auf dem Weihnachtsmarkt, Mr Dockerill?«

»Von Anfang bis Ende vermutlich. Es gab anschließend ein Abendessen, das gewöhnlich um … Jane, wann endet …? Danke dir, meine Liebste. Endet immer gegen acht, sagt Jane. Hören Sie, vielleicht wäre es einfacher, wenn Sie direkt mit Jane reden würden.«

»Mit dem größten Vergnügen«, sagte die Anruferin. Binnen einer Minute hatte sie alle Informationen, die sie benötigte: Laut Jane Dockerill waren sie und Hugo am 7. Dezember von der Eröffnung um elf Uhr Vormittag bis zum Ende des abschließenden Abendessens, um acht, auf dem Weihnachtsmarkt gewesen. Ja, Timothy Lavington war ebenfalls anwesend gewesen, nicht jedoch seine Mutter, seine Tante oder seine Schwester, die zwar hatten kommen wollen, aber in letzter Minute absagten. Freddie Reagan war gleichfalls da gewesen, zusammen mit seiner Mutter Sylvia, seiner Schwester Mildred und deren Verlobten Eustace.

Die Anruferin bedankte sich und wollte das Gespräch gerade beenden, als Mrs Dockerill sagte: »Warten Sie einen Moment. So leicht werden Sie mich nicht los.«

»War noch etwas, Ma'am?«

»Allerdings. Hugo hat den Brief, der ihn des Mordes beschuldigte, zweimal verlegt, was ohne Frage äußerst wenig hilfreich war. Zu meiner Freude kann ich Ihnen berichten, dass ich ihn wiedergefunden habe. Ich werde ihn persönlich Inspector Catchpool bei Scotland Yard übergeben, sobald ich die Zeit habe, nach London zu kommen. Nun weiß ich nicht, ob Barnabas Pandy ermordet oder nicht ermordet wurde – ich wäre geneigt, Letzteres anzunehmen, da vier verschiedene Personen desselben Mordes zu beschuldigen mir eher wie ein Gesellschaftsspiel als wie eine ernst gemeinte Anschuldigung erscheint, ganz besonders, wenn die Briefe fälschlicher- und betrügerischerweise mit ›Hercule Poirot‹ unterschrieben sind –, aber nur für den Fall, dass Mr Pandy doch ermordet worden sein sollte, und für den Fall, dass das hier eine wirkliche polizeiliche Ermittlung ist und kein ebenso debiler wie morbider Telefonstreich, wäre da noch zweierlei, was ich Ihnen erzählen möchte.«

»Ich höre«, sagte die Anruferin, den Bleistift gezückt.

»Sylvia Reagan und ihr künftiger Schwiegersohn können sich nicht ausstehen. Und die arme Mildred ist, zwischen den beiden hin- und hergerissen, begreiflicherweise verwirrt und unglücklich. Es muss etwas geschehen, sonst sind die schlimmsten Folgen für die ganze Familie zu erwarten. Dem armen Freddie geht es schon so elend genug. Ich weiß nicht, ob dies in irgendeiner Verbindung zum Tod Barnabas Pandys steht, aber Sie haben sich nach der Familie Reagan erkundigt, also meinte ich, Sie sollten es wissen, für den Fall, dass es relevant sein sollte.«

»Ich danke Ihnen.«

»Das andere, das ich Ihnen sagen muss, betrifft die Lavingtons – Timothys Familie, die Familie Barnabas Pandys. Ich war es, die am Morgen des Weihnachtsmarktes Annabels Anruf entgegennahm. Annabel ist Timothys Tante. Sie log mich an.«

»In Bezug auf was?«

»Sie sagte mir, sie und ihre Schwester und ihre Nichte könnten nicht zum Weihnachtsmarkt kommen, weil es irgendwelche Probleme mit dem Automobil gebe, das sie hierherbringen sollte. Ich glaube nicht, dass das die Wahrheit war. Sie klang aufgeregt und … falsch. Überhaupt nicht wie sonst. Und später erklärte Lenore Lavington, Timothys Mutter, sie sei deswegen nicht zum Weihnachtsmarkt gekommen, weil sie an dem Tag sehr müde gewesen sei. Das passte nicht zusammen. Nun, ich weiß zwar nicht, was das alles zu bedeuten hat oder wie mein Mann es fertiggebracht hat, sich da hineinziehen zu lassen, aber schließlich bin ich kein Inspector der Polizei, also ist es auch nicht meine Aufgabe, es herauszufinden, nicht wahr? Das ist Ihr Job«, sagte Jane Dockerill.

»Ja, Ma'am«, sagte die Anruferin, die in dem Moment ganz vergessen hatte, dass ihr Job etwas vollkommen anderes war und nichts mit der Untersuchung von Verbrechen zu tun hatte, die vielleicht, vielleicht aber auch nicht begangen worden waren.

Das zweite Viertel

10

Ein paar wichtige Fragen

W as zum Teufel ist denn in Sie gefahren, Catchpool?«, röhr-te mir Superintendent Nathaniel Bewes ins Ohr.

»Was meinen Sie, Sir?«

Er ließ sich schon seit geraumer Zeit lautstark über meine vielfältigen Unzulänglichkeiten aus, aber bislang war alles unspezifisch geblieben.

»Letzten Abend! Das Telefonat, das Sie geführt haben – oder sollte ich besser sagen, das Sie irgendeine Frau haben führen lassen!«

Aha, das war es also.

»Sie haben mir erzählt, der Brief an John McCrodden stamme nicht von Poirot, und ich habe es geschluckt! Aber damit ist jetzt Schluss, also können Sie sich jedes weitere Salbadern sparen. Habe ich mich klar ausgedrückt? Ich schicke Sie zu Stannie McCrodden, damit Sie die Sache ausbügeln, und was tun Sie stattdessen? Verschwören sich mit Poirot, Stannies Sohn noch weiter zu belästigen. Nein, behaupten Sie erst gar nicht, Sie hätten damit nichts zu tun! Ich weiß, dass Poirot Sie hier aufgesucht hat.«

»Da ging es darum …«

»… und ich weiß, dass die Frau, die John McCrodden anrief und nach seinem Alibi für den Tag fragte, an dem dieser Pandy gestorben ist, behauptete, sie handle ›im Auftrag von Inspector Edward Catchpool von Scotland Yard‹. Halten Sie mich für debil? Sie handelte keineswegs in Ihrem Auftrag, habe ich recht? Sie befolgte die Anweisungen Hercule Poirots! Wie Sie ist diese Frau bloß ein Rädchen in seinem Getriebe. Aber ich werde das nicht dulden, haben Sie mich gehört? Hätten Sie die Güte, mir zu erläutern, warum Sie und Poirot so wildentschlossen sind, einen

Unschuldigen eines Mordes zu beschuldigen, der überhaupt kein Mord war? Ist Ihnen die exakte Bedeutung des Wortes ›Alibi‹ bekannt, Catchpool?«

»Ja, S…«

»Es bedeutet nicht, wo jemand zu einem bestimmten Zeitpunkt war. Ich bin momentan in meinem Büro, wo ich mich, zu meinem Leidwesen, mit Ihnen unterhalte, aber das ist mein *Verbleib*, nicht mein *Alibi*. Und wissen Sie auch, warum? Weil kein Mord verübt worden ist, während ich hier herumstehe und mit Ihnen rede. Das sollte ich Ihnen nicht eigens erklären müssen!«

Er lag mit Sicherheit falsch, dachte ich. Irgendwo auf der Welt wurde mit ziemlicher Sicherheit gerade ein Mord verübt oder war verübt worden, seit er, vor ungefähr zwanzig Minuten, mich anzubrüllen begonnen hatte. Höchstwahrscheinlich sogar mehr als nur ein Mord – und der Super konnte ganz schön von Glück reden, dass er nicht zu dieser potenziell großen und internationalen Gruppe von Tatopfern zählte. Wenn ich jemand wäre, den man überhaupt dazu bringen könnte, eine Gewalttat zu begehen, so wäre dies mit Sicherheit bereits vor knapp zehn Minuten geschehen. Zu meinem großen Bedauern indes scheine ich ein Mensch zu sein, der still und brav auf dieser roten Linie balancieren kann, wie lange jemand auch die Neigung verspüren mag, ihn mittels Anbrüllens über sie hinauszutreiben.

»Warum sollte John McCrodden ein Alibi beibringen müssen, wenn der Tod Barnabas Pandys keinen Kriminalfall darstellt? Warum?«, brüllte Bewes.

»Sir, wenn Sie mir eine Antwort gestatten würden …« Ich verstummte, und es entstand eine peinliche Stille. Ich hatte erwartet, dass der Super mich an dieser Stelle unterbrechen würde.

»Wenn Mr John McCrodden gestern Abend einen Anruf erhielt, so habe ich nichts damit zu tun«, sagte ich schließlich. »Nicht das Geringste. Wenn jemand meinen Namen verwendet hat, um zu erfahren, wo John McCrodden an dem Tag war, als Barnabas Pandy starb, dann kann ich mir dazu nur denken, dass … na ja, dass die betreffende Person wohl hoffte, durch Berufung auf die Autorität Scotland Yards McCrodden zum Reden zu bringen.«

»Da muss Poirot dahinterstecken«, sagte der Super. »Poirot und noch so eines von seinen Helferlein.«

»Sir, der Brief an John McCrodden war nicht der einzige. Es wurden insgesamt vier verschickt. Drei weitere Personen haben ebenfalls einen mit Poirots Namen unterzeichneten, aber nicht von ihm stammenden Brief erhalten, der sie des Mordes an Barnabas Pandy beschuldigte.«

»Machen Sie sich nicht lächerlich, Catchpool!«

Ich nannte ihm die Namen der drei anderen Empfänger und erklärte ihm, dass zu ihnen auch Pandys Enkelin gehörte und dass sie sich zum Zeitpunkt seines Todes im betreffenden Haus aufgehalten hatte. »Ich habe gestern mit Stanley McCrodden gesprochen, wie Sie von mir verlangt hatten, und ihm war sehr daran gelegen, so viel wie möglich über den wahren Absender der Briefe zu erfahren. Er will, dass Poirot die Ermittlung übernimmt, wenn Poirot also tatsächlich irgendeine Frau beauftragt haben sollte, John McCrodden nach seinem Alibi zu fragen, dann könnte es ... na ja ... für Stanley McCrodden auf lange Sicht durchaus nützlich sein. Wenn dadurch überhaupt etwas ans Licht kommt, meine ich.«

Der Super stöhnte. »Catchpool, was glauben Sie wohl, durch wen ich von dem Anruf bei John McCrodden erfahren habe?«

Ich wollte mich gerade darüber freuen, dass er die Lautstärke seiner Stimme verringert hatte, als er mir »Von Stannie natürlich!« ins Ohr brüllte. »Er möchte wissen, warum ich es jemandem von Scotland Yard erlaubt habe, von seinem Sohn ein Alibi zu verlangen, anstatt das zu tun, was ich ihm versprochen hatte, nämlich der ganzen vermaledeiten Geschichte ein Ende zu bereiten! Sie können Poirot ausrichten, dass John McCrodden mit großer Wahrscheinlichkeit in Spanien war, als Pandy starb. Spanien! Man kann schlecht jemanden in England umbringen, wenn man gerade in Spanien ist, habe ich recht?«

Ich atmete tief durch und sagte: »Sir, Stanley McCrodden möchte verstehen, was vor sich geht. Er mag sich darüber aufgeregt haben, dass sein Sohn nach einem Alibi gefragt wurde, aber er will bestimmt, dass in irgendeiner Form weiter ermittelt wird, bis er eine Antwort bekommt. Es gibt nur eine Möglichkeit, dieser Sache ein Ende zu bereiten: indem man herausfindet, wer die vier Briefe geschickt hat und warum. Wenn auch nur die Möglichkeit besteht, dass Barnabas Pandy ermordet wurde …«

»Wenn ich Sie noch ein Mal diese hanebüchene Hypothese äußern höre, Catchpool, könnte mir die Faust ausrutschen!«

»Ich weiß, dass sein Tod gerichtlich für einen Unfall erklärt wurde, Sir, aber wenn jemand nicht glaubt, dass er das war …«

»Dann irrt sich dieser Jemand!« In einer seiner zurechnungsfähigeren Stimmungen – und unter Umständen, die »Stannie« Strang keine seelische Belastung zumuteten – hätte der Super eingeräumt, dass natürlich ein Irrtum möglich war, dass tatsächlich ein Verbrechen unerkannt geblieben sein konnte. Aber es hätte keinen Sinn gehabt, ihn heute davon überzeugen zu wollen.

»In einem Punkt haben Sie recht, Catchpool«, sagte er. »Stannie will Antworten, und zwar rasch. Aus dem Grund sind Sie, bis diese Angelegenheit aufgeklärt ist, von allen Ihren Dienstpflichten freigestellt. Sie werden Poirot dabei helfen, diese Angelegenheit zu einem zufriedenstellenden Abschluss zu bringen.«

Ich wusste nicht recht, wie ich das fand. Früher hatte es mich sehr beunruhigt, wenn ich nicht wusste, wie ich mich in bestimmten Situationen fühlen sollte, aber kürzlich hatte ich beschlossen, solche Situationen als willkommene Gelegenheiten zu betrachten, überhaupt nichts zu empfinden. Der Super hatte eine Entscheidung getroffen, und Widerworte waren nicht gefragt.

Als er weitersprach, begriff ich, dass er nicht nur eine Entscheidung, sondern auch schon konkrete Vorbereitungen getroffen hatte: »Poirot wartet in Ihrem Büro auf Sie.« Bewes warf einen Blick auf seine Uhr. »Ja, mittlerweile dürfte er dort sein. Sie beide werden in fünfzig Minuten in Stannies Kanzlei erwartet. In der Zeit dürften Sie es ja dorthin schaffen. Jetzt raus mit Ihnen! Je eher diese absonderliche Affäre geklärt ist, desto glücklicher werde ich mich schätzen.« Er lächelte unerwartet, wie um mich mit einer leisen Ahnung dessen anzuspornen, wie seine künftige Glückseligkeit vielleicht aussehen würde.

Poirot wartete wie angekündigt in meinem Büro. »*Mon pauvre ami!*«, rief er bei meinem Anblick aus. »Sie haben, glaube ich, vom Superintendent die Leviten vorgelesen bekommen, ja?« Seine Augen funkelten verschmitzt.

»Wie haben Sie das erraten?«, fragte ich.

»Er schickte sich schon an, seinen Zorn auf mich zu richten, doch ich gab ihm zu bedenken, dass ich in dem Fall augenblicklich gehen und seinem guten Freund Stanley Strang keine weitere Unterstützung zuteilwerden lassen würde.«

»Ich verstehe«, sagte ich verbiestert. »Jedenfalls brauchen Sie sich keine Sorgen um ihn zu machen. Losgeworden ist er dann doch noch alles. Von Spanien hat er Ihnen nichts gesagt?«

»Spanien?«

»John McCrodden mag sich aus purer Bockigkeit geweigert haben, ein Alibi anzugeben, aber sein Vater hat dem Super gesagt, dass er wahrscheinlich in Spanien war, als Pandy starb.«

»Wahrscheinlich? Kein stichhaltiges Alibi enthält das Wort ›wahrscheinlich‹.«

»Das weiß ich selber. Ich gebe nur wieder, was der Super gesagt hat.«

Als wir das Gebäude verließen, sagte Poirot: »Das ist eine weitere Frage für die Liste: War John McCrodden am 7. Dezember in Spanien oder nicht?«

Ich hatte angenommen, wir würden zur Kanzlei von Donaldson & McCrodden laufen, aber Poirot hatte uns einen Wagen bestellt. Sobald wir losgefahren waren, zog er ein kleines Blatt Papier aus der Tasche. »Hier, sehen Sie, ist die Liste«, sagte er. »Einen Bleistift bitte, Catchpool.«

Ich zog einen aus meiner Tasche, und er fügte unten auf der Seite die neuste Frage hinzu.

Die Liste war mit »Wichtige Fragen« überschrieben und eine so typische Poirot'sche Produktion – so absolut durch und durch er –, dass auch die letzten Reste meiner Verärgerung verflogen.

Die Liste lautete wie folgt:

Wichtige Fragen

1) Wurde Barnabas Pandy ermordet?

2) Wenn ja, von wem und warum?

3) Wer schrieb die vier Briefe?

4) Verdächtigt der Verfasser der Briefe ernsthaft alle vier Personen? Oder verdächtigt er nur eine von ihnen? Oder verdächtigt er keine von ihnen?

5) Wenn der Verfasser der Briefe keinen der vier verdächtigt, welchen Beweggrund hatte er, ihnen die Briefe zu schicken?

6) Warum waren die Briefe mit dem Namen Hercule Poirot unterschrieben?

7) Welche Informationen hält Peter Vout zurück?

8) Warum waren Barnabas Pandy und Vincent Lobb verfeindet?

9) Wo ist die Schreibmaschine, auf der die vier Briefe getippt wurden?

10) Wusste Barnabas Pandy, dass er bald sterben würde?

11) Warum wirkt Annabel Treadway so traurig? Was für Geheimnisse hütet sie?

12) Wurde Barnabas Pandy von Kingsbury, dessen Kammerdiener, getötet? Wenn ja, warum?

13) Warum beschlossen Annabel Treadway und Lenore und Ivy Lavington, nicht zum Weihnachtsmarkt des Turville College zu gehen?

14) War John McCrodden in Spanien, als Barnabas Pandy starb?

»Warum verdächtigen Sie Kingsbury?«, fragte ich Poirot. »Und warum ist die Schreibmaschine wichtig? Da ist doch wohl eine wie die andere, oder?«

»Ah, die Schreibmaschine!« Er lächelte. Und als hätte er damit gerade meine zweite Frage beantwortet, kehrte er dann zur ersten zurück. »Die Frage nach Kingsbury stelle ich wegen dem, was Annabel Treadway gestern Abend am Telefon sagte, *mon ami*. Wenn sie sich, als Monsieur Pandy starb, mit Lenore und Ivy in Ivys Schlafzimmer aufhielt, dann war nur noch Kingsbury zur fraglichen Zeit im Haus und unbeobachtet. Wenn der Todesfall ein Mord war, ist er der wahrscheinlichste Mörder, *non?*«

»Vermutlich. Aber ist es dann nicht eigenartig, dass er keinen Brief erhalten hat? Er ist der Einzige, der die Gelegenheit hatte, die Tat zu verüben, und dennoch werden vier Personen, die keine hatten, ihrer beschuldigt.«

»Alles, was sich ereignet hat, ist in extremem Maße eigenartig«, sagte Poirot. »Ich beginne zu glauben, dass es falsch war, vorauszueilen und schon jetzt an Alibis zu denken …« Er schüttelte den Kopf.

»Ah, schön, dass Ihnen das erst jetzt einfällt – *nachdem* ich mir meine Trommelfelle habe malträtieren lassen!« Von Bewes' Wut dröhnte mir noch immer der Kopf.

»Ja, das ist bedauerlich«, sagte Poirot. »Aber nun. Immerhin haben wir einiges herausgefunden. Es wird sich noch alles als nützlich erweisen, da habe ich gar keinen Zweifel. Doch nun? Nun ist es Zeit, mehr in die Tiefe zu denken. Zum Beispiel – wenn Kingsbury unser Mörder ist, dann ist die Tatsache, dass er einen Brief, den vier unschuldige Personen erhielten, nicht erhalten hat, vielleicht gerade nicht eigenartig.«

Ich fragte ihn, wie er das meinte, aber er gab ein unverbindliches Geräusch von sich und sagte nichts weiter.

Während wir die Treppe zur Kanzlei Donaldson & McCrodden hinaufstiegen, bereitete ich mich innerlich auf meine zweite Begegnung mit Miss Mason vor. Poirot hatte ich nicht vorgewarnt. Tatsächlich wagte ich es, da Stanley McCrodden uns ja erwartete, diesmal auf einen reibungsloseren Einstieg zu hoffen.

Ich wurde prompt enttäuscht. Die rosige junge Frau warf sich mir fast an die Brust. »Oh, Inspector Catchpool! Gott sei Dank sind Sie da! Ich weiß nicht, was ich machen soll!«

»Was ist denn los, Miss Mason? Ist etwas passiert?«

»Es geht um Mr McCrodden. Er macht seine Tür nicht auf. Ich kann nicht zu ihm hinein. Er muss von innen abgeschlossen haben, was er niemals macht. Und er geht nicht ans Telefon, und wenn ich klopfe und seinen Namen rufe, antwortet er nicht. Er *muss* da drinnen sein. Ich habe ihn mit meinen eigenen Augen vor weniger als einer halben Stunde in sein Büro gehen und die Tür schließen sehen.«

Miss Mason wandte sich an Poirot. »Und jetzt sind Sie da, und Mr McCrodden weiß, dass Sie einen Termin haben, und trotzdem öffnet er die Tür nicht! Ich wage es kaum zu denken, aber was, wenn er einen Anfall hatte?«

»Catchpool, können Sie Mr McCroddens Tür aufbrechen?«, fragte Poirot.

Ich wollte sie gerade mit der flachen Hand berühren, um abzuschätzen, wie schwer es voraussichtlich sein würde, sie einzutreten, als die Tür aufging und Stanley McCrodden vor uns stand. Er sah kerngesund aus – überhaupt nicht wie ein Mann, der gerade einen Schlaganfall erlitten hatte.

»Oh, dem Himmel sei Dank!«, sagte Miss Mason.

»Ich muss sofort weg«, sagte McCrodden. »Es tut mir leid, meine Herren.« Ohne ein weiteres Wort ging er an uns vorbei und verließ die Kanzlei. Wir hörten seine Schritte im Treppenhaus hallen, immer tiefer und tiefer. Schließlich knallte eine Tür zu.

Miss Mason eilte ihm nach und rief: »Mr McCrodden, das ist höchst unkorrekt. Sie können nicht gehen. Die Herren möchten Sie sprechen.«

»Er ist bereits gegangen, Mademoiselle.«

Miss Mason schenkte Poirot keine Beachtung und schrie weiter ins mittlerweile menschenleere Treppenhaus: »Mr McCrodden! Die Herren haben einen Termin!«

11

Smaragdgrün

Als ich am nächsten Morgen bei Scotland Yard eintraf, erfuhr ich vom Super, dass Stanley McCrodden Poirot und mich so bald wie möglich sprechen wolle, allerdings unter einer Bedingung: nicht in der Kanzlei von Donaldson & McCrodden. Wir waren einverstanden und vereinbarten, dass wir drei uns um zwei Uhr im Pleasant's treffen würden.

Im Coffee House herrschte ausnahmsweise einmal eine angemessene – warme, aber nicht zu heiße – Temperatur, und es duftete angenehm nach Zimt und Zitronen. Unsere Freundin Fee Spring kam uns eilig entgegen. Ich hatte erwartet, im Zentrum ihrer Aufmerksamkeit zu stehen, wie es gewöhnlich der Fall war, aber heute hatte sie nur Augen für Poirot ... und ganz besonders forschende Augen dazu. Sie schob ihn auf seinen Stuhl und fragte: »Und? Ha'm Se gemacht, was Se versprochen hatten?«

»*Oui*, Mademoiselle. Aber wir müssen unsere Erörterung des Kirchenfensterkuchens auf später verschieben. Catchpool und ich sind hier zu einer wichtigen Besprechung.«

»Mit ei'm, der noch nich da ist«, sagte Fee. »Jede Menge Zeit.«

»Sie beide wollen sich über Kirchenfensterkuchen unterhalten?«, fragte ich verwirrt.

Sie nahmen keinerlei Notiz von mir. »Und was, wenn wir anfangen und dann unterbrochen werden?«, wandte Poirot ein. »Ich ziehe es vor, Dinge auf geordnetere Weise zu erledigen, eines nach dem anderen.«

»Gucken Se sich die Teekannen an«, sagte Fee. »Alle abgestaubt hab ich sie. Extra für Sie. Und alle Tüllen in dieselbe Richtung gedreht. Also, ich kann se auch ganz leicht wieder so hindrehn, wie se vorher waren ...«

»Tun Sie das nicht, ich flehe Sie an!« Poirot richtete den Blick auf die Regale. »*C'est magnifique!*«, erklärte er. »Ich hätte es selbst nicht besser machen können. Also gut, Mademoiselle, ich werde es Ihnen sagen. Ich suchte, wie Sie mich gebeten hatten, Kemble's Coffee House auf. Dort fand ich die Kellnerin Philippa vor, und ich bestellte ein Stück Kirchenfensterkuchen. Ich verwickelte sie in ein Gespräch über denselben. Sie bekannte sich dazu, ihn selbst gebacken zu haben.«

»Da sehn Se's!«, zischte Fee. »Und wenn sie's bestritten hätte, der würd ich eh kein einziges Wort glaub'm!«

»Ich fragte sie, woher das Rezept stamme. Sie erklärte mir, sie habe es von einer Freundin.«

»Die is keine Freundin von mir und auch nie gewesen! Neben ei'm zu arbeiten macht ei'n noch lange nich zur Freundin.«

»Worum geht es hier eigentlich?«, fragte ich. Wieder nahmen Poirot und Fee keine Notiz von mir. Mittlerweile verspätete sich Stanley Strang.

»Ich fragte sie nach dem Namen der Freundin, die ihr das Rezept gegeben habe«, sagte Poirot. »Mit einem Mal nahm ihr Verhalten etwas Verschlagenes an, und sie wandte ihre Aufmerksamkeit einem anderen Gast zu.«

»Mehr Beweise brauch ich nich«, sagte Fee. »Die weiß ganz genau, dass sie's von mir gestohlen hat – aber die kann was erleben! Und jetzt bring ich Ihnen ein Stück von *meinem* Kirchenfensterkuchen mit den besten Empfehlungen des Hauses.«

Ich warf einen Blick auf meine Uhr. Fee sagte: »Der dürfte in fünf Minuten hier sein, Ihr Mr Großstirn. Ich hab ihm gesagt, er sollte um Viertel nach wiederkommen.« Sie lächelte und entschwand Richtung Küche, bevor einer von uns beiden sich empören konnte.

»Manchmal frage ich mich, ob sie wirklich alle Tassen im Schrank hat«, sagte ich zu Poirot. »Und wann haben Sie die Zeit gefunden, in diesem Fall von Kuchenrezeptdiebstahl zu ermitteln?«

»Ich bin ein glücklicher Pilz, *mon ami*. Ob ich meiner Arbeit nachgehe oder meine Privatinteressen verfolge, nie brauche ich dazu mehr als die Gelegenheit nachzudenken. Inmitten von Unbekannten zu sitzen und ein Stück Kuchen ganz langsam zu verzehren ... solche Umstände sind überaus förderlich für das Funktionieren der kleinen grauen Zellen. Ah, Stanley McCrodden *est arrivé.*«

Das war er tatsächlich.

»Monsieur McCrodden.« Poirot schüttelte ihm die Hand. »Ich bin Hercule Poirot. Sie haben mich gestern kurz gesehen, aber ich hatte nicht die Gelegenheit, mich vorzustellen.«

McCrodden sah angemessen verlegen aus. »Das war bedauerlich«, sagte er. »Ich hoffe, wir werden heute Nachmittag rasch vorankommen, um die verlorene Zeit wieder aufzuholen.«

Fee brachte Kaffee und ein Stück Kirchenfensterkuchen für Poirot, Tee für mich und Wasser für Stanley McCrodden, der gleich zum Geschäftlichen kam.

»Wer auch immer John diesen Brief schickte, hat seine Verfolgungskampagne intensiviert«, sagte er. »Gestern Abend rief eine Frau an, die behauptete, von Ihnen, Catchpool, und von Scotland Yard bevollmächtigt zu sein. Sie nannte John den Tag, an dem Barnabas Pandy starb, und verlangte von ihm ein Alibi.«

»Das ist nicht ganz zutreffend«, sagte ich. Poirot und ich hatten uns vorab geeinigt, dass wir ihm reinen Wein einschenken würden – jedenfalls weitgehend. »Ich glaube, sie sagte, sie rufe *im Auftrag von Inspector Catchpool* von Scotland Yard an. Was sie auch tat – wenngleich in keinem Zusammenhang mit einer Ermittlung von Scotland Yard. Sie behauptete mit Sicherheit nicht, sie sei eine Mitarbeiterin von Scotland Yard.«

»Was zum Teufel ...?« McCrodden funkelte mich über den Tisch hinweg böse an. »Wollen Sie damit sagen, dass Sie dafür verantwortlich waren? Dass Sie sie dazu angestiftet haben? Wer war sie überhaupt?«

Ich achtete darauf, nicht in Fee Springs Richtung zu sehen.

Poirot, vermute ich, ebenso. Ich hätte die vier Anrufe auch selbst erledigen können, aber ich wollte mich absichern. Da ich die Möglichkeit voraussah, dass der Super mich deswegen gehörig zusammenstauchen würde, hatte ich mir überlegt, dass meine Beteuerungen, nichts davon zu wissen, glaubwürdiger klingen würden, wenn die Stimme am anderen Ende der Leitung eindeutig einer Frau gehört hatte. Feige, wie ich bin, rechnete ich mir aus, dass, wenn Fee die Sache für Poirot erledigte – denn so legte ich es mir selbst zurecht –, ich mir dann guten Gewissens würde sagen können, dass ich daran vollkommen unbeteiligt war und damit frei von jeglicher Schuld. Fee dagegen hatte nicht die geringsten Bedenken wegen des unorthodoxen Plans gehabt; es war unübersehbar gewesen, dass ich ihr mit meinem Hilfeersuchen den Tag vergoldet hatte.

»Dafür muss ich die Verantwortung übernehmen, Monsieur«, erklärte Poirot Stanley McCrodden. »Beunruhigen Sie sich nicht. Von hier und jetzt an werden wir drei an der Lösung dieses Rätsels zusammenarbeiten.«

»Zusammenarbeiten?« McCrodden prallte zurück. »Haben Sie auch nur eine Ahnung, was Sie angerichtet haben, Poirot? John ist nach diesem verflixten Anruf bei mir erschienen und hat erklärt, er sei mein Sohn nicht mehr und ich nicht mehr sein Vater. Er will alle Beziehungen abbrechen.«

»Er wird seine Meinung ändern, sobald die wahre Identität des Briefschreibers feststeht. Bekümmern Sie sich nicht, Monsieur. Vertrauen Sie vielmehr Hercule Poirot! Dürfte ich fragen ... warum haben Sie darauf bestanden, uns heute an einem anderen Ort zu treffen? Was gibt es in Ihrem Büro, das ich nicht sehen darf?«

McCrodden gab einen seltsamen Laut von sich. »Dafür ist es jetzt zu spät«, sagte er.

»Was meinen Sie damit?«

»Nichts.«

Poirot versuchte es noch einmal: »Warum schlossen Sie sich

in Ihrem Zimmer ein und kamen dann hervor, nur um sofort wieder zu verschwinden?«

Wir saßen schweigend da, während er die Frage erwog.

»Monsieur? Wenn Sie bitte antworten könnten.«

»Der Grund hat mit der zur Diskussion stehenden Sache nichts zu tun«, sagte McCrodden steif. »Genügt Ihnen das?«

»*Pas du tout.* Wenn Sie es nicht erklären, bleibt mir keine Wahl, als Mutmaßungen anzustellen. Könnte es sein, dass Sie befürchten, wir könnten eine Schreibmaschine finden?«

»Eine Schreibmaschine?« McCrodden sah ihn frustriert und leicht angeödet an. »Wovon reden Sie?«

»E!«, sagte Poirot sibyllinisch.

McCrodden wandte sich zu mir. »Wovon redet er, Catchpool?«

»Ich weiß es nicht, aber Sie werden bemerken, dass seine Augen ein smaragdgrünes Leuchten angenommen haben. Das bedeutet in der Regel, dass er etwas herausgefunden hat.«

»Smaragd?«, knurrte McCrodden und stieß seinen Stuhl vom Tisch zurück. »Sie wissen es also? Sie wissen es beide! Und jetzt verspotten Sie mich. Aber wie können Sie es wissen? Ich habe mit niemandem darüber gesprochen.«

»Was wissen wir Ihrer Meinung nach, Monsieur? Von der Schreibmaschine?«

»Ihre verdammte Schreibmaschine kann mir gestohlen bleiben! Ich spreche von dem Grund, warum ich es gestern keinen Augenblick länger in der Kanzlei ausgehalten hätte, und dem Grund, warum ich es ablehnte, mich dort heute mit Ihnen zu treffen. Ich spreche von Emerald, wie Sie sehr wohl wissen. Deswegen sprachen Sie doch von ›smaragdgrün‹, oder etwa nicht?«

Poirot und ich tauschten Blicke der tiefsten Verwirrung.

»Monsieur … was bitte ist der Emerald?«

»Nicht was. Wer. Sie ist der Grund, warum ich meine eigene Arbeitsstätte nicht aufsuchen kann – was äußerst unpraktisch ist. Miss Emerald Mason.«

»Miss Mason?«, sagte ich. »Die Dame, die für Sie arbeitet?«

»Jetzt werde ich es Ihnen wohl erklären müssen – nicht, dass es Sie irgendetwas anginge. Miss Masons Vorname ist Emerald. Ich dachte, das wüssten Sie. Emerald – Smaragd, Sie wissen schon. Als Sie ›smaragdgrün‹ sagten …«

»*Non*, Monsieur. Warum treibt Sie die Anwesenheit dieser Frau aus Ihren Büroräumen?«

»Sie hat nichts Unrechtes getan«, sagte McCrodden bedrückt. »Sie ist tüchtig, eine gepflegte Erscheinung – in jederlei Hinsicht die perfekte Angestellte. Die Angelegenheiten der Firma scheinen ihr ebenso sehr am Herzen zu liegen wie Donaldson und mir selbst. Ich kann ihr nicht das Mindeste vorwerfen.«

»Und trotzdem?«, soufflierte Poirot.

»Finde ich sie von Tag zu Tag unerträglicher. Gestern habe ich den Punkt erreicht, wo ich es einfach nicht mehr aushielt. Ich hatte ihr gegenüber erwähnt, dass ich mich nicht entscheiden könne, ob ich einen bestimmten Mandanten als meinen Gast zum kommenden Dinner der Law Society einladen sollte – es gibt Gründe für und wider, mit denen Miss Mason vertraut ist –, und sie erinnerte mich *drei Mal* im Laufe einer Stunde daran, dass ich mich dringend entscheiden müsse. Ich kenne das Datum des Law-Society-Dinners ebenso gut wie sie, und was noch wichtiger ist: Sie weiß, dass ich es kenne. Es war offensichtlich, dass sie, wenn sie mich hätte zwingen können, mich hic et nunc zu entscheiden, es auch getan hätte! Als ich ihr zum dritten Mal sagte, dass ich noch nicht zu einer Entscheidung gelangt sei, sagte sie …« Bei der Erinnerung knirschte er mit den Zähnen. »Sie sagte: ›Oje. Na ja, vielleicht wäre ein bisschen Nachdenken angesagt.‹ Als ob ich fünf Jahre alt wäre! Das war der letzte Tropfen. Ich habe meine Bürotür abgeschlossen, und später, als sie von draußen nach mir rief, habe ich nicht darauf reagiert.«

Poirot schmunzelte. »Und dann treffen Catchpool und ich ein.«

»Ja. Aber da war es schon zu spät. Die gallenschwarze Stimmung, die mich gepackt hatte, war … nun, sie war vollkommen irrational.«

»Wenn Sie Miss Mason als so enervierend empfinden, warum sagen Sie ihr nicht einfach, dass Sie keine weitere Verwendung für ihre Dienste haben?«, fragte Poirot. »Dann könnten Sie wieder zur Arbeit gehen, ohne Furcht und Schrecken im Herzen.«

McCrodden fand die Idee offenbar indiskutabel. »Ich habe nicht die Absicht, sie auf die Straße zu setzen! Sie ist gewissenhaft und hat nichts Unrechtes getan. Außerdem hat Rowland Donaldson, der andere Partner der Firma, soweit mir bekannt ist, nichts gegen sie einzuwenden. Ich muss mich eben bemühen, meine Aversion zu überwinden und aufzuhören, dieser ... diesem ... was immer es sein mag, zu frönen.«

»Frönen«, sagte Poirot nachdenklich. »Das ist eine interessante Bezeichnung.«

»Es *ist* ein Frönen!«, sagte McCrodden. »Das Büro zu meiden, *sie* zu meiden schenkt eine Befriedigung, die nicht recht ist ... weil ich weiß, wie sehr es sie trifft.«

»Das ist in der Tat faszinierend«, sagte Poirot.

»Ist es nicht«, sagte McCrodden. »Es ist kindisch von mir, und es ist nicht unser eigentliches Gesprächsthema. Ich möchte wissen, Poirot, wie Sie gedenken herauszufinden, wer meinem Sohn diesen Brief geschickt hat.«

»Ich habe mehrere Ideen. Die erste betrifft Ihr Dinner bei der Law Society. Wann findet es statt? Ich frage mich, ob es dasselbe Dinner ist, zu dem Barnabas Pandys Anwalt, Peter Vout, eingeladen ist.«

»Das muss es sein«, sagte McCrodden. »Es steht nur dieses eine an. Peter Vout war der Anwalt dieses Pandy, sagen Sie? Sieh einer an.«

»Kennen Sie ihn?«, fragte Poirot.

»Ein wenig, ja.«

»Ausgezeichnet. Dann sind Sie bestens geeignet.«

»Wofür?«, fragte McCrodden argwöhnisch.

Poirot rieb sich die Hände. »Wie man so sagt, *mon ami* ... Sie werden für uns die bedeckte Ermittlung durchführen.«

12

Viele geplatzte Alibis

Das ist die unsäglichste Idee, die ich je gehört habe!«, sagte Stanley McCrodden, sobald er Poirots Plan im Detail erfahren hatte. »Das kommt nicht infrage.«

»Sie mögen jetzt so denken, Monsieur, aber naht erst der Abend des Law-Society-Dinners, werden Sie zu der Einsicht gelangen, dass dies eine überaus vorteilhafte Gelegenheit ist und dass Sie vollauf dazu imstande sind, Ihre Rolle, und zwar perfekt, zu spielen.«

»Ich werde mich an keiner Täuschung beteiligen, wie gut gemeint der Zweck auch sei.«

»*Mon ami*, wir wollen nicht streiten. Wenn Sie nicht bereit sind zu tun, was ich vorschlage, dann brauchen Sie es nicht zu tun. Ich kann Sie nicht dazu zwingen.«

»Und das werde ich auch nicht«, sagte McCrodden mit Nachdruck.

»Wir werden sehen. Zu etwas anderem – sind Sie damit einverstanden, dass Catchpool alle in Ihrer Kanzlei befindlichen Schreibmaschinen überprüft?«

McCroddens Mund straffte sich zu einer dünnen Linie. »Warum kommen Sie immer wieder auf das Thema Schreibmaschinen zurück?«, fragte er.

Poirot zog den Brief, den John McCrodden erhalten hatte, aus der Tasche. Er reichte ihn dem Anwalt. »Fällt Ihnen an irgendeinem Buchstaben etwas auf?«, fragte er.

»Nein. Ich kann nichts Erwähnenswertes feststellen.«

»Sehen Sie genau hin.«

»Nein, ich … Moment! Der Buchstabe ›e‹ ist unvollständig.«

»*Précisément*.«

»In der waagerechten Linie ist eine Lücke. Ein kleines weißes Loch.« McCrodden ließ den Brief auf den Tisch fallen. »Ich verstehe. Wenn Sie die Schreibmaschine finden, haben Sie auch den Verfasser des Briefes. Und da Sie gerade um die Erlaubnis gebeten haben, meine Kanzlei zu durchsuchen, kann ich daraus nur schließen, dass Sie mich im Verdacht haben, die gesuchte Person zu sein.«

»Ganz und gar nicht, *mon ami.* Eine reine Formalität. Wir werden das Umfeld jeder an diesem Rätsel beteiligten Person überprüfen, die im Besitz einer Schreibmaschine ist: das Haus Sylvia Reagans; natürlich dasjenige Barnabas Pandys; das Turville College, das Timothy Lavington und Freddie Reagan als Schüler besuchen und in dem Hugo Dockerill als Hausvorsteher beschäftigt ist ...«

»Wer sind all diese Leute?«, frage Stanley McCrodden. »Ich habe noch nie etwas von ihnen gehört.«

Ich nahm die Gelegenheit wahr, ihm mitzuteilen, dass sein Sohn nicht der einzige Empfänger einer schriftlichen Beschuldigung gewesen war, und beobachtete dann, wie er sich bemühte, diese Information zu verdauen. Er schwieg eine ganze Zeit lang. Dann sagte er: »Aber wenn dem so ist, warum haben Sie John dann nicht darüber aufgeklärt, dass es auch andere gab? Stattdessen haben Sie es zugelassen, dass er sich für den einzigen Beschuldigten hielt.«

»Ich habe nichts dergleichen getan, Monsieur. Selbstverständlich habe ich Ihren Sohn darüber in Kenntnis gesetzt, dass er nicht der alleinige Empfänger eines solchen Briefes war. Mein Diener sagte ihm das Gleiche – Georges bezeugte, dass ich die Wahrheit sprach –, aber Ihr Sohn wollte nicht zuhören. Er blieb unerschütterlich in seiner Überzeugung, dass Sie dafür verantwortlich sein mussten.«

»Er ist ein verblendeter, störrischer Esel!« McCrodden knallte mit der Faust auf den Tisch. »Schon immer gewesen, seit seiner Geburt. Was ich nicht verstehe, ist, warum? Warum schickt jemand an vier verschiedene Personen Briefe, die sie desselben

Mordes beschuldigen, und unterschreibt sie statt mit seinem eigenen Namen mit Ihrem?«

»Es ist verwirrend«, bestätigte Poirot.

»Ist das alles, was Sie dazu zu sagen haben? Dürfte ich vorschlagen, dass wir, anstatt nur herumzusitzen und zu hoffen, dass uns die Antwort in den Schoß fällt, unser Gehirn benutzen und das Problem zu lösen versuchen?«

Poirot lächelte liebenswürdig. »Ich habe nicht gewartet, *mon ami.* Tatsächlich habe ich schon ohne Sie angefangen, die kleinen grauen Zellen des Verstandes zu benutzen. Aber Sie beide sind herzlich eingeladen, es mir nachzutun.«

»Ich könnte mir zwei Gründe vorstellen, warum jemand so etwas tut«, sagte ich. »Erster Grund: Wenn er die Briefe mit Ihrem Namen, Poirot, unterschreibt, kann er mit größerer Wahrscheinlichkeit damit rechnen, die bedauernswerten Empfänger derselben in Angst und Schrecken zu versetzen: Wenn Hercule Poirot sagt, jemand sei des Mordes schuldig, dann horcht die Polizei auf. Wenn der Briefschreiber also jemandem einen üblen Schrecken einjagen will, dann ist die Verwendung Ihres Namens der sicherste Weg. Selbst ein Unschuldiger würde befürchten, dass es ihm zum Verhängnis werden könnte, von Ihnen des Mordes beschuldigt zu werden.«

»Einverstanden«, sagte Poirot. »Was ist der zweite Grund?«

»Der Verfasser des Briefes will, dass Sie der Sache nachgehen«, sagte ich. »Er oder sie vermutet, dass Barnabas Pandy ermordet wurde, weiß es aber nicht mit Sicherheit. Oder weiß, dass es Mord war, weiß aber nicht, wer ihn verübt hat. Er oder sie denkt sich einen Plan aus, der Sie so neugierig machen soll, dass Sie die Ermittlung aufnehmen. Sich einfach an die Polizei zu wenden würde nichts nützen, da Pandys Tod bereits amtlich für einen Unfall erklärt wurde.«

»Sehr gut«, sagte Poirot. »Auf beide Gründe war ich selbst auch schon gekommen. Aber erklären Sie mir, warum gerade diese vier Personen, Catchpool?«

»Da ich nicht der Verfasser der Briefe bin, kann ich die Frage leider nicht beantworten.«

Poirot sagte zu McCrodden: »Nach Aussage von Monsieur Pandys Enkelin, Annabel Treadway, hielten sich am 7. Dezember fünf Personen in Combingham Hall auf: sie selbst; Barnabas Pandy; dessen andere Enkelin Lenore Lavington; deren Tochter, Ivy; und Monsieur Pandys Diener, Kingsbury. Nehmen wir für einen Augenblick an, dass es tatsächlich Mord war. Die naheliegenden Adressaten dieser Beschuldigungsbriefe wären eigentlich die vier, die an dem Tag in Combingham Hall waren und noch am Leben sind: Annabel Treadway, Lenore Lavington, Ivy Lavington und Kingsbury. Von ihnen hat nur eine einen Brief erhalten. Die drei übrigen Empfänger waren zum einen zwei Personen, die, will man ihnen Glauben schenken, den ganzen fraglichen Tag auf dem Weihnachtsmarkt des Turville College verbrachten – Sylvia Reagan und Hugo Dockerill –, sowie zum anderen John McCrodden, der bislang in keiner wie auch immer gearteten Beziehung zum Verstorbenen gestanden zu haben scheint.«

»John war mit ziemlicher Wahrscheinlichkeit in Spanien, als Pandy starb«, sagte McCrodden. »Ich bin mir sicher, es war Anfang Dezember letzten Jahres, als ich versuchte, ihn auf dem Markt, auf dem er arbeitet, ausfindig zu machen, und erfuhr, er sei nach Spanien gefahren und werde dort mehrere Wochen bleiben.«

»Sicher klingen Sie aber nicht«, sagte Poirot.

»Also …« McCrodden zögerte. »Dezember war es ohne Frage. Auf allen Marktständen wurde Weihnachtsschmuck angeboten: unnützer glitzernder Flitter. Es könnte aber wohl auch später im Dezember gewesen sein.« Er schüttelte den Kopf mit sichtlichem Widerwillen, als hätte er sich selbst bei dem Versuch ertappt, seinen Sohn durch eine Lüge zu schützen. »Sie haben recht«, räumte er ein. »Ich weiß nicht, wo John war, als Pandy starb. Ich weiß nie, wo er ist. Glauben Sie mir, Poirot, ich würde nie zulassen, dass Gefühle mein Urteil trüben. Auch wenn er mein einziger Sohn ist – wenn John einen Mord beginge, wäre ich der Erste, der die Polizei benachrichtigt, und ich würde seine Hinrichtung ebenso befürworten, wie ich für jeden Mörder die Todesstrafe befürworte.«

»Ist das so, Monsieur?«

»Es ist so. Man muss an seinen Grundsätzen festhalten, sonst bricht die Gesellschaftsordnung auseinander. Wenn ein Kind von mir es verdiente, würde ich es eigenhändig aufhängen. Aber wie ich Catchpool bereits sagte, würde John nie einen anderen Menschen töten. Das weiß ich ganz gewiss. Insofern ist sein genauer Aufenthaltsort an dem fraglichen Tag irrelevant. Er ist unschuldig, und damit Ende der Geschichte!«

»Diese Worte, ›Ende der Geschichte‹ ... sie werden immer nur dann gebraucht, wenn die Geschichte gerade erst angefangen hat«, sagte Poirot zu Stanley McCroddens Verdruss.

»Welchen Grund könnte John denn gehabt haben, nach Spanien zu fahren?«, fragte ich.

Ein missbilligender Ausdruck strich über Stanley McCroddens Gesicht. »Er fährt dort regelmäßig hin. Seine Großmutter mütterlicherseits lebte eine Zeit lang dort, und als sie starb, hinterließ sie John ihr Haus. Es liegt nah am Meer, und das Klima ist viel besser als bei uns. John ist in Spanien glücklicher als irgendwo in England – das hat er schon immer gesagt. Und seit einiger Zeit ist da auch eine Frau im Spiel ... ein Frauenzimmer, sollte ich natürlich besser sagen. Ganz und gar nicht die Sorte Mädchen, die ich für ihn ausgesucht hätte.«

»In solchen Dingen sollten die Menschen ihre eigene Wahl treffen«, sagte ich, bevor ich es mir verkneifen konnte, da ich an die »ideale Frau in spe« denken musste, die meine Mutter jüngst entdeckt und mir anzutun versucht hatte. Sie war wahrscheinlich eine entzückende junge Frau, aber die trostlosen Tage in Great Yarmouth, die ich Mutter als Entschädigung anzubieten mich verpflichtet gefühlt hatte, würde ich ihr ewig nachtragen.

McCrodden stieß ein hohles Lachen aus. »In Herzensdingen,

meinen Sie? Oh, John schert sich keinen Deut um die Frau in Spanien. Er benutzt sie, das ist alles. Es ist widerlich und unmoralisch, wie er sich aufführt. Ich habe ihm gesagt, was ich davon halte – habe ihm gesagt, dass seine Mutter im Grabe weinen muss –, und wissen Sie, wie er darauf reagiert? Er lacht mich aus!«

»Ich frage mich …«, sagte Poirot leise.

»Was?«, fragte ich.

»Ich frage mich, ob der Briefschreiber, indem er vorgibt, ich zu sein, nicht eine wichtigere Identität verschleiert.«

»Sie meinen, die Identität des Mörders?«, fragte McCrodden. »Des Mörders von Barnabas Pandy?«

Die Art, wie er es sagte, mit seiner näselnden Holzbläserstimme, versetzte mir einen kalten Schauder. Es ist schwer, sich für einen Mann zu erwärmen, der stolz verkündet, dass er sein eigenes Kind aufknüpfen würde.

»Nein, mein Freund«, sagte Poirot. »Das meine ich nicht. Mir geht eine andere Möglichkeit auf … eine höchst interessante.«

Da ich wusste, dass er sich dazu vorerst nicht weiter äußern würde, fragte ich McCrodden, wo er selbst am 7. Dezember gewesen war. Ohne zu zögern, sagte er: »Ich war den ganzen Tag in meinem Club, dem Athenaeum – zusammen mit Rowland Donaldson. Am Abend haben wir uns im Palace Theatre *Dear Love* angesehen. Sie dürfen sich das gern von Rowland bestätigen lassen.«

Er sah mir wohl an, dass die Promptheit seiner Antwort mich überraschte, denn er fügte hinzu: »Sobald ich das Datum von Pandys Tod wusste, habe ich …« Er stockte, schnitt eine Grimasse und fuhr dann fort: »Ich habe Miss Mason gebeten, mir meinen Terminkalender vom letzten Jahr zu bringen. Ich dachte, wenn ich mich daran erinnerte, wo ich selbst gewesen war, würde ich vielleicht auch rekonstruieren können, wo John gewesen war. Wenn es zum Beispiel ein Tag war, an dem ich versucht hatte, mit ihm Kontakt aufzunehmen, und eine Abfuhr erhalten hatte …« Die näselnde Stimme zitterte. Er versuchte, dies durch ein Hüsteln zu bemänteln. »Jedenfalls bin ich in der glücklichen Lage, ein weit besseres Alibi zu haben als manche der übrigen Akteure in diesem unerfreulichen Dramolett. Schul-Weihnachts-markt!«, schnaubte er verächtlich.

»Sie hegen keine Begeisterung für das Weihnachtsfest, Monsieur? Für den glitzernden – wie sagten Sie doch dazu? – ah, ja, den Flitterkram. An den Marktständen. Und jetzt auch nicht für den Weihnachtsmarkt des Turville College.«

»Ich habe nichts gegen Weihnachtsmärkte, auch wenn ich ohne Not persönlich keinen besuchen würde«, sagte McCrodden. »Aber ernsthaft, Poirot, die Vorstellung, jemandes Anwesenheit auf dem Weihnachtsmarkt einer großen Schule könnte selbst mit viel gutem Willen als Alibi anerkannt werden, ist geradezu lachhaft.«

»Warum sagen Sie das, *mon ami*?«

»Es ist zwar lange her, dass ich eine solche Veranstaltung zuletzt besucht habe, aber ich habe diesbezüglich nur zu deutliche Erinnerungen aus meiner Jugend. Ich erinnere mich, dass ich meinen Ehrgeiz dareinsetzte, den Tag zu überstehen, ohne mit irgendjemandem auch nur ein Wort gewechselt zu haben. Das mache ich auf Massenveranstaltungen – die mir ein Graus sind – noch heute so. Auf dem Dinner der Law Society werde ich es mit Sicherheit ebenfalls versuchen. Der Trick besteht darin, an jedem mit einem freundlichen Lächeln vorbeizugehen und dabei den Eindruck zu erwecken, man wäre auf dem Weg zu einem anderen Grüppchen von Gästen, die auf einen warten. Niemand achtet je darauf, ob man wirklich bei denen stehen bleibt, auf die man so eilig zuzugehen schien. Ist man erst einmal vorbeigelaufen, haben die Leute keine Augen mehr dafür, wohin man weitergeht oder was man macht.«

Poirot hatte die Stirn gerunzelt. Seine Blicke schossen hin und her. »Das ist ein wichtiges Argument, Monsieur. Er hat recht, nicht wahr, Catchpool? Auch ich habe große Versammlungen dieser Art schon besucht. Es ist das Einfachste von der Welt, zu verschwinden und kurze Zeit später wieder aufzutauchen, und niemand bemerkt es, weil jeder damit beschäftigt ist, mit jemand anderem zu plaudern. *Je suis un imbécile!* Monsieur McCrodden, wissen Sie, was Sie getan haben? Sie haben die Alibis vieler Leute zum Platzen gebracht! Und jetzt wissen wir weniger, als wir zu Beginn wussten!«

»Jetzt kommen Sie schon, Poirot«, sagte ich. »Übertreiben Sie nicht. Wer sind denn diese vielen Leute mit geplatzten Alibis? Annabel Treadway hat ihres nach wie vor: Sie war zusammen mit Ivy und Lenore Lavington in Ivys Schlafzimmer – obwohl das natürlich noch überprüft werden muss. John McCrodden könnte in Spanien gewesen sein – auch das muss verifiziert werden. Dieses Weihnachtsmarkt-Problem, das Ihnen solches Kopfzerbrechen bereitet, lässt, wenn's hochkommt, lediglich zwei Alibis wackelig erscheinen: Sylvia Reagans und Hugo Dockerills.«

»Sie irren sich, *mon ami.* Gleichfalls auf dem Weihnachtsmarkt des Turville College am 7. Dezember vergangenen Jahres waren Jane Dockerill, Hugos Frau, und Timothy Lavington, Barnabas Pandys Urenkel. Ach, und der junge Freddie Reagan, *n'est-ce pas?*«

»Warum sind die relevant?«, fragte Stanley McCrodden. »Niemand hat sie irgendeiner Straftat beschuldigt.«

»Den Kammerdiener Kingsbury hat auch niemand beschuldigt«, sagte Poirot. »Das macht ihn noch lange nicht irrelevant. Es hat auch niemand Vincent Lobb beschuldigt, Barnabas Pandys alten Feind. Und wir dürfen Sylvia Reagans verhassten Eustace nicht vergessen. Auch er könnte von Bedeutung sein. Ich ziehe es vor, jeden als relevant zu betrachten – alle, deren Namen im Zusammenhang mit dieser verwirrenden Affäre auftauchen –, bis ich das Gegenteil beweisen kann.«

»Wollen Sie damit etwa andeuten, eine der Personen, die an dem Tag den Weihnachtsmarkt besuchten, könnte das Gelände des Turville College verlassen haben, sich nach Combingham Hall begeben und Barnabas Pandy ermordet haben?«, fragte ich. »Dazu hätte sie fahren – oder sich fahren lassen – müssen, da es eine Strecke von einer guten Autostunde ist. Und was dann? Die fragliche Person ertränkte Barnabas Pandy in seiner Badewanne, kehrte zum Weihnachtsmarkt zurück und spazierte dort ausgiebig herum, damit möglichst viele Leute ihre Anwesenheit bemerkten?«

»So könnte es gewesen sein«, sagte Poirot grimmig. »Ohne weiteres möglich.«

»Wir dürfen aber nicht vergessen, dass Barnabas Pandys Tod mit großer Wahrscheinlichkeit ein Unfall war«, sagte ich.

»Aber wenn es Mord war ...«, sagte Poirot mit einem gedankenverlorenen Ausdruck im Gesicht. »Wenn es ein Mord war, dann hat der Mörder eine starke Motivation, den Verdacht auf jemand anderen zu lenken, oder nicht?«

»Nicht, solange ihn niemand verdächtigt, weil der Todesfall bereits als Folge eines Unfalls akzeptiert wurde«, sagte ich.

»Ah, aber vielleicht akzeptiert ihn nicht jeder«, sagte Poirot. »Der Mörder könnte herausfinden, dass wenigstens eine Person die Wahrheit kennt und kurz davorsteht, sie publik zu machen. Also – lenkt er den Verdacht von sich ab! Aber, noch raffinierter, er lenkt den Verdacht auf vier unschuldige Personen gleichzeitig. Das ist wirkungsvoller, als einfach nur einen Unschuldigen zu beschuldigen.«

»Wieso?«, fragten McCrodden und ich unisono.

»Wenn man nur eine Person beschuldigt, ist die Sache zu schnell geklärt. Der Beschuldigte bringt sein Alibi bei, oder ansonsten lassen sich keine konkreten Beweise finden, die ihn mit dem Verbrechen in Verbindung bringen würden, und das war's. Wohingegen, wenn man vier Leute beschuldigt und diese Beschuldigungen mit dem Namen Hercule Poirot unterschreibt, was ist dann die Folge? Chaos! Verwirrung! Unschuldsbeteuerungen von vielen verschiedenen Seiten! Das ist die Situation, in der wir uns gerade befinden, und sie ist mit Sicherheit das brillanteste Vernebelungsmanöver, das man sich vorstellen kann, oder nicht? Wir wissen nichts. Wir sehen nichts!«

»Sie haben recht«, sagte Stanley McCrodden. »Die Vorgehensweise des Briefschreibers … ziemlich raffiniert. Er hat eine Frage in den Raum gestellt: Welche der vier Personen ist schuldig? Er hofft zweifellos, dass Poirot die Ermittlung aufnehmen wird. Eine Frage, die eine von lediglich vier möglichen Antworten zu haben scheint, setzt den Auswahlmöglichkeiten eine illusorische Grenze. In Wahrheit könnten weit mehr Antworten möglich und könnte überhaupt jemand ganz anderes schuldig sein.« McCrodden lehnte sich vor und fragte eindringlich: »Poirot, glauben Sie, wie ich, dass der Verfasser der Briefe wahrscheinlich Barnabas Pandys Mörder ist?«

»Ich versuche, keine Mutmaßungen anzustellen. Wie Catchpool sagt, wissen wir nicht – noch nicht –, ob Monsieur Pandy überhaupt ermordet wurde. Meine Befürchtung, *mes amis*, ist, dass wir es vielleicht niemals wissen werden. Ich weiß einfach nicht, auf wen …« Er ließ den Satz unvollendet, und indem er lautlos etwas Französisches flüsterte, zog er den Kuchenteller, der auf dem Tisch lag, zu sich heran. Er ergriff seine Kuchengabel. Während er sie über das Stück Kirchenfensterkuchen hielt, sah er Stanley McCrodden an und sagte entschlossen: »Ich werde das Augenmerk auf Ihren Sohn John richten.«

»Was?« McCrodden sah ihn finster an. »Habe ich Ihnen nicht gesagt …«

»Sie missverstehen mich. Ich meine damit nicht, dass er schuldig ist. Ich meine, dass seine Stellung innerhalb der Struktur mich fasziniert.«

»Was für eine Stellung? Welche Struktur?«

Poirot legte seine Kuchengabel wieder hin und nahm ein Messer. »Sie sehen die vier Felder des Kuchens. Auf der hinteren Hälfte ein gelbes und ein rosa Feld nebeneinander, auf der vorderen dasselbe, nur umgekehrt. Für unser Beispiel stellen diese vier kleinen Quadrate, diese vier Viertel des einen Kuchenstücks, unsere vier Briefempfänger dar.

Anfangs nahm ich an, es wären zwei Paare.« Poirot schnitt das Kuchenstück in zwei Hälften, um zu veranschaulichen, was er meinte. »Annabel Treadway und Hugo Dockerill waren ein Paar, durch ihre Beziehung zu Barnabas Pandy definiert. Sylvia Reagan und John McCrodden waren das andere Paar. Sie erklärten mir beide, von Monsieur Pandy noch nie gehört zu haben. Doch dann …« Poirot schnitt jetzt eine der Hälften entzwei und schob das nunmehr losgelöste rosa Quadrat in die Nähe der Kuchenstückhälfte, die noch immer intakt war, wodurch ein einsames gelbes Quadrat am vorderen Tellerrand übrig blieb. »Dann entdecke ich, dass Sylvia Reagans Sohn Freddie dieselbe Internatsschule wie Timothy Lavington besucht, Barnabas Pandys Urenkel. Damit haben wir also *drei* Personen mit einer eindeutigen Beziehung zu Monsieur Pandy und zueinander: Annabel Treadway lehnte einen Heiratsantrag Hugo Dockerills ab. Hugo Dockerill ist Hausvorsteher in dem Internat, das Sylvia Reagans Sohn besucht, der wiederum ein Schulkamerad von Annabel Treadways Neffen ist. Nur John McCrodden steht, soweit wir es im Augenblick beurteilen können, in keinerlei Zusammenhang mit einem der anderen oder mit Barnabas Pandy.«

»Ein solcher Zusammenhang könnte aber bestehen«, sagte ich. »Er ist vielleicht nur noch nicht ans Licht gekommen.«

»Aber alle übrigen Beziehungen sind ganz deutlich zu erkennen«, sagte Poirot. »Sie sind unverkennbar, augenfällig, schlechthin nicht zu übersehen.«

»Sie haben recht«, räumte ich ein. »John McCrodden erscheint, so gesehen, wirklich ein wenig wie der ausgeschlossene Vierte.«

Stanley McCrodden sah ziemlich mitgenommen aus, sagte aber kein Wort.

Poirot schob das einsame gelbe Kuchenquadrat vom Teller auf die Tischdecke. »Ich frage mich, ob der Verfasser der Briefe mich nicht genau auf diesen Gedanken bringen wollte«, sagte er. »Ich frage mich, ob er – oder sie – nicht darauf aus ist, dass ich vor allem anderen die Möglichkeit der Schuld Monsieur John McCroddens in Betracht ziehe!«

13

Die Haken

An diesem Abend saßen Poirot und ich vor einem knisternden Kaminfeuer im exzessiv dekorierten und besorgniserregend möblierten Salon meiner Hauswirtin, Blanche Unsworth. Wir hatten schon so oft dort gesessen, dass wir die schreienden Rosa- und Violetttöne oder die vollkommen überflüssigen Fransen und Bordüren, die Ränder, Nähte und Kanten jedes Lampenschirms, Sessels und Vorhangs zierten, schon gar nicht mehr wahrnahmen.

Wir hatten jeder einen Drink in der Hand. Keiner von uns hatte seit einiger Zeit etwas gesagt. Poirot hatte fast eine Stunde lang in die flackernden Flammen gestarrt und dabei gelegentlich genickt oder den Kopf geschüttelt. Ich hatte gerade das letzte gesuchte Wort in mein Kreuzworträtsel eingetragen, als mein belgischer Freund leise sagte: »Sylvia Reagan verbrannte den Brief, den sie erhalten hatte.«

Ich wartete.

»John McCrodden zerriss seinen und schickte die Stücke seinem Vater«, fuhr Poirot fort. »Annabel Treadway strich erst jedes Wort ihres Briefes durch, dann zerriss sie diesen und verbrannte ihn anschließend, und Hugo Dockerill verlegte den seinigen. Seine Frau Jane fand ihn später wieder.«

»Spielt irgendetwas davon irgendeine Rolle?«, fragte ich.

»Ich weiß nicht, was wichtig ist und was nicht, *mon ami*. Ich sitze hier und denke verbissener nach, als ich je zuvor nachgedacht habe, und ich finde keine Antwort auf das wichtigste Rätsel von allen.«

»Ob Pandy ermordet wurde, meinen Sie?«

»Nein. Es gibt eine Frage, die noch wichtiger ist: Warum sollten wir diese Sache überhaupt verfolgen? Es ist nicht das erste Mal, dass ich versucht habe herauszufinden, ob ein Unfalltod nicht ein verkleideter Mord sein könnte. *Pas du tout.* Das habe ich schon viele Male gemacht, aber immer nur dann, wenn jemand, der mir wie ein verlässlicher Mensch erscheint, zu mir sagt, dass es sich auch anders verhalten könnte, als es aussieht, oder wenn mir selbst, aufgrund meiner eigenen Beobachtungen, dieser Verdacht kommt. Keine dieser Bedingungen trifft auf unseren gegenwärtigen Fall zu.«

»Nein«, bestätigte ich. Mir war quälend bewusst, dass sich, während ich auf die Launen Poirots, Stanley McCroddens und des Supers einging, auf meinem Schreibtisch bei Scotland Yard wahrscheinlich die Arbeit immer höher türmte.

»Vielmehr kommt die Behauptung, dass Monsieur Pandys Tod ein Mord war, von jemandem, den wir gerade als *nicht* vertrauenswürdig kennen – von einer Person, die Briefe schreibt und mit einem Namen unterzeichnet, der nicht der ihrige ist. Wir wissen ohne begründeten Zweifel, dass der Absender dieser Briefe ein Betrüger ist, ein Lügner, ein Stifter der Verwirrung! Wenn ich beschließen sollte, keine weiteren Maßnahmen zu ergreifen und meine Aufmerksamkeit anderen Dingen zuzuwenden, könnte niemand meinen Entschluss tadeln.«

»Ich jedenfalls würde es nicht tun«, versicherte ich ihm.

»Und dennoch ... die Widerhaken, sie haben sich unherausziehbar im Verstand Hercule Poirots festgesetzt. Ich würde gern wissen, warum ist Mademoiselle Annabel Treadway so traurig? Wer schickte die Briefe und warum? Warum vier? Und warum gerade diesen vier Personen? Glaubt der oder die Verantwortliche wirklich, dass Barnabas Pandy ermordet wurde, oder ist das irgendeine Art Trick oder Falle? Was, wenn er nicht nur der Briefschreiber, sondern auch noch der Mörder ist? Muss ich einen Übeltäter identifizieren oder zwei?«

»Also, wenn der Verfasser der Briefe tatsächlich zugleich auch der Mörder ist, dann muss er oder sie einer der grandiosesten Idio-

ten sein, der je existiert hat! ›Sehr geehrter Hercule Poirot, hiermit möchte ich Ihre Aufmerksamkeit auf die Tatsache lenken,
dass ich im Dezember vergangenen Jahres einen Mord begangen
habe und damit ungestraft davonzukommen scheine.‹ Niemand
könnte so hirnrissig sein.«

»Vielleicht. Es ist aber möglich, Catchpool, dass jemand, der
ganz und gar keinen Gehirnriss hat, mich zu manipulieren versucht – mit welchem Ziel, weiß ich nicht und kann ich auch
nicht wissen.«

»Warum kontern Sie nicht Ihrerseits mit einer Manipulation?
Tun Sie absolut nichts. Das könnte den Verwirrungstifter dazu
provozieren, weitere Briefe zu verschicken. Das nächste Mal
könnte er ja auch Sie direkt anschreiben.«

»Wenn ich die Geduld dazu hätte … aber es liegt nicht in meiner Natur, nichts zu tun. Also …« Poirot klatschte in die Hände. »Sie werden augenblicklich beginnen, sämtliche Alibis und
sämtliche Schreibmaschinen zu überprüfen.«

»Der Welt? Oder nur alle Schreibmaschinen Londons?«

»Sehr amüsant, *mon ami*. Nein, nicht nur Londons. Auch diejenigen im Turville College und in Combingham Hall. Ich will,
dass Sie jede Schreibmaschine ausprobieren, die Sie finden können, die von einer der in diese Geschichte verwickelten Personen
benutzt worden sein könnte. Selbst von Eustace!«

»Aber Poirot …«

»Außerdem müssen Sie Vincent Lobb ausfindig machen. Fragen Sie ihn, warum er und Barnabas Pandy so lange Zeit Feinde
waren. Und als Letztes – denn ich möchte Ihnen nicht zu viele
Pflichten aufbürden – bringen Sie bitte Stanley McCrodden dazu,
dass er auf dem Law-Society-Dinner macht, was er für uns erledigen soll.«

»Können Sie nicht McCrodden übernehmen?«, fragte ich.

»Wenn, dann hört er wahrscheinlich eher auf Sie als auf mich.«

»Was halten Sie von ihm?«, fragte Poirot.

»Offen gesagt, bringe ich ihm nicht mehr ganz so herzliche

Gefühle entgegen, seit ich ihn sagen hörte, dass er mit Vergnügen seinen eigenen Sohn hängen würde.«

»*Wenn* sein Sohn ein Mörder wäre ... und Stanley McCrodden ist felsenfest davon überzeugt, dass John keiner ist. Deswegen, wenn er sagt, dass er ihn bereitwillig an den Galgen schicken würde, ist es nicht sein Sohn, an den er dabei denkt, sondern eine Phantasie-Version Johns. Deswegen ist er imstande, das zu sagen – und zu glauben, er meine es auch so. Seien Sie versichert, *mon ami*: Wenn John McCrodden je einen Mord verüben sollte, würde sein Vater, wie man so sagt, Himmel und Hölle in Erregung versetzen, um ihn vor Bestrafung zu schützen. Er würde die größten Verrenkungen vollführen und einen Weg finden, John für unschuldig zu halten.«

»Wahrscheinlich haben Sie recht«, sagte ich. »Glauben Sie, die vier Briefe könnten von ihm stammen? Stellen Sie sich das etwa so vor: Er bringt seinen Sohn absichtlich in die Bredouille, sodass er zu seiner Rettung eilen kann, wodurch John gezwungen ist anzuerkennen, dass er ein liebender Vater ist und nicht der hassenswerte Unmensch, für den er ihn hält. Wenn er demnächst in der Lage ist, John zu sagen: ›Ich habe Hercule Poirot beauftragt, in deiner Sache zu ermitteln, und er hat dich von allen Vorwürfen reingewaschen‹, und wenn John erkennen kann, dass das unbestreitbar wahr ist, könnte das die Beziehungen zwischen den beiden erheblich verbessern.«

»Und er schickt den gleichen Brief auch drei weiteren Personen, damit man nicht merkt, dass das ganze Manöver in Wirklichkeit John gilt?«, sagte Poirot. »Es ist möglich. Bisher hielt ich zwar Annabel Treadway für unsere wahrscheinlichste Briefquelle, aber es könnte auch Stanley McCrodden gewesen sein.«

»Warum Annabel Treadway?«, fragte ich.

»Erinnern Sie sich, dass ich von einer Identität sprach, die der Absender der Briefe möglicherweise verschleiern wollte? Stanley McCrodden fragte mich, ob ich die Identität des Mörders von Barnabas Pandy meinte.«

»Ja, ich erinnere mich.«

»Was ich meinte, *mon ami*, ist die Identität des *Hegers eines Verdachts*, wenn man so sagen kann. Als ich diese Theorie entwickelte, hatte ich Annabel Treadway im Auge.«

Ich nahm einen Schluck von meinem Drink und wartete darauf, dass er ins Detail ging.

»Mir scheint, dass, wenn jemand Monsieur Pandy ermordete, der wahrscheinlichste Täter sein Kammerdiener ist, Kingsbury«, fuhr Poirot fort. »Nach dem, was man uns erzählt hat, hatte er die Gelegenheit. Die drei Frauen des Hauses waren zusammen in einem Zimmer, hinter geschlossener Tür, und unterhielten sich wahrscheinlich auf angeregte Weise; sie hätten nichts sehen oder hören können.

Nehmen wir nun an, dass Mademoiselle Annabel – die auf mich nicht den Eindruck einer mutigen oder selbstsicheren Frau gemacht hat – Kingsbury verdächtigt, ihren Großvater getötet zu haben. Sie kann es nicht beweisen, also setzt sie ihre Hoffnungen auf ein Glücksspiel. Sie sagt sich, dass Hercule Poirot imstande sein könnte, ihren Verdacht zu bestätigen. Warum kommt sie aber dann nicht zu mir und bittet mich direkt und ohne Umstände um Hilfe?«

»Ich wüsste wirklich keinen Grund, warum sie nicht genau das tun sollte«, entgegnete ich.

»Was, wenn sie befürchtete, Kingsbury könnte davon den Wind bekommen? Sie könnte vorhergesehen haben, wie schwierig es wäre zu beweisen, dass ein sehr alter Mann, während er ein Bad nahm, unter Wasser gedrückt wurde. Wie sollte das je zu beweisen sein, wenn zu dem Zeitpunkt nur Monsieur Pandy und Kingsbury im Raum waren?«

»Ich verstehe. Sie meinen also, sie hätte es für wahrscheinlich gehalten, dass er ungestraft davonkommen würde?«

»Exakt. Aufgrund des Mangels an Beweisen hätte kein Gericht eine Handhabe gehabt, ihn zu bestrafen. Andererseits aber würde er – ein Mörder – wissen, dass es Annabel Treadway war, die einen Verdacht gegen ihn ausgesprochen hatte. Was sollte ihn daran hindern, als Nächstes *sie* zu ermorden?«

Ich fand seine Theorie alles andere als überzeugend. »Wenn das ihre Befürchtung war, hätte sich doch eine weit einfachere Vorgehensweise angeboten. Sie hätte Kingsbury in einem anonymen Brief *an* Sie beschuldigen können, statt sich selbst und drei weitere Personen mit Briefen zu beschuldigen, die vorgeblich *von* Ihnen stammten. Das wäre doch viel einfacher und direkter gewesen.«

»In der Tat«, räumte Poirot ein. »Aber für ihre Zwecke wäre es eben *zu* direkt gewesen. Kingsbury hätte der Verdacht kommen können, dass sie einen solchen Brief geschrieben hatte, da sie in Combingham Hall war, als Monsieur Pandy starb. Sie wäre dann eine von drei naheliegenden Verdächtigen gewesen, und die zwei anderen wären ihre Schwester und ihre Nichte gewesen, an denen sie sehr zu hängen scheint – sie hätte also auch nicht *deren* Leben aufs Spiel setzen wollen. Nein, nein. Meine Theorie ist besser. Nachdem dieser seltsamen Auswahl von Leuten, einschließlich Annabel Treadway selbst, die Briefe zugesandt worden sind, wird sie selbst des Mordes an ihrem Großvater beschuldigt. Dadurch, meine ich, dürfte Kingsbury nicht auf den Gedanken kommen, dass sie ihn der Tat verdächtigt. Verstehen Sie, Catchpool?«

»Schon, aber …«

»Sie unterschreibt die vier Briefe mit ›Hercule Poirot‹, und indem sie das tut, holt sie mich ins Spiel. Und sobald ich beteiligt bin, sobald ich wie ein Fisch an dem Haken hänge und an Land gekurbelt worden bin, lehnt sie sich zurück und hofft, dass ihre Bemühungen nicht vergeblich waren – dass ich die Ermittlung aufnehmen und Kingsburys Schuld erkennen und eine Möglichkeit finden werde, diese auch zu beweisen.«

»Meinetwegen, aber wozu dann auch die drei anderen beschuldigen? Sie hätte doch auch einfach einen einzigen, an sich selbst adressierten und mit ›Hercule Poirot‹ unterzeichneten Brief abschicken können, der sie und niemand sonst des Mordes an ihrem Großvater beschuldigte.«

»Sie ist eine Frau von äußerster Vorsicht und Furchtsamkeit«, sagte Poirot.

»Wirklich?« Ich lachte. »Dann haben Sie soeben Ihre eigene prachtvolle Theorie widerlegt! Kein grundsätzlich vorsichtiger Mensch würde sich auf einen so vertrackten Plan einlassen.«

»Ah, aber Sie müssen auch ihre Verzweiflung bedenken!«

»Ich fürchte, damit haben wir endgültig das Reich der Phantasie betreten«, sagte ich.

»Vielleicht ist es so. Auf der anderen Seite, vielleicht auch nicht. Ich hoffe, es in naher Zukunft zu wissen. Der nächste Schritt ist jedenfalls klar.«

»Mir nicht.«

»Doch, Catchpool. Ich habe Ihnen die Klarheit geschenkt: Vincent Lobb, Alibis und Schreibmaschinen.«

Zu meiner Erleichterung schien die Aufgabe, Stanley McCrodden dazu zu überreden, das Dinner der Law Society in eine Scharade Poirot'schen Gepräges zu verwandeln, vom Tisch zu sein. »Und was werden Sie unternehmen, während ich nach fehlerhaften ›e‹s fahnde?«

»Liegt es nicht auf der Hand?«, fragte Poirot. »Morgen in aller Frühe werde ich nach Combingham Hall aufbrechen. Wir werden sehen, was für Antworten ich da vielleicht finde.«

»Dann seien Sie doch so nett und überprüfen Sie die Schreibmaschinen vor Ort«, sagte ich grinsend. »Wenn Sie schon mal da sind …«

»Natürlich, *mon ami*. Poirot, er wird so nett sein!«

14

In Combingham Hall

Es gab viele Gründe, dachte Poirot, als er am nächsten Tag vor dem Gebäude stand und die Fassade anstarrte, warum Combingham Hall hätte ansprechend wirken müssen. Am Himmel strahlte die Wintersonne, und die Temperatur war für Februar recht mild. Wie eine Einladung an jeglichen Besucher stand die Eingangstür halb offen. Niemand hätte bestreiten können, dass es ein schönes und stattliches Bauwerk war. Und es war von allem umgeben, was man sich nur wünschen konnte: gepflegten Rasenflächen und, etwas weiter vom Haus entfernt, einem See, einem Tenniscourt, zwei Cottages, einem Gemüsegarten und einer ansehnlichen Waldfläche – das alles hatte Poirot bereits durch die Fenster des Automobils gesehen, das ihn vom nächstgelegenen Bahnhof hierher befördert hatte.

Dennoch zögerte er jetzt, das Herrenhaus zu betreten. Man konnte wohl stolz sein, ein solches Gebäude zu besitzen und zu bewohnen – aber konnte es einem ans Herz wachsen? Die offene Tür ließ eher an Nachlässigkeit als an echte Gastlichkeit denken. Anstatt sich in seine natürliche Umgebung einzufügen, wie Gebäude es eigentlich sollten, ragte es unschön – fast wie ein Fremdkörper – in die Höhe, als ob ein Übelwollender sich von oben heruntergebeugt und es dort platziert hätte, um den Leuten weiszumachen, dass es dorthingehörte. »Es sei denn, ich bin ein närrischer alter Mann, der sich das alles nur einbildet«, sagte Poirot zu sich selbst.

Eine Frau von vielleicht vierzig oder knapp darüber, die ein gelbes Kleid mit einem schmalen Gürtel trug, erschien in der Tür. Sie fixierte Poirot, ohne zu lächeln.

Wahrhaft wunderseltsam, dachte Poirot. Die Frau hatte etwas

mit dem Gebäude gemeinsam, aus dem sie erschienen war. Sie war unzweifelhaft schön, mit goldenem Haar und vollendet gezeichneten, vollkommen miteinander harmonierenden Gesichtszügen, und dennoch wirkte sie ...

»Ungastlich«, murmelte Poirot bei sich.

Er setzte sein strahlendstes Lächeln auf und ging mit forschem Schritt auf sie zu. »Guten Tag, Madame«, sagte er, bevor er sich vorstellte.

Sie reichte ihm die Hand zum Gruß. »Freut mich, Sie kennenzulernen«, sagte sie, ohne allerdings eine Miene zu verziehen. »Ich bin Lenore Lavington. Bitte kommen Sie herein. Wir sind für Sie bereit.«

Poirot fand, dass das eine seltsame Aussage war: als ob er eine Prüfung wäre, die es zu erdulden galt. Er folgte der Frau in eine große, kahle Eingangshalle mit einer Treppe aus dunklem Holz zur Linken und drei bogenförmigen Durchgängen geradeaus. An diese schlossen sich ein Korridor mit Tonnengewölbe und an dessen Ende ein weiterer dreibogiger Durchgang an, der in einen Speisesaal mit einem langen, schmalen Holztisch führte, an dem viele Stühle standen.

Poirot fröstelte. Im Haus war es kälter als draußen. Der Grund war offensichtlich. Wo waren die Wände? Wo waren die Türen, die ein Zimmer vom anderen trennten? Von da aus, wo er stand, konnte er keine sehen. Es war ganz falsch, befand er, ein Haus zu betreten und direkt, weit in der Ferne, den Esstisch ausmachen zu können.

Er verspürte eine große Erleichterung, als Lenore Lavington ihn in ein kleines, wärmeres Wohnzimmer führte, das blassgrüne Tapeten, ein schönes Kaminfeuer und eine schließbare Tür aufwies. Dort erwarteten ihn zwei weitere Frauen: Annabel Treadway und eine viel jüngere, breitschultrige Frau mit dunklem Haar, klugen Augen und einem unordentlichen Filigran von Narben, das sich über eine Gesichtsseite bis unter das Ohr hinzog. Das musste Ivy Lavington sein, dachte Poirot. Einen Teil der Narben hätte sie durch eine andere Frisur verbergen können, aber sie hatte sich offenbar dagegen entschieden.

Ein großer Hund mit jeder Menge flauschigem – stellenweise lockigem – Fell saß auf Annabel Treadways Füßen, während sein Kopf auf ihrem Schoß ruhte. Als Poirot erschien, raffte er sich auf und kam angetrottet, um den unbekannten Besucher zu begrüßen. Poirot tätschelte ihn, worauf der Hund die Vorderpfote hob und das Tätscheln erwiderte.

»Ah! Er begrüßt mich!«

»Hoppy ist der freundlichste Bursche der Welt«, sagte Annabel Treadway. »Hopscotch, das ist Monsieur Hercule Poirot!«

»Das ist meine Tochter, Ivy«, sagte Lenore Lavington. Nichts an ihrem Ton verriet, dass diese Bemerkung einen Tadel an ihre Schwester beinhalten könnte.

»Ja, natürlich – das ist Ivy«, sagte Annabel.

»Guten Tag, Monsieur Poirot. Es ist eine Ehre, Ihre Bekanntschaft zu machen«, sagte die jüngere Frau. Sie hatte eine warme, tiefe Stimme.

Hopscotch, der noch immer zu Poirots Füßen stand, hob die Pfote und tätschelte die Luft zwischen ihnen, als ob er es nicht recht wagte, den großen Detektiv ein zweites Mal zu berühren.

»Ach, wie süß! Er möchte, dass Sie mit ihm spielen«, sagte Annabel. »Gleich liegt er auf dem Rücken und erwartet von Ihnen, dass Sie ihm den Bauch kraulen.«

»Ich bin sicher, Monsieur Poirot hat Wichtigeres zu tun«, sagte ihre Schwester.

»Ja, natürlich. Verzeihung.«

»Keine Entschuldigung nötig«, versicherte ihr Poirot.

Der Hund lag inzwischen auf dem Rücken. Poirot machte einen Bogen um ihn und ließ sich, von Lenore Lavington dazu aufgefordert, in einen Sessel nieder. Das Zimmer hier konnte unmöglich der Salon von Combingham Hall sein, dachte er. Es war viel zu klein, aber vielleicht war es der einzige Teil des Hauses, der ein menschenwürdiges Klima besaß.

Man bot ihm Erfrischungen an, die er dankend ablehnte. Lenore Lavington schickte Ivy los, damit sie Kingsbury auftrug, etwas zu essen und zu trinken zu richten – »für den Fall, dass Monsieur Poirot es sich anders überlegt«. Sobald ihre Tochter das Zimmer verlassen hatte, sagte sie: »Es ist nicht nötig zu warten, bis Ivy zurückkommt. Vielleicht könnten Sie mir sagen, warum Sie hier sind?«

»Sie haben doch nichts dagegen, die Erklärung zu übernehmen?«, fügte Annabel rasch hinzu. »Sie werden es bestimmt viel besser erklären, als ich es könnte.«

»Wollen Sie damit sagen, Mademoiselle, dass Sie Madame Lavington nichts von dem Brief erzählt haben?«

»C'est vraiment incroyable«, sagte Poirot lautlos zu sich selbst. Menschenwesen: Ihre Seltsamkeit kannte keine Grenzen. Wie konnte eine Schwester der anderen mitteilen, dass der berühmte Detektiv Hercule Poirot sie aufsuchen würde, und den Grund des Besuches nicht verraten? Und wie konnte die andere Schwester nicht danach fragen, bevor der Detektiv eintraf?

»Annabel hat mir nichts erzählt. Ich würde sehr gern wissen, worum es hier geht.«

Poirot erläuterte, so kurz und knapp er konnte, die Situation. Lenore Lavington hörte aufmerksam zu und nickte hier und da. Falls die Geschichte sie überraschte, ließ sie es sich nicht anmerken.

Als er geendet hatte, sagte sie: »Ich verstehe«, und dann: »Eine unerfreuliche Angelegenheit – wiewohl auch nicht so unerfreulich, wie wenn die Möglichkeit bestände, dass die Anschuldigungen gerechtfertigt wären.«

»Sie wollen damit sagen, dass diese Möglichkeit nicht besteht?«

»Nicht im Entferntesten. Großvater wurde nicht ermordet, weder von meiner Schwester noch von irgendjemand anderem. Als er starb, war niemand im Haus außer Annabel, mir, Ivy und Kingsbury – wie Sie sehr wohl wissen, da Sie es mir gerade selbst erzählt haben. Annabel hat völlig recht: Zwischen dem Zeitpunkt, als Großvater uns etwas zurief, und dem, als Kingsbury uns alarmierte und wir alle ins Badezimmer liefen, wo wir Großvater tot vorfanden, waren sie, Ivy und ich in Ivys Schlafzimmer. Keine von uns verließ in der Zwischenzeit den Raum.«

Poirot nahm zur Kenntnis, dass sie Barnabas Pandy »Großvater« nannte, nicht »Grandy« wie ihre Schwester. »Was ist mit Kingsbury?«, fragte er.

»Kingsbury? Nun, er war nicht mit uns im Zimmer ... aber Kingsbury sollte Großvater getötet haben? Undenkbar! Ich nehme an, Sie werden ihn sprechen wollen, bevor Sie gehen?«

»Oui, Madame.«

»Dann werden Sie bald einsehen, was für eine absurde Idee das ist. Dürfte ich fragen, warum Sie diese Ermittlungen überhaupt anstellen, Monsieur Poirot, wo doch weder die Polizei noch irgendein Gericht den leisesten Verdacht zu haben scheint, Großvaters Tod könnte irgendetwas anderes als ein Unfall gewesen sein? Sind Sie in jemandes Auftrag hier? Oder lediglich, um Ihre eigene Neugier zu befriedigen?«

»Ich bin neugierig, das gebe ich zu. Ich bin immer neugierig. Außerdem bat mich der Vater Monsieur John McCroddens, des Empfängers eines der vier Briefe, ihm dabei zu helfen, den Namen seines Sohnes reinzuwaschen.«

Lenore Lavington schüttelte den Kopf. »Das geht jetzt wirklich zu weit«, sagte sie. »Seinen Namen reinwaschen? Das ist lachhaft. Er war nicht hier im Haus, als Großvater starb. Bitte schön: Sein Name ist reingewaschen, und es besteht für Sie oder den Vater dieses Mr John McCrodden keinerlei Notwendigkeit, Ihre Zeit noch weiter zu vergeuden.«

»Ihre Fragen beantworten wir aber natürlich gern«, sagte Annabel und kraulte den Hund am Kinn. Er war zu seinem Frauchen zurückgekehrt und hatte sich wieder vor ihre Schienbeine drapiert.

»Darf ich fragen? Als ich eintraf, stand die Haustür offen.«

»Ja. Sie steht immer offen«, sagte Lenore.

»Es ist wegen Hopscotch«, sagte Annabel. »Er hat es gern, wenn er ungehindert zwischen Haus und Garten hin und her laufen kann, wissen Sie. Uns wäre es lieber – Lenore wäre es lieber –, wenn wir ihn hinaus- oder hereinlassen und danach die Tür wieder schließen könnten, aber … nun ja, er bellt leider ziemlich laut.«

»Er verlangt, dass die Tür offen bleibt, und Annabel besteht darauf, dass wir ihm seinen Willen lassen.«

»Hoppy ist unglaublich gescheit, Monsieur Poirot«, sagte Annabel. »Es ist ihm lieber, wenn die Haustür offen bleibt, sodass er nach draußen gehen kann, wann immer er will, ohne dazu eine von uns herbeirufen zu müssen.«

»Wenn die Tür ständig offen gelassen wird, ist es dann nicht möglich, dass jemand am 7. Dezember letzten Jahres das Haus betrat, während Ihr Großvater in der Badewanne lag?«

»Nein. Ist es nicht.«

»Nein«, echote Annabel. »Ivys Schlafzimmer geht nach vorn. Eine von uns dreien hätte es gesehen, wenn jemand die Auffahrt entlanggekommen wäre, sei es in einem Auto, auf einem Fahrrad oder zu Fuß. Es ist ganz unmöglich, dass keine von uns es bemerkt hätte.«

»Was, wenn jemand sich dem Haus von hinten genähert hätte?«, fragte Poirot.

»Warum sollte er?«, fragte Annabel. »Von vorn ist es doch viel bequemer. Ach so – natürlich, wenn er nicht gesehen werden wollte …«

»*Précisément.*«

»Die Hintertür steht ebenfalls die meiste Zeit offen, obwohl Hoppy es vorzieht, vorn ein und aus zu gehen.«

Lenore sagte: »Der Hund hätte das ganze Haus zusammengebellt, wenn jemand herumgeschlichen wäre. Er hätte einen Fremden gewittert.«

»Er hat nicht gebellt, als ich ins Zimmer kam«, wandte Poirot ein.

»Das liegt daran, dass Sie mit Lenore hereingekommen sind«, sagte Annabel. »Er hat gesehen, dass Sie ein willkommener Gast sind.«

Hier hob Lenore Lavington leicht die Augenbrauen. »Lassen Sie uns fortfahren«, sagte sie. »Haben Sie weitere Fragen, Monsieur Poirot, oder sind Sie jetzt zufrieden?«

»Zufrieden bin ich leider noch nicht«, entgegnete Poirot. »Gibt es im Haus eine Schreibmaschine?«

»Eine Schreibmaschine? Ja. Warum fragen Sie?«

»Dürfte ich sie benutzen, bevor ich gehe?«

»Wenn Sie möchten.«

»Danke, Madame. Jetzt würde ich Sie gern nach Vincent Lobb fragen. Er war ein Bekannter Ihres Großvaters.«

»Wir wissen, wer er war«, sagte Lenore. »Er und Großvater kannten sich schon sehr lange. Sie waren die besten Freunde, bis irgendetwas geschah, was sie zu Feinden machte.«

»Bevor Sie fragen – wir wissen nicht, was geschah«, sagte Annabel. »Grandy hat es uns nie verraten.«

»Vielleicht wissen Sie, dass Monsieur Pandy nicht lange vor seinem Tod Monsieur Lobb schrieb, dass er den Wunsch habe, die *froideur* zu beenden, die zwischen ihnen herrschte …?«

Die Schwestern tauschten einen Blick. Dann sagte Lenore: »Nein. Wir wussten es nicht. Wer hat Ihnen das erzählt?«

»Der Anwalt Ihres Großvaters, Monsieur Peter Vout.«

»Ich verstehe.«

»Der Gedanke, dass Grandy das getan hat, macht mich froh.« Annabel seufzte. »Und es überrascht mich nicht, das zu erfahren. Er war unglaublich gütig und nachsichtig.«

»Annabel, du sagst die verblüffendsten Dinge«, sagte ihre Schwester.

»Wirklich, Lenore?«

»Wirklich. Großvater, nachsichtig? Was auch immer Vincent Lobb getan haben mag, das war vor fünfzig Jahren. Großvater hat fünfzig Jahre lang gegrollt. Ich sage damit nicht, dass es falsch oder grausam von ihm war – die meisten Menschen sind nachtragend, wenn du, Annabel, auch nicht zu ihnen gehörst.«

»Du schon, Lenore.«

»Ja, ich schon«, pflichtete ihre Schwester ihr bei. »Und *du* bist die von Natur aus Nachsichtige. Nicht Großvater.«

»Nein, bin ich nicht!« Die Unterstellung schien Annabel Kummer zu bereiten. »Wer bin ich schon, dass ich wem auch immer etwas nachsehen sollte? Ich bin …« Sie blinzelte gegen die Tränen an. Dann sagte sie: »Es ist wahr, ich habe es Grandy verziehen, dass er Hoppy ignorierte, und vor ihm Skittle, und dass er Lenore mir vorzog. Ich verzieh ihm, weil er mir verzieh! Er empfand mich als eine schreckliche Enttäuschung, aber er tat sein Bestes, um es nicht zu zeigen. Ich wusste, was er von mir hielt, aber ich war dankbar für seine tagtäglichen Bemühungen, es zu verbergen.«

»Meine Schwester ist etwas durcheinander«, erklärte Lenore Lavington Poirot. Ihr Gesicht zeigte ein kleines gesittetes Lächeln. »Sie neigt dazu zu übertreiben. Wo Ivy wohl bleibt? Ich hoffe wirklich, sie verspeist nicht gerade das Essen, das für Sie gedacht war, Monsieur Poirot.«

»Warum fand Ihr Großvater Sie enttäuschend?«, fragte Poirot Annabel.

»Ich glaube, das lag daran, dass ich eine mir überlegene ältere Schwester habe«, sagte sie.

»Also wirklich, Annabel!«

»Nein, Lenore, es ist wahr. Du *bist* mir überlegen. Ich meine das, und Grandy meinte das auch. Lenore war von jeher sein Liebling, Monsieur Poirot, und das zu Recht. Sie ist so zielstrebig und tüchtig und stark, genau, wie Grandy es war. Und sie hat geheiratet und ihm Urenkel geschenkt. Hat die Blutlinie fortgeführt. Während ich den Anschein erweckte, am liebsten meine ganze Zeit mit meinen Hunden zuzubringen, und was das Schlimmste ist, ich bin ein kinderloses lediges Fräulein.«

»Annabel hat viele Heiratsanträge bekommen«, erklärte Lenore Poirot. »An Angeboten hat es ihr nicht gemangelt.«

»Grandy meinte, dass ich mich mit Tieren einschloss, weil ich mich Menschen gegenüber nicht durchsetzen konnte. Vielleicht hatte er recht. Ich bin tatsächlich der Meinung, dass Tiere weniger zudringlich als Menschen sind, und treuer sind sie mit Sicherheit. Sie lieben einen trotz aller Fehler, die man hat. Oh, ich beklage mich nicht über Grandy oder sonst jemanden. Es wäre mir schrecklich unangenehm, wenn Sie das annähmen! Er tat sein Bestes, und ich habe ihn so schwer enttäuscht, ich …« Sie verstummte abrupt und schnappte nach Luft. »Da kommt Ivy«, sagte sie. Es war ein ziemlich fadenscheiniger Versuch, das Thema zu wechseln.

»Wie meinen Sie das, Mademoiselle?«, fragte Poirot, der sich wunderte, dass sie plötzlich so erschrocken aussah – als wäre Barnabas Pandys Geist höchstpersönlich ins Zimmer spaziert.

Die Tür öffnete sich, und Ivy Lavington kam herein. Sie sah die Miene ihrer Tante und fragte besorgt: »Was ist passiert?«

»Nichts«, sagte Lenore Lavington. Bedachte man, dass Ivy Poirots Erklärung für seinen Besuch noch gar nicht gehört hatte, war dies eine in jeglicher Hinsicht unzureichende Auskunft.

»Wodurch haben Sie Ihren Großvater enttäuscht?«, fragte Poirot Annabel Treadway noch einmal.

»Ich sagte es Ihnen schon«, antwortete sie leise. »Er hätte es gern gesehen, wenn ich geheiratet und Kinder bekommen hätte.«

Da war etwas, das sie um keinen Preis sagen wollte, dachte Poirot. Er beschloss, die Sache vorerst auf sich beruhen zu lassen. Später, so hoffte er, würde es Gelegenheit geben, sie noch einmal zu fragen. Vielleicht würde sie unbefangener sprechen, wenn ihre Schwester und ihre Nichte nicht zugegen waren.

Er wandte sich an Lenore Lavington. »Wenn es für Sie nicht zu schmerzlich ist, Madame, würde ich gern das Badezimmer sehen, in dem Ihr Großvater ertrank.«

»Das ist ziemlich morbide, nicht?«, sagte Ivy.

Ihre Mutter ignorierte sie. »Ja, natürlich«, sagte sie zu Poirot. »Wenn Sie es für notwendig halten.«

Annabel stand auf, um sich ihnen anzuschließen, doch Lenore sagte: »Nein.«

Annabel nahm die Zurückweisung widerspruchslos hin und setzte sich wieder.

»Warum erzählst du Ivy nicht solange, was passiert ist?«, schlug Lenore ihr vor. »Bitte folgen Sie mir, Monsieur Poirot.«

Der Schauplatz des möglichen Verbrechens

Der Weg zum Bad, in dem Barnabas Pandy gestorben war, zog sich vergleichsweise lang hin. Poirot war schon in vielen großen Landhäusern gewesen, aber keines hatte so scheinbar nicht enden wollende Korridore besessen wie Combingham Hall. Als er merkte, dass Lenore Lavington keine Absicht hatte, während der Wanderung zu plaudern, nutzte er die Gelegenheit, alles, was sich unten im Wohnzimmer zugetragen hatte, im Geiste Revue passieren zu lassen.

Bei seiner zweiten Begegnung mit Annabel Treadway war Poirot sofort aufgefallen, dass ihre traurige Ausstrahlung diesmal weniger ausgeprägt war. Es war nicht so, dass sie glücklicher (oder überhaupt glücklich) ausgesehen hätte – das war nicht der Fall, trotz der Anwesenheit des Hundes, den sie ganz offensichtlich liebte. Nein, es war eher …

Poirot schüttelte den Kopf. Er hätte nicht sagen können, was es war, und das ärgerte ihn. Seine Gedanken wandten sich Lenore Lavington zu. Er befand, dass sie einer jener seltenen Menschen war, mit denen man stundenlang reden konnte, ohne am Ende auch nur das Geringste über ihren Charakter zu wissen. Wenn er überhaupt das Gefühl hatte, etwas über sie erfahren zu haben, dann, dass sie gern dafür sorgte, dass alles einen ganz bestimmten Gang nahm. Sie vermittelte irgendwie den Eindruck, ständig im Dienst zu sein. Poirot fragte sich, ob sie sich vor dem fürchtete, was ihre Schwester sich auszusprechen verkniffen hatte.

»Ah!«, rief er aus, als Lenore ihn an der soundsovielten Reihe von Türen vorbeiführte.

Sie blieb stehen. »Sagten Sie etwas?«, fragte sie mit einem höflichen Lächeln.

»Non. *Pardon*, Madame.«

Sein Ausruf war unwillkürlich gewesen, ein Ausdruck der Erleichterung darüber, herausgefunden zu haben, was ihm an Annabel Treadway aufgefallen war: Obwohl sie noch immer eine melancholische Atmosphäre umgab, hatte sie ihre eigenen Gefühle entschlossen beiseitegeschoben, um nur noch an diejenigen ihrer Schwester zu denken.

Ja, das ist es, dachte Poirot befriedigt. Die zwei Schwestern waren sich der jeweils anderen so vollkommen bewusst gewesen, hatten so empfindlich auf jedes Wort, jeden Ausdruck und jede Geste der anderen reagiert ... Aber warum?, fragte er sich. Es war so, als hätte Lenore Annabel – und Annabel ihrerseits Lenore – heimlich unter Beobachtung gestellt. Jede Schwester hatte natürlich gewusst, dass die andere im Zimmer war und alles mitbekam, was sie sagte, aber beide hatten vorgegeben, auf ganz normale, beiläufige Weise zuzuhören, während in Wirklichkeit jede von ihnen zwanghaft auf die andere fixiert gewesen war.

Sie teilen ein Geheimnis, dachte Poirot. Die zwei Schwestern teilen ein Geheimnis, und jede befürchtet, dass die andere es Hercule Poirot verraten wird, einem Fremden, der hierhergekommen ist, um seine Nase in ihre Privatangelegenheiten zu stecken!

»Monsieur Poirot?«

Durch sein Theorienschmieden abgelenkt, hatte er nicht bemerkt, dass Lenore Lavington stehen geblieben war. »Das ist das Badezimmer, in dem sich die Tragödie zugetragen hat. Bitte, gehen Sie nur hinein.«

»Danke, Madame.«

Als sie eintraten, knarrten die Dielen – ein gepresstes Geräusch, dachte Poirot wehmütig, wie von jemandem, der starke Schmerzen litt, aber versuchte, keine Aufmerksamkeit zu erregen. Der Raum war spärlich eingerichtet: in der Mitte eine Badewanne, dann ein Stuhl, ein Wandbord mit abgestoßenen Kanten und in einer Ecke eine niedrige, vierschrötige Kommode, deren Schubladen von kunstvollen Schnitzereien umrahmt waren. Poirot hatte zu anderen Gelegenheiten gehört, dass solche Möbel als »tallboys« bezeichnet wurden, aber dieses spezielle Stück schien ihm eher den Namen »shortboy« zu verdienen. Das Holz hätte eigentlich glänzen sollen, aber es besaß stattdessen das stumpfe Aussehen von Möbeln, die seit Jahren keiner mehr poliert hatte.

Auf dem Bord stand ein einsames Objekt: eine kleine Flasche aus violettem Glas. »Was ist das?«, fragte Poirot.

»In der Flasche? Das ist Olivenöl«, sagte Lenore Lavington.

»Im Bad, nicht in der Küche?«

»Großvater ...« Sie brach ab. Jetzt leiser, fing sie von neuem an: »Großvater badete nie ohne Olivenöl.«

»Im Badewasser?«

»Ja. Es war gut für seine Haut, sagte er, und er mochte den Geruch – der Himmel weiß, warum.« Sie wandte sich ab und ging ans Fenster. »Es tut mir leid, Monsieur Poirot. Es überrascht mich selbst: Über seinen Tod zu sprechen fällt mir leicht, aber dieses Fläschchen ...«

»*Je comprends*. Es ist schwieriger, über die Flasche zu sprechen, weil sie etwas ist, woran er zu Lebzeiten Freude hatte. Das ist der Gedanke, der Sie traurig macht.«

»Ja, so ist es. Ich mochte Großvater gern.« Sie sagte es so, als wäre es etwas, das möglicherweise der Erklärung bedurfte, und nicht etwa eine selbstverständliche Tatsache.

»Sie sind sich ganz sicher, Madame, dass Sie Monsieur Pandy sprechen hörten – dass Sie ihn leibhaftig hörten und dass es nur er gewesen sein konnte? Und von dem Augenblick an, bis Sie sahen, dass er in seinem Badewasser ertrunken war, Sie in Gesellschaft Ihrer Schwester und Ihrer Tochter waren? Dass keine von Ihnen die zwei anderen verließ, und wäre es auch nur für wenige Augenblicke gewesen?«

»Ich bin ganz, ganz sicher«, sagte Lenore Lavington. »Annabel, Ivy und ich plauderten angeregt, und er rief zu uns herüber, dass wir ihn störten. Er hatte es gern, wenn im Haus Stille herrschte.«

»Mademoiselle Ivys Zimmer ist hier in der Nähe?«

»Ja, direkt auf der anderen Seite des Korridors, ein Stückchen nach rechts. Wir hatten die Tür geschlossen, aber in diesem Haus nützt das nichts. Er konnte unser Gespräch mit Sicherheit klar und deutlich hören.«

»Ich danke Ihnen, Madame.«

»Ich wäre Ihnen verbunden, wenn Sie Kingsbury gegenüber etwas Rücksicht nehmen könnten«, sagte sie. »Er ist seit Großvaters Tod ziemlich verschlossen. Ich hoffe, Sie müssen ihn nicht allzu lang befragen.«

»Ich werde es so kurz wie möglich halten«, versprach Poirot.

»Niemand hat Großvater getötet, aber hätte es jemand getan, hätte es niemals Kingsbury sein können. Allein schon deswegen, weil dann seine Kleidung nass gewesen wäre, und das war sie nicht. Annabel, Ivy und ich hörten ihn alle schreien, als er Großvater … als er sah, was geschehen war, und schon Sekunden später waren wir alle zusammen hier in diesem Raum. Kingsburys Kleidung war vollkommen trocken.«

»Sie versuchten nicht, Ihren Großvater aus dem Wasser zu ziehen?«

»Nein. Es war offensichtlich, dass jede Hilfe zu spät gekommen wäre.«

»Dann waren die Kleider Ihrer Schwester also ebenfalls trocken?«

Die Frage schien Lenore zu erzürnen. »Unser *aller* Kleidung war trocken! Einschließlich derjenigen Annabels. Sie trug ein blaues Kleid mit weißen und gelben Blümchen. Langärmlig. Sie stand direkt neben mir, hier. Es wäre mir sofort aufgefallen, wenn ihr Wasser von den Ärmeln getropft wäre! Ich bin eine aufmerksame Beobachterin.«

»Daran zweifle ich nicht«, sagte Poirot.

»Sie nehmen diese gegen meine Schwester erhobene Anschuldigung doch wohl nicht ernst, Monsieur Poirot? Der gleiche Brief wurde vier Personen zugeschickt. Was, wenn es hundert gewesen wären? Würden sie dann jede einzelne von ihnen als potenziell schuldig betrachten, obwohl die Polizei keinerlei Verdacht hatte und die Todesursache bereits gerichtlich als Unfall festgestellt worden ist?«

Poirot setzte zum Antworten an, aber Lenore Lavington war noch nicht fertig. »Außerdem ist die Vorstellung, dass Annabel wen auch immer ermordet haben könnte, vollkommen lächerlich«, sagte sie. »Meine Schwester ist für gesetzeswidrige Handlungen, gleich welcher Art, einfach nicht geschaffen. Selbst ein geringfügiges Vergehen würde ihr ewig auf der Seele liegen. Einen Mord würde sie niemals riskieren. Sie würde nicht einmal riskieren, die Hunderasse zu wechseln.«

Ivy Lavington erschien in der Tür. »Viele Leute bleiben bei einer bestimmten Rasse«, sagte sie. »Hopscotch ist ein Airdale Terrier, und Skittle, der vor ihm, war auch einer«, erklärte sie Poirot.

»Hast du auf dem Korridor gelauscht?«, fragte ihre Mutter.

»Nein«, sagte Ivy. »Hast du Dinge gesagt, die ich nicht hören sollte?«

»Meine Schwester ist für Ivy und meinen Sohn Timothy wie eine zweite Mutter, Monsieur Poirot. Sie haben beide die Neigung, sie gleich in Schutz zu nehmen, wenn sie sich einbilden, ich hätte sie angegriffen, was nie der Fall ist.«

»Ach Mama, hör schon auf, dir leidzutun!«, sagte Ivy mit gutmütiger Ungeduld. »Tante Annabel ist des Mordes beschuldigt worden, nicht du. Sie könnte es unmöglich getan haben, Monsieur Poirot.«

Poirot stellte fest, dass Ivy Lavington ihm sympathisch war. Sie strahlte eine jugendliche Energie aus, und sie schien ihm das einzige normale Mitglied des Haushalts zu sein – obwohl seine Begegnung mit Kingsbury natürlich noch ausstand. »War Hopscotch bei Ihnen dreien in Ihrem Schlafzimmer, Mademoiselle Ivy, während Ihr Großvater sein Bad nahm?«

»Natürlich«, antwortete Lenore Lavington anstelle ihrer Tochter. »Wohin Annabel auch geht, der Hund folgt ihr. Er darf nach

Belieben allein losziehen, aber ihr ist es nicht gestattet. An dem Tag, als sie nach London fuhr, um Sie aufzusuchen, hat er fast eine Stunde lang geheult, nachdem sie weg war. Es war schrecklich lästig.«

»Madame, dürfte ich Ihnen die Namen der drei anderen Personen nennen, die brieflich des Mordes an Monsieur Pandy beschuldigt wurden?«

»Wie Sie wünschen.«

»John McCrodden. Hugo Dockerill. Sylvia Reagan. Sagen Ihnen diese Namen etwas?«

»Hugo Dockerill ist Timothys Hausvorsteher im Internat. Die zwei anderen Namen höre ich zum ersten Mal – abgesehen von vorhin, als Sie Mr McCrodden erwähnten.«

»Sei nicht albern, Mama.« Ivy lachte. »Natürlich weißt du, wer Sylvia Reagan ist!«

»Das ist nicht wahr.« Lenore Lavington sah verwirrt aus. »Weißt *du*, wer sie ist?«, fragte sie Ivy. »Wer ist sie?« Es schien, als ob die Vorstellung, dass ihre Tochter etwas wusste, was sie selbst nicht wusste, ihr unerträglich wäre.

»Sie ist Freddie Reagans Mutter. Er ist im Internat in Timmys Haus. Er kam vor ungefähr einem halben Jahr aufs Turville. In seiner früheren Schule wurde er fürchterlich schikaniert.«

Poirot beobachtete mit Interesse, wie aus Lenore Lavingtons Gesicht alle Farbe wich. »F-Freddie?«, stotterte sie. »Der seltsame, einzelgängerische Freddie? Sein Familienname ist *Reagan*?«

»Ja. Und seine Mutter ist Sylvia. Das musst du doch gewusst haben! Warum guckst du so komisch?«

»Fred-die«, sagte ihre Mutter noch einmal, langsamer, während sie mit glasigen Augen ins Leere starrte. Lediglich indem sie den Namen aussprach, schaffte sie es, ihn eigenartig bedrohlich klingen zu lassen.

»Was hast du gegen den armen Freddie, Mama? Was hat er dir denn getan?«

Ivys energische Frage sprengte die angespannte Atmosphäre.

»Nichts«, antwortete Lenore Lavington knapp. Sie schien wieder Herrin ihrer selbst zu sein. »Ich kannte seinen Familiennamen nicht, das ist alles. Es überrascht mich, dass du ihn weißt.«

»Ich habe einmal mit ihm gesprochen, als wir Timmy in der Schule besuchten. Mir fiel ein Junge auf, der allein war und ziemlich trübselig aussah, also bin ich zu ihm hingegangen, um ein paar Worte mit ihm zu wechseln. Wir hatten dann ein langes und sehr interessantes Gespräch. Er stellte sich als Freddie Reagan vor. Irgendwann muss er seine Mutter erwähnt haben, Sylvia, weil ich weiß, dass sie so heißt.«

»Dieser schreckliche Einsiedlerjunge ist kein Freund von Timothy«, erklärte Lenore Lavington Poirot. »Tatsächlich habe ich Timothy geraten, ihm aus dem Weg zu gehen. Ich glaube, er ist nicht ganz richtig im Kopf – die Sorte Junge, bei der man mit allem rechnen muss.«

»Mama!« Ivy lachte. »Hast du das wirklich getan? Hast du den Verstand verloren? Freddie ist der harmloseste Junge auf der Welt!«

Poirot sagte: »An dem Tag, als Ihr Großvater starb, hatten Sie beide und Mademoiselle Annabel eigentlich vorgehabt, den Weihnachtsmarkt in der Schule Ihres Sohnes zu besuchen. Das trifft doch zu, nicht wahr?«

»Ja«, sagte Lenore.

»Aber am Ende fuhren Sie dann doch nicht hin.«

»Nein.«

»Warum nicht?«

»Ich erinnere mich nicht.«

Poirot wandte sich an Ivy. »Entsinnen Sie sich des Grundes, Mademoiselle?«

»Vielleicht wollte Mama Freddie Reagan aus dem Weg gehen, und deswegen hat sie es sich anders überlegt.«

»Sei nicht albern, Ivy«, sagte Lenore.

»Es ist nur, dass du regelrecht leichenblass geworden bist, als ich seinen Namen erwähnte, Mama. Warum? Ich weiß, dass du es mir nicht sagen wirst, aber ich wüsste es wirklich zu gern.«

Poirot hätte es ebenfalls gern gewusst.

16

Der Gelegenheitsmann

Kingsburys kleines Cottage lag einen kurzen Fußweg vom Herrenhaus entfernt. An das Häuschen grenzte ein dicht bepflanzter Küchengarten mit Randbeeten von Rosmarin, Lavendel und Eisenkraut.

Poirot konnte es nicht erwarten, »den Gelegenheitsmann« kennenzulernen, wie er Kingsbury mittlerweile in Gedanken nannte. Wenn die Damen von Combingham Hall die Wahrheit sagten, dann war Kingsbury der Einzige, der die Gelegenheit gehabt hatte, Barnabas Pandy zu ermorden. Konnte es wirklich so einfach sein?, fragte sich Poirot. Würde es ihm am Ende gelingen, dem Kammerdiener ein Geständnis zu entlocken und den Fall noch heute abzuschließen?

Er klopfte an die Tür und hörte kurz darauf schlurfende Schritte näher kommen. Die Tür öffnete sich. Hinter der Schwelle stand ein knochendürrer Mann mit faltiger, papierener Haut und Augen von einem eigenartigen, gelbstichigen Grün. Dem Aussehen nach musste er mindestens siebzig Jahre alt sein. Poirot vermutete, dass der Mann sich für tadellos gekleidet hielt, obwohl seine Hosenbeine unten mit Staub bedeckt waren. Das wenige Haar, das er hatte, hing ihm in vereinzelten weißen Strähnen um den Kopf, so als wären ihm Reste einer Perücke, die er früher einmal getragen hatte, an der Kopfhaut kleben geblieben.

Poirot stellte sich dem alten Mann vor und erklärte seine Anwesenheit in Combingham Hall, wobei er mit Annabel Treadways Besuch in Whitehaven Mansions begann. Kingsbury kniff die Augen zusammen und beugte den Kopf vor, als könnte er den kleinen Belgier nur mit Mühe sehen und hören. Erst als Poirot auf seine Unterhaltung mit Lenore Lavington zu sprechen kam und erwähnte, dass sie ihn zum Cottage geschickt hatte, änderte sich das Verhalten des Dieners. Seine Augen hellten sich auf, und sein Rücken streckte sich. Er bat Poirot herein.

Sobald er es sich in einem Raum, der ganz offensichtlich gleichzeitig als Küche und Wohnzimmer fungierte, auf einem harten Stuhl so wenig unbequem wie möglich gemacht hatte, fragte Poirot Kingsbury, ob er es für möglich halte, dass Barnabas Pandy ermordet worden sei.

Der Alte schüttelte den Kopf – eine Bewegung, die die weißen Strähnen auf seinem Schädel umdrapierte. »Wär gar nicht möglich gewesen«, sagte er. »Die Mädchen waren alle in Miss Ivys Zimmer, wo sie ein Palaver veranstalteten und viel Lärm machten, und ansonsten war nur noch ich im Haus.«

»Und Sie hatten natürlich keinen Grund, Monsieur Pandy den Tod zu wünschen?«

»*Ihm* nicht«, sagte Kingsbury mit viel Nachdruck auf dem ersten Wort.

»Es gibt also jemand anderen, den Sie zu töten wünschen?«

»Nicht zu töten. Aber ich werd Sie nicht anlügen, Mr Porrott: Seit Mr Pandy von uns gegangen ist, hab ich viele Male bei mir gedacht, dass es eine Gnade wär, wenn der Herr auch mich zu sich nehmen täte.«

»Er war nicht nur Ihre Herrschaft, sondern auch ein guter Freund, *n'est-ce pas?*«

»Der beste Freund, den ein Mann haben konnte. Er war ein feiner Mensch. Jetzt, wo er fort ist, tu ich praktisch nichts mehr. Alles kommt mir so sinnlos vor. Ich mach natürlich meine Arbeit«, fügte er hastig hinzu. »Aber wenn ich nicht gebraucht werde, geh ich überhaupt nicht mehr ins Herrenhaus, jetzt, wo er fort ist.«

Als er die flatterigen, vogelartigen Handbewegungen sah, mit denen Kingsbury seine Worte begleitete, bezweifelte Poirot, dass der Kammerdiener überhaupt die Kraft gehabt hätte, wen auch immer zu ertränken. Wie hatte er bloß einem *noch* älteren Mann in die Badewanne geholfen? Aber vielleicht war Pandy ja, wenngleich an Jahren älter, körperlich kräftiger und imstande gewesen, ohne Unterstützung ins Wasser und wieder herauszusteigen.

Kingsbury beugte sich vor und sagte in vertraulichem Ton: »Mr Porrott, ich kann Ihnen garantieren, dass Mr Pandy nicht ermordet wurde. Wenn das der einzige Grund war, warum Sie nach Combingham Hall gekommen sind ... na, da hätten Sie sich die Mühe auch sparen können.«

»Ich hoffe, Sie haben recht. Dennoch, wenn Sie mir gestatten würden, Ihnen ein paar Fragen zu stellen ...?«

»Fragen Sie ruhig, aber ich kann Ihnen nicht mehr sagen, als ich grade gesagt hab. Mehr gibt es nicht zu erzählen.«

»Wo waren Sie, während Monsieur Pandy sein Bad nahm und die Damen des Hauses in Mademoiselle Ivys Schlafzimmer waren und den Lärm verursachten?«

»Ich war hier, packte meinen Koffer aus, nachdem ich von einem kurzen Urlaub zurückgekehrt war. Ich ließ Mr Pandy sein Bad ein und goss Olivenöl ins Wasser, wie ich es immer machte, und weil ich wusste, dass er gern vierzig, fünfundvierzig Minuten lang in der Wanne lag, dachte ich bei mir: Ich weiß, was ich in der Zwischenzeit tu: Ich pack den Koffer aus. Das habe ich dann also gemacht. Dann kehrte ich ins Herrenhaus zurück, weil ich mir dachte, dass Mr Pandy jetzt wohl abgetrocknet und angezogen werden wollte. Und da hab ich ihn gefunden.« Dem alten Mann zitterte bei der Erinnerung das Kinn. »Er lag unter Wasser. Tot. Es war ein furchtbarer Anblick, Mr Porrott. Seine Augen und sein Mund waren offen. Das vergess ich so schnell nicht.«

»Man hat mir gesagt, dass die Eingangstür des Herrenhauses gewöhnlich halb offen gelassen wird«, sagte Poirot.

»Oh ja. Der Hund kann's nicht haben, dass sie geschlossen wird, nicht vor neun Uhr abends, was seine Schlafenszeit ist, und die von Miss Annabel. Dann hat er nichts dagegen, dass sie geschlossen wird.«

»Könnte ein Unbekannter in das Haus eingedrungen sein und Monsieur Pandy ertränkt haben, während die Damen in Ivy Lavingtons Zimmer und Sie hier waren und Ihren Koffer auspackten?«

Kingsbury schüttelte den Kopf.

»Warum nicht?«, fragte Poirot.

»Wegen dem Hund«, sagte der Alte. »Er wär rabiat geworden. Ich hätt ihn bis hierher gehört. Ein Fremder, der um das Herrenhaus rumschleicht? Der würde nicht lebend wieder rauskommen, nicht, wenn Hopscotch ein Wörtchen mitzureden hat.«

»Ich habe Hopscotch kennengelernt«, sagte Poirot. »Er machte auf mich einen sehr friedfertigen Eindruck.«

»Oh ja, wenn man ein Freund der Familie ist oder ein geladener Gast … aber er ist sehr schreckhaft, und wenn er einen Eindringling wittern würde, der sich draußen rumtreibt, würde er sofort wissen, dass etwas nicht stimmt.«

»Soweit mir bekannt ist, sind Sie in Monsieur Pandys Testament mit einer erheblichen Geldsumme bedacht worden?«

»Damit bedacht worden bin ich, aber ich werd es nicht anrühren – keinen Penny werde ich davon ausgeben. Das kann alles an eins von Dr. Barnardos Heimen für bedürftige Kinder gehen. Mrs Lavington hat gesagt, dass sie das für mich erledigen wird. Was sollte ich schon damit anfangen? Geld bringt Mr Pandy nicht wieder zurück, und wenn er nicht verstorben wäre, dann hätte ich mir nicht den Kopf darüber zu zerbrechen brauchen. Und jetzt werde ich das auch nicht tun, weil ich es restlos verschenke.« Kingsbury sprach, wie es aussah, aufrichtig und mit Überzeugung, aber Poirot war in der Vergangenheit schon vielen talentierten Lügnern begegnet. Es würde klug sein, entschied er, sich nach einer gebührenden Frist zu vergewissern, dass die für das Kinderheim bestimmte Summe auch tatsächlich dort gelandet und nicht etwa unterwegs verschollen war.

»*Alors*, als Sie ins Badezimmer zurückkehrten, machten Sie eine entsetzliche Entdeckung. Als Sie erschrocken aufschrien und die drei Damen bald darauf hinzugeeilt kamen, waren ihre Kleider nass oder trocken?«

»Trocken. Warum sollten sie nass gewesen sein? Von *ihnen* hatte ja keine in der Badewanne gelegen, oder?«

»Und Sie sind sicher, dass Sie es bemerkt hätten, wenn, sagen wir, jemandes Ärmel oder Kleid nass gewesen wäre?«

Der Alte schüttelte den Kopf. »Eine ganze Gänseherde hätte reinspazieren können, und ich hätt's nicht bemerkt – nicht, solange Mr Pandy mich von unter Wasser her anstarrte.«

»Dann ...« Poirot seufzte leise. »Vergessen Sie es. Es gibt eine wichtigere Frage, die ich Ihnen stellen muss. Der Lärm, den die drei Damen veranstalteten, während Mr Pandy in der Badewanne lag ...«

»Hat in den Ohren wehgetan, das sag ich Ihnen ganz ehrlich«, erwiderte Kingsbury. »Mrs Lavington und Miss Ivy schrien sich gegenseitig an, und Miss Annabel schrie dauernd dazwischen, sie sollten damit aufhören, und weinte sich dabei die Augen aus. Und dann brüllte Mrs Lavington sie an, sie wär nicht Miss Ivys Mutter, und das sollte sie sich gefälligst ein für alle Mal merken. Es war ein fürchterliches Theater. Mr Pandy gefiel das nicht, und ich kann nicht behaupten, dass ich ihm das verdenken würde. Er brüllte zu ihnen rüber, sie sollten still sein.«

»Sie waren noch im Herrenhaus, als Sie das hörten?«, fragte Poirot.

»Nein, ich stand vor dem Cottage, wollte grade aufschließen. Das Badezimmerfenster war offen – er ließ es immer offen. Er mochte es, wenn sein Badewasser heiß und die Luft im Zimmer kalt war. Meinte, das würde sich gegenseitig ausgleichen. Oh, ich hörte ihn laut und deutlich!«

»Nach seiner Bitte um Ruhe und Frieden, konnten Sie hören, ob da der Streit endete?«

»Tut mir leid, nein. Miss Ivys Schlafzimmer geht nach vorn. Aber ich glaube nicht, dass er zu Ende war. Nein, ich bin sicher, dass er nicht zu Ende war. Oder er hörte auf und ging dann später wieder los, weil er noch immer zu hören war, wie ich zum Herrenhaus zurückgekehrt bin. Erst Mr Pandys Tod machte dem

Geschrei ein Ende. Sie sahen ihn alle unter Wasser liegen, und das war's.«

»Wenn der Hund in einem Raum voller Leute war, die sich gegenseitig anschrien, wäre es dann nicht möglich, dass er, nur dieses eine Mal, nicht mitbekam, dass ein Fremder in das Haus eingedrungen war?«, fragte Poirot. »Die Tür von Miss Ivy Lavingtons Zimmer war laut Mrs Lavington geschlossen. Wäre es nicht möglich, dass der Hund den Eindringling weder witterte noch hörte, weil er, wie ich mir vorstellen könnte, durch den unglücklichen Zustand seines Frauchens beunruhigt war?«

Kingsbury dachte darüber nach. Schließlich sagte er: »Ich geb's zu, daran hatte ich bis jetzt nicht gedacht. Sie haben recht, Mr Porrott. Da Miss Ivys Tür geschlossen war, könnte er nicht mitbekommen haben, dass ein Fremder im Haus war. Er war mit Sicherheit beunruhigt wegen Miss Annabels Verzweiflung, und er wäre ihr, wo sie in diesem Zustand war, bestimmt nicht von der Seite gewichen. Ich meine zwar immer noch, dass er einen herumschleichenden Fremden wahrscheinlich trotzdem gehört hätte, aber beschwören würd ich das nicht.«

Sie saßen und schwiegen, umgeben von lauter offenen Fragen. Anstatt sich bestätigt zu fühlen, hatte Poirot das Gefühl, eine Schlappe erlitten zu haben. An Möglichkeiten herrschte wieder einmal kein Mangel. Barnabas Pandy konnte ohne Fremdeinwirkung gestorben sein, ebenso gut aber konnte er von Kingsbury ermordet worden sein – oder von jedem anderen, der sich an dem Tag auf das Gutsgelände geschlichen und sich widerrechtlich Zutritt zum Herrenhaus verschafft haben mochte: Sylvia Reagan, Hugo Dockerill, Jane Dockerill, Freddie Reagan, John McCrodden ... absolut jedem.

Was diesem Rätsel fehlte, dachte Poirot verzweifelnd, waren Parameter. Es gab einen Überfluss an Kandidaten für eine Straftat, die möglicherweise gar nicht stattgefunden hatte. Und sollte Stanley McCrodden Rowland Donaldson dazu überredet haben, ihm ein falsches Alibi für den 7. Dezember zu geben, oder sollten Ivy und Lenore Lavington und Annabel Treadway lügen, wenn sie behaupteten, dass sie alle zusammen in Ivys Zimmer gewesen waren, na, dann stieg die Zahl der möglichen Verdächtigen sogar noch weiter an.

»Das Motiv«, murmelte Poirot. »Wenn zu viele Personen eine Gelegenheit hatten, wird mich eben das Motiv zur Antwort führen!«

»Wie meinen Sie?« Kingsbury tauchte aus seiner Gedankenverlorenheit auf – und Poirot war bereit, von neuem zu beginnen.

»Was können Sie mir über Vincent Lobb erzählen?«, fragte er.

»Mr Pandy wollte nichts mit ihm zu tun haben. Fünfzig Jahre lang hat er sich geweigert. Mr Lobb hatte ihn böse enttäuscht.«

»Wie das?«

»Das kann ich Ihnen leider nicht sagen. Mr Pandy hat es mir nie erzählt. Sprach nicht gern über die Einzelheiten, aber dass es da um einen Verrat ging, davon hat er viel geredet. ›Sie würden mich doch nie verraten, Kingsbury, nicht wahr?‹, sagte er immer, und ich versicherte ihm dann, dass ich das niemals tun würde. Ich hätt's nicht getan, und ich hab's nie getan«, schloss der Alte stolz.

»Was war eigentlich der Gegenstand der Meinungsverschiedenheit zwischen Annabel Treadway und Ivy und Lenore Lavington?«, fragte Poirot.

»Oh, Miss Annabel hatte mit dem Streit nichts zu tun. Der ging zwischen Mrs Lavington und Miss Ivy. Miss Annabel versuchte nur, ihn zu beenden.«

»Was war die Ursache des Problems? Konnten Sie es hören?«

»Ich bin keiner, der lauschen würde, falls Sie das andeuten möchten. Jeder, der nicht taub war, hätt es gehört. Trotzdem hab ich mir alle Mühe gegeben, nicht zuzuhören. Und ich glaube nicht, dass Mrs Lavington es gerne hätte, dass ich Ihnen erzähle, was zwischen ihr und ihrer Tochter vorgefallen ist.«

»Aber gerade Mrs Lavington hat mir doch gesagt, Sie seien derjenige, mit dem ich sprechen muss! Und ein bisschen haben Sie mir ja auch schon erzählt, nicht wahr?«

»Aber keine Einzelheiten, die nicht«, sagte Kingsbury. »Mrs Lavington hätt es Ihnen ja auch selbst erzählen können, wenn sie gewollt hätte, dass Sie es wissen.«

»*Mon ami*, ich wäre Ihnen äußerst verbunden, wenn Sie mir in dieser Angelegenheit helfen könnten. Jetzt, wo wir uns darüber einig geworden sind, dass der Hund auch überhört haben könnte, wie ein Fremder ins Haus eindrang, ist die Möglichkeit, dass Barnabas Pandy ermordet wurde ... nun, sagen wir, sie ist nicht mehr auszuschließen. Und wenn er ermordet wurde, dürfen wir seinen Mörder nicht entkommen lassen.«

»Also, da geb ich Ihnen recht«, sagte Kingsbury grimmig. »Eigenhändig würde ich dem den Hals umdrehen!«

»Tun Sie das bitte nicht! Helfen Sie mir stattdessen, indem Sie mir von dieser Meinungsverschiedenheit berichten, die Sie gegen Ihren Willen mit anhören mussten.«

»Aber wenn ein Unbekannter Mr Pandy getötet hat, dann kann ein kleiner Familienkrach für die Lösung des Falls doch nicht so wichtig sein«, wandte Kingsbury ein.

»Sie müssen mir vertrauen«, erklärte ihm Poirot. »Ich habe schon viele Mordfälle aufgeklärt.«

»Ich nicht«, warf Kingsbury in düsterem Ton ein. »Ich hab noch keinen einzigen aufgeklärt.«

»Man weiß nie, was von entscheidender Bedeutung ist oder wo sich Zusammenhänge verbergen, bis die Lösung offensichtlich wird. Das scheinbar belangloseste Detail kann sich dann als das alles entscheidende erweisen.«

»Na ja, wenn Sie glauben, dass es Ihnen helfen könnte, obwohl ich wirklich nicht einseh, wie das möglich sein sollte ... Mrs Lavington hatte was zu Miss Ivy gesagt, was Miss Ivy ihr übel genommen hatte. Und dann hatte sie Mrs Lavington vorgeworfen, sie hätte es auch übel *gemeint*, verstehen Sie? Sie meinte, sie hätte es absichtlich gesagt, um sie zu kränken, aber

Mrs Lavington schwor, dass sie nichts in der Art getan hatte und dass Miss Ivy die Sache viel zu wichtig nahm. Wohlgemerkt, da steckte wahrscheinlich mehr dahinter.«

»Warum sagen Sie das?«

»Nichts war im Haus mehr so, wie es sein sollte, seit diesem Abendessen ein paar Tage davor.«

»Was für ein Abendessen?«

»Da muss ich Sie leider enttäuschen, Mr Porrott, denn bei der Gelegenheit hab ich überhaupt nichts gehört, aber da hat der ganze Ärger eigentlich angefangen. Sie hatten alle am Tisch gesessen, und ich war gegangen, um ein paar letzte Dinge im Herrenhaus zu erledigen. Dann wollte ich wieder in den Speisesaal zurück, um der Familie eine gute Nacht zu wünschen, bevor ich mich zurückzog, aber ich kam gar nicht so weit, denn da lief mir plötzlich Miss Ivy entgegen. Wie eine Verrückte ist sie an mir vorbeigerannt, und geschluchzt hat sie dabei. Dann tat Miss Annabel das Gleiche, und schließlich marschierte Mrs Lavington an mir vorbei, mit einem Gesicht wie ... na ja, ich weiß nicht, wie ich es beschreiben soll, aber es ging mir durch und durch. Sie hatte einen Ausdruck in den Augen, den ich noch nie gesehen hatte. Ich versuchte, sie anzusprechen, aber sie sah und hörte mich nicht, Mr Porrott. Das war eine ganz komische Sache. Ich dachte mir, dass etwas Schreckliches passiert sein musste.«

»Und das war nur ein paar Tage, bevor Barnabas Pandy starb, sagten Sie?«

»Genau. Wie viele, weiß ich nicht mehr, so leid es mir tut, aber es könnten drei, vier Tage gewesen sein. Allerhöchstens fünf.«

»Was taten Sie, als Ihnen der Verdacht kam, es könnte sich etwas Fürchterliches zugetragen haben?«

»Ich eilte in den Speisesaal in der Hoffnung, Mr Pandy am Tisch vorzufinden, und wagte es kaum, mir vorzustellen, in welchem Zustand ich ihn antreffen würde. Er saß am Kopfende der Tafel, wo er immer saß, und ...« Kingsbury verstummte. »Mr Porrott, meinen Sie jetzt nicht, ich hätte vergessen, was Sie über die

Wichtigkeit der kleinen Details gesagt haben, aber es gibt Dinge, von denen Mr Pandy nicht gewollt hätte, dass sie irgendjemand erfährt.«

»Hätte er gewollt, dass sein Mörder ungestraft davonkommt?«, sagte Poirot.

Der Alte schüttelte den Kopf. »Ich hoff bloß, ich tu nichts Unrechtes, wenn ich es Ihnen erzähle, sonst kann ich mich auf eine gehörige Tracht Prügel gefasst machen, wenn ich Mr Pandy nächstens an einem besseren Ort wiedersehe!« Er blinzelte ein paarmal und fügte dann hinzu: »Wohlgemerkt, was ich Ihnen gleich sage, braucht keinen sonst zu interessieren.«

»Wenn es in keinem Zusammenhang mit einer Straftat steht, wird es unter uns bleiben. Sie haben mein Wort.«

»Wie gesagt: Als ich hereinkam, saß Mr Pandy allein an der Tafel – aber das war nicht alles, was er tat.« Die Stimme senkend, sagte Kingsbury: »Er *weinte*, Mr Porrott. Weinte! Ich hatte ihn noch nie weinen sehen, in all den Jahren nicht, die ich ihn kannte. Es war nur eine einzige Träne, aber ich sah sie ganz deutlich im Licht der Kerzen, die auf dem Tisch standen. Mr Pandy sah mich kommen und schüttelte den Kopf. Er wollte nicht, dass ich näher kam, nicht, solange er in diesem Zustand war, also bin ich gegangen und hierher, ins Cottage, zurück. Und jetzt muss ich Sie leider enttäuschen, Mr Porrott – ich hab nie erfahren, was ihn dazu gebracht hatte, diese eine Träne zu vergießen, und alle anderen, den Tisch so plötzlich zu verlassen. Ich wusste, Mr Pandy würde nicht darüber sprechen wollen, also hab ich keine Fragen gestellt. Das stand mir nicht an.«

Als Poirot ins Herrenhaus zurückkehrte, empfingen ihn Lenore Lavington, Annabel Treadway und Hopscotch-der-Hund – Letzterer mit einem orangeroten Gummiball im Maul. »Ich hoffe, Kingsbury konnte Ihnen helfen?«, sagte Lenore.

»Er hat einen großen Teil dessen bestätigt, was Sie mir bereits erzählt hatten«, sagte Poirot unverbindlich, da er nicht verraten wollte, wie viel er im Häuschen des Dieners tatsächlich erfahren hatte. Jetzt hatte er weitere Fragen an die beiden Schwestern, aber er würde sich eine geschickte Vorgehensweise ausdenken müssen – eine, die den Alten nicht in Gefahr brachte.

Bedeutete das alles, fragte er sich, dass er glaubte, eine dieser zwei Frauen, die vor ihm standen, sei eine Mörderin? Wenn eine von ihnen Pandy getötet hatte, dann musste die andere, ebenso wie Ivy Lavington, mit ihrer Behauptung, sie seien alle zusammen in Ivys Zimmer gewesen, gelogen haben. Instinktiv hatte Poirot Ivy vertraut. Bedeutete dies, dass er Lenore Lavington und Annabel Treadway misstraute, oder war er sich in Bezug auf die beiden lediglich unschlüssig? Um diese schwierigen Fragen zu umgehen, stellte er eine einfachere.

»Dürfte ich wohl, bevor ich gehe, Ihre Schreibmaschine benutzen, Madame?«

Lenore Lavington nickte, woraus Poirot schloss, dass sie ihm seine Bitte erfüllen würde. Dann aber sagte sie: »Monsieur Poirot, während Sie bei Kingsbury waren, haben Annabel und ich über diese lachhafte und ziemlich widerwärtige Situation gesprochen, in der wir uns befinden – und in die Sie ebenfalls verwickelt sind –, und wir erachten es beide für notwendig, ihr ein Ende zu setzen. Niemand ist ermordet worden, und niemand glaubt, irgendjemand sei ermordet worden. Die Geschichte ist reine Erfindung, und wir wissen nicht einmal, wer sie erfunden hat oder worauf genau der Erfinder damit hinauswill, wenngleich wir davon ausgehen können, dass er von Gehässigkeit motiviert ist.«

»Das alles trifft zu, Madame, aber der Brief, den ich vor meinem Aufbruch gern tippen würde, hat damit überhaupt nichts zu tun. Es geht um ... eine Angelegenheit privater Natur.«

»Tatsächlich? Oder geht es eher darum zu überprüfen, ob unsere Schreibmaschine diejenige ist, auf der die vier Briefe getippt wurden?«

Poirot verbeugte sich leicht und setzte sein charmantestes Lächeln auf. »Sie sind wirklich scharfsinnig, Madame. Ich bitte tausendmal um Entschuldigung für meinen kleinen Täuschungs-versuch. Wären Sie dennoch so großzügig, mir …«

»Ich wäre großzügig, wenn ich glauben könnte, dass es die richtige Handlungsweise wäre.«

»Lenore hat recht, Monsieur Poirot«, sagte Annabel. Ihre Stimme hatte einen flehentlichen Ton. »Ich hätte Sie niemals aufsuchen dürfen. Ich hätte mich direkt an die Polizei wenden müssen, dann hätte sie mir gleich versichern können, dass ich keines Verbrechens verdächtigt werde, weil, wie mittlerweile vollkommen klar ist, überhaupt kein Verbrechen verübt wurde.«

Ihre Schwester fuhr fort: »Wir können nachvollziehen, dass es maßlos frustrierend für Sie sein muss, Monsieur Poirot, Ihren Namen von einem böswilligen Subjekt auf diese Weise miss-braucht zu wissen, dem es offenbar darum geht, mehr als jedem anderen *Ihnen* Ungelegenheiten zu bereiten … aber wenn etwas Derartiges geschieht, ist es am klügsten, es zu ignorieren und sein gewohntes Leben wiederaufzunehmen. Sind Sie nicht auch dieser Meinung?«

»Ich kann es nicht ignorieren, Madame, solange ich nicht weiß, warum diese Briefe verschickt wurden.«

»Dann hat der Briefschreiber gewonnen«, sagte Lenore Laving-ton. »Gegen Sie hat er gewonnen. Nun, ich werde mit Sicherheit nicht zulassen, dass er mich besiegt. Und ebendeswegen muss ich Sie jetzt, zu meinem Bedauern, höflich bitten, uns zu verlassen.«

»Aber Madame …«

»Es tut mir leid, Monsieur Poirot. Meine Entscheidung ist gefallen.«

Nichts, was Poirot sagte, vermochte es, sie umzustimmen, und seine dahingehenden Bemühungen schienen Annabel Tread-way geradezu körperliche Schmerzen zu bereiten. Eine halbe Stunde später verließ er Combingham Hall, ohne die fragliche Schreibmaschine auch nur von weitem gesehen zu haben.

17

Poirots List

Wann immer möglich, schlug Stanley McCrodden Einladungen zu Geselligkeiten gleich welcher Art aus. Von Zeit zu Zeit allerdings fühlte er sich verpflichtet, Veranstaltungen zu besuchen, die ihm, wie er wusste, keinerlei Vergnügen bereiten würden, und das Dinner der Law Society war ein solcher Anlass. Allein der Lärm reichte schon fast aus, um ihn gleich am Eingang zur sofortigen Umkehr zu bewegen: all diese offenen Münder, die die Luft ringsum mit sinnlosem Geschnatter erfüllten! Jeder schien zu reden und niemand zuzuhören – ganz wie es bei solchen Zusammenkünften die Regel war. McCrodden empfand sie als über die Maßen erschöpfend.

Das Dinner fand im Bloxham Hotel statt, einem eleganten Haus, das für seine Nachmittagstees berühmt war. McCrodden hatte beschlossen, nicht wie sonst zu verfahren, nämlich im überfüllten Saal ständig in Bewegung zu bleiben, um nach Möglichkeit in keinerlei Gespräche verwickelt zu werden. Heute Abend, hatte er sich vorgenommen, würde er dulden, statt zu widerstreben. Er würde sich nicht von der Stelle rühren und jeden Konversationsversuch über sich ergehen lassen. Zumindest würde ihn das weniger Energie kosten.

»Sieh an, sieh an, wenn das nicht der alte Stannie Strang ist!«, sagte eine dröhnende Stimme.

McCrodden drehte sich um und sah sich einem Mann gegenüber, dessen Name ihm offenbar hätte bekannt sein müssen, aber um nichts in der Welt einfallen wollte. Mit Sicherheit hatte er diesen Mann nie gebeten, ihn Stannie zu nennen – oder auch nur Stanley.

»Haben Sie noch nichts zu süffeln, alter Knabe? Wenn's an

die Tränke geht, darf man nicht trödeln – nicht in dieser Gesellschaft! Ehe man zweimal hinsieht, ist alles weg!«

Nach der verschwommenen Aussprache des Mannes zu urteilen, mussten schon gewaltige Mengen Alkohol seinen Schlund hinabgeflossen sein und jetzt im Inneren seiner fassförmigen Gestalt hin und her gluckern.

»Erzählen Sie, alter Junge, was macht die bezaubernde Mrs Strang? Ist ewig her, dass ich sie auf einer dieser Sausen gesehen habe. Wenn mich nicht alles täuscht, war sie ein richtiger Kracher!«

McCrodden, dessen Frau schon seit vielen Jahren tot war, schwoll der Kamm. »Sie müssen mich mit jemandem verwechseln.« In diesem Moment sichtete er, rund acht Kronleuchter weiter, ganz am anderen Ende des riesigen Ballsaals, Peter Vout. »Wenn Sie mich bitte entschuldigen würden«, sagte er zum Fass, das gerade den Kopf schüttelte, als bereitete es sich vor, eine neue Attacke zu reiten. Entschlossen schritt McCrodden davon. Er würde, bei näherer Überlegung, doch nicht einfach stillhalten – nicht, wenn das bedeutete, den Abend mit dem fragwürdigsten Mann im Raum verbringen zu müssen.

Er hatte Poirot erklärt, dass er Peter Vout nicht hinters Licht führen würde, aber jetzt, wo Vout in Reichweite war, fragte er sich mit einem Mal: Hatte Poirot recht? Würde Vout auf eine so durchsichtige List hereinfallen? McCrodden wusste, dass er selbst nicht so leicht zu täuschen gewesen wäre … oder bildete er sich das lediglich ein, weil *er* ja wusste, worauf er eigentlich hinauswollte? Es ist nur natürlich zu meinen, die eigene Intention sei offensichtlich, wenn man sie selber kennt. Peter Vout hatte keine Ahnung, dass Stanley McCrodden und Hercule Poirot miteinander bekannt waren. Außerdem legten die Röte in Vouts Gesicht und die zwei leeren Sektgläser in seiner Hand die Vermutung nahe, dass er möglicherweise weniger wachsam als gewöhnlich sein würde.

McCrodden war in kurzer Entfernung von Vout stehen geblieben. Er konnte nicht bestreiten, dass die Aufgabe ihn reizte. Er war ein wissbegieriger Mann, und jetzt wollte er eben wissen, ob er es schaffen konnte. Das Einzige, was ihn bei der Sache störte, war der Gedanke, dass er sich damit Poirots Willen unterwerfen würde. Doch dann schien das Schicksal ihm die Entscheidung abzunehmen, denn Peter Vout sichtete ihn, wie er sich unweit von ihm herumdrückte.

»Stanley McCrodden!« Vout kam mit langen Schritten auf ihn zu. »Was treiben Sie da, ohne was zu trinken? Kellner!«, rief er. »Champagner für diesen Gentleman, bitte. Und für mich, wenn Sie so freundlich wären.«

»Für mich keinen, danke«, sagte McCrodden zu dem jungen Kellner. »Ich nehme nur ein Glas Wasser.«

»Wasser? Na, das ist aber ziemlich langweilig!«

»Champagner sollte feierlichen Anlässen vorbehalten bleiben«, sagte McCrodden. »Heute Abend bin ich kaum in Feierstimmung.« Er sagte das mit einer Betonung, die zu verstehen gab, dass eine Geschichte dahintersteckte – eine Geschichte, die er nur zu gern bereit war zu erzählen. So weit hatte er nichts gesagt, was eine regelrechte Lüge gewesen wäre. Die nächste Phase würde allerdings schwieriger werden.

»Herrje! Na, das nenne ich Pech!«, sagte Vout mitfühlend. »Tut mir leid, das zu hören. Wirklich leid. Kellner, bringen Sie trotzdem zwei Gläser Champagner, wenn Sie so freundlich wären. Man kann nie wissen, es könnte mir schließlich gelingen, meinen Freund aufzuheitern, und wenn's nicht klappt, na ja … das zusätzliche Glas wird schon nicht verkommen. Haha!« Er gab dem Kellner einen Klaps auf die Schulter, und der junge Mann huschte von dannen.

»Und jetzt, McCrodden, erzählen Sie mir besser, was Ihnen die Laune so verhagelt hat. Was das Problem auch sei, ich bin sicher, es ist nicht so schlimm, wie Sie meinen. Das ist nämlich bei allen Dingen so.«

Stanley McCrodden versuchte sich vorzustellen, welch glückliche und fremdartige, den seinigen diametral entgegengesetzte Lebenserfahrungen einen Menschen dazu veranlassen konnten, diese Worte zu äußern und sie auch noch für wahr zu halten.

»Es ist nicht so sehr ein Problem als ein Ärgernis«, sagte er. »Und man kann nichts dagegen machen – oder besser gesagt: Was zu tun war, habe ich bereits erledigt; ich habe dem impertinenten Burschen empfohlen zu verschwinden, nur habe ich es, wie ich gestehen muss, nicht ganz so höflich formuliert. Trotzdem, manche Dinge hinterlassen einen entschieden faden Geschmack im Mund – einen, der sich auch mit Champagner nicht wegspülen lässt!«

Stanley McCrodden hatte seit seiner Schulzeit nicht mehr Theater gespielt. Er erinnerte sich dumpf, es gehasst zu haben und jämmerlich schlecht darin gewesen zu sein. Die Sache würde nur funktionieren, wenn er den unwahren Worten, die er gleich aussprechen musste, dadurch Überzeugungskraft verlieh, dass er aus seinen wahren Gefühlen schöpfte – Empörung und Abscheu. Er dachte an seinen Sohn, welcher von einem Feigling des Mordes beschuldigt wurde, der es nicht gewagt hatte, mit seinem eigenen Namen zu unterschreiben, und er dachte an Johns Überzeugung, er werde von seinem Vater gehasst, während das Gegenteil der Fall war.

Er sagte zu Vout: »Heute hat mich so ein Privatdetektiv aufgesucht. Er hat mich mit Fragen bombardiert, die Privatangelegenheiten eines meiner wichtigsten Mandanten betrafen – eines Mannes, dessen Interessen ich schon seit Jahren vertrete. Ich kann ihn wirklich als einen alten Freund bezeichnen. Und dieser aufdringliche, schmierige kleine Bursche war nicht einmal Polizeibeamter! Er war so eine Art Mietschnüffler, der keinen triftigen Grund dafür angeben konnte, warum ich ihm eine ganze Liste von wirklich höchst indiskreten Fragen beantworten sollte. Wie gesagt, ich habe ihn abblitzen lassen, aber ... man fragt sich wirklich, wie solche Leute nachts schlafen können, von keinerlei Gewissensbissen geplagt.«

Vout war sichtlich interessiert.

McCrodden fuhr fort: »Mein Mandant ist kürzlich – ohne jedes eigene Verschulden – in eine delikate Situation geraten, von der, seinem Wunsch entsprechend, niemand etwas erfahren darf. Es ging um eine junge Dame – ein bezauberndes Mädchen –, um einen Nachlass, den es zu verteilen galt, und um eine Familie mit besonderen … Empfindlichkeiten. Tatsächlich ist es eine äußerst verwickelte Angelegenheit, die ich sogar sehr gern mit einem unparteiischen und unbeteiligten Dritten besprechen würde, aber ich hatte gewiss nicht die Absicht, sie mit diesem widerlichen Individuum durchzukauen!«

Hier gab Stanley McCrodden vor, von einer plötzlichen Eingebung ereilt zu werden. »Könnte ich nicht überhaupt Sie, Vout, in der Angelegenheit konsultieren? Nicht heute Abend natürlich, aber wenn Sie vielleicht kommende Woche eine Stunde für mich erübrigen könnten? Solange ich den Namen des fraglichen Mandanten zurückhalte, dürfte kaum ein Schaden entstehen, wenn ich Ihnen die ganze Geschichte erzähle.«

Vouts Miene leuchtete freudig auf. »Aber natürlich! Ich wäre Ihnen mit dem größten Vergnügen behilflich.«

»Danke. Das ist großzügig von Ihnen. Und ich bedaure, Sie mit meinen Sorgen zu belasten.«

»Ich bin sehr froh, dass Sie das tun, alter Knabe. Es ist wirklich verblüffend – aber schließlich gibt es seltsame Zufälle, nicht wahr? Kürzlich hatte ich ein ähnliches Erlebnis wie das, das Sie gerade beschrieben haben.«

»Tatsächlich?«

»Ja. Ein Privatdetektiv – ein recht bekannter, dessen Namen ich aus Gründen der Diskretion besser nicht nennen sollte – suchte mich auf und fragte mich, ob ein langjähriger Mandant und alter Freund von mir ermordet worden sein konnte. Was natürlich nicht der Fall war. Er war ertr… Hrrm!« Vout räusperte sich, um seinen Lapsus zu bemänteln. »Sein Tod war ein tragischer Unfall. Es gab nicht den leisesten Hinweis auf Fremdeinwirkung, und niemand – kein Polizeibeamter und kein Gericht dieses Landes – zog diese Möglichkeit auch nur in Betracht: außer eben diesem Detektiv! Ich versicherte ihm, dass von Mord nicht die Rede sein konnte, absolut keine Rede. Wir sprechen hier von einer achtbaren Familie. Die Idee war lachhaft! Aber mein Besucher setzte mir weiter zu. Er fragte, ob es noch irgendetwas gebe, was ich ihm sagen könne. Aus reiner Menschenfreundlichkeit erzählte ich ihm noch eine weitere Sache.«

»Das war hochanständig von Ihnen und mehr, als er verdiente«, sagte Stanley McCrodden.

»Hm? Nun ja, mir schien, es würde schon nichts schaden. Der Alte – mein verstorbener Freund und Mandant – schien irgendwie geahnt zu haben, dass er nicht mehr lange zu leben haben würde. Nachdem er schon immer zu einem eher feurigen und streitbaren Temperament geneigt hatte, überkam ihn plötzlich der Wunsch, mit einem Burschen Frieden zu schließen, mit dem er viele Jahre lang verfeindet gewesen war. Mir schien, es würde keinem schaden, wenn ich dieses Detail dem Detektiv anvertraute, also tat ich es. War er damit etwa zufrieden? Nein! Er stellte noch einmal dieselbe Frage: Konnte ich ihm weitere Informationen liefern, über die Familie, deren Bekanntenkreis? Ich hätte ihm erheblich mehr erzählen können, aber warum in aller Welt sollte ich ihm eine Geschichte anvertrauen, die ich selbst nicht bis ins Letzte verstehe und die jetzt, wo mein Mandant tot ist, keinerlei Bedeutung mehr hat? Es würde bestimmte Mitglieder seiner Familie sehr unglücklich machen, wenn sie die Wahrheit erführen, und wie kann ich sicher sein, dass dieser Bursche sie nicht herumerzählen würde?«

»Das können Sie auch nicht!«, sagte Stanley McCrodden. »Sie haben ganz recht daran getan, ihm nichts zu sagen. Und natürlich müssen Sie sich nicht verpflichtet fühlen, mir auch nur ein weiteres Wort zu erzählen. Sie dürfen sich wirklich nicht verpflichtet fühlen, nur weil ich Sie in einer Angelegenheit meines Mandanten um Rat fragen möchte, Ihrerseits mit Vertraulichem aufzuwarten. Schließlich ist Ihr Mandant tot, und es klingt nicht so, als ob es ein aktuelles Problem gäbe, das es zu lösen gälte, so gesehen besteht für Sie also keinerlei Notwendigkeit, die Angelegenheit, oder was an ihr nicht klar ist, unbedingt zu verstehen.«

Vout runzelte die Stirn. »Ich würde es aber trotzdem gern verstehen. Und es gelingt mir einfach nicht. Aber Sie haben recht: Es gibt nichts zu lösen, weil die Geschichte von etwas handelt, was *nicht* passiert ist, und nicht von etwas, das passiert ist. Wenn ich geneigt gewesen wäre, diesem Privatschnüffler zu vertrauen, was nicht der Fall war, hätte ich ihm von Ereignissen erzählen müssen, die *nicht* stattgefunden hatten – und was hätte das für einen Sinn gehabt?«

Der Kellner kehrte mit zwei Gläsern Champagner und einem Glas Wasser zurück. McCrodden nahm Letzteres, und Vout schnappte sich die zwei anderen mit besitzergreifendem Impetus. Die Frage, ob McCrodden nicht vielleicht doch Lust auf einen Schluck Schampus hätte, brachte er nicht wieder aufs Tapet.

»Sie haben mich neugierig gemacht«, sagte McCrodden, während Vout sich den Inhalt der zwei Gläser rasch hintereinander in die Gurgel goss. »Anders als dieser ungezogene Detektiv würde ich aber nie jemanden bitten, eine Indiskretion zu begehen ...«

»Ich wüsste nicht, wem es schaden sollte, wenn ich es Ihnen erzähle, solange ich die Namen der Beteiligten auslasse«, sagte Vout. »Würden Sie die Geschichte gern hören?«

Stanley McCrodden gab zu verstehen, dass dies zutraf, ohne sich zu vulgärem Enthusiasmus hinreißen zu lassen. War es möglich, dass dieser Abend als das einzige Law-Society-Dinner, an dem er sich je gut unterhalten hatte, in die Annalen eingehen würde?

»Mitgliedern der fraglichen Familie werden Sie wahrscheinlich ohnehin nie begegnen«, sagte Peter Vout. »Sie leben nicht in London. Und in jedem Fall sind Sie nicht in dem Sinne eine unbekannte Größe, wie es dieser Detektiv war. Bei Ihnen kann ich mich absolut darauf verlassen, dass Sie nichts davon in Umlauf bringen werden.«

»Selbstredend.«

»Schön, also dann: Das Ereignis, das nicht stattfand, war die Änderung eines Testaments.«

»Ich verstehe.«

»Mein Mandant war ein älterer Gentleman, der immer vorgehabt hatte, seinen zwei Enkelinnen exakt gleiche Anteile seines beträchtlichen Vermögens zu vererben. Sie müssen wissen, er hatte keine lebenden Kinder und sorgte in allem wie ein Vater für seine Enkelinnen, die bereits in jungen Jahren ihre Eltern verloren hatten.«

»Tragisch«, warf Stanley McCrodden pflichtschuldigst ein.

»Etwa eine Woche vor seinem Tod bat mich mein Mandant zu sich, um eine, wie er es formulierte, ›heikle Angelegenheit‹ zu besprechen. Zum ersten Mal während unserer ganzen, langjährigen Bekanntschaft wirkte er – man könnte sagen – übervorsichtig. Er sprach mit gedämpfter Stimme und warf immer wieder Blicke zur Wohnzimmertür und sagte: ›Haben Sie was gehört?‹, oder: ›Waren das eben Schritte auf der Treppe?‹«

»Er wollte nicht, dass irgendjemand das Gespräch mithörte?«

»So ist es. Was seltsam war, denn gewöhnlich tat er seine Ansichten und Wünsche recht unverblümt kund. In diesem Fall aber wollte er ein neues Testament aufsetzen, das einer seiner Enkelinnen zum Nachteil gereicht hätte.«

»Nur einer?«, fragte McCrodden.

»Ja«, sagte Vout. »Die andere wäre eine sagenhaft begüterte Frau geworden – wenn ein neues Testament gemacht worden wäre, was aber, wie gesagt, nicht geschah. Barn... ähem! – mein Mandant starb durch einen tragischen Unfall, bevor das neue Testament aufgesetzt und unterzeichnet werden konnte. Und auch wenn sie davon nichts ahnt, wäre die jüngere seiner zwei Enkelinnen nicht die reiche Frau, die sie jetzt ist, wenn ihr Großvater ein bisschen länger gelebt hätte, denn er beabsichtigte, ihr nichts, nicht einen Penny, zu hinterlassen.«

»Grundgütiger!« Stanley McCrodden vergaß, dass er eigentlich Theater spielte. Seine Überraschung war echt. Er konnte nur hoffen, dass Vout seine Aufgeregtheit nicht bemerken würde.

Die jüngere seiner zwei Enkelinnen ... Das war Annabel Treadway. Konnte sie eine kaltblütige Killerin sein?, fragte sich McCrodden. Da er ihr noch nie begegnet war, hatte er keine Schwierigkeiten, sich diese Frage mit Ja zu beantworten. Er hatte es schon mit vielen Leuten zu tun gehabt, auf die das durchaus zutraf. Und trotz Barnabas Pandys Bemühungen um Geheimhaltung konnte Miss Treadway sehr wohl von seinen Absichten erfahren und beschlossen haben, drastische Maßnahmen zu ergreifen, um ihr Erbteil zu retten.

»Ich versuchte, meinen Mandanten zur Vernunft zu bringen, aber er war ein sturer alter Bock«, sagte Vout. »Wollte einfach nicht hören. Hielt sich an seine übliche Taktik, mir so lange vehement zu widersprechen, bis ich jeden Versuch aufgab, ihn doch noch umzustimmen. Hat immer funktioniert! Ich bin noch keinem Mann begegnet, der sich seiner Ansichten und Wünsche so sicher gewesen wäre wie Barn... – ähem! – und so leidenschaftlich entschlossen, seinen Standpunkt zu verteidigen, wie widersinnig er auch sein mochte.«

»Darf ich das also so verstehen, dass Sie mit seiner Entscheidung nicht einverstanden waren? Sie waren der Meinung, dass er die jüngere Enkelin ungerecht behandelte?«

»In der Tat.«

»Ihrer Meinung nach hatte sie nichts getan, um das zu verdienen?«

»Ich weiß nicht, was sie getan hatte, weil mein Freund es mir nicht verriet. Er blieb in seinen Andeutungen, was er zu tun gedachte, besonders verschwommen – teilte mir so wenig wie möglich mit. Was keinen Sinn ergab, denn um das neue Testament aufsetzen zu können, hätte ich die Details früher oder später ohnehin erfahren müssen. Vielleicht hatte er Angst, belauscht zu werden, oder vielleicht spielte er auch nur erst mit dem Gedanken, diese Änderung vorzunehmen, und war noch zu keiner endgültigen Entscheidung gelangt.«

»Pflegte Ihr Mandant allgemein, Unschuldige mit grausamen Strafen zu belegen?«, fragte McCrodden.

»In der Regel nicht, nein. Allerdings hatte er, wie gesagt, einen langjährigen Feind – und an demselben Tag, dem Tag, an dem er mir die Notwendigkeit eröffnete, ein neues Testament aufzusetzen, teilte er mir auch mit, dass er außerdem wünsche, eine Versöhnung mit diesem Burschen herbeizuführen. Ich empfahl ihm, über sein Bedürfnis, mit diesem Kerl Frieden zu schließen, noch einmal nachzudenken, und fragte ihn, ob er diese Vorgehensweise nicht auch in Bezug auf seine Enkelin zu wählen sich vorstellen könnte. Ich muss leider gestehen: Er lachte mich aus. Und dann sagte er etwas, das mir seitdem immer wieder zu denken gegeben hat.«

»Und zwar?«, fragte Stanley McCrodden.

»Er sagte: ›Es besteht ein Unterschied, Peter, zwischen einer unverzeihlichen *Handlung* und einem Menschen mit unverzeihlichem *Charakter*. Was zählt, ist nicht, was jemand *getan* hat, sondern wer er *ist*. Ein Mensch kann sein Leben lang jeglichen Fehltritt vermeiden und nach außen hin nichts tun, was den lautstarken Tadel der Welt auf sich zöge, und dennoch bis ins Mark verdorben sein.‹«

»Was war denn die Ursache der langjährigen Feindschaft zwischen Ihrem Mandanten und diesem anderen Mann?«

»Das weiß ich leider auch nicht. Aber nun, es dürfte kaum noch eine Rolle spielen, jetzt, wo er nicht mehr unter uns weilt, der arme Kerl. Und glücklicherweise durchkreuzte sein Tod seinen Plan, ein neues Testament zu machen, was zur Folge hatte, dass jetzt beide Enkelinnen gleich gut versorgt sind. Es ist wirklich beruhigend zu wissen, dass keine von ihnen je geargwöhnt hat, dass etwas im Busch war.«

»Sie mögen beide Frauen gern?«, fragte McCrodden.

Vout senkte die Stimme und sagte: »So ist es. Tatsächlich hat mir die arme Annab... ähem! – die jüngere Enkelin schon immer leidgetan. Die ältere war der Liebling meines Mandanten, und er hat nie einen Hehl daraus gemacht. Sie – die Ältere – ging eine gute Ehe ein, bekam zwei Kinder. Die jüngere Enkelin ist ... anders. Mein Freund wurde nie richtig klug aus ihr und ärgerte sich ständig über ihre Verschlossenheit.«

»Gab es etwas Bestimmtes, bezüglich dessen er sich mehr Offenheit von ihr gewünscht hätte?«, fragte McCrodden.

»Ach, sie schlug zahlreiche Heiratsanträge aus, von einer Vielzahl verdienstvoller und charmanter Verehrer«, sagte Vout. »Mein Mandant war davon überzeugt, es sei Angst, was sie davon abhielt, einem von ihnen das Jawort zu geben, und jede Form von Kleinmut brachte ihn in Rage. Mehr als einmal hörte ich ihn Annabel in ihrer Gegenwart eine feige Memme nennen. Jedes Mal brach sie in Tränen aus. Das Schlimmste war – sie gab ihm jedes Mal recht! Es war höchst unerfreulich. Ich habe nie verstanden, wie er sie so beschimpfen konnte, während sie schluchzte und sich jedes Charakterfehlers für schuldig bekannte, den er ihr zu besitzen vorwarf.«

McCrodden wartete ab, aber Vout schien nicht bemerkt zu haben, dass ihm ihr Name herausgerutscht war. Wie viele Gläser Champagner hatte er schon geleert? Mittlerweile musste er eine ganze Flasche intus haben.

»Dann war da noch der Hund, ein weiterer Zankapfel«, fuhr Vout fort. »Die Hunde, sollte ich besser sagen. Zuerst Skittle und dann Hopscotch.«

Den Vierbeinern der Familie wurde also kein Recht auf Anonymität zugestanden.

»Die jüngere Enkelin liebte den einen und liebt den anderen so, als wären sie vollwertige, vernunftbegabte Familienmitglieder«, sagte Vout. »Mein Mandant, ich sage es ungern, verspottete sie deswegen auf das herzloseste. Bezeichnete es als ekelerregend von ihr, die Tiere auf ihrem Bett schlafen zu lassen, aber für sie waren sie wie Kinder. *Ihre* Kinder. Einmal sperrte der alte Knabe Skittle eine ganze Nacht lang aus dem Haus aus. Es war nicht sonderlich kalt, aber der Hund war gewöhnt, bei Nacht mit seinem Frauchen zu kuscheln, und sie war davon überzeugt, er würde unter der Verbannung leiden. Sie schrie fast, außer sich vor Panik, und mein Mandant lachte ihr nur ins Gesicht. Der Fairness halber sei angemerkt, dass Skittle selbst es nicht sonderlich tragisch zu nehmen schien, ausgeschlossen worden zu sein. Und zur Verteidigung meines Mandanten möchte ich feststellen, dass es unbestreitbar der Tag gewesen ist, an dem Skittle ...« Vout ließ den Satz halbfertig im Raum stehen.

»Was wollten Sie gerade sagen?«, fragte McCrodden.

Vout seufzte. »Es ist komisch, aber es kommt mir so vor, als ob ich, indem ich *diese* Geschichte erzähle, tatsächlich Schlechtes über einen Toten sagen würde. Einen toten Hund, zugegeben, aber ... Der arme Skittle war wirklich ein Prachtbursche, und er hatte die besten Absichten. Aber der Alte war alles andere als erfreut.«

McCrodden wartete auf Erhellenderes.

Vout pflückte sich von einem vorüberschwebenden Tablett ein weiteres Glas Champagner – diesmal nur eines. Er sagte: »Die Urenkelin meines Mandanten, Ivy, wäre als Kind beinahe ertrunken. Ach herrje! Hoppla! Jetzt habe ich Ihnen gerade ihren Namen verraten. Aber nun, kein Problem. Anhand ihres Vornamens könnten Sie sie nie identifizieren. Jedenfalls ... ihr Name ist Ivy. Sie ist die Tochter der älteren Enkelin meines Mandanten.«

Ivy, Skittle, Hopscotch, ein herausgerutschtes und unbemerkt gebliebenes »Annabel« und ein Mann, dessen Vorname mit »Barn« begann; Stanley McCrodden fand, dass diese Schnipsel für eine Identifizierung sehr wohl ausgereicht hätten, wenn es ihm wirklich wichtig gewesen wäre, der Sache auf den Grund zu gehen – und wenn er nicht sowieso schon gewusst hätte, von welcher Familie Vout sprach.

»Ich glaube, Ivy war drei oder vier Jahre alt, als es passierte«, sagte Vout. »Sie ging mit ihrer Tante und dem Hund an einem Fluss spazieren, und sie fiel ins Wasser. Ihre Tante musste ihr hinterherspringen und sie herausziehen, wobei sie ihr eigenes Leben aufs Spiel setzte. Die Strömung war stark. Um ein Haar wären beide ertrunken.«

»Ihre Tante – meinen Sie die jüngere Enkelin?«, fragte McCrodden. Er fand, dass diese Geschichte Annabel Treadway nicht eben als »feige Memme« darstellte – ganz im Gegenteil sogar!

»Ja. Sie ging ein paar Schritte voraus und hatte keinen Grund zu befürchten, die kleine Ivy könnte in Gefahr sein. Und das wäre sie eigentlich auch nicht gewesen, nur dass sie, abenteuerlustig, wie sie nun einmal war, beschloss, sich die Uferböschung hinunterrollen zu lassen. Ich weiß nicht warum, aber kleine Kinder können der Versuchung eines grasbewachsenen Abhangs einfach nicht widerstehen, habe ich recht? Als Junge war ich da auch nicht anders.«

»Sofern mir nicht ein Teil der Geschichte entgangen ist, haben Sie aber über den verstorbenen Skittle noch nichts Schlechtes gesagt«, wandte Stanley McCrodden ein.

»Werde ich auch weiterhin nicht«, sagte Vout. »Es war nicht seine Schuld. Er war ein Hund, und mehr ist dazu nicht zu sagen. Man kann einen Hund nicht verantwortlich machen ... doch genau das tat mein Mandant. Die Tante – die jüngere Enkelin – war nämlich nicht die Einzige, die die kleine Ivy zu retten versuchte. Skittle versuchte es ebenfalls. Aber die Bemühungen des armen Köters waren eher hinderlich als hilfreich – und beim Versuch, sie zu retten, zerkratzte er Ivy das Gesicht ziemlich schlimm. Sehr schlimm, wie ich leider zugeben muss. Offenbar geriet er im Wasser in Panik und strampelte wie wild. Ivy behielt tiefe Narben zurück. Ihr Gesicht ... Es war höchst bedauerlich. Es *ist* bedauerlich. Zum Beispiel befürchtet ihre Mutter, dass sie nie einen Mann abbekommen wird; ich bin sicher, sie täuscht sich. Aber es ist schon nachvollziehbar, dass es ein Grund zur Sorge sein kann.«

»Und Ihr Mandant gab Skittle die Schuld an Ivys verunstaltetem Gesicht?«

Vout überlegte. »Ich glaube, er war schon so vernünftig zu wissen, dass der Hund es nur gut gemeint hatte. Man könnte eher sagen, er nahm es Skittle übel, dass er überhaupt existierte. Und er nahm es Annabel – hoppla! Trotzdem, ich vertraue auf Ihre Diskretion, alter Junge –, er nahm ihr die Sache übel, obwohl sie Ivy das Leben gerettet hatte, denn wenn sie nicht gewesen wäre, hätte es auch keinen Skittle gegeben. Sonst macht sich niemand in der Familie das Geringste aus Hunden. Allerdings konnte ich anlässlich meines letzten Besuchs bei meinem Mandanten interessanterweise etwas beobachten, was ich nie zuvor gesehen hatte ...«

McCrodden wartete.

»Ich sah, wie er Hopscotch – dem momentanen Hund – den Kopf tätschelte. Ich traute meinen Augen nicht. Bis dahin hatte ich immer nur erlebt, dass er die Hunde verscheuchte und grausame Bemerkungen über sie machte. Pflegte zu sagen, sie seien nichts als zu groß geratene Ratten. Es trieb Annabel jedes Mal die Tränen in die Augen, wenn er so etwas sagte, was ihm eine nie versiegende Quelle der Belustigung war. ›Werd erwachsen und hör auf, dich wie ein Baby aufzuführen!‹, sagte er immer zu ihr. Ich glaube, er hoffte, sie dadurch abzuhärten. Er liebte sie ebenso sehr wie seine ältere Enkelin, da bin ich mir sicher – er war nur nicht im selben Maße mit ihr einverstanden. Und natürlich, irgendwann ... na ja, irgendwann muss er entschieden haben, dass er sie überhaupt nicht liebte«, sagte Vout betrübt.

»Sie spielen auf das neue Testament an?«

»Ja. Die Art, wie er von ihr sprach, als er mir seine Entscheidung andeutete ... da wurde mir klar, dass von seiner Liebe nichts mehr übrig geblieben war. Irgendetwas hatte sie getötet.«

»Und dennoch sahen Sie ihn am selben Tag, wie er ihrem Hund liebevoll den Kopf tätschelte?«

»So ist es – und das war noch nicht alles. Er tätschelte Hopscotch nicht nur den Kopf, er kraulte ihn auch unter dem Kinn, und ich könnte beschwören, dass er ihn einen lieben Hund nannte. Das sah ihm, wie gesagt, ganz und gar nicht ähnlich. So, wo treibt sich dieser Jungspund mit dem Schampus eigentlich herum?«

18

Mrs Dockerills Entdeckung

Sie faszinieren mich, Monsieur«, sagte Poirot zu Stanley McCrodden. »Ein ums andere Mal beteuern Sie, dass Sie Ihrem Freund Poirot diese kleine Gefälligkeit nicht tun werden ...«

»Von ›klein‹ konnte wahrhaftig nicht die Rede sein«, protestierte McCrodden.

»... dass Sie die von mir vorgeschlagene Methode, Peter Vout die Informationen, die er zurückhält, zu entlocken, nicht einsetzen werden. Dann, nachdem sie sich geweigert haben, tun Sie genau das, worum ich Sie gebeten hatte, und Sie spielen Ihre Rolle meisterhaft! Kein noch so gefeierter *acteur* hätte es besser machen können!«

Wir drei waren in Whitehaven Mansions. Ich hatte McCrodden vorgeschlagen, dass Poirot und ich ihn in seiner Kanzlei aufsuchen könnten, aber er wollte nichts davon hören. Ich hegte den starken Verdacht, dass er wieder einmal versuchte, Miss Mason zu meiden.

»Es ist mir sehr unangenehm, dass ich es gemacht habe«, sagte McCrodden. »Menschen zu täuschen ist mir zuwider.«

»Sie taten es aus den edelsten Gründen, *mon ami*.«

»Ja, nun ja ... Diese neue Information über Pandys Testament ändert alles, nicht wahr?«

»Das würde ich wohl meinen«, bestätigte ich.

»Sie irren beide«, erklärte Poirot uns. »Es trifft zwar zu, dass jeder neue Fakt potenziell nützlich ist, aber dieser spezielle scheint uns, wie so viele andere, die wir bereits zutage gefördert haben, keinen Schritt weiterzuhelfen.«

»Das ist doch wohl nicht Ihr Ernst!«, sagte McCrodden. »Annabel Treadway hatte ein höchst überzeugendes Motiv, ihren

Großvater zu beseitigen. Es könnte nicht einleuchtender sein: Barnabas Pandy stand kurz davor, seine letztwillige Verfügung zu ändern und sie mittellos zu hinterlassen.«

»Aber Lenore und Ivy Lavington haben mir versichert, dass Mademoiselle Annabel ihn unmöglich getötet haben kann.«

»Dann lügen sie.«

Ich neigte dazu, McCrodden recht zu geben. »Wie sehr die beiden auch an Pandy gehangen haben mögen, könnten sie dennoch lügen, um Annabel zu schützen«, sagte ich.

»Dem stimme ich zu«, sagte Poirot. »Dass sie lügen würden, um Mademoiselle Annabels Leben zu retten, und dass diese, berücksichtigt man ihre ängstliche Natur, fähig sein könnte, einen Mord zu begehen, um ihre materielle Sicherheit nicht zu verlieren – beides ist durchaus möglich. Es gibt jedoch ein Problem: Sie wusste nichts von der Absicht ihres Großvaters, sein Testament zu ändern. Und dann kann es nicht ihr Motiv gewesen sein.«

»Vout könnte sich diesbezüglich irren«, sagte ich.

»Ein ›könnte‹ bringt uns nicht weiter, Catchpool. Ja, sie könnte das Gespräch um das geplante neue Testament doch mitbekommen haben, und ja, ihre Schwester und ihre Nichte könnten lügen, um sie zu decken – aus zwei solchen ›könntes‹ lassen sich aber keine verlässlichen Schlussfolgerungen ableiten.«

Er hatte recht. Wenn man wie verzweifelt nach einer Lösung sucht und plötzlich erfährt, dass infolge einer beabsichtigten Testamentsänderung ein riesiges Vermögen verlorenzugehen droht, ist die Versuchung nur zu groß, diese Tatsache kurzerhand zum Motiv zu erklären.

»Ich wüsste gern, was Annabel Treadway so kurz vor Pandys Tod angestellt haben mag«, sagte Stanley McCrodden. »Es muss etwas für ihn wahrhaft Abscheuliches und Schockierendes gewesen sein, wenn es ihn dazu veranlasste, mit einem Mann Frieden zu schließen, mit dem er seit Jahrzehnten verfeindet war.«

»Wir wissen nicht, ob die zwei Dinge miteinander in Zusammenhang stehen«, sagte Poirot.

»Es muss aber so sein«, sagte McCrodden. »Wenn die eigene Abneigung gegen eine bestimmte Person übermächtig wird, stellt man fest ... nun ja, dann könnte man zu dem Entschluss gelangen, mit allen seinen sonstigen Fehden und Zwisten aufzuräumen. Niemand möchte sich selbst als zu Verbitterung und Hass neigenden Menschen betrachten müssen.«

»Ich finde diesen Gedanken interessant«, sagte Poirot. »Bitte, fahren Sie fort, *mon ami.*«

»Nun ja, wenn eine feindselige Regung gegenüber einem bestimmten Menschen in uns immer mehr erstarkt und vielleicht überhandzunehmen droht, ist es nur natürlich, dass wir dann das Bedürfnis verspüren, dieses Gefühl durch ... sagen wir, demonstrative Gutherzigkeit auszugleichen. Wenn ich raten sollte, würde ich sagen, dass Pandy, als er beschloss, Miss Treadway zu enterben, dies durch ein paar eindeutige Akte der Freundlichkeit kompensierte: indem er seinem alten Feind Vincent Lobb eine Versöhnung vorschlug, mit dem Hund spielte, den er normalerweise ignorierte ...«

»Um sich in seinen eigenen Augen als guter und mildherziger Mann erscheinen zu lassen?«, sagte Poirot. »*Oui, je comprends.* Aber dann ... könnten wir ebenso auch vermuten, dass, als Monsieur Pandy diesen Entschluss fasste, seine Verbitterung gegen Mademoiselle Annabel wirklich sehr heftig gewesen sein muss.«

McCrodden nickte. »So müsste es gewesen sein, ja, wenn meine Theorie zutreffen soll.«

»Sind es Ihre Erfahrungen mit Miss Emerald Mason, die Sie zu dieser Schlussfolgerung geführt haben?«, fragte ihn Poirot.

»Ja. Als mir bewusst wurde, wie heftig meine irrationale Abscheu ihr gegenüber war, verspürte ich das Bedürfnis ... nun ja, ein paar meiner weniger wichtigen Ressentiments aufzugeben.«

»Hatten Sie denn viele davon?«, fragte ich.

»Ein paar. Trifft das nicht auf jeden zu?«

»Auf mich nicht«, sagte ich. »Mir fiele kein einziges ein. Grollen Sie irgendjemandem, Poirot?«

Ehe er darauf antworten konnte, klopfte es an der Tür. Der Kammerdiener, George, trat ein. »Eine Dame wünscht Sie zu sprechen, Sir. Ich erklärte Ihr, Sie seien beschäftigt, aber sie sagte, es sei dringend.«

»Wenn es dringend ist, dann müssen wir sie empfangen. Hat sie Ihnen ihren Namen genannt?«

»Ja, Sir. Auf das gründlichste. Sie stellte sich als Jane Dockerill vor, außerdem auch als Mrs Hugo Dockerill, die Ehefrau des Hausvorstehers Timothy Lavingtons und Frederick Reagans im Turville College.«

»Bitte führen Sie sie herein, Georges.«

Jane Dockerill war ein winziges Persönchen mit dunkelbraunem lockigem Haar, einer Brille mit einem strengen schwarzen Gestell und einer großen braunen Tasche, die sie mit beiden Händen ins Zimmer trug. Diese war breiter als sie selbst. Sie bewegte sich ebenso schnell, wie sie sprach. Als Poirot aufstand und sich vorstellte, fragte sie, noch während sie seine Hand schüttelte: »Und wer sind diese zwei anderen Herren?«

»Stanley McCrodden, Rechtsanwalt, und Inspector Edward Catchpool von Scotland Yard.«

»Ich verstehe«, sagte Jane Dockerill. »Ich gehe davon aus, dass Sie gerade über die Geschichte sprachen, in die wir alle verwickelt sind?«

Wir nickten einmütig. Uns kam gar nicht in den Sinn, ihr irgendetwas zu verheimlichen. Jane Dockerill strahlte eine natürliche Autorität aus, die ich in dieser Intensität noch bei keinem anderen Menschen erlebt hatte. Selbst der Super hätte sich ihr widerspruchslos untergeordnet.

»Gut«, sagte sie. Dann, ohne auch nur Atem zu holen: »Ich bin gekommen, um zwei Gegenstände abzugeben: Von dem einen wissen Sie bereits; von dem anderen nicht. Ersterer ist Hugos Brief, derjenige, in dem er des Mordes beschuldigt wird. Ich dachte mir, Sie würden ihn wahrscheinlich brauchen.«

»In der Tat, Madame. Vielen herzlichen Dank.« Poirot hatte noch niemals so sehr wie ein folgsamer Schulbub geklungen.

Jane Dockerill fischte den Brief aus ihrer Tasche und händigte ihn Poirot aus. Er las ihn und reichte ihn dann mir. Abgesehen von den Empfängerangaben und der Begrüßungsformel »Sehr geehrter Mr Dockerill« war er mit demjenigen identisch, den John McCrodden erhalten hatte – bis hin zum unterbrochenen Balken jedes kleinen »e«s. Ich gab den Brief an Stanley McCrodden weiter.

»Und nun zu dem Gegenstand, den Sie nicht erwartet hatten«, sagte Jane Dockerill. »Ebenso wenig, möchte ich hinzufügen, hatte ich ihn erwartet. Ich war schockiert, ihn dort vorzufinden, wo ich ihn fand, und ich hoffe aufrichtig, dass er nicht das bedeutet, was ich befürchte.«

Sie holte aus ihrer Tasche ein Objekt, das ich nicht sofort identifizieren konnte. Es war blau – oder besser gesagt, es enthielt etwas Blaues: blau mit winzigen Einsprengseln von Weiß und Gelb. Was immer es sein mochte, war es in Zellophan eingeschlagen zu einem seltsam aussehenden Paket geschnürt.

»Was befindet sich in diesem Paket, Madame?«, fragte Poirot.

»Ein Kleid. Es wurde nass eingepackt. Ich fand es an der Unterseite von Timothy Lavingtons Bett, wo es mit Klebeband befestigt war. Ich lege großen Wert darauf, dass alle Schlafsäle makellos sauber sind, was es erforderlich macht – wenn man gründliche Arbeit leisten will, worauf ich ebenfalls großen Wert lege –, regelmäßig unter die Betten zu sehen, um mich zu vergewissern, dass dort kein Müll aufgehäuft ist oder verbotene Gegenstände versteckt sind.«

»Sehr löblich, Madame.«

Jane Dockerill fuhr ungesäumt fort. »Vor dem gestrigen Tag war das letzte Mal, dass ich unter die Betten in Timothys Schlafsaal sah, vor vier Wochen. Ich weiß es deswegen so genau, weil es meine erste Inspektion nach den Ferien war. Vor vier Wochen war dieses Paket noch nicht da. Gestern war es da – mit Klebeband, wie ich sagte, an der Unterseite des Bettgestells befestigt: von Timothy Lavingtons Bett. Ich packte es in Timothys Anwesenheit aus, um zu sehen, ob er wusste, was es war. Er erkannte es als ein Kleid seiner Tante, konnte sich aber dessen Anwesenheit im Schlafsaal nicht erklären.« Bedeutungsvoll fügte Jane Dockerill hinzu: »Ein steifes, schlecht getrocknetes, stellenweise noch feuchtes Kleid. Aus dem Besitz seiner Tante, Annabel Treadway.«

»Und das weckt in Ihnen einen Verdacht?«, fragte Poirot sie. »Dürfte ich fragen, welchen?«

»Liegt es nicht auf der Hand? Ich habe den Verdacht – wenngleich ich darum bete, dass ich mich täuschen möge –, dass Annabel Treadway Barnabas Pandy ermordete, indem sie ihn in der Badewanne ertränkte, denn so kam er ums Leben. Ihr Kleid wurde dabei nass, und aus Angst, dass sie das belasten würde, versteckte sie es in Turville, unter Timothys Bett.«

»Soweit wir wissen, war Mr Pandys Tod ein Unfall«, fühlte ich mich verpflichtet anzumerken. »Aus polizeilicher Sicht …«

»Ach, das hat nichts zu besagen«, erklärte Jane Dockerill. »Den meisten Fällen von Tod durch Unfall folgen keine gleich an mehrere Personen gerichtete Mordvorwürfe und an Betten geklebte seltsame Pakete auf dem Fuße. Diesem einen schon – daher erscheint es mir wahrscheinlich, dass es sich dabei tatsächlich um einen Mord handelte.«

Poirot deutete ein Nicken an. Es sprach nicht für hundertprozentiges Einverständnis.

»Wollen Sie das Paket nicht öffnen?«, fragte Mrs Dockerill.

»*Oui, bien sûr.* Catchpool, wenn Sie so liebenswürdig wären …«

Es war nicht weiter schwierig, das Klebeband abzuziehen und das Zellophan auseinanderzufalten. Unser aller Blick fiel auf blauen Stoff. Die gelben und weißen Tüpfel darauf entpuppten sich als winzige Blümchen. Wochenlang nicht mit Luft in Berührung gekommen, war der Stoff stellenweise schleimig geworden.

»Beachten Sie den Geruch«, sagte Jane Dockerill.

»Es ist das Olivenöl«, sagte Poirot. »Ich kann es deutlich riechen. Dies ist das Kleid, das Annabel Treadway an dem Tag trug, an dem Barnabas Pandy starb. Lenore Lavington beschrieb es mir: blau mit weißen und gelben Blümchen. Nur in einer Hinsicht unterscheidet sich dieses Kleid von demjenigen, das Madame Lavington beschrieb.«

»Um Gottes willen, jetzt spannen Sie uns nicht auf die Folter!«, sagte Jane Dockerill. »Worin unterscheidet es sich?«

»Dieses Kleid wurde offensichtlich eingepackt, als es noch nass war«, sagte ich.

»*Précisément*, Catchpool. Lenore Lavington gab mir gegenüber an, das Kleid ihrer Schwester sei nicht nass gewesen, als sie beide am 7. Dezember im Badezimmer standen. Sie führte es als Beweis dafür an, dass ihre Schwester ihren Großvater nicht ertränkt haben konnte. Annabel Treadways Kleid – ihr blaues Kleid mit gelben und weißen Blümchen – war laut Lenore Lavington vollkommen trocken.«

19

Vier weitere Briefe

Das ist eine ziemlich überraschende Entwicklung, wie?«, sagte Jane Dockerill.

»Allerdings«, sagte Poirot.

»Ich kenne Timothys Mutter seit Jahren. Sie würde mit Sicherheit lügen, um ein Mitglied ihrer Familie zu schützen – daran besteht kein Zweifel. Hugo und ich können kein Wort zu Timothy sagen, ohne dass sie wie eine eiskalte Geißel Gottes über uns hereinbricht und uns mit einer Vielzahl übertriebener Drohungen belegt: Sie werde dafür sorgen, dass Hugo auf die Straße gesetzt wird, sie werde Timothy von der Schule nehmen, und mit den großzügigen Spenden, auf die Turville so angewiesen ist, werde dann ebenfalls Schluss sein.«

Jane Dockerill änderte ihre Sitzhaltung und schlug ihre Beine andersherum übereinander. »Auf Schulen geht es nämlich entsetzlich ungerecht zu. Es gibt Jungen – diejenigen, deren Eltern einen angemessenen Respekt vor Autorität haben –, denen man befehlen kann, das Hemd in die Hose zu stecken, die Krawatte gerade und die Strümpfe hochzuziehen, und wir erteilen unsere gut gemeinten Anweisungen im ruhigen Bewusstsein, dass kein Mitglied der Familien dieser Jungen, ehe man sich's versieht, bei uns aufkreuzen und uns das Leben zur Hölle machen wird. Andere Jungen – und ich muss leider sagen, dass Timothy Lavington und Freddie Reagan beide unter diese Kategorie fallen – können mit zerrissenem Blazer und völlig schiefer Krawatte herumlaufen, und wir geben uns die größte Mühe, das nicht zu bemerken. Da sei Gott vor, dass wir einen vermeidbaren Zusammenstoß mit einem Elternteil von Lenore Lavingtons Schlag heraufbeschwören!«

»Madame, wer könnte das eingepackte Kleid mit Klebeband an der Unterseite von Timothy Lavingtons Bett befestigt haben?«

»So gut wie jeder. Timothy selbst – wobei ich allerdings sicher bin, dass er es nicht war. Er war ebenso überrascht, es zu sehen, wie ich. Seine Mutter, Schwester oder Tante könnten es anlässlich eines ihrer Besuche getan haben. Ich oder mein Mann könnten es getan haben. Habe ich natürlich nicht, und ebenso wenig Hugo.« Sie lachte. »Die bloße Vorstellung! Hugo hätte es in tausend Jahren nicht geschafft, Klebeband zu finden, selbst wenn er auf die glorreiche Idee gekommen wäre, ein Kleid an eine Bettunterseite zu pappen.«

»Sonst noch jemand?«, fragte Poirot.

»Aber sicher«, sagte Jane Dockerill. »Wie gesagt: So gut wie jeder. Jeder Junge aus unserem Haus, jeder Junge aus einem der anderen Häuser, der sich hineingeschlichen haben könnte, als gerade niemand in Timothys Schlafsaal war. Jeder Lehrer. Jede Mutter und jeder Vater.«

Ich hörte mich seufzen. Poirot murmelte: »Keine Parameter.«

»Ein bisschen einengen, dies zu Ihrer Beruhigung, können wir die Auswahl schon«, sagte Jane Dockerill mit einem säuerlichen Lächeln. »Ein in Turville unbekanntes Gesicht hätte keine Chance gehabt, sich einzuschleichen, ohne sofort aufgehalten und einem ausführlichen Verhör unterworfen zu werden. Wie alle Gemeinschaften verdächtigen wir Außenstehende grundsätzlich, nach unserer Vernichtung zu trachten, und wann immer wir über einen stolpern, werfen wir ihn hochkant hinaus.« Unsere ausbleibende Reaktion schien sie zu irritieren. »Das war ein Witz.«

Gehorsam, aber zu spät, um sie noch erfreuen zu können, lachten Poirot, McCrodden und ich unisono los.

»Dann könnte es also jedes Mitglied der Internatsgemeinschaft einschließlich jedes Elternteils eines der Schüler gewesen sein?«

»Bedauerlicherweise, ja.«

»Sind Sie jemals, innerhalb dieser Internatsgemeinschaft oder im Zusammenhang mit ihr, einem Mann namens John McCrodden begegnet?«

Bei der Erwähnung seines Sohnes zuckte Stanley McCrodden zusammen.

»Nein«, sagte Jane Dockerill. Sie wirkte aufrichtig.

»Die Angehörigen Timothy Lavingtons ... haben sie den Jungen seit dem Tod Barnabas Pandys und seit jenem Tag vor vier Wochen, als Sie, Madame, unter das Bett sahen und kein Paket da war, im Internat besucht?«

»Ja. Lenore, Annabel und Timothys Schwester Ivy waren vor rund zwei Wochen in Turville. Jede von ihnen könnte während dieses Besuches das Paket mit dem nassen Kleid an dem Bettgestell befestigt haben.«

»Wann war Madame Sylvia Reagan zuletzt in der Schule?«, fragte Poirot.

»Letzte Woche«, sagte Mrs Dockerill. »Zusammen mit Mildred und deren Verlobten, Eustace.«

»Sie haben Freddie vorhin in die Kategorie der ›Jungen, die man nicht herumkommandiert‹, gesteckt«, sagte ich. »Bedeutet dies, dass Sylvia Reagan eine ebenso furchterregende Instanz darstellt wie Lenore Lavington?«

»Sylvia ist unerträglich«, sagte Jane Dockerill. »Wobei ich hier anmerken sollte, dass ich, nachdem ich schon so lange in Turville wohne und arbeite, grob geschätzt zwei Drittel der Eltern aus den verschiedensten Gründen unerträglich finde. Sie sind in der Regel weit schwieriger zu handhaben als die Jungen. Freddie Reagan, Sylvias Sohn, ist ein Schatz. Seine Gutartigkeit muss er von seinem Vater geerbt haben.«

»Er ist ein Einzelgänger, nicht wahr?«, sagte Poirot.

»Er ist jedenfalls nicht das, was man ›beliebt‹ nennen würde«, sagte Jane Dockerill mit einem Seufzer. »Er ist sensibel, kompliziert, still – eindeutig keine ›Internats-Oberschicht‹. Und er nimmt sich alles sehr zu Herzen. Er könnte von Timothy Lavington nicht verschiedener sein. Timothy kann mit Jungs wie

Freddie nichts anfangen. Seine Freunde sind alle wie er: laute, selbstsichere Angeber. Die oberste Sprosse der gesellschaftlichen Stufenleiter in Turville. Es brach mir das Herz, Freddie ständig ganz allein zu sehen. Und da beschloss ich, wenn keiner dieser blöden Jungen mit ihm befreundet sein wollte, dann würde ich es eben sein. Und ich bin's.« Sie lächelte. »Freddie ist mein unentbehrlicher kleiner Helfer im Haus geworden. Ich weiß nicht, was ich ohne ihn machen würde. Und jetzt weiß jeder in Turville: Wer Freddie schikaniert, kriegt es mit mir zu tun!«

»Er wurde früher schikaniert?«, fragte ich. »Aber doch wohl nicht von Timothy Lavington, oder?«

»Nein, von Timothy nie, aber von vielen anderen.« Jane Dockerill sah mit einem Mal zornig aus. »Es ist furchtbar unfair! Viele betrachten Freddie als etwas wie einen Unberührbaren. Das liegt an seiner Mutter. Es kursieren nämlich allerlei Gerüchte über sie ... Sie würde, äh, ihren Lebensunterhalt auf eine Weise verdienen, die zugleich unmoralisch und ungesetzlich ist. Ich glaube nicht, dass in diesen schmutzigen Geschichten auch nur ein Funken Wahrheit steckt.«

»Ich verstehe. Madame Dockerill, dürfte ich Sie nach dem Weihnachtsmarkt am 7. Dezember fragen? Freddie Reagan war da, ja? Mit seiner Mutter und seiner Schwester und Eustace?«

»Ja, sie waren alle da.«

»Und Timothy Lavington und Sie und Ihr Mann?«

»Natürlich. Ich bin den ganzen Tag wie eine Irre herumgeflitzt.«

»Von den genannten Personen – können Sie mit Bestimmtheit eine oder mehrere nennen, die den ganzen Tag auf dem Weihnachtsmarkt waren, von Anfang bis Ende?«

»Das habe ich Ihnen doch gerade gesagt: Sie waren alle da«, antwortete Jane Dockerill.

»Sie haben sie alle, mit eigenen Augen, jede Sekunde des Tages unter Beobachtung gehalten?«

Sie sah ihn überrascht an. »Nein. Wie hätte ich das machen sollen? Ich wusste nicht, wo mir der Kopf stand!«

»Dann verzeihen Sie, Madame, aber wie können Sie in dem Falle wissen, dass sie den ganzen Tag da waren?«

»Nun, beim Abendessen waren sie jedenfalls alle da. Und ich habe sie im Laufe des Tages immer wieder mal gesehen. Wo hätten sie denn sonst sein ...?« Sie verstummte abrupt. »Ach so. Jetzt verstehe ich, was Sie meinen. Sie fragen sich, ob einer von ihnen sich hinausgeschlichen haben könnte, um Mr Pandy zu ermorden, und sich dann wieder hereingeschlichen haben?«

»Wäre es möglich?«, fragte Poirot.

»Tja also, in *dem* Sinn ... ja, wäre möglich. Jeder beziehungsweise jede von ihnen hätte sich für die erforderliche Zeitspanne entfernen können. Er oder sie hätte natürlich ein Fahrzeug gebraucht, um nach Combingham Hall zu gelangen.«

Nachdem er ihren Fragen nach seinem geplanten weiteren Vorgehen erfolgreich ausgewichen war, bedankte sich Poirot bei Jane Dockerill, und sie ging.

»Sie verrät eine ungesunde Schwäche für den jungen Reagan«, sagte Stanley McCrodden, sobald sie den Raum verlassen hatte.

»Das finde ich nicht«, sagte ich. »Ich würde sagen, sie hat Mitleid mit einem einsamen Jungen.«

»Es würde mich wundern, wenn es nicht ebenso viele Gerüchte über Mrs Dockerill und den jungen Freddie Reagan gäbe wie darüber, dass Sylvia Reagan eine ›Schöne der Nacht‹ sein soll«, sagte McCrodden.

»Catchpool, sobald Sie im Turville College sind, versuchen Sie so viel wie möglich von diesen Gerüchten aufzuschnappen«, sagte Poirot.

»Die Jungen werden kaum in Anwesenheit eines Scotland-Yard-Inspectors etwas Anstößiges sagen«, entgegnete ich. »Oder soll ich mich als Rosinenbrötchen verkleiden und im Schulkiosk postieren?«

»Sie werden schon einen Weg finden, Catchpool.«

Poirot strich mit den Fingern über den schleimigen Stoff des blauen Kleids und wischte sich anschließend mit einem Taschentuch die Hand ab. »Das Kleid Mademoiselle Treadways«, murmelte er. »Was bedeutet es? Bedeutet es, dass die drei Damen von Combingham Hall mich angelogen haben, und Kingsbury ebenfalls? Dass sie alle wissen, dass Annabel Treadway Monsieur Pandy ermordet hat, und die Wahrheit zu verheimlichen versuchen? Oder ...?« Er sah mich an.

»Oder«, spann ich seinen Faden fort, »versucht jemand, Annabel Treadway zu belasten?«

»*Exactement!* Wenn der Zweck wäre, Mademoiselle Annabel zu *schützen*, dann wäre die vernünftigste Vorgehensweise die gewesen, das Kleid unverzüglich zu waschen und zu trocknen.«

»Was, wenn Spuren des Olivenöls auch nach dem Waschen feststellbar gewesen wären?«, sagte ich. »Vielleicht musste das Kleid verschwinden, damit niemand je die Frage stellen würde: ›Wie kommt Olivenöl an dieses Kleid?‹«

Poirot sagte: »*Mes amis*, wir sind Jane Dockerill nur einmal begegnet. Annabel Treadway ist ihr viel häufiger begegnet – jedes Mal, wenn sie Timothy im Internat besucht hat. Würde sie nicht davon ausgehen, dass Madame Dockerill jeden Schlafsaal in ihrem Wohnheim auf das gründlichste überprüft? Das ist, was ich nach einer einzigen Begegnung annehmen würde. In Turville muss es Hunderte von Betten geben. Würde man nicht besser eines wählen, das einem fremden Jungen gehört?«

»Sie meinen also, dass das Platzieren des Kleides unter Timothys Bett eher ein Versuch ist, Miss Treadway zu Unrecht zu belasten, als ein Beweis ihrer Schuld?«, fragte McCrodden.

»Ich weiß noch nicht genug ...«, sagte Poirot nachdenklich. »Beachten Sie, dass das Kleid überall gleichmäßig feucht ist. Das wäre Mademoiselle Annabels Kleid aber nicht gewesen, wenn sie ihren Großvater ertränkt hätte. Die Ärmel wären völlig durchnässt gewesen, aber der untere Rand des Kleids? Der Rücken? *Non.* Diese wären viel weniger nass gewesen, vielleicht sogar vollkommen trocken. Andererseits, wenn zu dem Zeitpunkt, als das Kleid in Zellophan eingeschlagen wurde, die Ärmel ganz durchnässt waren, andere Teile des Kleids aber trocken, könnte sich das Wasser mit der Zeit verteilt und nach und nach das ganze Kleid durchfeuchtet haben.«

»Wir können uns so viele Theorien ausdenken, wie wir wollen, Poirot, aber wir wissen nichts«, sagte McCrodden müde. »Es gibt einfach zu viele Möglichkeiten. Sosehr es mir widerstrebt, mich geschlagen zu geben ...«

»Sie meinen, wir sollten aufgeben?«, sagte Poirot. »Nein, nein, *mon ami*. Sie irren sich gewaltig. Es gibt in der Tat viele Möglichkeiten – aber wir sind der Wahrheit, jetzt, schon viel näher!«

»Tatsächlich?«, fragte ich. »Inwiefern? Wieso?«

»Catchpool, sehen Sie denn nicht, was jetzt klar ist?«

Ich sah nichts. Ebenso wenig Stanley McCrodden.

Poirot lachte uns beide in unserer Unwissenheit aus. »Dank diesem Kleid bin ich zuversichtlich, dass ich schon bald alle Antworten haben werde. Noch weiß ich sie nicht, aber bald. Ich beabsichtige, mich der Herausforderung zu stellen und mir eine Frist zu setzen. Wollen wir doch mal sehen, ob Hercule Poirot nicht die Zeit besiegt!«

»Was meinen Sie damit?«, fragte ich ihn.

Wieder lachte er. »Es erstaunt mich, dass keiner von Ihnen sieht, was ich sehe. Schade, aber das macht nichts. Bald werde ich alles erklären. *Alors*, jetzt ist es für mich Zeit, vier Briefe zu verfassen, die Sylvia Reagan, Annabel Treadway, John McCrodden und Hugo Dockerill bekommen sollen. Und diesmal werden sie vom echten Hercule Poirot stammen!«

Das dritte Viertel

20

Die Briefe treffen ein

Eustace Campbell-Brown ruhte gerade im Salon des Londoner Stadthauses seiner Verlobten, als Mildreds Mutter, einen Brief und ein aufgerissenes Kuvert mit spitzen Fingern vor sich hertragend, als ob eine großflächigere Berührung sie kontaminieren könnte, hereingestürzt kam. Beim Anblick ihres künftigen Schwiegersohns schnappte Sylvia Reagan voll Entsetzen nach Luft, obwohl sie ihn schon viele Male zuvor gesehen hatte, und jedes Mal in exakt dieser Position: mit einer Zigarette in der einen Hand und in der anderen einem Buch.

»Guten Morgen«, sagte Eustace. Er nahm nicht an, dass er sich mit einer so schlichten Äußerung Ärger einhandeln würde.

»Wo ist Mildred?«

»Oben, zieht sich gerade an. Ich mach mit ihr einen Tagesausflug.« Er lächelte.

Sylvia Reagan starrte ihn lange an. Dann sagte sie: »Wie viel wollen Sie?«

»Pardon?«

»Damit Sie Mildred verlassen und endgültig verschwinden. Es muss einen Betrag geben, bei dem Sie schwach werden könnten.«

Eustace legte seine Zigarette in den Aschenbecher, der auf dem Beistelltisch neben ihm stand, und das Buch in seinen Schoß. So weit, dachte er bei sich, war es also inzwischen gekommen, trotz seiner aufrichtigen Bemühungen, die Wertschätzung seiner Schwiegermutter in spe zu erringen.

Es war endlich an der Zeit, alle Anstrengungen einzustellen – aufzuhören, höflich und charmant zu sein, und zur Abwechslung einmal genau das zu sagen, wonach ihm der Sinn stand.

»Endlich ein Bestechungsversuch«, sagte er. »Ich habe mich

schon gefragt, wie lange Sie dazu brauchen würden. Stellen Sie sich doch nur vor: Hätten Sie mir noch vor einem Jahr ein Angebot gemacht, wären Sie mich schon lange los.«

»Dann ... gibt es also einen Betrag ...?«

»Nein, Sylvia, den gibt es nicht. Ich habe Sie gerade verulkt. Tatsache ist, ich liebe Mildred, und sie liebt mich. Je eher Sie sich an den Gedanken gewöhnen, desto glücklicher werden Sie sein.«

»Oh, Sie sind ein gemeiner, widerwärtiger Mensch!«

»Das glaube ich nicht«, sagte Eustace gelassen. »Ebenso wenig glaubt das Mildred. Haben Sie nie die Möglichkeit in Erwägung gezogen, dass Sie das Scheusal sein könnten? Schließlich sind Sie ja eine Mörderin. Mildred mag die Wahrheit über Sie nicht kennen, aber ich weiß Bescheid. Keine Bange, ich habe nicht vor, ihr Kummer zu bereiten, indem ich ihr verrate, was ich weiß. Aber es besteht nicht zufällig die Aussicht, dass Sie mich zur Abwechslung ein Weilchen in Ruhe lassen? Als Gegenleistung dafür, dass ich Ihr Geheimnis für mich behalte, meine ich.«

»Sie sind ein Lügner!« Sylvia Reagans Gesicht war kreidebleich geworden. Sie ließ sich in einen Sessel sinken.

»Nein, bin ich nicht«, sagte Eustace. »Wenn es nicht wahr wäre, würden Sie ›Was meinen Sie damit?‹ sagen oder: ›Wovon in aller Welt faseln Sie da?‹ Ihnen ist aber vollkommen klar, wovon ich rede.«

In diesem Moment erschien Mildred Reagan im Salon mit der ausdruckslosen Miene, die sie in Gesellschaft ihrer Mutter und ihres Verlobten immer zur Schau trug. Sie fragte nicht nach dem Grund für Sylvias aschfahle Blässe, ebenso wenig, warum Eustace diese neue, eigenartige Energie ausstrahlte, die sie noch nie zuvor an ihm wahrgenommen hatte. Sie wusste, dass in ihrer Abwesenheit wahrscheinlich etwas Wichtiges vorgefallen war, und hoffte, es würde ihr erspart bleiben zu erfahren, was. Mildred hatte kürzlich entschieden, dass es besser für sie war, nicht zu wissen, was sich zwischen Sylvia und Eustace abspielte, und nicht ergründen zu wollen, warum ihre Mutter den Mann, den sie über alles liebte, so sehr verabscheute.

Sie bemerkte den Brief und das zerrissene Kuvert in der Hand ihrer Mutter. »Was ist das?«, fragte sie. Wenn es etwas anderes als Eustace war, was ihre Mutter so aufregte, dann interessierte es sie durchaus.

»Ein weiterer Brief von Hercule Poirot«, sagte Sylvia Reagan.

»Na, beschuldigt er Sie wieder des Mordes?«, feixte Eustace.

Sylvia reichte den Brief ihrer Tochter. »Lies ihn vor«, sagte sie. »Du wirst darin erwähnt. Er auch.«

»›Sehr geehrte Madame Reagan‹«, las Mildred. »›Es ist von äußerster Wichtigkeit, dass Sie sich zu einer Besprechung einfinden, die am 24. Februar um 14 Uhr auf Combingham Hall, Heim des verblichenen Barnabas Pandy, stattfinden soll. Ich werde anwesend sein, desgleichen Inspector Edward Catchpool von Scotland Yard. Andere werden gleichfalls zugegen sein. Das uns alle auf die eine oder andere Weise betreffende Rätsel um den Tod Barnabas Pandys wird dann gelöst und ein Mörder beziehungsweise eine Mörderin festgenommen werden. Bitte übermitteln Sie diese Einladung auch an Ihre Tochter Mildred und deren Verlobten Eustace. Es ist wichtig, dass auch sie am Treffen teilnehmen. Hochachtungsvoll, Hercule Poirot.‹«

»Wir haben vermutlich keine Möglichkeit festzustellen, ob der Brief diesmal vom echten Hercule Poirot stammt?«, sagte Eustace.

»Was sollen wir machen?«, fragte Mildred. »Sollen wir hin? Oder sollen wir den Brief ignorieren?« Sie hoffte, dass ihre Mutter und Eustace sich wenigstens dieses eine Mal auf eine Vorgehensweise einigen würden. Andernfalls, wusste Mildred, würde ihr Verstand wie üblich erstarren und zu keinem vernünftigen Gedanken mehr fähig sein.

»Ich habe nicht die Absicht hinzugehen«, sagte Sylvia Reagan.

»Wir müssen hin«, sagte Eustace. »Wir alle. Möchten Sie denn nicht wissen, wer dieser Mörder ist? Ich schon!«

John McCrodden berührte den Arm der Frau in seinem Bett. An ihren Namen erinnerte er sich nicht; nicht auszuschließen, dass er Annie lautete, oder Aggie. Sie lag auf dem Bauch, das Gesicht von ihm abgewandt. »Wach auf. Wach auf, hörst du?«

»Ich bin wach.« Sie rollte sich gähnend auf den Rücken. »Zu deinem Glück. Ich schätze es nicht, an meinem freien Tag geweckt zu werden. Obwohl, da du es bist ...« Sie grinste und machte Anstalten, Johns Wange zu berühren.

Er wischte die Hand beiseite. »Ich bin nicht in Stimmung. Tut mir leid. Hör mal, ich hab zu tun, du solltest dich also besser auf die Socken machen.« Es war ein eigenartiger Brief gekommen, und er wollte ihn noch einmal in Ruhe durchlesen. Solange sie da war, konnte er sich nicht konzentrieren.

Die Frau setzte sich auf und bedeckte sich mit dem Laken. »Na, du bist ja richtig charmant! Behandelst du alle Mädchen so?«

»Zufällig ja. Ich meine es nie böse, aber sie nehmen es immer krumm. Wirst du bestimmt auch.«

»Gleich versprichst du mir wohl, dass du mich so bald wie möglich wieder ausführen wirst, und dann höre ich nie wieder was von dir«, sagte die Frau vorwurfsvoll, während ihr schon Tränen in die Augen stiegen.

»Nein. Ich verspreche gar nichts. Und ich will dich nirgendwohin ausführen. Die letzte Nacht hat Spaß gemacht, aber sie war eben nur das: eine Nacht. Du wirst mich nie wiedersehen, außer vielleicht zufällig. Du darfst mich beim Rausgehen gern anschreien, wenn du dich dann besser fühlst.«

Nachdem er das gesagt hatte, war sie in Sekundenschnelle aus seinem Zimmer verschwunden. Sie hielt ihn wahrscheinlich für herzlos, aber darin täuschte sie sich. Grausam wäre es vielmehr gewesen, ihr zu gestatten, sich irgendwelche Hoffnungen zu machen. In jüngeren, viel jüngeren Jahren war John einmal einer Frau begegnet und hatte binnen weniger Augenblicke gewusst, dass hier jemand war, den er bis an sein Lebensende lieben konnte. So hatte er bei keinem anderen Menschen empfunden, weder davor noch danach. Ebenso wenig hatte er auch nur einer Menschenseele gegenüber von seinem Gefühl gesprochen, weil es zu übermächtig war, um in Worte gekleidet werden zu können, und weil ohnehin niemand es für möglich gehalten hätte, der nicht selbst schon einmal in einen ähnlichen Abgrund verzehrenden Verlangens gestürzt war. Der Durchschnittsmensch lehnte es kategorisch ab, anderen Erfahrungen als den eigenen Glaubwürdigkeit zuzugestehen.

John zog sich an und setzte sich mit dem merkwürdigen Brief ans Fenster. Kopfschüttelnd las er ihn noch einmal durch. Anstatt sich zu sagen, dass die vier in seinem Namen verschickten Anschuldigungsbriefe nicht mehr als ein dummer Streich gewesen waren, und die Sache auf sich beruhen zu lassen, hatte Hercule Poirot offenbar die Verantwortung für die Aufklärung dieses Mordes übernommen.

Hatte ihn jemand dafür bezahlt, dass er die Ermittlungen aufnahm? John bezweifelte es. Wie Annie oder Aggie, oder wie auch immer sie heißen mochte, hatte Poirot eigenmächtig beschlossen, das Leben schwieriger und komplizierter zu machen, als eigentlich nötig war. Jetzt hatte er Einladungen zu einer »Besprechung« über Barnabas Pandys Tod verschickt – an ihn, John, und zweifellos an viele andere Leute. Um die Sache noch schlimmer zu machen, enthielt sein Brief an John den unerfreulichen Satz: »Andere werden gleichfalls zugegen sein, darunter Ihr Vater, Stanley McCrodden.«

John war kein Dummkopf. Ihm war schon seit einiger Zeit klar, dass er sowohl seinem Vater als auch Hercule Poirot unrecht getan hatte. Inzwischen war er davon überzeugt, dass keiner von beiden für den Brief verantwortlich war, in dem er des Mordes an Barnabas Pandy bezichtigt wurde. Jetzt würde er sich entschuldigen müssen; daran führte kein Weg vorbei, aber nichts hasste John mehr, als zuzugeben, dass er unrecht gehabt hatte – insbesondere zwei Männern gegenüber, deren jeweilige Arbeit bisweilen dazu führte, dass jemandem die Schlinge um den Hals gelegt wurde.

Ich werde an Poirots Besprechung teilnehmen, dachte er. Das wird als Entschuldigung meinerseits genügen müssen. Und vielleicht werde ich dann auch erfahren, von wem dieser andere Brief tatsächlich kam.

John schrieb Poirot ein paar Zeilen des Inhalts, dass er sich am 24. Februar wunschgemäß in Combingham Hall einfinden werde. Er steckte seine Antwort in ein Kuvert und wollte dieses gerade zukleben, als er sich an Catalina erinnerte.

Ach, Catalina, seine spanische Freundin. *Das* war eine verständige, findige Frau! Und dazu verdammt attraktiv. Sie erlaubte John, zu kommen und zu gehen, wie es ihm passte, ohne ihn je unter Druck zu setzen oder vollzuheulen. Sie genoss seine Gesellschaft, kam aber auch hervorragend ohne ihn aus, wie er seinerseits ohne sie. John hatte nicht viele Menschen kennengelernt, Männer wie Frauen, die er als ihm ebenbürtig empfand, aber auf Catalina traf das zweifellos zu: Sie war eine brillante Frau – und jetzt auch ein brillantes Alibi. Die gute alte Catalina!

John stand auf und holte ihre gebündelten Briefe unter seinem Bett hervor. Die meisten handelten von König Alfons XIII. und der schwindenden Macht des Militärdiktators General Miguel Primo de Rivera. Catalina war eine überzeugte Republikanerin. John lächelte. Politik war ihm gleichgültig. Er hatte immer wieder festgestellt, dass die Überzeugungen, die die Leute zu vertreten behaupteten, sehr wenig bedeuteten und einem nichts über ihren wahren Charakter verrieten. Es war so, als beurteilte man einen Menschen nach der Farbe seiner Socken oder Taschentücher.

Er suchte Catalinas Brief mit Datum vom 29. Dezember 1929 heraus und steckte ihn in das Kuvert, das er Poirot zuschicken würde. Dann zog er sein Antwortschreiben wieder hervor und fügte unter seiner Unterschrift die Worte hinzu: »Beiliegend Alibi für den 7. Dezember.«

»O weh«, rief Annabel Treadway aus. »Hoppy, was soll ich bloß machen? Eine Besprechung, hier? Er sagt gar nicht, wie viele Leute er eingeladen hat. Lenore wird schäumen vor Wut. Wir werden uns Gedanken über die Erfrischungen machen müssen, und ich habe dafür überhaupt keinen Kopf – nicht einmal, um mit Kingsbury oder der Köchin darüber zu reden. Aber … ach, du meine Güte. Ich werde Lenore davon erzählen müssen, und … sieh an, er schreibt, dass ein Mörder oder eine Mörderin festgenommen werden wird. Ach herrje!«

Hopscotch hob den Kopf von Annabels Schoß und sah sie fragend an. Sie waren im Morgenzimmer von Combingham Hall, nachdem sie auf der Wiese ausgiebig Ball gespielt hatten. Hopscotch beäugte Annabel hoffnungsvoll nach Anzeichen dafür, dass ihr zuletzt erfolgter Ausruf bedeuten könnte, dass sie bald bereit sein würde, wieder nach draußen zu laufen und noch ein bisschen weiterzuspielen.

»Ich habe Angst«, sagte Annabel. »Ich habe so schreckliche Angst. Vor allem – außer vor dir, liebster Hoppy!«

Der Hund rollte sich auf den Rücken, um den Bauch gekrault zu bekommen.

»Was, wenn Lenore Poirot verbietet, seine Besprechung hier abzuhalten?« Noch während sie diese Worte aussprach, wurde Annabel von einer plötzlichen, erschütternden Erkenntnis getroffen. »Ach!«, keuchte sie. »Selbst wenn sie es verbietet, wird die Wahrheit ans Licht kommen! Nichts kann es mehr verhindern, jetzt, wo Hercule Poirot im Spiel ist. Ach, Hoppy, wenn du nicht wärst …!«

Sie ließ den Satz unvollendet, um den Hund nicht dadurch zu beunruhigen, dass sie sagte, was sie getan hätte, wenn es ihr nicht so widerstrebte, ihn allein auf der Welt zurückzulassen. Lenore hatte nichts für ihn übrig. Ivy behauptete zwar, ihn zu mögen, aber sie liebte ihn nicht so, wie Annabel ihn liebte: als wäre er ein vollwertiges Familienmitglied – was er absolut war. Bei Skittle war es genauso gewesen. Eines Tages, dachte Annabel, wird die Welt ein besserer Ort sein, und wir werden Hunde genauso gut behandeln wie Menschen. Ach, aber – was bin ich für eine schreckliche Heuchlerin! Sie brach in Tränen aus.

Hopscotch rollte sich auf den Bauch und legte seine Pfote tröstend in ihre Hand, aber sie weinte unbeirrt weiter.

»Schau dir das mal an, Jane!« Hugo Dockerill hielt seiner Frau den Brief hin, den er gerade geöffnet hatte. »Dieser Schwindler gibt sich wieder für Poirot aus. Ich sollte es ihm wohl besser erzählen. Poirot, meine ich.«

Jane setzte einen dicken Stapel Bügelwäsche behutsam auf der Armlehne des nächstgelegenen Sofas ab und riss ihrem Mann das Blatt Papier aus der Hand. Sie las vor: »Sehr geehrter Monsieur Dockerill, es ist von äußerster Wichtigkeit, dass Sie und Ihre Frau sich zu einer Besprechung einfinden ...« Den Rest las sie lautlos weiter. Dann sah sie zu Hugo auf und fragte: »Warum glaubst du, der käme nicht vom echten Poirot?«

Er runzelte die Stirn. »Du meinst, das wäre möglich?«

»Ja. Sieh dir die Unterschrift an. Sie sieht völlig anders aus als die auf dem anderen Brief. Völlig anders. Nachdem ich Poirot kennengelernt habe, würde ich sagen, dass das ohne weiteres seine Handschrift sein könnte: sehr akkurat, mit ein paar eleganten Schnörkeln hier und da.«

»Herrje«, sagte Hugo. »Warum er wohl will, dass wir nach Combingham Hall kommen?«

»Hast du den Brief nicht gelesen?«

»Doch. Zwei Mal.«

»Da steht erklärt, warum er uns dort haben möchte.«

»Glaubst du also, er hat die Sache restlos aufgeklärt? Was meinst du, wen er sonst noch eingeladen hat?«

»Ich könnte mir vorstellen, die drei anderen Leute, die in dem ersten Schwung Briefe beschuldigt wurden, werden ebenfalls da sein«, sagte Jane.

»Ja, das wäre logisch. Was meinst du, Liebste? Sollen wir hin?«

»Was meinst *du*, Hugo? Möchtest du da hin?«

»Tja, also, ich … ich meine … Ich hatte eigentlich eher gedacht, *du* würdest in der Sache entscheiden, meine Liebe. Ich meine … Tja, ist schwer zu sagen. Habe ich … Haben wir an dem Tag überhaupt Zeit?«

Jane lachte liebevoll und hakte sich bei ihm ein. »Ich hab nur Spaß gemacht. Zeit haben wir, oder zumindest habe ich, eigentlich nie, aber natürlich müssen wir da hin. Ich will wissen, was der große Hercule Poirot herausbekommen hat und wer dieser Mörder oder diese Mörderin nun ist. Ich wünschte, wir müssten nicht noch fast eine Woche warten. Ich wüsste schon jetzt gern, was er uns allen zu erzählen hat!«

21

Der Tag der Schreibmaschinen

Der Tag der Schreibmaschinen, wie ich ihn in Gedanken immer nennen werde, erwies sich als interessanter, als ich erwartet hatte. Zum einen gab er Poirot recht: Es ist wirklich ein guter Charaktertest, mehrere Personen in exakt die gleiche Situation zu versetzen und den Unterschied zwischen ihren jeweiligen Reaktionen zu beobachten. Während ich mir dazu Notizen machte, grauste mir vor dem Augenblick, da Poirot sie zu sehen bekommen würde – und ich zu hören, um wie viele Längen besser *seine* Notizen ausgefallen wären! Meine Aufzeichnungen lasen sich wie folgt:

Kanzlei der Anwälte Donaldson & McCrodden
Stanley Donaldson gestattete mir, seine Schreibmaschine zu überprüfen. Deren Buchstabe »e« war einwandfrei. (Donaldson bestätigte außerdem, dass Stanley Strang den ganzen 7. Dezember, einen Samstag, mit ihm zusammen verbracht hatte, erst im Athenaeum Club und dann im Palace Theatre.) Keine der Schreibmaschinen, die ich sonst noch in der Kanzlei fand, war die von uns gesuchte. Ich habe sie alle durchprobiert, und anschließend bestand Miss Emerald Mason darauf, sie sicherheitshalber noch einmal zu überprüfen.

Sylvia und Mildred Reagans Haus
In dem Haus gab es eine Schreibmaschine. Mrs Reagan versuchte mir den Zutritt zu verwehren und erklärte, ich hätte kein Recht, in ihre Privatsphäre einzudringen und sie zu schikanieren, obwohl sie nichts Unrechtes getan hätte, aber dann überredete ihre Tochter Mildred sie zu kooperieren. Ich

probierte die Schreibmaschine aus, und der Buchstabe »e« war völlig normal.

Eustace Campbell-Brown
Endlich kennen wir seinen Nachnamen! Mildred sagte mir, wo ich ihn finden würde. Ich suchte ihn bei sich zu Hause auf. Er schien sich zu freuen, mich bei sich auf der Matte stehen zu sehen, und war gern bereit, mich seine Schreibmaschine ausprobieren zu lassen. Es war nicht die, die wir suchen. Als ich wieder gehen wollte, sagte Mr Campbell-Brown: »Wenn ich Briefe verschicken wollte, die irgendwelche Leute des Mordes beschuldigen und mit ›Hercule Poirot‹ unterschrieben sind, würde ich mich als Allererstes vergewissern, dass die Schreibmaschine, auf der ich sie tippen will, keinerlei Unregelmäßigkeiten aufweist, anhand deren man mir auf die Spur kommen könnte.« Ich wusste nicht recht, was ich davon halten sollte.

John McCrodden
John McCrodden erklärte mir, auf barsche und mürrische Weise, er besitze keine Schreibmaschine. Seine Hauswirtin hat zwar eine, aber sie versicherte mir, McCrodden habe sie nie benutzt.

Peter Vout
Mr Vout war so liebenswürdig, mir zu gestatten, sämtliche Schreibmaschinen seiner Kanzlei zu überprüfen, und ich konnte feststellen, dass sie sich alle in technisch einwandfreiem Zustand befinden.

Alle Schreibmaschinen außerhalb Londons
Combingham Hall – Poirot versuchte, sie zu überprüfen, wurde aber daran gehindert.
Turville College – müssen noch überprüft werden (ich fahre morgen hin).

Vincent Lobb – besitzt er eine Schreibmaschine? Falls ja, muss sie überprüft werden. Lobb selbst bleibt vorerst weiter unauffindbar.

22

Das einsame gelbe Kuchenquadrat

Guten Morgen, Monsieur McCrodden. Sie sind überrascht, mich hier zu sehen, *non?*«

John McCrodden hob den Blick und sah Hercule Poirot ihn von oben herab betrachten, wie er mit gekreuzten Beinen, einen Stoffbeutel voller Münzen im Schoß, neben seinem Marktstand auf dem Pflaster saß. Es waren noch keine Kunden unterwegs; der Markt hatte gerade erst geöffnet. »Was wollen Sie?«, fragte McCrodden. »Haben Sie den Brief, den ich Ihnen geschickt habe, nicht bekommen?«

»Von einer Frau mit Namen Catalina? Doch, er ist angekommen.«

»Dann haben Sie auch meine Begleitzeilen gelesen, in denen ich zusagte, mich an dem von Ihnen festgesetzten Datum in Combingham Hall einzufinden – warum sind Sie jetzt also hier?«

»Ich wünschte, Sie vor unserem Treffen in Combingham Hall zu sehen, bei dem ja andere zugegen sein werden. Ich wollte mich gern mit Ihnen allein unterhalten.«

»Ich habe Kunden zu bedienen.«

»Momentan haben Sie keine«, sagte Poirot mit einem höflichen Lächeln. »Verraten Sie mir, wer ist diese Mademoiselle Catalina?«

McCrodden schnitt eine Grimasse. »Was kümmert es Sie? Sie ist niemand, den Sie kennen. Wenn Sie andeuten wollen, sie sei nicht real und ich hätte mir das Alibi erdichtet – warum fahren Sie nicht nach Spanien und unterhalten sich selbst mit ihr? Ihre Adresse steht auf allen ihren Briefen, einschließlich desjenigen, den ich Ihnen zugeschickt habe.«

Poirot zog den Brief aus seiner Tasche. »Er ist äußerst zweckdienlich für Sie, dieser Brief«, sagte er. »Er ist vom 21. Dezember letzten Jahres datiert, und darin ist von vor 14 Tagen die Rede, wo Sie und Mademoiselle Catalina zusammen in ...«, Poirot warf einen Blick auf das Blatt in seiner Hand, »... Ribadesella waren. Wenn Sie am 7. Dezember in Ribadesella waren, können Sie nicht gleichzeitig in Combingham Hall gewesen sein und dort Barnabas Pandy ertränkt haben.«

»Freut mich, dass wir uns in dem Punkt einig sind«, sagte McCrodden. »Und da dem so ist – da wir beide wissen, dass ich unmöglich Pandy ermordet haben kann –, wären Sie vielleicht so liebenswürdig, mir Ihr fortdauerndes Interesse an meiner Person zu erklären? Warum muss ich am 24. Februar an einem Treffen in Combingham Hall teilnehmen? Und warum, wenn ich mich schon dazu bereit erkläre, kommen Sie her und belästigen mich an meinem Arbeitsplatz? Es mag nicht die Art von Arbeit sein, die Ihres- und meines Vaters Gleichen beeindruckt, aber es ist trotzdem Arbeit. Damit verdiene ich mir meinen Lebensunterhalt, und Sie behindern mich dabei.«

»Aber noch immer haben Sie keine Kunden«, gab Poirot zu bedenken. »Ich störe Sie bei nichts.«

McCrodden seufzte. »Das Geschäft ist zurzeit etwas flau, aber es kommt schon noch in Gang«, sagte er. »Und wenn nicht, werde ich eben etwas anderes machen, um mir meine Brötchen zu verdienen. Mein Vater hat es nie verstanden, aber mir ist es eigentlich ziemlich egal, was ich mache. Es ist nur Arbeit, und das Leben ist interessanter, wenn man ein paar verschiedene Dinge ausprobiert. Ich habe versucht, ihm begreiflich zu machen, dass das nun einmal meine Auffassung ist. Man sollte doch eigentlich annehmen, dass es ihm gleichgültig ist, wenn ich wieder etwas Neues anfange, nicht wahr, wo er doch jeden einzelnen Job missbilligt hat, den ich je gehabt habe? Er hat es verabscheut, als ich im Bergwerk arbeitete – wollte nicht, dass sein Sohn sich die Hände schmutzig machte und Steine klopfte wie ein Gemeiner –, aber als ich dann zum sauberen Ende wechselte, da passte es ihm

auch nicht. Es passte ihm nicht, als ich Flitter fertigte und ver-
kaufte, passte ihm nicht, dass ich auf einem Bauernhof arbeitete,
und es passt ihm nicht, dass ich hier auf dem Markt arbeite. Und
dennoch kritisiert er es, wenn ich häufig umsattle, weil er ausschließlich Menschen achtet, die bei einer Sache bleiben!«

»Monsieur, ich bin nicht hier, um über Ihren Vater zu sprechen.«

»Beantworten Sie mir eine Frage, Poirot!« John McCrodden
sprang auf. »Billigen Sie diese legale Form von Mord, die in unserem Lande praktiziert wird? Denn wenn Sie mich fragen, sind Sie
selbst auch nicht besser als ein Mörder, wenn Sie es gutheißen,
dass Straffällige getötet werden – und mag die Straftat auch noch
so schwer gewesen sein!«

Poirot blickte sich um. Der Markt füllte sich allmählich mit
Leuten und Lärm. Dennoch kam weiterhin niemand an McCroddens Stand.

»Wenn ich Ihre Frage beantworte, beantworten Sie dann auch
mir eine?«

»Ja.«

»*Bien*. Ich bin der Überzeugung, dass der Verlust eines Lebens,
aus welcher Ursache auch immer, eine Tragödie ist. Wenn aber
das abscheulichste aller Verbrechen verübt worden ist, ist es dann
nicht angemessen, dass der Täter die strengste aller möglichen
Strafen erhält? Ist es nicht ein Gebot der Gerechtigkeit?«

McCrodden schüttelte den Kopf. »Sie sind genau wie mein Vater. Sie behaupten, es gehe Ihnen um Gerechtigkeit, obwohl Sie
nicht die blasseste Ahnung haben, was ›Gerechtigkeit‹ eigentlich
bedeutet.«

»Jetzt bin ich an der Reihe, meine Frage zu stellen«, sagte Poirot. »Denken Sie bitte sorgfältig nach, bevor Sie antworten. Sie
haben mir gesagt, Sie seien mit Barnabas Pandy nicht bekannt.«

»Der Name ist mir zum ersten Mal begegnet, als Ihr ... als
dieser Brief ankam.«

»Hören Sie sich diese Namen an und sagen Sie mir, ob Ihnen

einer oder mehrere davon vertraut sind: Lenore Lavington, Ivy Lavington, Timothy Lavington.«

McCrodden schüttelte den Kopf. »Noch nie was von irgendwelchen Lavingtons gehört«, sagte er.

»Sylvia Reagan, Freddie Reagan, Mildred Reagan.«

»Den Namen Sylvia Reagan habe ich schon gehört, aber erst von Ihnen«, sagte McCrodden. »Besser gesagt, von dem Mann, der für Sie arbeitet. Wissen Sie nicht mehr? Sie ließen ihn ins Zimmer kommen und mir erzählen, dass diese Mrs Reagan ebenfalls einen augenscheinlich von Ihnen unterzeichneten Brief erhalten hatte, der sie des Mordes beschuldigte.«

»*Oui*, Monsieur, ich erinnere mich.«

»Warum fragen Sie mich dann, wenn Sie doch wissen, dass ich den Namen kenne? Eine Art Test?«

»Wie steht es mit Mildred Reagan und Freddie Reagan?«, fragte Poirot.

»Ich habe mich bereit erklärt, Ihnen *eine* Frage zu beantworten«, erinnerte ihn McCrodden. »Sie haben Ihr Guthaben verbraucht, Kumpel.«

»Monsieur McCrodden, ich begreife Sie nicht. Sie scheinen die Beendigung des Lebens abzulehnen, wenn sie von Gesetzes wegen erfolgt. Lehnen Sie es nicht ebenso sehr ab, wenn ein Leben durch einen gesetzlosen Mörder beendet wird?«

»Selbstverständlich.«

»Dann glauben Sie mir bitte, wenn ich Ihnen sage, dass ich gerade versuche, eben einen solchen Menschen zu fassen: einen sorgfältig und vorsichtig agierenden Mörder, der nicht von Leidenschaft, sondern von kalter Berechnung geleitet wird. Wie können Sie mir da nicht helfen wollen?«

»Das klingt ja so, als hätten Sie herausgefunden, wer diesen Pandy tötete. Stimmt das?«

Es stimmte nicht. Poirot wusste lediglich, dass es einen Mörder gab, den es zu fassen galt: einen gefährlichen, bösen Menschen, dem das Handwerk gelegt werden musste. Noch nie hatte er im

Voraus ein Datum angekündigt, an dem er Fakten von solcher Wichtigkeit offenbaren würde, die ihm gar nicht bekannt waren. Warum hatte er sich dann dazu entschlossen, im Fall Barnabas Pandy so vorzugehen? Poirot wusste es selbst nicht so genau. Er fragte sich, ob es vielleicht eine Art Bittgebet oder Beschwörung war, als Nerven kitzelnde Herausforderung verkleidet.

Ohne auf John McCroddens Frage einzugehen, sagte er: »Ich warte noch immer auf Ihre Antwort.«

McCrodden stieß eine leise Verwünschung aus und sagte dann: »Nein, ich habe weder von Mildred noch von Freddie Reagan je etwas gehört.«

»Wie steht es mit Annabel Treadway oder Hugo und Jane Dockerill? Oder Eustace Campbell-Brown?«

»Nein. Keiner dieser Namen sagt mir irgendetwas. Sollten sie?«

»Nicht unbedingt, nein. Kennen Sie das Turville College?«

»Ich habe natürlich schon davon gehört.«

»Aber Sie haben keine persönliche Beziehung zu der Schule.«

»Nein. Mein Vater schickte mich erst nach Eton und dann nach Rugby. Ich wurde von beiden Schulen verwiesen.«

»Danke, Monsieur McCrodden. Es sieht so aus, als wären Sie wahrhaftig das einsame gelbe Kuchenquadrat, ganz allein am Rande des Tellers. Aber warum? Das ist die Frage: Warum?«

»Kuchen?«, knurrte John McCrodden. »Nichts, was in letzter Zeit passiert ist, ergibt für mich irgendeinen Sinn. Deswegen werde ich es mir sparen, Sie zu fragen, was ich mit einem Stück Kuchen gemein habe! Ich würde es ohnehin nicht verstehen, selbst wenn Sie es mir erklärten.«

23

In böser Absicht

Als ich zwei Tage später, in der Hoffnung, mich mit Timothy Lavington unterhalten und alle vorhandenen Schreibmaschinen überprüfen zu können, zum Turville College aufbrach, wurde ich das Gefühl nicht los, den Schwarzen Peter gezogen zu haben. Poirot ging ebenfalls auf Reisen, und ich wünschte, ich hätte mit ihm tauschen können. Er war auf dem Weg nach Llanidloes in Wales, um mit einer Frau namens Deborah Dakin Lobb zu sprechen. Vincent Lobb war, wie wir tags zuvor von einem von Poirots geheimnisvollen »Helfern« erfahren hatten, vor gut dreizehn Jahren gestorben. Mrs Dakin, die Witwe von Lobbs ältestem Sohn, war das einzige überlebende Mitglied der Familie.

Ich hätte Poirot gern zu dieser Befragung begleitet. Da uns aber die Zeit davonlief und der 24. Februar, Poirots ganz unnötigerweise selbst gesetzter Stichtag, immer näher rückte, war mir stattdessen der Turville-Besuch aufgebrummt worden.

Die Aussicht, ein Jungeninternat zu betreten, behagte mir nicht. Ich hatte selbst eine solche Schule besucht, und trotz der Erziehung, die ich dort genossen hatte, war es insgesamt eine Erfahrung gewesen, die ich niemandem wünschen würde.

Ich entspannte mich geringfügig, sobald ich im Coode House war, dem von Hugo und Jane Dockerill geführten Wohnheim. Es war ein langes und breites Gebäude mit einer flachen Fassade und symmetrisch verteilten Fenstern – wie ein gigantisches Puppenhaus. Drinnen war es warm, sauber und im Großen und Ganzen aufgeräumt, allerdings fielen mir, während ich darauf wartete, in Hugo Dockerills Arbeitszimmer geführt zu werden, ein Stapel Bücher und ein Stoß Papiere auf, die nahe der Eingangstür auf dem Fußboden stehen und liegen gelassen worden waren. Auf den zwei Stapeln lagen Zettel: »Hugo, schaff das bitte weg«, und: »Hugo, such dafür bitte einen geeigneten Platz.« Beide waren mit »J.« unterschrieben.

Ein untersetzter Junge mit Brille erschien. Der dritte, der mir bis dato behilflich gewesen war. Wie die zwei vorausgegangenen trug dieser die volle Turville-Uniform: bordeauxroter Blazer, dunkelgraue Hose, bordeauxrot-gelb gestreifte Krawatte. »Ich soll Sie zu Mr Dockerills Büro führen«, sagte er.

Ich dankte ihm und folgte ihm am Treppenaufgang vorbei in einen breiten Korridor. Nachdem wir um mehrere Ecken gebogen waren, blieb er vor einer Tür stehen und klopfte an.

»Herein!«, rief von innen eine Männerstimme.

Mein Schülerlotse trat ein, nuschelte was von einem Besucher und nahm dann die Beine in die Hand, als befürchtete er mögliche Repressalien, weil er mich zu dem Zimmer geführt hatte. Der Mann – kaum ein Haar auf dem Kopf, im Gesicht ein breites Lächeln – kam mir mit ausgestreckter Hand entgegen.

»Inspector Catchpool!«, sagte er herzlich. »Ich bin Hugo Dockerill, und das ist meine Frau Jane, die Sie, glaube ich, schon kennengelernt haben ...? Willkommen in Coode House! Wir bilden uns gern ein, das sei das beste aller Wohnheime, aber natürlich sind wir voreingenommen.«

»Es ist das beste«, sagte Jane Dockerill im Ton einer nüchternen Feststellung. »Schön, Sie wiederzusehen, Inspector Catchpool.« Sie saß in einem Ledersessel in einer Ecke des Zimmers. Bücher bedeckten sämtliche Wände bis hinauf an die Decke und lagen zu Türmen gestapelt auf dem Fußboden. Hierhin würden wahrscheinlich auch jene falsch abgestellten Stapel, die ich am Eingang von Coode House gesehen hatte, letztendlich umgelagert werden.

Links von Jane Dockerill saß, auf einem Sofa mit gerader Lehne, ein Junge mit dunklem Haar, das ihm in die großen braunen Augen fiel. Er war eine seltsame Erscheinung: Er war groß gewachsen, und nach den Augen, dem Haar und dem Knochenbau zu urteilen, hätte er eigentlich ein hübscher Bursche sein müssen, aber die untere Gesichtspartie hatte irgendwie etwas Zusammengewürfeltes an sich. Er zeigte eine angespannte Miene und insgesamt die Haltung eines Menschen, der eine Strafpredigt oder Züchtigung erwartete.

»Guten Tag, Mrs Dockerill«, sagte ich. »Freut mich, Sie kennenzulernen, Mr Dockerill. Danke, dass Sie etwas Zeit für mich erübrigen konnten.«

»Oh, wir sind entzückt, Sie bei uns zu haben. Entzückt!«, verkündete der Hausvorsteher.

»Und das ist Timothy Lavington, der Urenkel des verstorbenen Barnabas Pandy«, sagte seine Frau.

»Stimmt es, dass Sie glauben, Grandy sei ermordet worden?«, fragte Timothy, ohne mich anzusehen.

»Timothy …« Jane Dockerills Stimme hatte einen warnenden Unterton. Sie befürchtete offensichtlich, die Frage könnte die Präambel zu irgendeiner Frechheit seitens Timothys sein.

»Es ist absolut in Ordnung«, beruhigte ich sie. »Timothy, scheue dich nicht, jede Frage zu stellen, die dich beschäftigt. Das alles muss schrecklich für dich sein.«

»Ich würde es eher als frustrierend denn als schrecklich bezeichnen«, sagte der Junge. »Wenn es Mord war und kein Unfall, ist es dann schon zu spät, um den Täter zu fassen?«

»Nein.«

»Gut«, sagte Timothy.

»Ich halte es allerdings für äußerst unwahrscheinlich, dass Mr Pandy ermordet wurde. Du musst versuchen, dir keine Sorgen zu machen.«

»Ich mache mir keine Sorgen. Und anders als Sie halte ich es nicht für unwahrscheinlich«, sagte er.

»Timothy«, warnte Jane Dockerill ihn noch einmal, offenbar ahnend, dass die Frechheit jetzt nicht mehr aufzuhalten war.

Er deutete diffus in ihre Richtung, ohne sie anzusehen, und

sagte zu mir: »Wie Sie sehen, werde ich durch Mrs Dockerills Wunsch, ich möchte nur Dinge sagen, die nach Ansicht der Erwachsenen Jungen meines Alters sagen sollten, in meiner freien Meinungsäußerung behindert.«

»Warum hältst du es nicht für unwahrscheinlich, dass dein Urgroßvater ermordet wurde?«, fragte ich ihn.

»Aus mehreren Gründen. Mutter, Tante Annabel und Ivy sollten an dem Tag, als Grandy starb, eigentlich hier zum Weihnachtsmarkt kommen. Sie sagten im allerletzten Moment ab und konnten dafür keine Erklärung anführen – jedenfalls keine, die mich überzeugt hätte. Zu Hause muss etwas passiert sein, etwas, das ich nach ihrer einhelligen Meinung nicht erfahren darf. Dieses Etwas könnte dazu geführt haben, dass eine von ihnen Grandy tötete. Selbst die schwächste Frau hätte ihn spielend unter Wasser drücken und festhalten können. Körperlich war er schwächer als ein Weberknecht.«

»Weiter«, sagte ich.

»Na ja, dann hat jemand ein Kleid, das meiner Tante Annabel gehörte, unter meinem Bett befestigt – ein klatschnasses Kleid. Und Grandy starb in der Badewanne. Das ist äußerst verdächtig – finden Sie nicht auch, Inspector?«

»Es ist mit Sicherheit etwas, das der Erklärung bedarf«, sagte ich.

»Das können Sie laut sagen! Und was ist mit den Briefen, in denen vier Leute beschuldigt wurden, Grandy getötet zu haben? Einen davon bekam Tante Annabel zugeschickt.«

»Wir hätten Timothy vielleicht nicht so viel erzählen dürfen«, sagte Jane Dockerill schuldbewusst.

»Wenn Sie es nicht getan hätten, hätte Ivy es mir erzählt«, sagte Timothy. »Übrigens – Ivy hat Grandy bestimmt nicht umgebracht. Sie können sie von Ihrer Liste streichen. Und ebenso Kingsbury – er war's mit Sicherheit nicht.«

»Deutest du damit an, dass deine Mutter oder deine Tante es getan haben könnten?«, fragte ich.

»Eine von beiden dürfte es ja wohl gewesen sein. Jetzt, wo er tot ist, schwimmen beide in Geld.«

»Timothy!«, sagte Jane Dockerill.

»Mrs Dockerill, ich bin sicher, der Inspector möchte, dass ich die Wahrheit sage, nicht wahr, Inspector? Mutter traue ich ohne weiteres zu, dass sie jeden umbringen würde, der ihr ins Gehege kommt. Sie hat furchtbar gern in allem das Sagen. Tante Annabel ist das genaue Gegenteil, aber sie ist eine seltsame Lady, bei ihr würde ich also nichts ausschließen.«

»In welcher Hinsicht seltsam?«, fragte ich.

»Lässt sich schlecht sagen. Es ist so, als ob … selbst wenn sie vergnügt ist, hat man irgendwie das Gefühl, dass sie vielleicht nur so tut. So wie …« Timothy nickte vor sich hin, als freute er sich über den Gedanken, der ihm gerade gekommen war. »Haben Sie je einen Menschen erlebt, dessen Haut eiskalt bleibt, selbst wenn er in einem überheizten Zimmer vor einem prasselnden Feuer sitzt? Ersetzen Sie Körpertemperatur durch Gefühle, und Sie haben ein gutes Bild von Tante Annabel.«

»Das ergibt nicht sonderlich viel Sinn, Timothy«, sagte Jane Dockerill.

»Ich glaube, ich verstehe«, sagte ich zu ihr.

»Timothy hat es nicht leicht gehabt, Inspector, seit sein Vater vor ein paar Jahren starb.«

»Mrs Dockerill hat recht«, sagte Timothy. »Ich war traurig, meinen Vater verloren zu haben. Das entwertet aber nicht meine Gedanken und Beobachtungen zu anderen Themen.«

»Warst du auch traurig, deinen Urgroßvater verloren zu haben?«, fragte ich ihn.

»Irgendwie theoretisch, ja.«

»Was meinst du damit?«

»Das Ende jedes Lebens ist traurig, oder?«, sagte Timothy. »Rational fand ich es ohne Frage traurig, dass Grandy tot war, aber er war alt gewesen, und wir standen uns nicht nah. Er redete mit mir nicht viel. Es war eigentlich ganz amüsant: Manchmal sah er mich, zu Hause, ihm entgegenkommen, und dann tat er so, als fiele ihm etwas ein, weswegen er unbedingt kehrtmachen und in die entgegengesetzte Richtung verschwinden musste.«

»Warum sollte er dir aus dem Weg gehen?«, fragte ich, obwohl ich das Gefühl hatte, die Antwort zu kennen.

»Er fand mich anstrengend. Ich bin ziemlich anstrengend. Er war es ebenfalls – und deswegen zog er es vor, mit Mutter, Tante Annabel, Ivy und Kingsbury zu sprechen. *Sie* redeten ihm alle nach dem Mund.«

»Es ärgerte dich nicht, dass er deine Schwester bevorzugte?«

»Kaum. Mutter bevorzugt mich, so gleicht sich das wieder aus. Ich bin ihr herzallerliebstes Bübchen, das einfach nichts falsch machen kann. Jeder hat seine Vorlieben in unserer Familie. Grandy hat Tante Annabel nie auch nur entfernt so gern gehabt wie Mutter – während ich glaube, dass ich Tante Annabel lieber mag. Sie ist eine sehr viel feinere Frau.«

»Na, na, Lavington«, sagte Hugo Dockerill vage.

»Man kann sich weder seine Gefühle aussuchen, noch wem man sie entgegenbringt, Mr Dockerill. Oder, Inspector?«

Ich hatte nicht die Absicht, Partei zu ergreifen.

»Gucken Sie nicht so schockiert, Mrs Dockerill«, sagte Timothy. »Sie mögen Freddie Reagan mehr als jeden anderen Jungen von Coode House, und ich bin mir sicher, Sie können daran ebenso wenig ändern wie ich an meinen Gefühlen.«

»Das ist nicht wahr, Timothy«, sagte Jane Dockerill. »Ich würde jeden Jungen, der einsam ist, genauso behandeln, wie ich Freddie behandle. Und du musst noch lernen, was der Unterschied ist zwischen die Wahrheit sagen und alles ausplaudern, was einem gerade so durch den Kopf geht. Das eine ist hilfreich; das andere nicht. Ich finde, du hast für den heutigen Vormittag genug gesagt. Könntest du jetzt bitte wieder in deine Klasse gehen?«

Sobald Timothy entlassen worden war, fragte ich nach Schreibmaschinen. Hugo Dockerill sagte: »Aber gewiss doch, alter Knabe – Sie können meine nach Herzenslust inspizieren. Ah ... wo die wohl ist? Jane, Liebste, weißt du es zufällig?«

»Leider nein, Hugo. Ich habe sie seit Wochen nicht mehr gesehen. Als ich sie das letzte Mal sah, war sie hier in diesem Zimmer, aber jetzt ist sie nicht da.«

Ich versuchte auszusehen, als wäre diese Information nicht weiter interessant. »Erinnern Sie sich daran, die Schreibmaschine woandershin gebracht zu haben, Mr Dockerill?«, fragte ich.

»Nein. Nein, tut mir leid. Ich glaube nicht, dass ich sie woandershin gebracht habe. Trotzdem ist sie nicht da. Wie komisch.«

»Warum möchten Sie unsere Schreibmaschine sehen?«, fragte seine Frau.

Ich erzählte ihr von den schadhaften »e«s in den vier Briefen und sagte, dass ich, wenn möglich, gern alle im Turville College vorhandenen Schreibmaschinen überprüfen würde.

»Hatte ich also doch recht!«, sagte sie. »Inspector, hatten Sie nicht gesagt, Ihr heutiger Besuch sei nicht dienstlicher Natur?«

»Ist er auch nicht.«

»Dann ermittelt Scotland Yard also nicht in dieser Sache um die vier Briefe?«

»Nein. Vorerst stöbern Poirot und ich, mit Ihrer freundlichen Erlaubnis, nur ein bisschen herum und versuchen, aus dieser rätselhaften Geschichte klug zu werden.«

»Ich verstehe, Inspector, aber ein kurzes Gespräch, wie wir es gerade geführt haben, ist *eine* Sache, Ihnen zu erlauben, alle unsere Schreibmaschinen zu überprüfen, eine ganz andere. Ich weiß nicht, was die Eltern der Jungen davon halten würden, oder der Schuldirektor. Er könnte, glaube ich, sagen, dass Sie eigentlich einen Haussuchungsbefehl vorweisen müssten, wenn Sie denn eine Haussuchung durchführen möchten.«

Hugo Dockerills verschwundene Schreibmaschine wurde von Sekunde zu Sekunde faszinierender.

»Darf ich Ihnen eine Frage stellen, Mrs Dockerill, ganz offen? Versuchen Sie, jemanden zu schützen?«

Sie sah mich aufmerksam an, bevor sie antwortete. »Was glauben Sie, wen ich schützen wollen sollte? Ich kann Ihnen versichern, ich habe Hugos Schreibmaschine nicht an irgendeinen geheimen Ort verschwinden lassen. Warum hätte ich das tun sollen? Ich hätte doch nicht im Voraus wissen können, dass Sie danach fragen würden.«

»Immerhin könnte es Ihnen jetzt, wo ich gefragt habe, unlieb sein, wenn ich sie fände und vielleicht als die Schreibmaschine identifizierte, auf der alle vier Briefe getippt wurden.«

»Jane, Liebste, du glaubst doch nicht etwa, *ich* hätte diese Briefe verschickt?« Hugo Dockerill klang alarmiert.

»Du? Mach dich nicht lächerlich, Hugo. Ich gebe lediglich zu bedenken, dass Inspector Catchpool mit dem Direktor sprechen sollte. Turville ist *sein* Reich. Wenn er erfährt, dass einem Polizeibeamten ohne seine ausdrückliche Erlaubnis gestattet wurde, herumzuschleichen und Schuleigentum zu untersuchen, ist der Teufel los!«

Immerhin gab sich Jane Dockerill alle Mühe, den Schuldirektor davon zu überzeugen, dass es das Klügste und Korrekteste wäre, mit mir zu kooperieren. Zunächst schien er sich tatsächlich ihren Argumenten zu öffnen – bis er hörte, dass Poirot an der Sache beteiligt war, woraufhin sein Gebaren sich schlagartig änderte und er so unzugänglich wurde wie Dornröschens Schloss bei Schneesturm. Er ließ nicht den geringsten Zweifel daran aufkommen, dass, wenngleich es im Turville College etliche Schreibmaschinen gab, ich keine einzige davon zu sehen bekommen würde.

Während ich auf dem Weg nach draußen den Haupthof überquerte, beschäftigte mich eine dieser unbesichtigten Schreibmaschinen ganz besonders: Hugo Dockerills. Wer, fragte ich mich, mochte für ihre Unauffindbarkeit gesorgt haben?

»Inspector Catchpool!«

Ich drehte mich um und sah Timothy Lavington, den Ranzen geschultert, mir entgegenrennen.

»Hatten Sie sonst noch Fragen, die Sie mir stellen wollten?«, keuchte er.

»Hatte ich tatsächlich. Ich wollte dich nach dem Weihnachtsmarkt fragen.«

»Sie meinen den an dem Tag, als Grandy starb?«

»Ja, aber mich interessiert der Weihnachtsmarkt selbst.«

Timothy stutzte. »Warum? Der ist jedes Jahr das Gleiche, eine dämliche Zeitvergeudung. Ich wünschte, sie würden ihn abschaffen.«

»Warst du den ganzen Tag da?«

»Ja. Warum?«

»Hast du da Freddie Reagan gesehen, und seine Mutter? Und Mr und Mrs Dockerill?«

»Ja. Warum fragen Sie? Ach so! Sie fragen sich, ob einer von ihnen Grandy ermordet haben könnte. Nein, sie waren alle hier.«

»Kannst du dir sicher sein, dass sie den ganzen Tag hier waren? Wäre es dir aufgefallen, wenn einer von ihnen irgendwann verschwunden und dann ein, zwei Stunden später wiederaufgetaucht wäre?«

Timothy ließ sich die Frage durch den Kopf gehen und sagte dann: »Nein, ich glaube nicht. Vor allem bei Mrs Reagan wäre das wohl möglich gewesen.«

»Warum sagst du das?«

»Am Tag des Weihnachtsmarktes ist sie selbst gefahren. Ich sah sie kommen, weil Freddie losstürzte, um sie zu begrüßen. Und sie ist nicht gerade ein Ausbund an Tugend – auch wenn Mrs Dockerill ›Timothy!‹ sagen würde, wenn sie mich jetzt hören könnte.«

»Du spielst, vermute ich, auf die Gerüchte über Sylvia Reagan an?«

Timothy riss überrascht die Augen auf. »Sie wissen über sie Bescheid? Hätte ich nicht gedacht. Wer hat es Ihnen erzählt?«

»Man kann vielerlei aufschnappen, wenn man durch eine große Schule spaziert«, sagte ich, erfreut über meine wohlüberlegte Wortwahl.

»Dann ... wissen Sie, dass sie kleine Kinder umbringt? Ach! Sie wussten es *nicht!*«

Offenbar sah ich genauso überrascht aus, wie ich war. Als sie mit dem Kleid in die Whitehaven Mansions gekommen war, hatte Jane Dockerill sinngemäß gesagt, Mrs Reagan verdiene auf eine Weise Geld, die zugleich unmoralisch und ungesetzlich sei. Poirot, Stanley McCrodden und ich hatten einmütig angenommen, sie spiele auf eine andere Sorte ungesetzlicher Unmoral an.

»Und es ist die reine Wahrheit«, sagte Timothy.

»Wenn du sagst, Sylvia Reagan würde kleine Kinder töten, meinst du ...?«

»Frauen wenden sich an sie, wenn sie Kinder erwarten, die sie nicht haben wollen. Natürlich nur solche, die es sich leisten können, dafür ein Vermögen auszugeben. Mrs Reagan sind sie völlig egal – die Kinder natürlich nicht minder. Es geht ihr nur ums Geld. Deswegen glaube ich, dass sie Grandy getötet haben könnte. Glauben Sie nicht auch, dass Mord zu einer Gewohnheit werden kann? Ich meine, wenn man schon mal ein Leben ausgelöscht hat, warum nicht einfach weitermachen? Grandy wäre ein ideales Opfer gewesen. Die ganz Alten können sich ebenso wenig wehren wie die ganz Jungen.«

Timothys Theorie erschien mir ziemlich aus der Luft gegriffen. Welches Motiv hätte Sylvia Reagan denn dafür haben sollen, Barnabas Pandy zu ermorden?

»Könnte Mrs Reagan das Kleid an der Unterseite deines Bettes befestigt haben?«, fragte ich.

»Spielend. Wie sie es in die Finger bekommen haben sollte, ist mir allerdings nicht klar. Es gehört ja meiner Tante Annabel.«

Ich wollte Timothy gerade fragen, ob er etwas über den Verbleib der Schreibmaschine seines Hausvorstehers wusste, als er sagte: »Ich möchte Ihnen etwas zeigen. Es betrifft meinen Vater. Sie müssen versprechen, es keinem weiterzusagen, wenn ich es Ihnen erzähle. Besonders Mutter nicht. Sie verdient es nicht, Bescheid zu wissen. Sie war immer so kalt zu Vater – hat ihm nie, soweit ich es erlebt habe, die geringste Zuneigung gezeigt.«

»Ich weiß nicht, ob ich dir versprechen kann, das Geheimnis zu wahren, Timothy. Wenn es beispielsweise um irgendeine Straftat ginge …«

»Oh, nichts dergleichen. Es ist sogar das genaue Gegenteil.« Er öffnete seinen Ranzen, holte ein Kuvert heraus und gab es mir. Es war an ihn adressiert – nicht in Combingham Hall, sondern hier, in Turville. »Machen Sie ihn auf«, sagte er.

Ich holte den Brief heraus und las:

Lieber Timmy,
es tut mir leid, dass ich mir so viel Zeit gelassen habe, Dir zu schreiben und Dich wissen zu lassen, dass ich, anders, als man Dir erzählt hat, nicht tot bin. Ich bin am Leben und gesund, und ich leiste eine wichtige Arbeit für die Regierung Seiner Majestät. Unser Land wird bedroht und muss beschützt werden. Es ist mir zugefallen, einer seiner Beschützer zu sein. Meine Arbeit bringt eine gewisse Gefahr für mich und andere mit sich, und so wurde beschlossen, dass ich verschwinden musste. Mehr als das kann ich Dir, fürchte ich, nicht sagen, ohne auch Dich in Gefahr zu bringen, was das Letzte ist, was ich wünsche. Ich dürfte Dir eigentlich überhaupt nicht schreiben, und Du musst mir versprechen, es keiner Menschenseele zu verraten. Das ist sehr wichtig, Timmy. Ich weiß nicht, ob ich jemals zu meinem früheren Leben werde zurückkehren können, aber ich werde Dir auf jeden Fall schreiben, wann immer ich kann. Das muss unser kleines Geheimnis bleiben. Sobald es mir möglich ist, werde ich Dir eine Adresse schicken, unter der Du mir schreiben kannst. Dann können wir eine richtige Korrespondenz führen. Ich bin unendlich stolz auf Dich, Timmy, und denke jeden Tag an Dich.
Dein Dich liebender Vater
Cecil Lavington

Datiert war der Brief vom 21. Juni 1929: vor beinahe acht Monaten.

»Grundgütiger«, sagte ich und spürte plötzlich, wie mir das Herz in der Brust hämmerte.

»Ich glaube nicht, dass Vater Bedenken hätte, dass ich Ihnen den Brief gezeigt habe«, sagte Timothy. »Es sind Mutter und Ivy und Tante Annabel, die nichts davon wissen dürfen. Er kann unmöglich was dagegen haben, dass ich mit einem Polizisten darüber spreche. Und ich wäre geplatzt, wenn ich's nicht getan hätte! Es war unerträglich, stumm dabeisitzen zu müssen, als Mrs Dockerill Ihnen erklärte, wie sehr ich um meinen toten Vater trauere. Sie hat keine Ahnung, dass er so lebendig ist wie Sie und ich. Offenbar wurde ein leerer Sarg beerdigt. Ha! Ihr Gesicht ist ein Bild für die Götter. Ich wusste, dass der Brief Sie überraschen würde!«

»Das hat er wirklich«, sagte ich leise, während ich auf die Worte »Coode House, Turville College« starrte, die auf dem Kuvert getippt standen. Fünf »e«s; fünf winzige Beweisstücke. Und viele weitere im Brief selbst.

Der waagerechte Balken jedes »e«s wies ein kleines Loch auf, durch das das weiße Papier hervorsah. Viele Monate bevor unser Hercule-Poirot-Imitator beschlossen hatte, vier Personen des Mordes an Barnabas Pandy zu beschuldigen, hatte er oder sie diesen Brief an Timothy Lavington geschickt.

Die Frage lautete, wie immer: Warum? Und wie passten alle Puzzleteilchen zusammen?

24

Alte Feindschaften

Im Herzen von Wales saß Hercule Poirot an einem zerschrammten Küchentisch Deborah Dakin gegenüber, einer stämmigen Frau mit eisengrauem Haar, die Poirot während der kurzen Zeit ihrer Bekanntschaft viel über ihr Bedürfnis, die Füße hochzulegen, und die Unmöglichkeit, dies jemals zu tun, erzählt hatte. Sie hatte den Beginn ihrer Unterhaltung um fast zwanzig Minuten hinausgezögert, indem sie in ihrer Küche herumgewuselt war und eine Auswahl an Gebäck zusammengestellt hatte, die ein Detektiv von Poirots Rang für seiner gastronomischen Aufmerksamkeit würdig erachten könnte. Jetzt saß sie endlich und rieb sich, unter Grimassen und halblauten Klagen, über ihre Füße, die Knöchel, während Poirot den Brief las, den sie zu den Keksen auf den Tisch gelegt hatte.

Mrs Dakin aufzuspüren war keine leichte Aufgabe gewesen. Wie sich herausgestellt hatte, lag ihr kleines Cottage nicht etwa in Llanidloes, wie die Adresse hatte Poirot vermuten lassen, sondern in einem Wald ein ganzes Stück außerhalb des Ortes, zwei Meilen einen schmalen, steilen Pfad hinauf und viele Meilen von allem entfernt, was man mit Fug und Recht als »Zivilisation« hätte bezeichnen können. Weitere Häuser waren aus keinem Fenster des Cottages zu sehen, lediglich dichtstehende Bäume. Ohne das beruhigende Wissen, dass ein Chauffeur so nah am Haus, wie ein Automobil eben kam, in einem zuverlässigen Fahrzeug auf ihn wartete, das ihn bald zum Bahnhof zurückfahren würde, wäre Poirot entschieden mulmig zumute gewesen.

Er las den Brief ein zweites Mal durch. Barnabas Pandy hatte ihn an Vincent Lobb in Dolgellau, Wales, Ende des vergangenen

Jahres geschickt. Datiert war er vom 5. Dezember, zwei Tage vor Pandys Tod.

Pandy hatte geschrieben:

Lieber Vincent,

Du wirst bestimmt überrascht sein, diesen Brief von mir zu erhalten. Es überrascht mich selbst, dass ich ihn gerade schreibe. Ich kann unmöglich wissen, ob Du Dich nach all den Jahren noch ebenso freuen wirst, ihn zu empfangen, wie Du Dich einst einmal gefreut hättest, oder ob Du schon vor langer Zeit beschlossen hast, mich aus Deinem Gedächtnis zu verbannen und nie wieder an mich zu denken. Ich habe mich gefragt, ob ich vielleicht mehr Schaden als Gutes anrichten würde, wenn ich nach so vielen Jahren ein Lebenszeichen schicke, jetzt, wo wir beide alte Männer sind und uns nicht mehr viel Zeit verbleibt. Am Ende drängte es mich aber, einen Versuch zu unternehmen, den Schaden wiedergutzumachen, der vor so vielen Jahren entstand.

Du sollst wissen, dass ich Dir verzeihe. Ich verstehe jetzt Deine damalige Entscheidung und weiß, dass Du Dich anders entschieden hättest, wenn Du nicht davon überzeugt gewesen wärest, in Lebensgefahr zu schweben. Ich hätte Dich nicht so unerbittlich wegen Deiner Schwäche verurteilen dürfen, insbesondere als Du Dich bemühtest, Deinen Fehler wiedergutzumachen, indem Du mir die Wahrheit beichtetest, wozu Du gar nicht gezwungen warst. Es war mutig von Dir, das zu tun. Jetzt wünschte ich, ich hätte mich mehr bemüht, die Sache aus Deiner Perspektive zu sehen. Ich wünschte, ich hätte mir schon viel eher eingestanden, dass auch ich in Deiner Situation vielleicht Angst gehabt und nur daran gedacht hätte, mein eigenes Leben und das meiner Angehörigen zu retten, ohne Rücksicht auf Gerechtigkeit und Moral – und so flehe ich Dich jetzt an, nachsichtiger mit mir zu sein, als ich es Dir gegenüber gewesen bin. Es tut mir leid, Vincent, aufrichtig

leid. Ich bedaure es, Dich so unerbittlich verurteilt zu haben.
Mein Mangel an Mitleid mit Dir war, wie ich jetzt erkenne,
eine schwerere Sünde als alles, was Du damals getan haben
magst.
Bitte verzeih mir,
Barnabas

Poirot blickte vom Brief auf. »Sie erhielten diesen Brief erst vor drei Wochen?«, fragte er Deborah Dakin.

Sie nickte. »Wo Vincent doch tot war, ist der Brief erst mal eine ganze Weile ungeöffnet liegen geblieben, bis jemand sich entschlossen hat nachzuforschen, ob er irgendwo Angehörige hatte – und eh Sie mich fragen: Ich weiß nicht, wer dieser Jemand war. Ich weiß nur, dass ich eines Tages heimkam, und da lag der Brief auf meiner Fußmatte. Er hätte leicht für immer verloren gehen und ungelesen bleiben können. Es ist pures Glück, dass er hier gelandet ist, wenn er denn wichtig ist – und ich sag's, wie es ist, Mr Pwarro, das ist das einzig Gute daran. Sonst, wenn sich nicht rausgestellt hätte, dass er wichtig ist und für Sie nützlich ... Na, da wär's mir lieber gewesen, ich hätt ihn nicht gelesen.«

»Was meinen Sie damit, Madame?«

»Nur, dass ich fast vor Freude geweint hab, wie Sie mir sagten, wer Sie sind, und gefragt haben, ob ich was von einem Brief wüsste, den Mr Pandy Vincent geschickt hätte. ›Die Wege des Herrn sind wahrhaft unergründlich‹, hab ich da bei mir gedacht. Gerade wünschte ich mir noch, ich hätt den ekelhaften Schrieb nie zu sehen gekriegt – wünschte mir, Mr Pandy wär gar nicht erst auf die Idee gekommen, ihn zu schreiben –, und da erzählt mir ein berühmter Detektiv, dass er bei einer wichtigen Ermittlung nützlich sein könnte! Ich verschmerz gern die Aufregung, die er mir verschafft hat, wenn er Ihnen hilft, Mr Pwarro. Ich kann nicht behaupten, dass es mir leidtun wird, wenn sich rausstellen sollte, dass wirklich jemand Mr Pandy ermordet hat – es tut mir nämlich nicht leid. Keinen Funken. Nicht wegen ihm. Trotzdem,

Mord ist und bleibt etwas Schlechtes, und ich werde gern meine Pflicht tun, wenn's einen Mörder zu fangen gilt.«

»Das klingt ja direkt so, Madame, als sollte ich Sie fragen, wo Sie an dem Tag waren, als Monsieur Pandy starb! Sie sprechen so, als ob Sie ihn genug gehasst hätten, um ihn zu töten.«

»Genug?« Deborah Dakin sah ihn verdutzt an. »Ach, genug gehasst hab ich ihn allemal, Mr Pwarro. Aber es ist keine Frage von ›genug‹ oder ›nicht genug‹. Ich würde mir nie das Recht herausnehmen, ein Menschenleben auszulöschen. Es ist gegen das Gesetz, also würd ich es nicht tun. Dazu ist das Gesetz doch da, oder etwa nicht? Dass wir wissen, was wir dürfen und was nicht? Aber glauben Sie bitte nicht, ich hätte Mr Pandy nicht getötet, weil ich ihn nicht genug gehasst hätte!«

»Warum hassten Sie ihn denn?«

»Wegen dem, was er Vincent angetan hat. *Die* Geschichte haben Sie doch bestimmt schon gehört, Mr Pandys Version davon, meine ich.«

Poirot erklärte ihr, dass dem nicht so war.

»Ach.« Sie sah überrascht aus. »Na ja, das war noch zur Zeit vom Bergwerk. Ein Schiefersteinbruch war das, in der Nähe von Llanberis. Mr Pandy hatte ein paar davon – damit ist er zu seinem vielen Geld gekommen. Das war ... ach, das muss vor fünfzig Jahren gewesen sein. Da war ich noch gar nicht geboren.«

Dann war sie also noch keine fünfzig. Poirot hatte sie älter geschätzt.

»Mr Pandy war der Eigentümer des Steinbruchs, und Vincent arbeitete für ihn als Aufseher. Die beiden wurden gute Freunde – die besten Freunde. Was man Freunde fürs Leben nennen würde, bloß, dass es nicht gehalten hat, und das war Mr Pandys Werk.«

»Er tat etwas, was die Freundschaft zerstörte?«, sagte Poirot.

»Etwas Schiefer wurde gestohlen, und ein junger Mann namens William Evans schien der Schuldige zu sein. Er arbeitete ebenfalls in dem Steinbruch, und Mr Pandy hatte ihn eigentlich immer für einen anständigen Burschen gehalten und auch nie was anderes gehört. Wie auch immer, Mr Evans kam ins Gefängnis, wo er sich das Leben nahm – er wartete damit auch nicht lange. Er hinterließ einen Brief, in dem er erklärte, dass er keinem erlauben würde, ihn für ein Verbrechen zu bestrafen, das er nicht begangen hatte. Das war doch völlig unlogisch, oder? Als er sich den Strick um den Hals legte, bestrafte er sich doch weit strenger, als das Gericht ihn bestraft hatte. Und das war noch gar nicht das Schlimmste: Seine trauernde Witwe tat es ihm nach und brachte sich selber *und* ihr kleines Kind um!«

»*Bouleversant*«, murmelte Poirot und schüttelte den Kopf.

»Das war eine furchtbare Tragödie: drei Menschenleben zerstört, und alles für nichts und wieder nichts. Es stellte sich nämlich heraus, dass er die Wahrheit gesagt hatte. Also damit, er wäre unschuldig. William Evans war gar nicht der Schuldige gewesen! Aber ich greife vor. Ich geb zu, Mr Pwarro, ich hab keine Übung darin, in meiner Küche mit berühmten Detektiven zu reden.«

»Bitte, Madame, erzählen Sie mir die Geschichte, wie immer Sie möchten!«

»Sie sind sehr gütig, Mr Pwarro. Also ... Mr Pandy nahm sich den Tod der drei Evans sehr zu Herzen. Wirklich sehr zu Herzen. Er war nicht der Typ, der nur seine Talerchen zählte und auf seine Arbeiter pfiff, das muss man ihm schon lassen. Fairness muss sein, sosehr ich den Mann auch hasse. Hass-te, muss ich wohl sagen, jetzt, wo er tot ist.«

»Hass kann seinen Auslöser um viele Jahre überleben«, sagte Poirot.

»Das brauchen Sie mir nicht zu sagen, Mr Pwarro! Da bin ich Expertin für!«

»Wurde der wahre Schuldige jemals ermittelt – derjenige, der den Schiefer gestohlen hatte?«

»Oh ja. Nachdem die Evans tot waren, war Vincent nicht mehr derselbe, und Mr Pandy fiel auf, dass er sich merkwürdig verhielt. Er wollte wissen, warum Vincent sich die Sache so zu Herzen nahm, obwohl er und William Evans keine besonders dicken Freunde gewesen waren. Da er befürchtete, Mr Pandy hätte die Wahrheit sowieso schon erraten, gestand Vincent ihm, dass er schon die ganze Zeit gewusst hatte, dass William Evans nicht der Schieferdieb gewesen war. Der wahre Schuldige war ein richtig übler Dreckskerl gewesen – Vincent verriet uns nie seinen Namen. Wollte uns damit nicht belasten, meinte er. Vincent sagte zu Mr Pandy, viele von den Steinbrechern hätten das gewusst. Nicht nur er. Sie hielten alle den Mund, nachdem der Dieb gedroht hatte, dass er ihnen und ihren Frauen und Kindern die Kehle durchschneiden würde, wenn sie ihr Wissen ausplauderten.«

»Ein schlechter Mensch«, sagte Poirot leise.

»Oh, ganz ohne Zweifel, Mr Pwarro. Ganz ohne Zweifel. Aber das machte Vincent noch lange nicht zu einem schlechten Menschen, oder, nur weil er nichts verraten hatte? Er hatte Angst gehabt – Angst, dass er und seine Frau und ihr Sohn, mein verstorbener Mann, im Schlaf ermordet werden könnten, wenn er Mr Pandy erzählte, was er wusste. Verstehen Sie? Könnten Sie oder ich oder sonst jemand aufrichtig von sich behaupten, dass wir keine Angst hätten, die Wahrheit zu sagen? Und abgesehen davon *hat* Vincent ja zu guter Letzt die Wahrheit gesagt. Dank ihm bekam der Dreckskerl am Ende doch, was er verdiente.«

»Aber Monsieur Pandy konnte ihm nicht verzeihen? Er gab ihm die Schuld am Tod der Familie Evans?«

»So ist es, Mr Pwarro. Und Vincent fühlte sich selbst schuldig. Und ich bestreite es ja gar nicht, es war verständlich, dass Mr Pandy erst einmal wütend auf ihn war. Das wäre jeder in seiner Lage gewesen, und überhaupt war das ein schrecklicher Schock gewesen. Oh, Vincent konnte Mr Pandys Gefühle nur zu gut nachvollziehen. Er verzieh sich selbst nie, aber ebenso wenig verzieh ihm Mr Pandy. Er behandelte Vincent so, als hätte er William Evans und seine Familie eigenhändig ermordet. Selbst noch nach zwanzig, dreißig Jahren, wo Vincent immer wieder versuchte, ihm zu erklären, wie sehr er die Sache bereute … selbst dann noch weigerte sich Mr Pandy, ihn zu empfangen oder seine Briefe zu lesen. Hat sie alle ungeöffnet zurückgeschickt. Am Ende gab Vincent auf.«

»Es tut mir sehr leid, Madame.«

»Das will ich auch hoffen!«, sagte Deborah Dakin. »Na ja, so meine ich das nicht, Mr Pwarro, ich meine nicht Sie … aber Mr Pandy hätte es leidtun sollen – sehr leid –, wie er den armen Vincent behandelt hat. Es hat ihn kaputt gemacht. Wie er älter wurde und das Leben schwieriger und kein freundliches Wort von Mr Pandy kam, begann Vincent, seine Verurteilung durch seinen alten und ehemals engen Freund als … na ja, als so was wie eine ewige Verdammnis zu empfinden.«

»Tragödie über Tragödie«, sagte Poirot.

»So ausgedrückt, klingt es so, als wär eigentlich gar keiner schuld gewesen«, sagte Deborah Dakin. »Was nicht stimmt. Schuld war Mr Pandy. Vincent starb in der festen Überzeugung, verdammt zu sein. In den letzten Jahren seines Lebens sprach er kaum noch ein Wort.«

»Aber dann … verzeihen Sie, Madame, aber warum bezeichneten Sie diesen Brief als ›ekelhaft‹? Hat es Sie denn nicht gefreut, ihn zu lesen? Zu erfahren, dass Monsieur Pandy nach all den Jahren ein Einsehen hatte und Ihrem Schwiegervater vergab?«

»Hat es nicht! Dieser Brief macht die ganze Sache nur noch schlimmer – das müssen Sie doch begreifen! Entweder war Vincents Sünde unverzeihlich, oder sie war es nicht. Wir dachten immer, in Mr Pandys Augen wäre sie genau das gewesen: unverzeihlich. Dann plötzlich, nach fünfzig Jahren, entscheidet er, dass es doch nicht so war? Erst lässt er Vincent diese ganze lange Zeit leiden, um dann, wo es längst zu spät ist – und wo es ihm in den Kram passt –, zu entscheiden, dass das alles nur ein Missverständnis war?«

Poirot sagte: »Ein interessanter Standpunkt, Madame, wenngleich vielleicht nicht gänzlich rational.«

Deborah Dakin starrte ihn entrüstet an. »Was soll das heißen,

›nicht rational‹? Natürlich ist es rational! Das Richtige zu spät tun ist schlimmer, als es ganz zu lassen!«

Die gleiche Argumentation ließe sich auch auf Vincent Lobbs Handlungen beziehen, dachte Poirot. Offenkundig war dieser Gedanke Lobbs Schwiegertochter aber nicht gekommen, und Poirot beschloss, seinen Besuch nicht unnötig in die Länge zu ziehen, indem er sie auf dieses Faktum hinwies.

25

Erneut in Combingham Hall

Poirot hatte erwartet, dass ein Chauffeur ihn am Bahnhof abholen würde. So überraschte es ihn, aus seinem Zug auszusteigen und auf dem Bahnsteig, unter einem marineblauen Schirm, Lenore Lavington stehen zu sehen. Sie verzichtete auf jede übliche Begrüßungsformel und sagte stattdessen: »Ich hoffe, ich werde es nicht bereuen, Ihnen gestattet zu haben, uns ein weiteres Mal zu besuchen, Monsieur Poirot.«

»Das ist auch meine Hoffnung, Madame.«

Schweigend begaben sie sich zu ihrem Automobil, während ein Gepäckträger ihnen mit Poirots Koffern folgte.

Als sie kurz darauf den Motor anließ, sagte Lenore Lavington: »Ihr Telegramm hätte ruhig etwas weniger kryptisch ausfallen können. Soll ich es so verstehen, dass Sie Beweise dafür gefunden haben, dass Großvater ermordet wurde, und dass Sie planen, während Ihres Aufenthalts bei uns einen Mörder zu entlarven? Wissen Sie schon …?« Sie ließ die Frage unvollendet.

»Ich gebe zu, Madame, dass das Bild noch nicht ganz vollständig ist. In drei Tagen hoffe ich jedoch, Ihnen und anderen die ganze Geschichte darlegen zu können.«

In drei Tagen. Die Worte hallten bedrohlich in Poirots innerem Ohr. Als er seine Einladungen verschickt hatte, war ihm der 24. Februar wie ein hinlänglich ferner Termin erschienen. Und tatsächlich war er seitdem auf etliche interessante neue Informationen gestoßen. Jede von ihnen konnte sich als der Schlüssel erweisen, der ihm das Rätsel erschließen würde, aber wann, fragte er sich, würde diese Offenlegung geschehen? Um seines Seelenfriedens willen konnte er nur hoffen, dass es bald sein würde.

»Auf unserer Versammlung werden Sie alle die Wahrheit über

den Tod Ihres Großvaters erfahren«, sagte er und hoffte inständig, nicht noch Lügen gestraft zu werden. »Einer oder eine aus dem Plenum wird die Wahrheit natürlich bereits kennen.«

»Meinen Sie Großvaters Mörder?«, fragte Lenore. »Aber er – oder sie – wird doch gar nicht zum ›Plenum‹, wie Sie es formulieren, gehören. Die einzigen Personen im Herrenhaus werden Sie, ich, Annabel, Ivy und Kingsbury sein. Keiner von uns ermordete Großvater.«

»Ich fürchte, Sie irren, Madame. Es werden noch viele weitere Personen zu uns stoßen. Sie werden morgen eintreffen. Inspector Edward Catchpool von Scotland Yard, Hugo und Jane Dockerill, Freddie Reagan und seine Mutter Sylvia. Des Weiteren werden Freddies Schwester Mildred und deren Verlobter Eustace Campbell-Brown zugegen sein, nebst John McCrodden und dessen Vater Stanley McCrodden. Und … Vorsicht bitte!«

Das Automobil hatte einen plötzlichen Schlenker vollführt, sodass sie um ein Haar mit einem anderen, entgegenkommenden Fahrzeug zusammengestoßen wären. Lenore Lavington hielt am Straßenrand und schaltete den Motor aus.

»… und Ihr Sohn Timothy«, schloss Poirot mit zitternder Stimme, während er ein Taschentuch hervorholte, um sich die Stirn zu trocknen.

»Wollen Sie damit sagen, dass Sie eine Horde von wildfremden Leuten in mein Haus eingeladen haben – ohne meine Erlaubnis?«

»Es ist unüblich, ich weiß. Zu meiner Verteidigung werde ich nur anführen, dass es unerlässlich ist – es sei denn, Sie möchten, dass ein Mörder seiner gerechten Strafe entkommt.«

»Das möchte ich natürlich nicht, aber … das bedeutet nicht, dass Sie mein Haus mit Fremden und Leuten, die mir unsympathisch sind, füllen dürfen, ohne mich nach meiner Meinung zu fragen.«

»Wer ist Ihnen denn unsympathisch? Freddie Reagan?«

»Nein, ich meinte nicht Freddie.«

»Sie mögen ihn nicht, oder?«

»Doch, doch.« Sie klang gelangweilt.

»Als wir uns das letzte Mal sprachen, sagten Sie, Sie hätten Ihrem Sohn Timothy geraten, sich von ihm fernzuhalten.«

»Nur, weil er so eigenartig ist. Ich dachte an die Dockerills, wenn Sie es unbedingt wissen müssen.«

»Was haben Sie gegen Hugo und Jane Dockerill einzuwenden?«

»Sie sind ungerecht gegen meinen Sohn. Sie bestrafen ihn wegen des geringfügigsten Vergehens, während sie andere Jungen, diejenigen, die sich hinter einer engelsgleichen Fassade verstecken, mit … mit allem davonkommen lassen!«

»Hatte Ihnen ›mit Mord‹ auf der Zunge gelegen?«, erkundigte sich Poirot.

»Ich werde eine Unzahl Gästezimmer herrichten lassen müssen«, sagte sie, ohne darauf einzugehen. »Wie lange werden all diese Leute voraussichtlich bleiben? Und warum überhaupt so viele?«

Weil jeder von ihnen Barnabas Pandy ermordet haben könnte – und ich noch nicht weiß, wer genau.

Poirot behielt seine wahre Antwort für sich und sagte stattdessen: »Ich zöge es vor zu warten, bis die letzten Puzzleteilchen sich eingefügt haben, ehe ich mehr sage.«

Lenore Lavington seufzte. Dann ließ sie den Motor wieder an, und sie setzten ihre Fahrt fort, entlang engen, von Buchen und Birken gesäumten Landstraßen. »Ich kann beim besten Willen nicht glauben, dass eine der Personen, die Sie eingeladen haben, an dem Tag, als Großvater starb, das Haus betreten haben könnte, ohne dass eine von uns es bemerkte«, sagte sie. »Trotzdem … wenn Sie sich sicher sind – und da ein Inspector von Scotland Yard den ganzen Weg zum Herrenhaus auf sich nimmt –, können Sie auf die uneingeschränkte Kooperation meiner Familie zählen.«

»*Merci mille fois*, Madame.«

»Sobald wir da sind, dürfen Sie sich die Schreibmaschine ansehen, wenn es noch immer Ihr Wunsch ist.«

»Das wäre nützlich.«

»Wir haben seit Ihrem letzten Besuch eine neue – die alte hatte ihre beste Zeit schon hinter sich.«

Poirot sah sie alarmiert an. »Haben Sie die alte Schreibmaschine noch?«

»Ja. Ich habe Kingsbury gebeten, beide für Sie bereitzustellen. Die neue war noch im Geschäft, als diese grässlichen Briefe geschrieben wurden, aber wenn ich sie nicht ebenfalls zur Inspektion vorlege, könnten Sie meinen, ich würde etwas verheimlichen.«

»Es ist klug, immer sorgfältig vorzugehen und alles zu überprüfen«, entgegnete Poirot. »Was auch der Grund ist, weswegen ich Ihnen ein paar Fragen zu dem Tag stellen möchte, an dem Monsieur Pandy starb.«

»Wollen Sie nach der Diskussion fragen, die Ivy und ich hatten, während Großvater sein Bad nahm? Nur zu. Wie ich schon sagte: Ich bin gewillt zu kooperieren, wenn es denn hilft, diesen Unannehmlichkeiten und dieser Ungewissheit ein Ende zu bereiten.«

»Kingsbury sprach nicht von einer Diskussion, sondern von einem Streit«, sagte Poirot.

»Es war tatsächlich ein fürchterlicher Krach, den Annabel durch ihr fortwährendes Gejammer, wir möchten bitte aufhören, nur noch schlimmer machte«, sagte Lenore. »Sie erträgt einfach keine Konflikte, gleich welcher Art. Natürlich sind Konflikte jedem unangenehm, aber die meisten von uns akzeptieren, dass nicht jeder Meinungsaustausch friedlich verlaufen kann. Ich bin sicher, Ivy und ich hätten unseren Disput viel schneller beigelegt, wenn Annabel uns nicht ständig mit ihren Ermahnungen, lieb zueinander zu sein, unterbrochen hätte. Das veranlasste mich lediglich dazu, *ihr* gegenüber besonders unliebenswürdig zu sein, wie ich mich sehr wohl erinnere. Wie immer ergriff sie für Ivy Partei, gab sich aber alle Mühe, sich gleichzeitig auch bei mir einzuschmeicheln.«

»Madame, ich bin Ihnen für Ihre Offenheit dankbar, aber es wäre hilfreicher, wenn Sie mir zunächst den Grund für den *contretemps* zwischen Ihnen und Ihrer Tochter verraten könnten.«

»Ja, ich bin ziemlich offen, nicht?« Lenore Lavington klang selbst überrascht. »So offen wie schon lange nicht mehr. Es ist ziemlich befreiend.«

Dennoch schien sie es gleichzeitig auch als bedenklich zu empfinden, dachte Poirot.

»Die bösen Worte, die an jenem Tag in Ivys Schlafzimmer zwischen uns fielen, waren nicht der Anfang des Streits. Ein paar Tage zuvor hatte ein Abendessen im Kreis der Familie mit einem Eklat geendet, und mehrere Monate vorher hatte ein gleichermaßen verhängnisvoller Ausflug zum Strand stattgefunden. Damit fing eigentlich alles an. Und es war alles meine Schuld, ganz und gar. Hätte ich etwas mehr Selbstbeherrschung aufgebracht, wäre nichts davon geschehen.«

»Erzählen Sie mir, bitte, die Geschichte von Anfang an«, sagte Poirot.

»Ja, aber unter einer Bedingung«, sagte Lenore Lavington. »Sie müssen mir Ihr Wort geben, Ivy nicht darauf anzusprechen. Sie hat mir erlaubt, Ihnen davon zu erzählen, aber ich fürchte, es wäre ihr schrecklich peinlich, wenn Sie das Thema in ihrer Gegenwart anschnitten.«

Zur Antwort erzeugte Poirot einen sorgfältig intonierten Laut, der als Zustimmung verstanden werden konnte. Lenores nächste Worte überraschten ihn.

»Als wir zusammen am Strand waren, ließ ich eine unglückliche Bemerkung über Ivys Beine fallen.«

»Ihre Beine, Madame?«

»Ja. Ich werde es mir nie verzeihen, aber einmal gefallen, lässt sich eine Bemerkung nicht zurücknehmen, wie oft man sich auch für sie entschuldigen mag. Sie lebt weiter im Gedächtnis der Person, die durch sie verletzt wurde.«

»Es war also eine beleidigende Bemerkung?«, fragte Poirot.

»Sie war mit Sicherheit nicht so gemeint. Sie werden bestimmt bemerkt haben, dass Ivys Gesicht durch Narben entstellt ist. Natürlich haben Sie es bemerkt. Es ist nicht zu übersehen. Als ihre Mutter bin ich natürlich in Sorge, dass die Entstellung es für sie schwierig, wenn nicht sogar unmöglich machen wird, einen Ehemann zu finden. Ich würde ihr einen wünschen – und Kinder. Meine eigene Ehe war kein Erfolg, aber Ivy würde eine bessere Wahl als ich treffen, da bin ich mir sicher. Sie ist realistischer, als ich in ihrem Alter war. Wenn sie nur begriffe, dass es beim Heiraten nicht nur ums Wählen, sondern ebenso sehr ums Gewähltwerden geht!«

Lenore seufzte ungeduldig. »Es ist unmöglich, diese Geschichte zu erzählen, ohne Dinge zu sagen, die Sie als unverzeihlich empfinden könnten, Monsieur Poirot. Ich komme einfach gegen meine Gefühle nicht an. Ivy kann von Glück sagen, dass die Narben nur auf einen kleinen Bereich ihres Gesichts begrenzt sind. Sie könnte sie leicht verbergen, wenn sie ihr Haar anders frisierte – was sie sich unvernünftigerweise zu tun weigert. Sie kann es natürlich halten, wie sie will, und ich habe auch nie geglaubt, dass ihre Narben einen Mann davon abhalten würden, sich für sie zu interessieren. Ivy hat eine sehr lebendige und einnehmende Art.«

»Sehr einnehmend«, bestätigte Poirot.

»Wohl aber meine ich, dass sie das Problem nicht noch dadurch zu erschweren braucht, dass sie so viel isst, bis sie den Umfang eines Einfamilienhauses erreicht hat. Welcher Mann würde schon eine Ehefrau wollen, die Narben im Gesicht *und* einen unförmigen, fetten Körper hat? Wenn ich wütend klinge, Monsieur Poirot, dann nur deswegen, weil ich das alles Ivy gegenüber nie ausgesprochen habe, wenngleich es mich häufig beschäftigt. Nichts hat mir je mehr bedeutet als das Glück meiner Kinder. Ihnen zuliebe war ich ihrem Vater, meinem verstorbenen Mann, bis zum letzten Tag seines Lebens eine pflichtbewusste und liebevolle Ehefrau. Ihnen zuliebe erlaube ich Annabel, solches Aufhebens um sie zu machen und sich in ihr Leben einzumischen, als wäre sie ebenso sehr ihre Mutter wie ich. Ich weiß, wie sehr die beiden ihre Tante lieben, und ich habe von jeher ihre Bedürfnisse und Gefühle über meine eigenen gestellt. Um Ivys Gefühle nicht zu verletzen, habe ich Abend für Abend am Esstisch gesessen und zugesehen, wie sie sich Riesenportionen auf den Teller häufte, und habe nichts gesagt – nicht *ein* Wort –, obwohl ich es kaum ertragen konnte. Sie war ein strammes, stämmiges Kind und wird natürlich immer ein stattliches Mädchen sein. Sie schlägt nach Cecil, ihrem Vater. Trotzdem kann ich nicht mit ansehen, was sie in sich hineinstopft, ohne mich zu fragen, ob sie eigentlich weiß, was sie tut. Sie scheint sich nicht die Spur eines Gedankens um ihre Figur zu machen. Ich begreife das nicht!«

Lenore Lavington atmete geräuschvoll aus. »So. Jetzt ist es raus. Das sind meine wahren Empfindungen. Halten Sie mich jetzt für eine grausame, lieblose Mutter, Monsieur Poirot?«

»Nicht lieblos, Madame, aber ... wenn Sie mir eine Bemerkung gestatten?«

»Nur zu.«

»Mademoiselle Ivy ist eine überaus attraktive junge Dame von völlig normaler Gestalt und Figur. Sie machen sich meiner Meinung nach unnötige Sorgen. Es ist wahr, dass sie nicht den außerordentlich zierlichen Körperbau aufweist, den sowohl Sie als auch Ihre Schwester besitzen, aber das trifft auf viele Frauen zu. Sehen Sie sich in der Welt doch nur um! Es sind keineswegs nur jene Elfenwesen, deren Taille ich mit Daumen und Zeigefinger umfassen könnte, die sich verlieben und glückliche Ehen führen.«

Lenore Lavington schüttelte heftig den Kopf, noch ehe Poirot ausgeredet hatte. Kaum war er verstummt, sagte sie: »Wenn Ivy fortfährt, sich solche Mengen Kartoffeln auf den Teller zu häufen, als würde sie fürs Essen bezahlt, wird sie bald überhaupt keine Taille mehr haben. Damit fing der Ärger beim desaströsen Abendessen ja an: Sie nahm sich eine Kartoffel, dann noch eine, dann noch eine, bis ich mich einfach nicht mehr beherrschen konnte.«

»Inwiefern?«, fragte Poirot.

»Ich sagte lediglich: ›Ivy, wären zwei Kartoffeln nicht genug?‹ Ich dachte, ich hätte meine Worte mit Bedacht gewählt, aber sie wurde plötzlich zur Furie, und all ihr aufgestauter Groll brach aus ihr hervor, einschließlich der vollständigen Nacherzählung dessen, was damals am Strand vorgefallen war. Großvater und Annabel waren ganz schockiert und bestürzt, und ich war bestürzt, weil ich in die Rolle der Schurkin gedrängt wurde, was ich vermutlich auch war – und das machte alles nur noch schlimmer!«

»Erzählen Sie mir die Geschichte vom Strand«, sagte Poirot.

»Es war im letzten Sommer«, sagte Lenore. »Ein glühend heißer Tag. Annabel hatte die Influenza und konnte nicht einmal aufstehen, um mit Hopscotch im Garten zu spielen. Er heulte und winselte am Fuß ihres Bettes, was ihr großen Kummer bereitete. Sie bat uns, den Tag mit ihm irgendwo draußen zu verbringen, fern von Combingham Hall. Ich war von der Idee wenig begeistert – ich muss gestehen, ich bin keine Hundeliebhaberin –, aber Ivy sagte, Annabel würde schneller genesen, wenn sie sich keine Sorgen um Hopscotch machen musste, also willigte ich ein.

Wir fuhren an den Strand. Ivy wäre als Kind beinahe ertrunken – wussten Sie das? Daher rühren diese grässlichen Narben. Sie rollte eine Uferböschung hinunter in den Fluss. Annabels damaliger Hund – Skittle hieß er – versuchte, sie festzuhalten, bevor sie ins Wasser fiel, aber mit dem einzigen Erfolg, dass er ihr das Gesicht mit den Klauen zerfetzte. Er konnte natürlich nichts dafür.«

»Mademoiselle Annabel rettete Ihrer Tochter das Leben, nicht wahr?«, sagte Poirot.

»Ja. Wenn meine Schwester nicht gewesen wäre, wäre Ivy ertrunken. Um ein Haar wären sie beide ertrunken. Die Strömung war so stark, dass sie sie hätte leicht fortreißen können, aber irgendwie schaffte es Annabel, Ivy aus dem Wasser zu ziehen und sie – und sich selbst – zu retten. Sie hatten großes Glück. Ich mag mir gar nicht vorstellen, was hätte passieren können. Annabel hat seither eine starke Aversion gegen Wasser.«

»Gegen Wasser«, murmelte Poirot. »Das ist höchst faszinierend.«

»Auch Ivy fürchtete sich lange Zeit vor Wasser, aber im Alter von vierzehn fällte sie den Entschluss, ihre Angst zu überwinden, und war schon bald eine fleißige und begeisterte Schwimmerin. Jetzt fährt sie, sooft sie nur kann, wenigstens zu einem kurzen Bad an den Strand – denselben Strand, wohin sie und ich Hopscotch an dem Tag ausführten, als Annabel krank war.«

»Löblich.«

»Ja. Obwohl sie von der vielen Schwimmerei ziemlich muskulöse Arme und Beine bekommen hat. Und Sie brauchen mir jetzt nicht zu erzählen, dass viele Frauen mit dem Körperbau von männlichen Athleten glückliche Ehen führen, Monsieur Poirot. Ich zweifle nicht daran. Ich möchte einfach, dass meine Tochter so attraktiv wie nur möglich aussieht, das ist alles.«

Poirot sagte nichts.

»Ich selbst gehe nicht oft schwimmen«, sagte Lenore. »Bis zu dem Tag, als wir mit Hopscotch an den Strand fuhren, hatte ich meine Tochter viele Jahre lang nicht im Badeanzug gesehen. Ivy schwamm eine halbe Stunde lang, dann kam sie zurück und setzte sich zu mir. Hopscotch spielte in den Wellen, und Ivy und ich saßen dicht bei den Bäumen. Sie aß irgendetwas Mitgebrachtes. Dann kam der Hund auf uns zugerannt, weil er gemerkt hatte, dass es Leckeres zu erbetteln gab, und dann passierte etwas äußerst Merkwürdiges: Ivy erblasste und fing an zu zittern. Sie starrte Hopscotch mit weit aufgerissenem Mund an und bebte, als ob sie gleich ohnmächtig werden würde.

Ich fragte sie, was sie habe, aber sie brachte kein Wort heraus. Ihr war eine Erinnerung hochgekommen – eine Erinnerung an den Tag, als sie beinahe ertrunken war. Erzählen konnte sie mir das alles erst später, auf der Heimfahrt. Nachdem sie viele Jahre lang praktisch keine konkrete Erinnerung gehabt hatte, waren ihr plötzlich Eindrücke von damals zu Bewusstsein gekommen: den Kopf unter Wasser zu haben, keine Luft zu bekommen, sich von dem Was-auch-immer, das sie da festhielt, nicht befreien zu können. Plötzlich hatte sie die vollständige Szene wieder ganz deutlich vor Augen. Sie erinnerte sich, dass Bäume auf der Uferböschung gestanden hatten, ähnlich denen, die hinter uns den Strand säumten, und sie erinnerte sich, Skittles Beine gesehen zu haben ... Wie gut kennen Sie sich mit Hunden aus, Monsieur Poirot?«

»Ich habe im Laufe der Jahre die Bekanntschaft etlicher von ihnen gemacht, Madame. Warum fragen Sie?«

»Ist Ihnen je ein Hund wie Hopscotch begegnet? Ich meine, einer mit so hartem, dichtem, drahtigem Fell?«

War ihm so einer begegnet? Poirot konnte sich nicht erinnern. Er verneinte.

»Hopscotch ist ein Airedale Terrier«, sagte Lenore. »Ihnen wird sicherlich aufgefallen sein, dass seine Beine wollig und dick wirken – fast so, als trüge er Pelzhosen.«

»*Oui*. Das ist eine gute Beschreibung.«

»Skittle, der Hund, der Ivy zu retten versuchte, war ebenfalls ein Airedale, genau wie Hopscotch. Wenn sie trocken sind, sehen die Beine von Airedale Terriern viel dicker aus, als sie in Wahrheit sind – das Haar steht ab, anstatt glatt anzuliegen. Als Hopscotch an dem Tag zu Ivy gerannt kam in der Hoffnung, sich an ihrem Picknick beteiligen zu können, waren seine Beine vom Herumtollen im Wasser nass, und so wirkten sie viel dünner – wie braune Stöcke. Durch den Anblick fühlte sich Ivy unvermittelt an den Tag zurückversetzt, als sie beinahe ertrunken war.

Sie erinnerte sich, damals Skittles nasse Beine gesehen und, nur ein, zwei Sekunden lang, geglaubt zu haben, es wären braune Baumstämme. Weil sie so dünn waren, sagte sie, nahm sie an, sie müssten weit weg sein, und schloss daraus, dass sie schon weitab vom Flussufer sein musste, ohne jegliche Hoffnung auf Rettung. Wahrscheinlich delirierte sie vor Angst.

Nach wenigen Augenblicken hatte Annabel sie erreicht, und plötzlich gab es Hoffnung! Ivy bemerkte, dass neben den scheinbaren dünnen Stämmen ein dicker Stamm war – und in diesem Moment erkannte sie, dass die dünnen Dinger gar keine Baumstämme waren. Sie erkannte, dass sie sich hin und her bewegten und dass sie mit dem Hund verbunden waren. Allmählich ergab alles wieder einen Sinn.«

Lenore Lavingtons Atmung hatte einen rauen Klang. »Sie können sich vorstellen, wie peinigend es für mich war, das alles zu hören, Monsieur Poirot. Es beschwor alles wieder herauf: den Schock zu erfahren, dass ich fast meine Tochter verloren hätte. Wenn Ivy und ich an dem Tag Hopscotch nicht zum Strand mitgenommen hätten, wenn er keine nassen Beine bekommen hätte, wären diese Erinnerungen möglicherweise nie wieder hochgekommen. Ich wünschte, es wäre so gewesen, und ich wünschte, ich hätte nicht gesagt, was ich später sagte, aber die Vergangenheit kann man nicht ungeschehen machen, nicht wahr?«

»Gelangen wir jetzt zur unglücklichen Bemerkung über Ivys Beine?«, fragte Poirot. Er hatte sich schon gefragt, ob Lenore je dazu kommen würde.

»Es war während der Rückfahrt. Nach dem, was Ivy mir gesagt hatte, war ich nicht mehr ich selbst – ganz und gar nicht. Ich versuchte, mich darauf zu konzentrieren, wie ich uns nach Hause bringen konnte, ohne irgendwo gegenzukrachen. Ich wünschte mir wie verzweifelt, sie endlich zum Schweigen zu bringen, damit ich wieder zur Besinnung käme … und die Worte sprudelten einfach so heraus! Ich wollte nicht sagen, was ich dann sagte.«

»Welche Worte sprudelten heraus, Madame?«

»Ich sagte, Skittle sei nicht derjenige, dessen Beine Baumstämmen ähnelten. Und ich sagte, dass Ivy sich überlegen sollte, etwas weniger zu schwimmen, weil ihre Beine, je mehr Muskeln sie bekam, desto mehr wie Baumstämme aussehen würden. Ich bedauerte es, sobald es heraus war. *Einen* Vorteil hatte die Sache immerhin: Ivy bekam augenblicklich eine fürchterliche Wut auf mich. Die grausigen Erinnerungen daran, fast ertrunken zu sein, waren sofort verschwunden. Jetzt konnte sie nur noch daran denken, wie sehr sie ihre herzlose Mutter verabscheute. Ich machte diese Bemerkung nicht, um sie zu verletzen – ich finde nicht ernsthaft, dass ihre Beine wie richtige Baumstämme aussehen –, ich wollte sie nur auf andere Gedanken bringen, weg von den Erinnerungen, die sie so quälten. Ich wollte, dass sie ihre Aufmerksamkeit auf die Zukunft richtete, nicht auf die Vergangenheit. Ich muss mich stundenlang bei ihr entschuldigt haben, und ich dachte eigentlich, wir hätten die Sache bereinigt und hinter uns gelassen, das glaubte ich wirklich – aber dann, Monate später, bei diesem Abendessen ... nun, davon habe ich Ihnen ja schon erzählt.«

»Mademoiselle Ivy erzählte Ihrer Schwester und Ihrem Großvater, was damals am Strand geschehen war und was Sie zu ihr gesagt hatten?«

»Ja.«

»Wie haben die beiden reagiert?«

»Annabel war natürlich völlig verzweifelt«, sagte Lenore mit hörbarem Überdruss. »Für jede Träne, die jemand anders vergießt, muss Annabel stets eine eigene Sintflut produzieren.«

»Und Monsieur Pandy?«

»Er sagte nichts, aber er sah schrecklich unglücklich aus. Es war, glaube ich, nicht so sehr meine taktlose Bemerkung, die ihn nachträglich betrübte, als vielmehr der Gedanke, welche Angst Ivy ausgestanden haben musste, als sie glaubte, gleich sterben zu müssen. Sie hätte ihre neu entdeckten Erinnerungen vielleicht besser für sich behalten. Das ist alles Annabels Einfluss. Ivy hatte früher nie solche Gefühlsausbrüche. Selbst nachdem ein Dinner ruiniert war, hatte sie noch nicht genug! An dem Tag, als Großvater starb, ging ich gerade den oberen Korridor entlang, als ich sie laut schluchzen hörte. Man kann auch leise weinen, wissen Sie, Monsieur Poirot.«

»In der Tat, Madame.«

»Ich muss gestehen, da entschied ich, dass ich solches Selbstmitleid nicht länger tolerieren würde. Meine Tochter war immer ein robustes, vernünftiges Mädchen gewesen. Ich erinnerte sie daran, und sie schrie mich an: ›Wie sollte ich mich deiner Meinung nach fühlen, wenn meine eigene Mutter meine Beine mit Baumstämmen vergleicht?‹ Prompt kam natürlich Annabel die Treppe heraufgeschossen, um als selbst ernannte Friedensstifterin ihren völlig unnötigen Beitrag zu leisten, und kurz darauf brüllte Großvater aus seinem Bad heraus, wir würden einen entsetzlichen Krakeel veranstalten und möchten bitte sofort damit aufhören. Wenn Annabel sich herausgehalten und mir erlaubt hätte, mit meiner Tochter unter vier Augen zu sprechen, hätte es weit weniger Lärm gegeben, denn ihr unablässiges Gejammer zwang Ivy und mich, immer lauter zu sprechen, um uns noch Gehör zu verschaffen. Großvater war kein Dummkopf – er wusste es ebenso gut wie ich. Es war Annabel, die er in Wirklichkeit anschrie. Mittlerweile hatte er bereits beschlossen …«

Als sie nicht weitersprach, blickte Poirot sie an. In ihrem Gesicht waren unansehnliche Flecken erschienen. Sie starrte unverwandt geradeaus, auf die Straße.

»Bitte fahren Sie fort«, sagte Poirot.

»Dann müssen Sie mir aber versprechen, es keinem weiterzusagen. Außer mir weiß es niemand, jetzt, wo Großvater tot ist.«

»Sie wollen mir mitteilen, dass Monsieur Pandy beschlossen hatte, ein neues Testament zu machen, ja?«

Der Wagen vollführte einen jähen Schlenker. »Sacré tonnerre!«, rief Poirot aus. »Sie sind überrascht zu erfahren, dass Poirot so viel weiß, das verstehe ich, aber das ist kein Grund, uns beide totzufahren!«

»Sie können doch unmöglich vom Testament wissen! Es sei denn … Sie müssen mit Peter darüber gesprochen haben, Peter Vout. Das ist komisch. Großvater sagte, ich sei die Einzige, der er davon erzählt hatte. Vielleicht meinte er, die Einzige aus der

Familie. Annabel darf nie davon erfahren, Monsieur Poirot. Das müssen Sie mir versprechen. Sie würde daran zerbrechen. Ich habe Dinge über sie gesagt, die nicht unbedingt schmeichelhaft waren, ich weiß, aber trotzdem …«

»Trotzdem ist sie Ihre Schwester. Und sie rettete Ihrer Tochter das Leben.«

»Eben«, sagte Lenore. »Als Großvater starb, war dies das Einzige, wofür ich dankbar war: dass er sein Testament nicht mehr ändern konnte und dass Annabel so nie würde davon erfahren müssen. Ich hätte natürlich dafür gesorgt, dass es ihr an nichts fehlen würde, aber das ist nicht der springende Punkt. So brutal enterbt zu werden … ich glaube, das hätte sie einfach nicht verkraftet.«

»Versuchten Sie, Monsieur Pandy umzustimmen, als er Ihnen von seiner Absicht erzählte?«

»Nein. Es hätte ihn in seinem Entschluss nur bestärkt. Zu versuchen, jemandem ein Gefühl auszureden …« Sie brach mit einem entschiedenen Kopfschütteln ab. »Das ist der Inbegriff der Vergeblichkeit. Es funktioniert nie, weder bei sich selbst noch bei anderen. Gelegentlich, wenn auch selten, sah Großvater ein, dass er in Bezug auf irgendetwas unrecht gehabt hatte – aber nie, wenn jemand anders es ihm vorgehalten hatte.«

»Ich verstehe«, sagte Poirot.

Was war es, fragte er sich, was nicht passte? Er wusste, dass er etwas gehört hatte, das wie ein Misston hervorstach. Er wusste außerdem, dass er es irgendwann gehört hatte, nachdem er mit Lenore Lavington in deren Wagen eingestiegen war. Aber was war es?

»Sie denken jetzt vielleicht, dass meine Schwester das perfekte Mordmotiv hatte«, sagte Lenore. »Das hatte sie – aber sie wusste nicht, dass sie es hatte. Deswegen hatte sie es nicht.«

»Mademoiselle Annabel hat ja außerdem von Ihnen und Ihrer Tochter das unerschütterlichste Alibi überhaupt bekommen«, erinnerte Poirot sie.

»Sie sagen das so, als ob es eine Lüge wäre. Es ist keine Lüge. Ivy und ich waren jede einzelne Sekunde der fraglichen Zeit mit Annabel zusammen, Monsieur Poirot. Und als wir, von Kingsbury gerufen, wieder alle zusammen, im Badezimmer standen, war jeder Quadratzoll von Annabels Kleid trocken. Es ist völlig unmöglich, dass sie Großvater tötete.«

»Sagen Sie mir eines, Madame: Hat Mademoiselle Ivy Ihnen verziehen?«, fragte Poirot. »Oder nährt sie noch immer ihren Groll?«

»Ich weiß es nicht. Ich habe nicht die Absicht, das Thema wieder anzuschneiden, aber ich hoffe, sie hat mir verziehen. Neulich trug sie zum ersten Mal ein Armband, das ich ihr geschenkt hatte. Das könnte eine Art Friedensangebot gewesen sein. Ich schenkte es ihr nämlich nach Großvaters Tod. Damals hatte sie mir ganz entschieden noch nicht verziehen! Sie sagte, sie würde eher sterben, als es tragen, und warf es weit von sich und mir fast an den Kopf. Es war ein schönes, handgeschnitztes Trauerarmband aus Gagat – ich hing sehr daran. Vermutlich dachte ich, es Ivy zu schenken wäre ein Beweis meiner Liebe zu ihr. Sie wusste, dass es mir viel bedeutete – ein Andenken an einen Urlaub an der See mit meinem verstorbenen Mann Cecil –, aber sie zog es vor, es im schlimmstmöglichen Sinne auszulegen.«

»In welchem Sinne legte sie es denn aus?« In der Ferne war jetzt das Eingangstor des Landguts Combingham Hall auszumachen.

»Sie warf mir vor, ich hätte ihr immer nur Dinge geschenkt, die ich ohnehin schon irgendwo liegen hatte, nie richtige, eigens für sie gekaufte Geschenke. Sie ging in ihr Schlafzimmer und durchwühlte ihre Schubladen auf der Suche nach einem Fächer, den ich ihr früher einmal geschenkt hatte – weiteres Beweismaterial gegen mich! Der Fächer war auch so ein Stück, an dem ich sehr gehangen hatte. Darauf war eine schöne Dame gemalt, die tanzte, und natürlich hatte sie eine wahre Wespentaille. Und natürlich erinnerte sich Ivy noch ganz genau, mit welchen Worten ich ihr den Fächer seinerzeit geschenkt hatte: ›Die tanzende Dame sieht so aus wie du, mein Liebling‹ – und sie sah wirklich so aus, mit ihrem schwarzen Haar und der blassen Haut. Ivy hatte den Fächer damals wunderschön gefunden und hatte den Vergleich als Kompliment aufgefasst, wie er auch gemeint gewesen war. Plötzlich aber, im Lichte der bedauerlichen Ereignisse, die ich bereits geschildert habe, meinte sie zu erkennen, dass ich unaufrichtig gewesen war und eigentlich gewollt hatte, dass sie den Unterschied zwischen der zierlichen Taille der Fächer-Dame und ihrer eigenen, kräftigeren bemerkte.«

»Zwischenmenschliche Beziehungen sind eine äußerst komplizierte Angelegenheit«, sagte Poirot.

»Die Menschen machen sie komplizierter, als sie zu sein bräuchten«, entgegnete Lenore missbilligend. »Wenngleich, wie gesagt: Kürzlich trug Ivy das Trauerarmband, das ich ihr geschenkt hatte. Und sie sorgte dafür, dass ich es auch bemerkte. Sie wollte mir damit wahrscheinlich sagen, dass sie mir verziehen hat. Was könnte es schließlich sonst bedeuten?«

26

Das Schreibmaschinen-Experiment

Als Lenore Lavington und Poirot das Herrenhaus betraten, sahen sie Kingsbury neben einem kleinen Tisch in der Eingangshalle Wache stehen. Darauf waren zwei Schreibmaschinen nebeneinander postiert.

»Ich habe die zwei Apparate, wie Sie wünschten, für Mr Porrott herausgestellt, Mrs Lavington.«

»Danke, Kingsbury. Das wäre für den Augenblick alles.«

Der Diener schlurfte von dannen. Keiner machte Anstalten, die Eingangstür zu schließen.

Poirot unterdrückte mühsam den Drang, sich zu erkundigen, warum in einem Haus von der Größe Combingham Halls, mit so vielen mutmaßlich leeren und unbenutzten Zimmern, Tätigkeiten wie Zu-Abend-Essen und Schreibmaschinentesten unbedingt in der Eingangshalle erfolgen mussten. Das ergab doch gar keinen Sinn! Wäre Poirot der Eigentümer des Gebäudes gewesen, hätte er da, wo der kleine Tisch stand, einen Konzertflügel platziert. Das war das Einzige, was vielleicht so ausgesehen hätte, als ob es an diese bestimmte Stelle gehörte.

»Gibt es ein Problem, Monsieur Poirot?«, fragte Lenore Lavington.

»Keineswegs, Madame.« Er wandte seine Aufmerksamkeit den zwei Schreibmaschinen zu. Die eine war neu und blitzblank; die andere hatte an der Seite einen Sprung und vorn einen tiefen Kratzer. Neben den zwei Schreibmaschinen hatte Kingsbury Papier bereitgelegt, das Poirot später zur Durchführung seines Experiments benötigen würde.

Sobald er sich in dem ihm zugewiesenen Schlafzimmer häuslich eingerichtet und eine Erfrischung zu sich genommen hatte, setzte sich Poirot an den kleinen Tisch und probierte erst die eine, dann die andere Schreibmaschine aus. Beide druckten ein einwandfreies »e«, ohne Loch oder Lücke. Es bestand zwar keine Veranlassung, nach weiteren Unterschieden zu suchen, aber Poirot tat es dennoch. Wenn man nicht suchte, begab man sich der Gelegenheit, etwaige Details zu bemerken, die man nicht hatte erwarten können, die aber nichtsdestoweniger von großer Bedeutung waren.

Als er sah, dass ein solches Detail tatsächlich vorhanden war, dankte Poirot auf Französisch einer höheren Macht. Er war gerade damit beschäftigt, die zwei Blätter, auf die er exakt die gleichen Worte getippt hatte, miteinander zu vergleichen, als er Hopscotch erst hörte und dann sah. Der Hund kam die Treppe herunter und durch die Halle gerannt. Er sprang zur Begrüßung an Poirot hoch. Annabel Treadway kam ihm, die Treppe herunter, hinterhergelaufen. »Hoppy, *Platz!* Platz, guter Junge! Monsieur Poirot möchte bestimmt nicht das Gesicht abgeschleckt bekommen.«

Poirot war tatsächlich nicht darauf erpicht. So tätschelte er stattdessen den Hund und hoffte, Hopscotch würde das als vernünftigen Kompromiss akzeptieren.

»Schauen Sie bloß, wie er sich freut, Sie zu sehen, Monsieur Poirot! Ist er nicht ein liebes, herziges Burschi?« Annabel brachte es fertig, es wie eine betrübliche Tatsache klingen zu lassen: als ob niemand außer ihr die Gutartigkeit des Hundes zu würdigen wüsste.

Schließlich erinnerte sich Hopscotch, dass er eigentlich auf dem Weg in den Garten gewesen war, und trottete nach draußen.

Als sie die zwei Blätter Papier in Poirots Händen bemerkte, sagte Annabel: »Wie ich sehe, haben Sie mit Ihrer Schreibmaschinenprüfung begonnen. Lassen Sie sich nur nicht von mir stören! Lenore hat mir strenge Anweisung gegeben, Sie nicht abzulenken und Sie Ihre Ermittlungsarbeit machen zu lassen.«

»Ich bin mit meinem Experiment fertig, Mademoiselle. Möchten Sie die Ergebnisse sehen? Sagen Sie mir, welche Unterschiede fallen Ihnen auf?« Er reichte ihr die zwei Blätter.

Sie starrte eine Zeit lang darauf, ehe sie zu Poirot aufblickte. »Ich sehe überhaupt nichts«, sagte sie. »Nichts Bemerkenswertes, meine ich. Das kleine ›e‹ ist auf beiden Seiten vollständig ausgeführt und korrekt.«

»So ist es. Aber es gibt mehr zu beobachten als die vielen ›e‹s.«

»Auf beiden Blättern sind die gleichen Worte getippt: ›Ich, Hercule Poirot, bin in Combingham Hall eingetroffen und werde nicht wieder abreisen, ehe ich nicht das Rätsel um den Tod des Barnabas Pandy gelöst habe.‹ Die zwei Versionen sind in jeglicher Hinsicht identisch – oder etwa nicht? Was übersehe ich?«

»Wenn ich Ihnen die Antwort verriete, Mademoiselle, würde ich Sie der Möglichkeit berauben, sie selbst zu erarbeiten.«

»Ich will überhaupt nichts erarbeiten. Ich möchte, dass Sie uns sagen, ob wir in Gefahr sind, weil ein Mörder in der Gegend herumstreift, und uns, falls ja, beschützen, und ansonsten … ansonsten will ich nichts als vergessen!«

»Was wünschen Sie zu vergessen?«

»Das Ganze. Dass Grandy ermordet wurde, und das Motiv dafür, was auch immer sich als solches herausstellen mag, und den widerwärtigen Brief, der mir einfach nicht aus dem Kopf will, obwohl ich ihn verbrannt habe.«

»Und ein nasses blaues Kleid mit weißen und gelben Blümchen darauf?«, fragte Poirot.

Sie starrte ihn mit großen Augen und, wie es aussah, verständnislos an. »Was meinen Sie damit?«, fragte sie. »Ich habe ein blaues Kleid mit weißen und gelben Blümchen darauf. Aber es ist nicht nass.«

»Wo befindet es sich?«

»In meinem Kleiderschrank.«

»Sind Sie sicher, dass es dort ist?«

»Wo sollte es sonst sein? Es ist das Kleid, das ich an dem Tag anhatte, als Grandy starb. Seitdem mochte ich es nicht mehr anziehen.«

Sie hatte also nicht nach dem Kleid gesucht und festgestellt, dass es verschwunden war. Vorausgesetzt, sie sagt die Wahrheit, dachte Poirot bei sich.

»Mademoiselle, war Ihnen bewusst, dass Ihr Großvater kurz vor seinem Tod beschlossen hatte, eine Änderung an seinem Testament vorzunehmen? Am Ende kam es doch nicht dazu. Sein Tod verhinderte es. Aber es war seine Absicht gewesen, seine letztwillige Verfügung recht einschneidend zu verändern.«

»Nein, das habe ich nicht gewusst. Allerdings kam Peter Vout, sein Rechtsanwalt, um die Zeit hierher, und sie zogen sich in den Salon zurück, um ungestört zu reden, also war das vielleicht ...«

Plötzlich stockte Annabel der Atem, und sie taumelte rückwärts. Poirot beeilte sich, sie zu stützen.

Er begleitete sie zu einem Stuhl. »Was ist los, Mademoiselle?«

»Es ging um mich, nicht?«, brachte sie flüsternd heraus. »Er wollte mich enterben. Deswegen ließ er Peter Vout kommen. Obwohl ich Ivy das Leben gerettet hatte – als er Bescheid wusste, konnte er mir nicht verzeihen! Was bedeutet, dass ich es verdiene, für immer ohne Vergebung zu bleiben«, sagte Annabel grimmig. »Wenn Grandy sein Testament ändern wollte, um mich zu bestrafen, so bedeutet es, dass ich nichts anderes verdiene, als zu leiden. Er war immer gerecht. Ich habe mir nie eingebildet, er könnte mich so lieben, wie er Lenore liebte, aber er war immer gerecht.«

»Mademoiselle, bitte erklären Sie Poirot: Was konnte Ihnen Ihr Großvater nicht verzeihen?«

»Nein! Er wird bekommen, was er gewollt hat – ich werde seine Wünsche respektieren –, aber ich werde es weder Ihnen noch sonst jemandem sagen. Niemals!« Schluchzend lief sie die Treppe hinauf.

Poirot starrte ihr verwirrt nach. Dann blickte er zur offenen Eingangstür und dachte bei sich, wie leicht es für ihn gewesen wäre, nach London und Whitehaven Mansions zurückzukehren und dieses Haus nie wieder zu betreten. Offiziell lag gar keine

Straftat vor, also konnte ihm kaum vorgeworfen werden, er sei bei der Aufklärung eines Mordes gescheitert.

Aber natürlich würde er nicht kneifen. Er war Hercule Poirot!

»Drei Tage«, sagte er bei sich. »Nur noch drei Tage.«

27

Das Armband und der Fächer

Am nächsten Morgen war Poirot gerade auf dem Weg zum Frühstückstisch, als Ivy Lavington ihn in der Eingangshalle abfing. Hopscotch war an ihrer Seite. Diesmal versuchte er nicht, Poirot abzuschlecken. Tatsächlich wirkte er ziemlich kleinlaut.

»Wo ist Tante Annabel?«, fragte Ivy herrisch. »Was haben Sie mit ihr gemacht?«

»Ist sie nicht da, hier im Haus?«, fragte er seinerseits.

»Nein. Sie hat eines der Autos genommen und ist ohne Hoppy weggefahren – was sie sonst nie tut. Absolut nie. Nicht, ohne mir oder Mama Bescheid zu sagen. Haben Sie etwas gesagt, das sie aufgeregt hat?«

»Oui, c'est possible«, antwortete Poirot betrübt. »Wenn es Menschenleben zu retten gilt, muss man manchmal unangenehme Fragen stellen.«

»Wessen Leben muss denn gerettet werden?«, fragte Ivy. »Deuten Sie damit an, dass Grandys Mörder wieder zuschlagen könnte?«

»Ohne Zweifel ist ein Mord geplant.«

»Geht es also um *ein* Menschenleben? So wie Sie es sagten, klang es nach einer Mehrzahl.«

»Mademoiselle! *Sacré tonnerre!*«

»Was ist? Sie sehen ja so aus, als hätten Sie ein Gespenst gesehen!«

Poirot öffnete den Mund, brachte aber kein Wort heraus. Er dachte im Augenblick zu schnell, um überhaupt etwas sagen zu können.

»Geht es Ihnen auch wirklich gut, Monsieur Poirot?« Ivy musterte ihn besorgt. »Habe ich etwas gesagt, was Sie erschreckt hat?«

»Mademoiselle, Sie haben etwas gesagt, was mir sehr geholfen hat! Sagen Sie jetzt bitte einen kurzen Augenblick lang nichts. Ich muss die Logik der Theorie überprüfen, die sich gerade in mir abzeichnet, und feststellen, ob ich recht habe. Ich *muss* recht haben!«

Ivy verschränkte die Arme und sah ihm zu, wie er die verschiedenen Puzzleteilchen zusammensetzte. Nach wie vor an ihrer Seite, starrte auch Hopscotch ihn neugierig an.

»Danke«, sagte Poirot schließlich.

»Und?«, sagte Ivy. »Haben Sie recht?«

»Ich glaube schon, ja.«

»Prima! Ich freu mich schon darauf, Ihre Theorie zu hören. Mir eine eigene auszudenken ist mir noch nicht gelungen.«

»Versuchen Sie es gar nicht erst«, empfahl Poirot. »Ihre Spekulationen würden auf einer völlig falschen Prämisse aufbauen, und so würden Sie zwangsläufig scheitern.«

»Was meinen Sie mit einer falschen Prämisse?«

»Alles zu seiner Zeit, Mademoiselle. Alles zu seiner Zeit.«

Ivy schnitt ihm eine Grimasse, die eine Mischung aus Ärger und Bewunderung zum Ausdruck brachte. »Mama hat Ihnen doch bestimmt schon alles über den Krach erzählt, den wir an dem Tag hatten, als Grandy starb?« Sie grinste. »Jetzt wissen Sie über meine Baumstammbeine bis ins letzte Detail Bescheid. Und Mama hat Ihnen garantiert verboten, mir auch nur ein Sterbenswörtchen darüber zu sagen, damit ich mich nicht wieder aufrege.«

»Wenn mir die Bemerkung gestattet ist, Mademoiselle: Sie sind ein höchst erfreulicher Anblick, und an Ihrer Gestalt oder Figur ist nicht das Mindeste auszusetzen.«

»Na ja, ich habe meine Narben«, sagte Ivy und zeigte auf ihr Gesicht. »Aber abgesehen davon, bin ich Ihrer Meinung. Ich bin ein normaler, gesunder Mensch, und damit bin ich vollauf zufrieden. Mama findet, ich sollte danach streben, nicht dicker als ein Zahnstocher zu sein, aber was Essen angeht, ist sie nicht ganz richtig im Kopf. Sie isst gar nicht richtig. Hat sie noch nie. Ist Ihnen das gestern Abend bei Tisch nicht aufgefallen?«

»Ich muss gestehen, nein«, sagte Poirot, der viel zu sehr damit beschäftigt gewesen war, die köstlichen Speisen zu goutieren.

»Sie steckt sich ab und an ein Fitzelchen von irgendwas in den Mund und schluckt es widerwillig hinunter, wie jemand, der seine Medizin nimmt, aber den größten Teil der Mahlzeit bringt sie immer nur damit zu, mit der Gabel in den Sachen auf ihrem Teller herumzustochern, als hätte sie sie im Verdacht, gegen sie zu konspirieren. Sie bildet sich ein, ich wäre deswegen so wütend auf sie gewesen, weil ich es nicht ertragen konnte, die Wahrheit über meine schaudererregenden Beine zu hören. So ein Blödsinn! Ich bin mit meinen Beinen wunschlos glücklich. Aufgeregt hat mich, erkennen zu müssen, dass Mama mich ansieht und lediglich, oder in erster Linie, ein Bündel physischer Mängel wahrnimmt. Und ihre Unaufrichtigkeit – die bringt mich ebenfalls auf die Palme.«

»Ihre Mutter ist nicht aufrichtig?«, fragte Poirot.

»Ach, sie kann die Wahrheit nicht ertragen. Sie ist fast allergisch dagegen. Sie würde alles tun oder sagen, um mich und Timmy glücklich zu machen – ich glaube, sie betrachtet es als ihre Mutterpflicht –, aber gelegentlich rutscht ihr doch ein Bröckchen Wahres heraus, und wenn das mal passiert, reißt sie sich anschließend ein Bein aus, um das Offensichtliche abzustreiten. Ich werde ihr niemals glauben, wenn sie sagt, sie finde mich schön. Ich weiß, dass es eine Lüge ist. Es wäre weit besser für sie, wenn sie zugäbe, dass sie es wunderbar fände, wenn ich mich zu einem Knochengestell herunterfastete. Stattdessen lügt sie wie gedruckt und behauptet, sie finde mich wunderbar so, wie ich bin, und redet sich ein, sie würde mich dadurch glücklich machen.« Ivy sprach überlegt und sachlich, ohne eine Spur von Ressentiment in der Stimme. Sie war, sagte sich Poirot, eine zufriedenere und gefestigtere Frau als ihre Mutter oder ihre Tante.

»Es ist doch so, dass die Wahrheit, wenn man sie verleugnet, eben auf anderen Wegen herauskommt. Mama hat Ihnen vermut-

lich nicht erzählt, wie sie mir einmal einen Fächer schenkte?«
Ivy lachte. »Darauf war eine dunkelhaarige Frau abgebildet, und
Mama sagte: ›Sieht sie nicht aus wie du, Ivy? Ihr Haar hat die
gleiche Farbe, und sie hat das gleiche Kleid.‹ Was alles durchaus
stimmte, aber die Frau auf dem Fächer hatte die schmalste Taille,
die ich je gesehen hatte. Und ich war auf dem Weg zu einer Tanz-
veranstaltung und hatte ein ziemlich auffälliges schwarz-rotes
Kleid an, von dem ich im Nachhinein sagen würde, dass es mir
wahrscheinlich nicht stand und an jemandem mit einer schlan-
keren Figur besser ausgesehen hätte, aber es war mir egal. Mir
gefiel das Kleid, also trug ich es. Mama bereitete es allerdings
Seelenqualen, weil es meine unschlanke Taille betonte – also er-
teilte sie mir einen Tadel im Gewand eines Geschenks. Sie hoffte
vermutlich, ich würde einen Blick auf die Frau auf dem Fächer
werfen, den Unterschied erkennen und sofort beschließen, etwas
anderes anzuziehen, etwas, das meine Taille kaschierte und mich
schlanker erscheinen ließ.«

»Ihre Mutter erzählte mir, dass sie Ihnen auch ein Armband
schenkte«, sagte Poirot.

Ivy nickte. »Das war nach Grandys Tod. Ich warf einen Blick
darauf und dachte, dass ich meine Hand da nie im Leben durch-
bekommen würde. Es gehörte Mama, und ihr muss es wie an-
gegossen gepasst haben, aber es war nicht für jemanden mit
meinem Knochenbau gemacht. Wie sich herausstellte, passte das
Armband mir doch, wenn auch nur so gerade eben. Kürzlich habe
ich es getragen, aber ich glaube, das mache ich nicht wieder. Ich
wollte nur, dass Mama es wenigstens ein Mal an meinem Handgelenk sah. Ich weiß, sie befürchtet noch immer, mir einen ir-
reparablen Schaden zugefügt zu haben, indem sie mir erlaubte zu
erraten, dass ich ihr dünner lieber wäre, und ich wollte ihr zeigen,
dass ich ihr verziehen habe. Sie kann nichts dafür, dass sie so ist,
wie sie ist. Und in meinem Zorn war ich ihr gegenüber sehr ungerecht. Das Armband und der Fächer waren beides Dinge, die ihr
viel bedeuteten, und sie hätte sich nie von ihnen getrennt – wenn

sie sie mir nicht geschenkt hätte, meine ich –, aber ich warf ihr vor, mir Dinge aus zweiter Hand zu schenken, nur um für mich kein Geld ausgeben zu müssen.«

Ivy lächelte schuldbewusst. »Ich bin ebenso wenig vollkommen wie Mama, Monsieur Poirot. Ich glaube, es ist wichtig zu begreifen, dass unsere Lieben nicht vollkommen sind. Wenn man das nicht akzeptieren kann … tja, dann macht man sich nur verrückt.«

Kein Mensch, da gab Poirot ihr recht, konnte je vollkommen sein. Ein Rätsel und dessen Auflösung dagegen, wenn erst alle offenen Fragen beantwortet und unschönen logischen Löcher geschlossen worden waren …

»Wussten Sie, Mademoiselle, dass Ihr Großvater beabsichtigte, sein Testament zu ändern, und dass er starb, ehe er sein Vorhaben verwirklichen konnte?«

»Nein.« Ivys Blick wurde plötzlich wachsamer. »Wie wollte er es ändern?«

»Sein Anwalt und Ihre Mutter erklären übereinstimmend, er beabsichtigte, Mademoiselle Annabel zu enterben – ihr überhaupt nichts zu hinterlassen.«

»Warum in aller Welt sollte er das gewollt haben?«, sagte Ivy. »Tante Annabel ist ein freundlicher, selbstloser, durch und durch guter Mensch. Es gibt nicht viele Menschen wie sie. *Ich* bin nicht immer freundlich. Sie vielleicht, Monsieur Poirot?«

»Ich versuche, es zu sein, Mademoiselle. Es ist wichtig, es zu versuchen.«

»Aber … das ergibt doch gar keinen Sinn«, murmelte Ivy. »Es kann unmöglich stimmen. Großvater hat zwar von jeher Mama bevorzugt, aber er hätte seine Vorliebe für sie niemals so drastisch unter Beweis gestellt. Er wusste ebenso gut wie ich, dass Tante Annabel nie jemandem etwas zuleide tun würde. Ich habe immer angenommen, dass er sich ziemlich schuldig fühlte, ständig so gereizt auf sie zu reagieren, weil er sehr wohl wusste, dass sie es durch nichts verdient hatte.«

»Ich muss Ihnen eine weitere Frage stellen, Mademoiselle«, sagte Poirot. »Es ist eine seltsame Frage, und ich bitte um Vergebung, wenn sie Ihnen Kummer bereitet.«

»Geht es um Baumstämme?«, sagte Ivy.

»Nein. Die Frage betrifft Ihren verstorbenen Vater.«

»Armer Papa.«

»Warum sagen Sie das?«

»Ich weiß nicht. Ich glaube nicht, dass Mama ihn sonderlich liebte. Oh, sie spielte die Rolle der guten Ehefrau zur Vollkommenheit, aber mit dem Herzen war sie nicht dabei. Sie hätte es schaffen können, ihn mehr zu lieben, wenn sie nur von Anfang an aufrichtig gewesen wäre. Stattdessen folgte ihre Beziehung dem üblichen Muster: Sie versuchte, alles zu tun und zu sagen, was ihn ihrer Meinung nach glücklich machen würde, und das Resultat war, dass keiner von beiden es schaffte, glücklich zu sein.«

»Gab es etwas Bestimmtes, worin sie ihn täuschte?«

»Nein, es war schlimmer«, sagte Ivy. »Sie täuschte ihn in ihrem gemeinsamen Alltag. Sie müssen wissen, Mama ist wahnsinnig gescheit. Gut organisiert, scharfsinnig, effizient. Sie geht in der Regel davon aus, dass alles schon nach ihrem Kopf laufen wird. Diese Einstellung hat oft bewirkt, dass die Hindernisse auf ihrem Weg einfach verschwanden. Oder ich sollte besser sagen, das ist so, seit Papa gestorben ist. Papa machte sich immer wegen der geringsten Kleinigkeiten furchtbare Sorgen und sagte ständig, sie sollten dieses oder jenes besser nicht versuchen, weil sie sowieso scheitern würden – aus Combingham Hall ausziehen beispielsweise und einen eigenen Haushalt gründen. Mama wollte das, aber Papa nicht, also tat Mama so, als wäre sie seiner Meinung. Zu wissen, dass es ganz wunderbar funktioniert hätte, wenn er sie nur hätte machen lassen, muss fürchterlich an ihr genagt haben. Sie hätte ihn auffordern sollen, mit den Albernheiten aufzuhören, anstatt seine furchtsame Lebenseinstellung auch noch zu fördern. Es muss eine ziemliche Erleichterung für sie gewesen sein, als er starb.«

»Zeigte sie sich erleichtert?«

»Gott bewahre! Sie wäre eher selbst gestorben, als es zuzugeben. Sie ist wirklich wahnsinnig gescheit. Seit Papa tot ist, hat sie es durch und durch genossen, Herrin ihrer selbst zu sein und alles selbst zu entscheiden – aber ohne ein einziges Mal zu sagen: ›Welche Erleichterung, frei zu sein!‹, wie das viele Frauen in ihrer Situation vielleicht getan hätten. Etwas in der Art zu sagen wäre Mama viel zu direkt.«

Ivy lächelte. »Da schwatze ich und schwatze ich. Was wollten Sie mich wegen Papa fragen? Ich habe Sie gar nicht zu Wort kommen lassen.«

»Haben Sie seit dem Tod Ihres Vaters irgendwelche Briefe erhalten, die vorgeblich von ihm kamen?«

»Briefe von meinem toten Vater? Nein. Keinen einzigen. Warum fragen Sie?«

Poirot schüttelte den Kopf. »Es spielt keine Rolle. Danke, dass Sie sich die Zeit für mich genommen haben, Mademoiselle. Unser Gespräch ist überaus erhellend gewesen.«

»Ich würde sagen, es spielt eine ziemliche Rolle!«, rief ihm Ivy nach, während er sich in Richtung Speisesaal entfernte, wo sein Frühstück auf ihn wartete. »Erst Briefe von Ihnen, die nicht von Ihnen sind, und jetzt Briefe von meinem toten Vater, die nicht von ihm sein können … Ich hoffe wirklich, Sie werden das alles noch erklären, Monsieur Poirot. Ich will jeden einzelnen vertrackten Aspekt dieser ganzen sonderbaren Geschichte verstehen.«

»Da geht es Ihnen wie mir«, sagte Poirot bei sich, während er an der Tafel Platz nahm. »Da geht es Ihnen wirklich ganz wie mir.«

28

Kein überzeugendes Geständnis

Ich saß in meinem Büro bei Scotland Yard und rang gerade mit einer besonders schwierigen Frage in meinem Kreuzworträtsel, als der Super bei mir anklopfte. »Entschuldigen Sie die Störung, Catchpool«, sagte er mit einem Lächeln. »Hier ist eine Miss Annabel Treadway, die Sie gern sprechen möchte.«

Seit er erfahren hatte, dass Stanley Strang endlich nicht mehr daran zweifelte, dass weder Poirot noch Scotland Yard seinen Sohn des Mordes beschuldigte, war der Super der Inbegriff des vernunftgeleiteten Diskurses und der Mäßigung.

»Ich stehe sofort zu ihrer Verfügung«, sagte ich.

Der Super führte sie ins kleine Zimmer und machte sich sogleich aus dem Staub. Ein Blick auf die Frau, die vor mir stand, und ich fragte mich, wieso sie mir in diesem Moment wie die Verkörperung eines tragischen Schicksals erschien. Es war so, als wäre es im Zimmer mit ihrem Eintreten dunkler geworden. Aber warum? Sie weinte nicht; sie war nicht in Trauer gekleidet. Es war wirklich ein Rätsel.

»Guten Tag, Miss Treadway.«

»Sie sind Inspector Edward Catchpool?«

»So ist es. Ich rechnete eigentlich damit, Sie morgen in Combingham Hall zu sehen. Ich hatte nicht erwartet, dass Sie mich in London aufsuchen würden.«

»Ich muss ein Geständnis ablegen«, sagte sie.

»Ich verstehe.« Ich setzte mich und forderte sie auf, gleichfalls Platz zu nehmen, doch sie blieb stehen.

»Ich habe meinen Großvater getötet. Ich habe allein gehandelt.«

»Tatsächlich?«

»Ja.« Sie hob das Kinn und sah fast stolz aus. »Drei andere Leute erhielten ebenfalls Briefe, in denen sie beschuldigt wurden, ihn ermordet zu haben, aber sie sind alle unschuldig. Ich war es.«

»Sie haben Barnabas Pandy ermordet – das wollen Sie mir also sagen?«

»Ja.«

»Wie?«

Sie runzelte die Stirn. »Ich weiß nicht, ob ich Ihre Frage verstehe.«

»Es ist ganz einfach. Sie sagen, Sie haben Mr Pandy getötet. Ich frage, wie.«

»Aber ich dachte, Sie wüssten es. Er ertrank in der Badewanne.«

»Meinen Sie nicht eher, Sie ertränkten ihn in der Badewanne?«

»Ich … ja. Ich habe ihn ertränkt.«

»Hercule Poirot haben Sie aber eine ganz andere Geschichte erzählt«, sagte ich.

Annabel Treadway schlug die Augen nieder. »Es tut mir leid.«

»Was genau? Ihren Großvater getötet zu haben? Poirot angelogen zu haben? Mich angelogen zu haben? Alle drei Punkte?«

»Bitte machen Sie es mir nicht schwerer als nötig, Inspector.«

»Sie haben gerade einen Mord gestanden, Miss Treadway. Worauf hatten Sie gehofft: einen Becher Kakao und ein Schulterklopfen? Ihre Schwester und Ihre Nichte haben beide Poirot gegenüber erklärt, Sie könnten Mr Pandy unmöglich getötet haben – Sie seien von dem Augenblick, als Sie ihn wegen des Lärms, den sie drei machten, schimpfen hörten, bis Kingsbury ihn, rund eine halbe Stunde später, tot auffand, mit ihnen zusammen gewesen.«

»Sie müssen sich irren. Wir waren zwar alle zusammen in Ivys Schlafzimmer, aber ich ging zwischendurch kurz hinaus. Lenore und Ivy haben das offenbar vergessen. Es ist schwer, sich nach so vielen Wochen noch an alle Einzelheiten zu erinnern.«

»Ich verstehe. Erinnern Sie sich, was Sie anhatten, als Sie Ihren Großvater töteten?«

»Was ich anhatte?«

»Ja. Ihre Schwester Lenore beschrieb ein ganz bestimmtes Kleid.«

»Ich ... ich trug mein blaues Kleid mit den gelben und weißen Blümchen.« Zumindest das stimmte mit der Aussage ihrer Schwester überein.

»Können Sie mir sagen, wo sich dieses Kleid jetzt befindet?«, fragte ich.

»Zu Hause. Warum fragen mich bloß alle ständig nach meinem Kleid? Warum ist es wichtig? Ich habe es seit Grandys Tod nicht mehr angehabt.«

»Wurde es nass, als Sie den Kopf Ihres Großvaters unter Wasser drückten?«

Sie sah aus, als stünde sie kurz vor der Ohnmacht. »Ja.«

»Ihre Schwester Lenore gab Poirot gegenüber an, Ihr Kleid sei vollkommen trocken gewesen.«

»Sie ... sie hat sich offenbar getäuscht.«

»Und was, wenn ich Ihnen erzählen würde, dass Jane Dockerill ebendieses blaue Kleid – das in tropfnassem Zustand in Zellophan eingepackt worden war – im Internat, mit Klebestreifen an der Unterseite von Timothys Bett befestigt, gefunden hat?«

Der Schock stand Annabel Treadway unübersehbar ins Gesicht geschrieben.

»Das denken Sie sich jetzt nur aus, um mich zu verwirren«, sagte sie. »Das machen Sie mit Absicht!«

»Sie meinen, ich bringe Sie mit ein paar unbequemen Tatsachen aus Ihrer gut einstudierten Geschichte heraus?«

»Sie verdrehen mir die Worte im Mund! Können Sie nicht bitte einfach mein Geständnis akzeptieren?«

»Noch nicht. Sind Sie sicher, dass Sie das Kleid nicht am Rahmen des Bettes Ihres Neffen befestigt haben? Sie haben nicht befürchtet, jemand würde bemerken, dass es nass war und nach Olivenöl roch? Sie kamen nicht auf die glänzende Idee, es irgendwo weit weg von zu Hause zu verstecken?«

Mit zittriger Stimme sagte sie: »Also gut, ja, genau so war es.«

»Aber als ich Sie fragte, wo das Kleid sei, sagten Sie, es sei zu Hause. Warum sollten Sie in dem Punkt lügen, wenn Sie sich bereits des Mordes schuldig bekannt haben? Ich glaube nicht, dass Sie das tun würden.«

»Nur eines zählt, Inspector: Ich tötete meinen Großvater, Das werde ich vor Gericht beschwören. Sie können mich sofort verhaften, und was Sie sonst noch mit Verbrechern machen – aber würden Sie mir eines versprechen, als Gegenleistung für mein umfassendes Geständnis? Ich will nicht, dass Hoppy in Combingham Hall bleibt, wenn ich nicht mehr da bin. Man würde sich nicht richtig um ihn kümmern. Versprechen Sie mir, dass Sie jemanden finden, der ihn lieben und gut für ihn sorgen wird.«

»Sie werden weiterhin diejenige, welche sein«, sagte ich vergnügt. »Es ist für mich sonnenklar, dass Sie niemanden getötet haben.«

»Habe ich doch. Geben Sie mir eine Bibel, und ich werde darauf schwören.«

»Eine Bibel, hm? Würden Sie auch beim Leben Ihres Hundes, Hopscotch, schwören?«

Annabel Treadways Mund verzog sich zu einem scharfen Strich. Tränen stiegen ihr in die Augen. Sie sagte nichts.

»Also schön, Miss Treadway, dann sagen Sie mir: Warum haben Sie Ihren Großvater ertränkt?«

»Das ist leicht zu beantworten.« Die Erleichterung war ihr von den Augen abzulesen und aus der Stimme herauszuhören. Ich spürte, dass sie zumindest jetzt vielleicht die Wahrheit sagen würde – oder zumindest einen Teil davon. »Grandy hatte etwas über mich herausgefunden. Er beabsichtigte, mich deswegen zu enterben.«

»Was hatte er herausgefunden?«

»Das«, erklärte Annabel Treadway, »werde ich Ihnen niemals sagen. Und Sie können mich nicht dazu zwingen.«

»Sie haben recht. Das kann ich nicht.«

»Werden Sie mich wegen Mordes verhaften?«

»Ich? Nein. Ich werde mich mit Monsieur Poirot beraten und anschließend vielleicht die zuständige Polizeidienststelle informieren.«

»Aber ... was soll ich jetzt machen? Ich hatte nicht damit gerechnet, wieder nach Hause fahren zu müssen.«

»Tja, ich fürchte, Sie werden nicht darum herumkommen – außer, Sie können sich anderswo einquartieren. Fahren Sie nach Hause, gehen Sie mit Ihrem Hund spazieren und warten Sie einfach ab, ob jemand vorbeikommt, um Sie wegen Mordes festzunehmen. Ich halte das zwar für ziemlich unwahrscheinlich, aber man kann schließlich nie wissen. Sie könnten ja Glück haben!«

29

Die seltene Schneefee

Als ich an dem Abend in meine Straße einbog, sah ich, dass die Haustür offen stand und meine Hauswirtin, Mrs Blanche Unsworth, im Eingang Posten bezogen hatte und bereit zu sein schien, noch im Augenblick meiner Sichtung wie ein Torpedo hervorzuschießen. »Oh, nein«, murmelte ich in mich hinein.

Sie hopste von einem Fuß auf den anderen und wedelte mit den Armen herum, als hätte sie jemand gebeten, einen Baum im Sturm darzustellen. Bildete sie sich ein, ich könnte sie noch nicht erspäht haben?

Ich setzte mein bestes Lächeln auf und rief: »Hallo, Mrs Unsworth! Schöner Abend, nicht?«

»Ich bin froh, dass Sie wieder da sind!«, sagte sie. Sobald ich in ihrer Reichweite war, zog sie mich ins Haus. »Ein Gentleman hat geklingelt, während Sie nicht da waren. Er gefiel mir gar nicht. Komisches Exemplar war das. Ich hab ja schon die verschiedensten Typen erlebt, aber einer wie der ist mir noch nicht untergekommen.«

»Ah«, sagte ich. Das Beste an Mrs Unsworth ist, dass man ihr nie eine Frage zu stellen braucht. Bereits Minuten nach der Begrüßung verfügt man über eine vollständige Liste jedes Gedankens, der ihr durch den Kopf gegangen ist, und jedes Vorkommnisses, das sie mit angesehen hat oder an dem sie beteiligt war, seit man sie das letzte Mal gesprochen hat.

»Stand da wie eine Nippfigur, der Gentleman. Als ob er aus Porzellan gemacht wäre! Sein Gesicht hat sich beim Sprechen kaum bewegt. Er war ungemein höflich – fast zu höflich, wie wenn er Theater spielte.«

»Ah«, sagte ich noch einmal.

»Ich hatte gleich so ein komisches Gefühl, sowie ich ihn gesehen habe. ›Sei nicht albern, Blanche‹, hab ich zu mir gesagt, ›was machst du dich verrückt? Der Gentleman ist gut gekleidet, schön höflich, vielleicht ein bisschen zurückhaltend, aber das ist nichts, worüber man sich sorgen müsste. Wenn doch nur jeder Besucher so wohlerzogen wäre …‹ Dann hat er mir ein Paket für Sie übergeben, und er sagte, das wäre für Inspector Edward Catchpool, und es war an Sie adressiert, also habe ich schön die Finger davon gelassen. Es ist ganz eingepackt, und es ist bestimmt nichts allzu Garstiges, aber man kann schließlich nie wissen, nicht wahr? Sieht mir ziemlich klobig aus.«

»Wo ist das Paket?«, fragte ich.

»Ich muss gestehen, es gefiel mir kein bisschen besser als er«, sagte Mrs Unsworth. »Ich weiß nicht, ob Sie es aufmachen sollten. Ich würd's nicht tun, wenn ich Sie wäre.«

»Sie brauchen sich um mich keine Sorgen zu machen, Mrs Unsworth.«

»Aber das tue ich! Ich mache mir Sorgen.«

»Wo ist das Paket?«

»Nun ja, es ist im Esszimmer, aber … Halt!« Sie stellte sich mir in den Weg, damit ich nicht weiter ins Hausinnere vordrang. »Sie dürfen es nicht öffnen, bevor ich Sie nicht gewarnt habe. Was nämlich als Nächstes passierte, hat mir einen richtigen Schrecken eingejagt. Sie müssen die ganze Geschichte hören.«

Musste ich das? Ich gab mir alle Mühe, geduldig auszusehen.

»Ich fragte den Gentleman nach seinem Namen, und er reagierte überhaupt nicht. Tat so, als hätte ich gar nicht gefragt! Das war, was ich meinte: Er versuchte, ausnehmend höflich zu erscheinen, aber würde ein wirklicher Gentleman eine so naheliegende Frage vonseiten einer Dame ignorieren? Ich sag Ihnen, er war ein richtiges Exemplar. Er hatte so ein verschlagenes Funkeln in den Augen.«

»Das kann ich mir vorstellen.«

»Und auch ein komisches Lächeln. Nicht die Sorte Lächeln,

der man jeden Tag begegnet. Und dann machte er den Mund auf und sagte – und ich werde es mein Lebtag nicht vergessen, so wahr ich hier stehe! Eines der seltsamsten Dinge, die mir je widerfahren sind! Er sagte: ›Richten Sie Inspector Catchpool aus: Eine Fee steht sehr selten im Schnee.‹«

»Wie bitte?«

Gehorsam wiederholte Blanche Unsworth die Worte.

»Eine Fee steht sehr selten im Schnee?«, sagte ich.

»Genau diese Worte! Nun, dachte ich bei mir: Warum sollte ich weiter auf gute Umgangsformen achten, wenn er so unangenehme Spielchen mit mir treibt? ›Bitte sagen Sie mir Ihren Namen‹, sagte ich, und er dürfte gemerkt haben, dass ich seinen Unsinn nicht besonders lustig fand, aber er kümmerte sich nicht weiter darum. Wiederholte das einfach noch einmal! ›Eine Fee steht sehr selten im Schnee.‹«

»Ich muss das Paket sehen«, sagte ich. Diesmal trat meine Hauswirtin gottlob beiseite und ließ mich passieren.

Als ich das Paket auf dem Esstisch thronen sah, blieb ich abrupt stehen. Ich wusste gleich, was es war.

»Eine Fee steht sehr selten im Schnee! Ha!«

»Warum lachen Sie? Wissen Sie, was das bedeutet?«, fragte Mrs Unsworth.

»Ich glaube schon, ja.«

Sie wich zurück, legte sich die Hände an den Mund und hielt die Luft an, während ich das Packpapier auseinanderschlug. Sobald der Inhalt offen zutage trat, sagte sie ehrfurchtsvoll: »Es ist … es ist eine Schreibmaschine.«

»Ich brauche Papier«, sagte ich. »Ich werde es Ihnen erklären, sobald ich dieses Ding ausprobiert habe und weiß, ob ich richtigliege.«

»Papier? Nun ja, mit Sicherheit … Es ist natürlich keine große Mühe, aber …«

»Dann bringen Sie mir bitte welches, und zwar unverzüglich!«

Kurz darauf spannte ich, während Mrs Unsworth mir über die

Schulter spähte, ein Blatt Briefpapier in die Schreibmaschine ein. Ich tippte: »Eine Fee steht sehr selten im Schnee.« Es klang so, als könnte es eine Zeile aus einer humoristischen Varieté-Nummer sein. Die nächste Zeile, dachte ich mir, könnte beispielsweise lauten: »Eine Seerose segelt im Klee.« Ich tippte das ebenfalls.

»Was ist *das* für ein Unsinn schon wieder?«, fragte Mrs Unsworth. »Erst eine Fee und jetzt auch noch segelnde Seerosen?«

Ich zog das Blatt aus der Schreibmaschine und begutachtete das Resultat meiner lyrischen Bemühungen. »Ja!«, sagte ich.

»Wenn Sie mir nicht verraten, was es mit dem Ganzen auf sich hat, mache ich heute Nacht bestimmt kein Auge zu!«, drohte Mrs Unsworth.

»Seit einiger Zeit fahnden Poirot und ich nach einer bestimmten Schreibmaschine. Wie sich herausgestellt hat, ist das hier die gesuchte. Der Buchstabe ›e‹ ist beschädigt. Sehen Sie genau hin.« Ich reichte ihr das Blatt Papier.

»Aber ... was hat das Ganze mit einer Fee zu tun?«, fragte sie.

»Der Überbringer wollte offensichtlich, dass ich die Schreibmaschine anhand eines Satzes überprüfe, der möglichst viele ›e‹s enthält. Nur das zählt – nicht die Fee und der Schnee und der Klee. Die sind bedeutungslos. Das einzig Wichtige ist: Wer war der seltsame Paketbote, und wem gehört diese Schreibmaschine?«

Ich hatte mir schon ausgemalt, wie erfreut Poirot sein würde, wenn ich ihm von dieser neuen Entwicklung erzählte, aber in Wirklichkeit brachte sie uns – wie mir auf Anhieb klar geworden wäre, wenn ich nicht so eine Planke vor dem Kopf hätte – nicht einen Schritt weiter.

»Ich gehe davon aus, dass der Mann, dem Sie aufgemacht haben, lediglich ein Bote war, nicht der eigentliche Absender«, erklärte ich Blanche Unsworth. »Nicht seinen Namen brauchen wir, sondern den Namen desjenigen, der ihm den Auftrag dazu gab.«

Ich entschuldigte mich, ging hinauf in mein Zimmer und legte mich aufs Bett, wo ich mich dem Gefühl hingab, nicht im Schnee oder Klee, wohl aber im Wald zu stehen. Jemand machte sich über mich lustig – jemand, der sich große Mühe gegeben hatte, mich auf meine Unwissenheit aufmerksam zu machen: »Hier ist die Schreibmaschine, die du suchst. Jetzt brauchst du nur herauszufinden, wo sie herkommt – und das kannst du nicht, stimmt's? Und es wird dir auch nie gelingen, weil ich gescheiter bin als du.« Ich konnte die Worte fast hören, mit hämischer Stimme gesprochen.

»Du magst gescheiter als ich sein«, sagte ich, obwohl die Person, die ich ansprach, kaum eine Chance gehabt haben dürfte, meine Kampfansage zu hören, »aber ich kann mir nicht vorstellen, dass du gescheiter bist als Hercule Poirot!«

30

Das Rätsel der drei Viertel

Am nächsten Tag fuhr ich, gegen das Schmuddelwetter an
kämpfend, mit Stanley McCrodden nach Combingham Hall.
Es war keine vergnügliche Reise. Ich verbrachte einen großen Teil
davon mit dem Versuch zu ergründen, wie es sein konnte, dass
Gespräche zwischen Poirot, McCrodden und mir wie geschmiert
liefen, während McCrodden und ich minus Poirot es irgendwie
nicht fertigbrachten, anders als gestelzt und – in seinem Falle –
übellaunig miteinander zu sprechen.

Combingham Hall hatte eine nichtssagende, anstaltsmäßige
Fassade. Obwohl es sichtlich ein altes Gebäude war, machte es
einen seltsam provisorischen Eindruck, so als wäre es lediglich in
die umgebende Landschaft gestellt worden und nicht in ihr ver-
wurzelt. Es war eine eigenartige Vorstellung, dass am folgenden
Tag alle, die in das seltsame Rätsel um den Tod Barnabas Pandys
verwickelt waren, sich, von Poirot einbestellt, hier versammeln
würden.

Stanley McCrodden und ich fanden die Eingangstür des Herrenhauses trotz des strömenden Regens halb offen vor. Der vor-
dere Teil des gefliesten Fußbodens war, kaum verwunderlich,
nass von zum Teil schlammigem Wasser. Sofort musste ich an
Poirots arme Schuhe denken und die Leiden, die sie bereits ausgestanden haben mussten. Hier und da prangten ein paar schlam-
mige Tapser – Hoppys, des Hundes, Hand- beziehungsweise Pfo-
tenschrift, wie ich messerscharf bei mir schloss.

Niemand stand zu unserer Begrüßung bereit. McCrodden
wandte mir eine missfällige Miene zu und schien schon eine Be-
schwerde verlauten lassen zu wollen, als wir beide ein Schlurfen
vernahmen. Ein ältlicher Mann war aus dem tonnengewölbten

Korridor gegenüber erschienen und tappte uns langsam entgegen.

»Wie ich sehe, haben Sie schon hereingefunden, Gentlemen«, sagte er. »Mein Name ist Kingsbury. Wenn Sie gestatten, nehme ich Ihnen Ihre Mäntel und Hüte ab, und dann führe ich Sie zu Ihren Zimmern. Hübsche Zimmer haben Sie beide bekommen. Gefällige Aussicht. Ach, und dann erwartet Mr Porrott Sie in Mr Pandys Arbeitszimmer.« Als er näher schlurfte, bemerkte ich, dass er fröstelte. Trotzdem machte er keine Anstalten, die Haustür zu schließen, bevor er uns bat, ihm nach oben zu folgen.

Das mir zugeteilte Schlafzimmer war riesig, schmucklos, ungemütlich und kalt. Das Bett besaß eine knollige Matratze und ein knolliges Kissen: eine demoralisierende Kombination. Die Aussicht hatte das Potenzial, sich als entzückend zu erweisen, wenn der Regen erst aufgehört haben würde, gegen die Fenster zu peitschen.

Kingsbury hatte uns erklärt, wie wir »Mr Pandys Arbeitszimmer«, wie er es noch immer nannte, finden konnten, und sobald ich bereit war, nach unten zu gehen, klopfte ich an McCroddens Tür, bei mir direkt nebenan. Als ich ihn fragte, ob sein Schlafzimmer seinen Wünschen entspreche, erwiderte er kalt: »Es enthält ein Bett und ein Waschbecken, und mehr brauche ich nicht.« Was im Klartext bedeutete, dass nur ein verhätschelter Phäake sich mehr zu erhoffen erdreistet hätte.

Wir trafen Poirot im Arbeitszimmer an, wo er, eine orange, braun und schwarz gestreifte Decke um die Schultern drapiert, in einem hochlehnigen Lederfauteuil thronte. Er trank gerade einen Kräutertee. Ich roch ihn, sobald wir das Zimmer betraten, und konnte den Dampf aus der Tasse aufsteigen sehen.

»Catchpool!«, sagte er mit der Stimme eines Gepeinigten. »Ich begreife nicht, was mit euch Engländern eigentlich nicht stimmt. In diesem Zimmer ist es nicht wärmer als draußen!«

»Da gebe ich Ihnen recht. Dieses Haus ist wie ein Gletscher mit Wänden und einem Dach«, sagte ich.

271

»Würden Sie beide das Gemecker einstellen?«, schnauzte Stanley McCrodden. »Was ist das da, Poirot?« Er deutete auf ein Blatt Papier, das mit der beschriebenen Seite nach unten auf – wie Kingsbury zweifellos dazu gesagt hätte – »Mr Pandys Schreibtisch« lag.

»Ah!«, sagte Poirot. »Alles zu seiner Zeit, *mon ami*, alles zu seiner Zeit.«

»Und was ist in der braunen Papiertüte?«

»Ich werde Ihre Fragen *bientôt* beantworten. Aber zunächst … ich bin untröstlich, aber es ist meine Pflicht, Ihnen die schrecklichste Nachricht zu übermitteln. Bitte, setzen Sie sich.«

»Schrecklich …« McCroddens Gesichtsfleisch erschlaffte schlagartig. »Geht es um John?«

»*Non, non.* John geht es ausgezeichnet.«

»Also, worum geht es dann? Spucken Sie's aus!«

»Es geht um *la pauvre* Mademoiselle Mason. Emerald Mason.«

»Was ist mit ihr? Sie haben sie doch nicht etwa auch hierher eingeladen? Poirot, ich schlag Ihnen die Nase platt, wenn Sie …«

»Bitte, *mon ami.*« Poirot legte sich den Finger an die Lippen. »Ich flehe Sie an, seien Sie still.«

»Jetzt sagen Sie schon, um Himmels willen«, bellte McCrodden. »Was hat Miss Mason diesmal angestellt?«

»Es hat sich ein höchst bedauerlicher Verkehrsunfall ereignet. Miss Mason saß in einem Automobil, als ein … ein Pferd unerwartet in den Weg sprang.«

»Ein Pferd?«, sagte ich.

»Ja, Catchpool, ein Pferd. Bitte unterbrechen Sie mich nicht. Sonst kam niemand zu Schaden, aber die arme Mademoiselle Mason … Oh! *C'est vraiment dommage!*«

»Wollen Sie damit sagen, dass Emerald Mason tot ist?«, fragte McCrodden.

»Nein, *mon ami.* Es wäre aber vielleicht besser für sie, wenn sie es wäre. Eine junge Dame, die noch das ganze Leben vor sich hat …«

»Poirot, ich verlange, dass Sie mir augenblicklich sagen ...«, setzte McCrodden an. Sein Gesicht hatte mittlerweile die Farbe Roter Bete angenommen.

»Natürlich, natürlich. Sie wird beide Beine verlieren.«

»Was?«, schrie McCrodden.

»Gütiger Gott!«, sagte ich. »Das ist ja entsetzlich.«

»Ein Chirurg ist in diesem Moment dabei, ihr die zwei betreffenden Extremitäten abzunehmen. Es gab keine Möglichkeit, auch nur eine davon zu retten. Zu groß waren die davongetragenen Schäden.«

McCrodden zog ein Taschentuch hervor und wischte sich die Stirn. Er sprach kein Wort. Dann schüttelte er mehrmals den Kopf. »Das ... das ist ... Wie unsagbar ... Ich kann es nicht glauben. Beide Beine?«

»Ja, beide Beine.«

»Wir müssen ... Die Firma muss dafür sorgen, dass sie alles bekommt, was sie braucht. Und Blumen. Einen Fruchtkorb. Und Geld, verdammt! So viel, wie sie braucht, und dazu die beste medizinische Versorgung, die es gibt. Es muss doch Spezialisten geben, die Menschen nach solchen Unfällen trainieren, damit sie wieder ...« McCroddens Mund zuckte. Die Röte war aus seinem Gesicht gewichen. Jetzt sah seine Haut fast durchscheinend aus. »Wird sie je wieder arbeiten können? Wenn nicht, ist es ihr Tod. Im Ernst, es bringt sie um. Sie liebt ihre Arbeit.«

»Monsieur McCrodden, es tut mir entsetzlich leid«, sagte Poirot. »Sie haben für die junge Frau nichts übrig, das ist mir bekannt, dennoch muss dies ein schrecklicher Schock für Sie sein.«

Stanley McCrodden schleppte sich zum nächstbesten Sessel, ließ sich darin nieder und barg sein Gesicht in beiden Händen. Just in diesem Moment drehte sich Poirot um und zwinkerte mir zu.

Ich antwortete mit einer fragenden Miene. Er zwinkerte noch einmal. Ein übermächtiges Gefühl der Ungläubigkeit erfasste mich. Konnte das wirklich wahr sein?

Ich setzte eine weitere – strengere – fragende Miene auf. Versuchte Poirot gerade, mir zu signalisieren, dass er McCrodden angeschwindelt hatte? War Emerald Mason in Wirklichkeit kerngesund, mit zwei einwandfrei funktionierenden Beinen, die ihr auch niemand abzusägen beabsichtigte? Falls ja, was in aller Welt führte Poirot im Schilde?

Ich fragte mich, ob ich etwas sagen sollte. Aber was würde geschehen, wenn ich Stanley McCrodden erklärte: »Poirot hat mir gerade zweimal zugeblinzelt; ich glaube, er nimmt Sie nur auf den Arm«? Wäre es, unter den gegebenen Umständen, nicht besser, Gliedmaßen überhaupt aus dem Spiel zu lassen?

»*Mon ami*, wäre es Ihnen vielleicht lieber, sich auf Ihr Zimmer zu begeben?«, fragte Poirot ihn. »Catchpool und ich, wir können die Festung halten, wenn Sie sich nicht wohl genug fühlen, um hier fortzufahren.«

»Womit fortzufahren? Es tut mir leid, ich ... diese grauenvolle Nachricht hat mich völlig durcheinandergebracht.«

»Das ist mir bewusst«, sagte Poirot.

»Catchpool, es tut mir leid«, sagte McCrodden fast unhörbar.

»Was?«, fragte ich.

»Mein heutiges Verhalten war indiskutabel. Sie haben mir gegenüber eine wahre Engelsgeduld bewiesen. Ich habe Sie schändlich behandelt, und Sie hatten es durch nichts verdient. Bitte akzeptieren Sie meine aufrichtige Entschuldigung.«

»Natürlich«, sagte ich. »Schwamm drüber.«

»Meine Herren, wir haben viel zu besprechen«, sagte Poirot. »Monsieur McCrodden, Sie fragten mich nach diesem Blatt Papier. Sie können es sich jetzt ansehen, wenn Sie möchten. Oder auch Sie, Catchpool, wenn unser Freund zu erschüttert dafür ist.«

»Er *sieht* ohne Frage erschüttert aus«, sagte ich pointiert. »Finden Sie nicht auch?«

Poirot lächelte. In diesem Moment wusste ich ohne jeden Zweifel, dass Emerald Masons Beine nicht Gefahr liefen, abgesägt zu werden. Ich war sauer auf mich. Nichts hinderte mich

daran, McCrodden zu erklären, dass man ihm einen Bären auf-
gebunden hatte, warum machte ich also nicht endlich den Mund
auf? Aber nein, ich schwieg im Vertrauen auf Poirots unerforsch-
lichen Ratschluss, als wäre er ein göttliches Wesen.

Ich ging hinüber zum Schreibtisch, hob das Blatt auf und drehte es um. Darauf standen sieben Worte getippt: »Eine Fee steht
sehr selten im Schnee.«

»Was zum Henker …?«, murmelte ich.

Poirot fing an zu lachen.

»*Sie* haben mir die Schreibmaschine geschickt?«, rief ich aus.

»Ah! *Oui, c'était* Poirot! Ich ließ sie von Georges zustellen und
instruierte ihn, was er sagen sollte. Er spielte seine Rolle überaus
zufriedenstellend. Er richtete Mrs Unsworth die Botschaft über
die Fee aus.«

»Genug der Mätzchen, Poirot. Warum haben Sie mir nicht einfach gesagt, dass Sie die Schreibmaschine gefunden haben?«

»Ich bitte tausendmal um Entschuldigung, *mon cher.* Poirot,
er hat mitunter den Schalk im Genick.«

»Wo haben Sie sie gefunden?«

»Wo ich die seltene Schneefee gefunden habe? Hier in Combingham Hall. Bitte kein Sterbenswort davon, Catchpool. Niemand hier weiß, dass eine Schreibmaschine verschwunden ist.«

»Dann … dann wurden die vier mit Ihrem Namen unterzeichneten Briefe von einem Bewohner dieses Hauses getippt?«

»Die Briefe wurden hier getippt, ja.«

»Von wem?«

»Das ist tatsächlich die Frage! Ich habe einen Verdacht – aber
mehr als das ist es noch nicht, und ich kann nicht beweisen, dass
ich recht habe. Die Gewissheit …« Er seufzte. »Auch nach so viel
getaner harter Arbeit will sie sich nicht einstellen.«

»Haben Sie nicht versprochen, morgen Nachmittag um zwei
alles zu enthüllen?«, erinnerte ich ihn.

»Doch. Allmählich wird die Zeit knapp für Poirot.« Er lächelte, als ob der Gedanke ihn erfreute. »Wird er sich zum Gespött

der Leute machen? Nein, das darf er nicht! Er muss an seinen Ruf denken! Er muss seinen guten Namen retten – den ausgezeichneten Namen Hercule Poirot. *Alors*, es gibt nur einen einzigen Weg! Das Rätsel muss vor morgen Nachmittag um zwei gelöst werden. Ich bin sehr nah dran, *mes amis* ... sehr nah. Ich kann es hier spüren.« Er zeigte auf seinen Kopf. »Die kleinen grauen Zellen, sie sind fleißig am Werk. Das Knappwerden der Zeit ... es ist belebend, Catchpool. Es inspiriert mich! Seien Sie unbesorgt. Alles wird gut werden.«

»Ich bin unbesorgt«, sagte ich zu ihm. »*Ich* habe niemandem irgendwelche Antworten versprochen. Ich wollte Sie nur daran erinnern, dass *Sie* sich so langsam Sorgen machen sollten.«

»Sehr amüsant, Catchpool.«

»Was ist in der braunen Tüte?«, fragte ich.

»Ah, ja, die Tüte«, sagte Poirot. »Wir werden sie jetzt öffnen. Zuerst aber muss ich ein Geständnis ablegen. Monsieur McCrodden, ich sehe, dass Sie noch immer außer Stande sind zu sprechen, also hören Sie bitte auf das, was ich zu sagen habe. Die Geschichte über Miss Mason, die ich Ihnen erzählt habe, dass sie ihre beiden Beine verlieren wird – sie war nicht wahr.«

McCrodden fiel die Kinnlade herunter. »Nicht ... nicht wahr?«

»Nicht im Mindesten. Soweit ich unterrichtet bin, hat besagte junge Frau keinerlei bedauerlichen Unfall erlitten, und ihre beiden Beine sind noch immer wie fabrikneu.«

»Aber Sie ... Sie sagten doch ... Warum nur, Poirot?«

Ich fand es bemerkenswert, dass McCrodden nicht wütend wurde. Er schien sich vielmehr in einer komischen Art Trance zu befinden. Seine Augen hatten einen glasigen Glanz.

»Das, *mon ami*, werde ich, nebst vielem anderem, auf unserer morgigen Zusammenkunft erklären. Ich bedaure, Ihnen mit meiner kleinen Geschichte Kummer bereitet zu haben. Zu meiner Verteidigung kann ich nur sagen, dass es absolut notwendig war. Sie wissen es noch nicht, aber Sie haben mir sehr geholfen.«

McCrodden nickte unbestimmt.

Poirot drehte sich zum Schreibtisch um. Ich hörte ein Rascheln und wusste, dass er etwas aus der Tüte herausholte. Dann trat er einen Schritt zurück, damit wir sehen konnten, was es war.

»Ist das nicht ...?«, sagte ich und verstummte. McCrodden lachte auf.

Es war ein kleiner Teller aus blau-weiß gemustertem Porzellan mit einem Stück Kirchenfensterkuchen darauf.

»Ja, in der Tat, es ist Mademoiselle Fees Kuchen. Eine Portion. Das ist alles, was ich brauche!«, sagte Poirot.

»Um die Hungersnot bis zum Dinner zu überstehen?«, sagte McCrodden, um in ein neuerliches grölendes Gelächter auszubrechen. Er hatte offensichtlich eine Metamorphose durchgemacht, und verantwortlich dafür war Poirot, doch ob die Wirkung zufällig zustande gekommen oder bewusst herbeigeführt worden war, hätte ich nicht sagen können.

»Er ist nicht für den Magen, sondern für die kleinen grauen Zellen«, sagte Poirot. »Hier, *mes amis*, in diesem kleinen Stück Kuchen, haben wir die Lösung des Rätsels um den Tod von Barnabas Pandy!«

»Grundgütiger, was für ein hässliches Haus«, sagte Eustace Campbell-Brown, als er, Sylvia Reagan und Mildred dem Auto entstiegen, das sie nach Combingham Hall gebracht hatte. Er starrte an der Fassade hoch. »Hier kann doch kein Mensch leben! Seht euch das doch an! Und wenn man bedenkt, dass sie es für ein Vermögen verkaufen und sich dafür ohne Ende schicke, gut ausgestattete Wohnungen in London, Paris, New York zulegen könnten ...«

»So schlimm finde ich es gar nicht«, sagte Mildred.

»Ich ebenso wenig«, sagte Sylvia Reagan. »Du hast recht, Mildred, es ist wirklich ein sehr schönes Gebäude. Eustace weiß nicht, wovon er redet. Er stellt nur seine Ignoranz unter Beweis.«

Mildred sah ihre Mutter, anschließend ihren Verlobten an. Dann ging sie ohne ein Wort auf das Haus zu. Sylvia und Eustace blickten ihr nach, bis sie durch die offene Eingangstür verschwand.

»Dürfte ich einen Waffenstillstand vorschlagen?«, sagte Eustace. »Wenigstens bis wir nach London zurückfahren?«

Sylvia wandte sich ab. »Ich habe das Recht zu meinen, dass dieses Haus ansprechend ist, wenn es zufällig das ist, was ich meine«, sagte sie.

»Beunruhigt es Sie nicht, dass Sie es wieder einmal geschafft haben, Mildred zu vertreiben? Stört es Sie nicht, so unerträglich zu sein, wie Sie sind?« Eustace hob die Hände in die Höhe. »Mein Fehler! Ich werde von nun an davon Abstand nehmen, feindselige Bemerkungen zu machen, wenn Sie es ebenso halten. Wie wär's? Wir sollten nicht an uns selbst denken, sondern an Mildred. Sie und ich mögen Spaß an unserem kleinen Privatkrieg haben, aber ich glaube nicht, dass sie es noch viel länger aushält.«

»Sie haben mich eine Mörderin genannt«, erinnerte Sylvia ihn.

»Das hätte ich nicht sagen dürfen. Ich bitte um Vergebung.«

»Halten Sie mich wirklich für eine? Geben Sie mir eine ehrliche Antwort.«

»Ich habe gesagt, dass es mir leidtut.«

»Es aber nicht so gemeint! Sie haben eben kein Verständnis für das Leiden anderer – von Frauen wie mir. Sie sind ein Teufel!«

»So, jetzt sind Sie es losgeworden – wie steht's mit dem Waffenstillstand?«, sagte Eustace.

»Also gut. Solange wir in Combingham Hall sind, werde ich mein Bestes versuchen.«

»Danke. Ich ebenso.«

Zusammen betraten sie das Haus. Sie sahen Mildred ganz allein in der Eingangshalle stehen. Beim Anblick der beiden zuckte sie zusammen, blickte dann nach oben zur Decke und stimmte leise eines ihrer Lieblingslieder an, »The Boy I Love Is Up in the Gallery«, wobei sie die Arme nach beiden Seiten ausstreckte. Sie sah so aus, als wollte sie davonfliegen.

Eustace dachte: Ich muss sie Sylvias Einfluss entziehen, sonst sind wir beide bald reif für die Klapsmühle.

Mildreds Stimme zitterte, während sie sang:

»Ja, wär' ich eine Gräfin und hätte ganz viel Geld,
Ich schenkt's dem Jungen, der uns das Aufgebot bestellt.
Doch wir sind arm, wir werden von Luft und Liebe zehren
Und so vergnügt dabei sein, wie wenn wir Vöglein wären.
Der Junge, den ich liebe, sitzt dort im letzten Rang ...«

»Hört jemand Gesang?«, fragte Stanley McCrodden. »Ich könnte schwören, da singt jemand.«

»Poirot, wie kann ein Stück Kuchen die Lösung zu einem ungelösten Mordfall sein?«, fragte ich.

»Weil es ein ganzes Stück ist: ungeteilt, intakt. Nicht in Viertel geschnitten. Es ist die Lösung des ›Rätsels der drei Viertel‹, wie ich den Fall seit einiger Zeit in Gedanken nenne! Es sei denn ...«

Poirot eilte zum Kuchen, zog ein kleines Messer aus der Tasche und schnitt das gelbe Quadrat links oben ab. Dann schob er den Kuchenwürfel an den Tellerrand und trennte ihn so vom Rest des Kuchens. »Es sei denn, das hier wäre der Fall«, sagte er. »Aber das glaube ich nicht. Nein, das glaube ich ganz und gar nicht.« Er schob das gelbe Quadrat an seinen ursprünglichen Ort zurück, sodass es die drei übrigen Felder berührte.

»Sie vermuten, dass das eine Quadrat nicht losgelöst ist, sondern mit den drei anderen Quadraten zusammenhängt«, sagte ich. »Was wiederum bedeutet, dass ... alle vier Empfänger von Briefen, die sie des Mordes beschuldigten, sich untereinander kennen?«

»*Non, non, mon ami.* Ganz und gar nicht.«

»John kennt keinen beziehungsweise keine der drei anderen«, sagte Stanley McCrodden. »Das hat er mir gesagt, und ich glaube ihm.«

»Was meint Poirot dann, wenn er sagt, das ganze, ungeteilte Stück Kuchen sei die Lösung?«

Wir sahen ihn beide an. Er lächelte geheimnisvoll. Dann sagte McCrodden: »Moment! Ich glaube, ich weiß, was er damit meint ...«

»Aber ich weiß nicht, wo er sein könnte«, sagte Hugo Dockerill mit Panik in der Stimme. »Ich meine, er könnte überall sein! Ich weiß nur eins, dass er nicht da ist, und wir sind schon hoffnungslos spät dran. Ach je.«

»Hugo«, sagte seine Frau sanft. »Beruhige dich. Keinen auf Combingham Hall kümmert es, ob wir um zwölf Uhr mittags oder nachts ankommen. Solang wir rechtzeitig für das Treffen morgen da sind, ist alles in Ordnung.«

»Danke, dass du versuchst, mich zu beruhigen, liebste Jane. Ich weiß, du bist über unsere Verspätung saurer, als du dir anmerken lässt.«

»Ich bin nicht sauer, Hugo.« Sie legte ihre Hand in die seine. »Ich wünschte nur, ich könnte es verstehen: wie es sich anfühlen muss, du zu sein, so zu denken wie du und ... einfach weiterzumachen. Ich kann es mir nicht vorstellen. Ich kann mir nicht vorstellen, dreimal zum Briefkasten pilgern zu müssen, um einen Brief einzuwerfen, weil man die ersten zwei Male vergisst, den Brief mitzunehmen. Mir würde das nie passieren, und es fällt mir schwer zu begreifen, wie das überhaupt möglich ist.«

»Na ja, zu guter Letzt habe ich ihn ja eingeworfen. Nicht der Brief ist das Problem, sondern mein vermaledeiter Hut! Wo steckt bloß das verfluchte Ding?«

»Warum nimmst du nicht einen anderen Hut?«

»Ich wollte diesen hier nehmen. Ich meine, den nehmen, der nicht mehr da ist!«

»Du sagtest, du hättest ihn gerade erst noch in der Hand gehabt.«

»Hatte ich auch, da bin ich mir ganz sicher.«

»Also dann. Wo bist du gewesen, als du vor einem Moment aus dem Zimmer gegangen bist?«

»Nur im Empfangszimmer.«

»Könnte der Hut dann nicht im Empfangszimmer sein?«

Hugo runzelte wieder die Stirn. Dann leuchtete sein Gesicht freudig, ja entzückt auf. »Das wäre möglich! Ich geh einfach mal nachsehen.«

Ein paar Sekunden später kehrte er, den Hut in der Hand, zurück. »Deine Strategie hat funktioniert. Liebste Jane, du bist wundervoll. So! Wollen wir los?«

Jane Dockerill seufzte. »Wir sollten, aber müssen wir nicht noch etwas mitnehmen, abgesehen von deinem Hut und allem, was schon neben der Tür bereitsteht?«

»Nein, sonst habe ich alles. Es ist alles im Koffer. Was brauchen wir denn noch?«

»Vielleicht Timothy Lavington und Freddie Reagan?« Sie schüttelte lächelnd den Kopf. »Soll ich eben gehen und sie holen?«

»Ja, bitte, Liebling. Du findest sie bestimmt eher als ich, da bin ich mir sicher.«

»Ich mir auch. Hugo?«

»Ja, Liebste?«

»Halt den Hut schön fest, solange ich weg bin, ja? Ich möchte nicht, dass du ihn wieder verlierst.«

»Absolut. Ich werde ihn nicht aus den Augen lassen!«

»Wenn ich nicht irre, Poirot, dann meinen Sie damit Folgendes«, sagte Stanley McCrodden. »Es ist nicht so, dass alle vier Empfänger von Beschuldigungsbriefen einander kennen würden. Ebenso wenig, dass sie alle Barnabas Pandy gekannt hätten. Es ist vielmehr so, dass sie alle mit dem Verfasser der Briefe bekannt sind.«

»Ja, Sie haben recht«, sagte Poirot.

McCrodden sah ihn erstaunt an. »Wirklich?«, sagte er. »Das hatte ich nicht erwartet. Es war nur geraten.«

»Es war gut geraten«, korrigierte ihn Poirot. »Zumindest … bin ich so gut wie sicher, dass Sie recht haben. Eine wichtige

Frage bleibt noch, und sie zu stellen wird eine Fahrt nach London erforderlich machen.«

»Nach London? Aber es kommen doch alle hierher!«, rief ich aus. »Sie haben sie doch herzitiert!«

»Und hier müssen sie auch bleiben. Beunruhigen Sie sich nicht, *mon cher* Catchpool. Ich werde rechtzeitig zu unserem Termin morgen um vierzehn Uhr zurück sein.«

»Aber zu wem fahren Sie?«

»Es müsste eigentlich ... ist es Peter Vout?«, fragte Stanley McCrodden.

»Und wieder richtig geraten!« Poirot klatschte in die Hände.

»Keine große Kunst«, sagte McCrodden. »Vout dürfte so ziemlich die einzige Person sein, die irgendetwas wissen könnte und die noch nicht hier in Combingham Hall ist.«

»Er wird die Frage, die ich ihm morgen Vormittag zu stellen gedenke, mit Sicherheit beantworten können«, sagte Poirot. »Es ist anders gar nicht möglich! Und anschließend wird, wie ich hoffe, das vollständige Bild klar zutage treten – und zwar gerade noch rechtzeitig!«

Als John McCrodden Combingham Hall erreichte, fand er die Eingangstür offen vor. Er trat ein. Der Fußboden der Eingangshalle war nass und mit Schlamm beschmutzt. Drei Koffer standen herrenlos am Fuß der mit – und zwar gewaltigem – Abstand größten Treppe, die er jemals zu Gesicht bekommen hatte.

»Hallo?«, rief er. »Hallo! Ist da jemand?«

Kein Mensch ließ sich blicken, und niemand gab Antwort. Nichts wäre John lieber gewesen, als wenn sich herausgestellt hätte, dass er tatsächlich allein war, allein in diesem gigantischen Gebäude, das so kalt wie eine Gruft war – und er in einem der Zimmer Feuer machen und einen geruhsamen Abend nur für sich verbringen könnte –, aber er wusste, dass das nur ein frommer Wunsch war. Zweifellos würde jeden Augenblick ein Sortiment von affektierten Leuten aus den besseren Kreisen erscheinen, und er wusste, dass sie ihm einer wie der andere zuwider sein würden.

Er hatte die Halle schon halb durchquert, um sich auf die Suche nach einer Küche zu machen, in der er etwas Essbares finden und sich eine Tasse heißen, starken Tee machen könnte, als sich zu seiner Rechten eine Tür öffnete und endlich doch jemand erschien.

»Ich bin John Mc…« begann er, noch während er sich umdrehte. Aber ehe er seinen Namen zu Ende aussprechen konnte, verschlug es ihm den Atem.

Nein. Das konnte nicht sein. Solange sein Herz so heftig hämmerte, konnte er keinen klaren Gedanken fassen.

Es konnte nicht sein. Und doch war es so.

»Hallo, John.«

»Du bist es …?«, war alles, was er herausbrachte.

Das vierte Viertel

31

Eine Notiz für Mr Porrott

Freddie Reagan hatte seit seiner Ankunft in Combingham Hall am gestrigen Tag eine Menge gelernt. Tatsächlich weit mehr, als er je auf der Schule gelernt hatte. Die Lehrer gaben sich alle Mühe, nützliche Fakten in seinen Kopf zu stopfen, und er war nicht schlecht darin, sie sich zu merken, aber von etwas zu hören, was in der Vergangenheit passiert war oder was irgend so ein Typ, der längst tot und begraben war, sich so ausgedacht hatte, war nicht das Gleiche, wie die Entdeckung *selbst* zu machen. Wenn das passierte – und zwar nicht in einem muffigen, fast mucksmäuschenstillen Klassenzimmer, sondern im realen, alltäglichen Leben –, hinterließ das jeweils Erlernte einen weit tieferen Eindruck. Freddie war sicher, dass er die zwei Lektionen, die er bislang bei Timothy Lavington zu Haus gelernt hatte, niemals vergessen würde: Die erste lautete, dass man eigentlich nicht mehr als einen Freund brauchte.

Wundersamerweise hatte Timothy entschieden, dass er Freddie ganz nett fand. Sie hatten im Garten getobt und Verstecken gespielt, als die Köchin grad nicht guckte, in der Küche Essen stibitzt und sich über Dockerill-den-Dödel und ein paar weitere Leute im Haus lustig gemacht: das als Butler fungierende Alte Fossil, das so aussah, als könnte es zu Staub zerfallen, wenn es auch nur ein Schrittchen weiterging, den Belgier, den Timothy und Freddie einmütig »das Ei mit Schnauzbart« nannten, und den Mann, der wie eine Büste in einem Museum aussah, mit grau gelocktem Haar und der höchsten Stirn der nördlichen Hemisphäre.

»Die Menschen sind wirklich ganz schön komisch, was, Freddie?«, hatte Timothy an diesem Morgen gesagt. »Besonders, wenn sie in Massen auftreten, wie jetzt – da fällt's mir richtig auf – oder in der Schule. Im Großen und Ganzen halte ich nicht viel von unserer Spezies. *Du* bist in Ordnung, Freddie. Und selbstredend bin ich ebenfalls in Ordnung. Und ich liebe meine Tante Annabel und Ivy und meinen Vater …« Hier war Timothy verstummt und hatte finster dreingeschaut, als ob der Gedanke an seinen Vater ihm zu schaffen machte.

»Was ist mit deiner Mutter? Und deinen ganzen Freunden in Turville?«

»Ich versuche, Mama zu respektieren«, hatte Timothy seufzend gesagt. »Was meine Freunde in Turville anbelangt … die sind mir durch die Bank zuwider. Allesamt unerträgliche Hohlköpfe.«

»Aber dann …?«

»Warum ich sie nicht längst abgestoßen habe? Warum ich meine ganze Zeit mit ihnen verbringe? Selbsterhaltung: das ist der einzige Zweck der Übung. Die Schule ist ein brutaler Ort, Freddie, bist du nicht auch der Meinung?«

»Ich … ich weiß nicht«, hatte Freddie gestottert und die Augen niedergeschlagen. »In meiner letzten Schule ging's brutaler zu. Dort habe ich mir ein gebrochenes Schlüsselbein eingehandelt, und dazu ein gebrochenes Handgelenk.«

»Du bist noch nicht lang genug da, um die subtile Brutalität Turvilles würdigen zu können. Da werden keine Knochen gebrochen – nur Seelen. Als ich da anfing, habe ich gleich diese Gruppe von Jungen – die Gruppe, deren Anführer ich jetzt bin – als diejenige erkannt, die mein Überleben am ehesten gewährleisten würde. Ich glaube, ich habe die richtige Wahl getroffen. Tatsache ist: Ich wusste, dass ich nicht stark genug war, um es allein durchzustehen. Deswegen bewundere ich dich, Freddie.«

Freddie war zu erstaunt gewesen, um darauf etwas erwidern zu können.

»Du hast es nicht nötig, die widerlichen Kompromisse zu machen, die ich mache, um beliebt zu sein. Du verbringst die meiste

Zeit mit Dödel Dockerills Frau, die alles in allem ein prima Kerl ist. Hat dich unter ihre Fittiche genommen, nicht?«

»Sie ist nett zu mir, ja.«

Freddie hatte sich nur mit Mühe konzentrieren können, so überrascht, wie er über Timothys Worte war. Er schaffte es mit Müh und Not, auf seine Frage zu antworten: Er hätte liebend gern die widerlichsten Kompromisse gemacht, nur um so beliebt wie Timothy zu sein, aber es hatte sich nie die Gelegenheit dazu geboten.

»Ich könnte dein Freund in der Schule sein«, sagte er. »Wenn du deine anderen Freunde nicht magst, meine ich. Wir brauchen nicht miteinander zu reden, aber insgeheim könnten wir wissen, dass wir Freunde sind. Nur wenn ...« An dem Punkt verließ Freddie der Mut, und er nuschelte abwiegelnd: »War nur so 'ne Idee. Ich könnt's absolut verstehen, wenn du nicht willst.«

»Oder wir könnten auf die übliche Weise Freunde sein, ganz offen, und wem's nicht passt, der kann sich zum Teufel scheren!«, hatte Timothy trotzig gesagt.

»Nein, das geht nicht. Du darfst dich nicht zusammen mit mir sehen lassen. Du wärst bald selbst so unbeliebt wie ich.«

»Das glaube ich nicht«, hatte Timothy nachdenklich gesagt. »Ich hab mir gleich zu Anfang einen solchen Ruf erarbeitet, dass ich ihn jetzt mit ziemlicher Sicherheit überallhin mitnehmen könnte – zu welcher Gruppe ich nun gehören oder nicht gehören mag. Wir werden sehen. Natürlich werden wir ein paar einschneidende Änderungen vornehmen müssen, ich meine, an ... na ja, an dir, Freddie. An deinem Betragen, daran, wie du in der Schule auftrittst.«

»Natürlich«, hatte Freddie hastig zugestimmt. »Was immer du für richtig hältst.«

»Deine Sachen sind irgendwie ein bisschen zu ... Ich meine, es gibt Schuluniform und Schuluniform, Freddie.«

»Ich verstehe. Ja, natürlich.«

»Aber wir brauchen uns über Details noch nicht den Kopf zu

zerbrechen. Weißt du, es ist komisch: Ich hab dich schon immer beneidet. Die Gerüchte über deine Mutter … Es macht dir hoffentlich nichts aus, wenn ich davon rede?«

»Kein bisschen«, hatte Freddie gesagt, obwohl es ihm sehr viel ausmachte.

»Es ist nur so, dass alle meinen, deine Mutter sei eine Kindsmörderin und ein Monstrum, und das sagen sie auch, während sie alle finden, *meine* Mutter sei der Inbegriff der Achtbarkeit. Was sie auch ist. Daraus folgt aber, dass keiner sie je ein Scheusal nennt, was wiederum bedeutet, dass ich nicht mit einstimmen und sagen kann: ›Ja, ich glaube, ihr könntet recht haben. Ich glaube, sie hat mit ihrer Kaltherzigkeit meinen Vater vertrieben.‹ Das würde ich gern sagen, laut und vor einem Haufen Leute. Das würde ich wirklich sehr gern. Aber die Unzulänglichkeiten *meiner* Mutter bleiben weithin unerkannt. Und wenn ich versuchen würde, die Sache zu erklären, würde mich keiner verstehen oder Mitleid mit mir haben.«

»Die Gerüchte über meine Mutter sind absolut nicht wahr«, sagte Freddie ebenso hastig wie leise. Aber wenn er es überhaupt nicht gesagt hätte, wäre es ihm wie ein Verrat vorgekommen.

»Das Fehlen von Gerüchten über meine ganz genauso«, sagte Timothy.

»Wie kann ein Fehlen von Gerüchten nicht wahr sein?«

»Du nimmst alles zu wörtlich, Freddie.« Timothy lächelte. »Komm, schauen wir doch mal nach, ob's in der Küche irgendwelche leckeren Reste gibt. Ich hab einen tierischen Hunger!«

Und so hatte sich Freddies Leben – obgleich er befürchtete, sein neu entdeckter Zustand purer Glückseligkeit könnte am Ende nur so lange Bestand haben, wie er und Timothy allein, ohne andere Jungen ihres Alters, in Combingham Hall waren – im Verlauf einiger weniger Minuten bis zur völligen Unkenntlichkeit verändert. Er hatte einen Freund! So gut sie zu ihm auch war, konnte Mrs Dockerill doch nicht seine Freundin sein. Sie konnte immer nur eine Erwachsene sein, die Mitleid mit ihm hatte und sich um ihn kümmerte – aber das spielte keine Rolle mehr, denn jetzt hatte Freddie ja Timothy!

Das war es, was ihn gelehrt hatte, dass kein Mensch mehr als einen Freund brauchte. Er hatte nur einen, und wie sich herausstellte, war das die ideale Anzahl. Er verspürte nicht das geringste Bedürfnis nach mehr.

Die zweite Lektion, die Freddie in Combingham Hall lernte, war die, dass Größenangaben wie »groß« oder »klein« relativ waren. Bis er hierhergekommen war, hatte Freddie sein eigenes Zuhause in London immer als groß betrachtet. Jetzt wusste er, dass er dazu nie wieder imstande sein würde – nicht mehr, seit er Timothys Haus gesehen hatte, das ohne weiteres der Landsitz eines Adligen oder sogar eines Mitglieds der königlichen Familie hätte sein können und sogar noch größere Garten- und Parkanlagen besaß als das Turville College. Und Combingham Hall war so weitläufig, dass man sich darin fast wie draußen im Freien fühlte, nur eben drinnen. Man konnte an so vielen Türen vorbeirennen, wie man normalerweise nur zu beiden Seiten einer langen Straße sehen würde, und immer noch neue Ecken finden, um die man biegen, neue Treppen, die man hinaufsteigen konnte.

Freddie rannte schon seit geraumer Zeit herum, auf der Suche nach Timothy, mit dem er gerade Verstecken spielte. Er hatte Dutzende von leeren Schlafzimmern und jede Ecke und jeden Winkel, den er finden konnte, inspiziert und rief inzwischen nur noch im Laufen nach ihm: »Timothy! Timothy!«

Er schoss um eine weitere Ecke und knallte beinah mit dem Alten Fossil zusammen. »Obacht, Jungchen!«, sagte der Alte. Wie hieß er noch mal? Kingswood? Kingsmead? »Sie hätten mich fast über den Haufen gerannt!«

»Tut mir leid, Sir«, sagte Freddie. Kingsbury: So hieß er!

»Das will ich auch hoffen. Aber was anderes, haben Sie zufällig Mr Porrott gesehen?«

»Wen?«

»Den französischen Gentleman.«

Das Fossil redete vom Ei mit Schnauzbart, begriff Freddie. »Er ist doch Belgier, oder? Kein Franzose.«

»Nein, er ist Franzose. Seit er hier ist, höre ich ihn dauernd Sachen sagen, die Französisch klingen.«

»Ja, aber …«

»Haben Sie ihn gesehen, Jungchen?«

In diesem Moment kam Timothy Lavington hinter dem Fossil herbeigerannt und schrie dabei: »Freddie! Ich hab dich!«

Der alte Mann taumelte zurück. Er lehnte sich gegen die Wand, um das Gleichgewicht wiederzufinden, und griff sich mit einer Hand an die Brust. »Ihr Jungen bringt mich noch vorzeitig ins Grab«, sagte er. Freddie hätte beim »vorzeitig« beinah laut losgelacht. Der Mann musste mindestens achtzig Jahre auf dem Buckel haben!

»Warum müsst ihr unbedingt wie die Wilden herumrasen und euch gegenseitig wie Affen aus den Bäumen anspringen?«

»Tut mir leid, Kingsbury«, sagte Timothy vergnügt. »Wird nicht wieder vorkommen, versprochen.«

»Ah, das wird es aber, Master Timothy. Ich weiß, dass es wieder vorkommen wird.«

»Sie haben wahrscheinlich recht, alter Knabe.«

»Ich hatte gedacht, *ich* sollte *dich* finden!«, sagte Freddie.

»Und ich muss Mr Porrott finden, den Franzosen«, sagte Kingsbury. »Ich habe schon überall gesucht.«

»Er ist Belgier! Sein Name spricht sich Pua-róh aus, und er ist im Salon«, sagte Timothy. »Und genau da sollten wir jetzt alle sein. Es ist zehn nach zwei. Ich hatte völlig vergessen, dass wir alle um zwei dort antanzen sollten. Poirot hat mich losgeschickt, damit ich alle zusammentrommle, und da bin ich. Betrachtet euch also hiermit als zusammengetrommelt!«

Wie Timothy hatte auch Freddie die Zwei-Uhr-Versammlung im Salon vergessen. Das Gleiche galt, wie es schien, für das Fossil, das jetzt nickte und sagte: »Ich gebe ehrlich zu, dass ich, seit es zwei geschlagen hat, nicht im Salon nach Mr Porrott gesucht habe. Dort hatte ich vor fast einer Stunde gesucht, aber seitdem nicht mehr. Tatsächlich habe ich die Hoffnung verloren, ihn überhaupt je zu finden, und so habe ich am Ende alles für ihn aufgeschrieben. Wenn ich es nur nicht vergessen hätte ... Ja, er sagte, um zwei! Ob ich jetzt die Notiz holen und sie ihm bringen soll?«

»Wenn ich Sie wäre, würde ich mich schnurstracks zum Salon verfügen«, empfahl Timothy. »Er wartet darauf, dass wir endlich alle erscheinen. Außerdem, seid ihr nicht gespannt, was er zu sagen hat? Ich ja! Wir werden gleich erfahren, wer Grandy ermordet hat.«

»Glaubst du denn, er wurde wirklich ermordet?«, fragte Freddie. »Mutter sagt, er starb eines absolut unverfänglichen Todes, und da würde nur jemand versuchen, Unfrieden zu stiften.«

»Tja, dann wollen wir hoffen, dass sie sich irrt«, sagte Timothy. »Er fehlt mir natürlich, aber ... na ja, wenn Menschen schon sterben müssen – und wie es aussieht, kommen sie nicht drum rum –, dann ist es weit besser, wenn sie ermordet werden. Es ist viel interessanter.«

»Pfui, Master Timothy«, tadelte Kingsbury. »So etwas sagt man nicht, es ist böse!«

»Ist es nicht«, sagte Timothy. »Ehrlich, Freddie, jedes Mal, wenn ich etwas Wahres sage, mäkelt sofort jemand dran herum. Manchmal habe ich das Gefühl, dass die ganze Welt sich dazu verschworen hat, mich zu einem Lügner zu erziehen.«

32

Wo ist Kingsbury?

Endlich waren alle Stühle im Salon von Combingham Hall, mit Ausnahme von zweien, besetzt. Da die Anzahl der aufgestellten Stühle (von mir, zum nicht geringen Leidwesen meines Rückens, aufgestellt!) exakt der Anzahl der Personen entsprach, die sich zu Poirots Versammlung hätten einfinden sollen, bestand kein Zweifel, dass die Unbesetztheit eines dieser zwei Stühle ein Problem darstellte. Der andere Stuhl gehörte Poirot, denn aufgrund seiner wachsenden Ungeduld außerstande, sitzen zu bleiben, marschierte er unentwegt auf und ab, um alle paar Sekunden einen Blick zur Tür zu werfen, dann auf den leeren Stuhl, der dem seinigen gegenüberstand, dann auf die Großvateruhr neben dem Fenster, das auf den Garten ging. »Es ist schon bald drei Uhr!«, rief er entnervt aus, worauf alle zusammenfuhren. »Warum haben die Menschen in diesem Haus nur keinen Begriff von der Wichtigkeit, pünktlich zu sein? Ich musste den ganzen Weg nach London und wieder zurück fahren, und trotzdem war ich rechtzeitig da!«

»Monsieur Poirot, wir brauchen nicht auf Kingsbury zu warten«, sagte Lenore Lavington. »Es kann nicht davon die Rede sein, dass er wen auch immer ermordet oder diese üblen Briefe verschickt haben sollte. Könnten wir nicht schon ohne ihn anfangen? Vielleicht möchten Sie uns allen erläutern, warum wir uns hier versammelt haben?«

Besagte Versammelte waren, abgesehen von Poirot und mir: Stanley McCrodden, John McCrodden, Sylvia Reagan, Mildred Reagan, Eustace Campbell-Brown, Lenore Lavington, Ivy Lavington, Annabel Treadway, Hugo Dockerill, Jane Dockerill, Timothy Lavington und Freddie Reagan. Hund Hopscotch leistete uns ebenfalls Gesellschaft; er lag auf dem Teppich und hatte sich über Annabels Füße drapiert.

»*Non*«, sagte Poirot grimmig. »Wir warten. Ich habe dieses Treffen einberufen, und es wird nicht eher beginnen, als ich es sage! Es ist unerlässlich, dass alle zugegen sind.«

»Es tut mir sehr leid, Monsieur Poirot«, sagte Ivy Lavington. »Es war schrecklich unhöflich von uns allen, Sie warten zu lassen. Normalerweise bin ich nie unpünktlich. Ebenso wenig Kingsbury. Das sieht ihm überhaupt nicht ähnlich.«

»Sie, Mademoiselle, waren die Erste, die sich eingefunden hat … zwanzig Minuten nach zwei. Dürfte ich fragen, was Sie aufgehalten hat?«

»Ich … ich habe nachgedacht«, sagte Ivy. »Ich muss mich mehr in meinen Gedanken verloren haben, als mir bewusst war.«

»Ich verstehe. Und die anderen?« Poirots Augen bewegten sich langsam von einer Person zur nächsten. »Was veranlasste Sie alle, um zwei Uhr woanders zu sein, während Sie hätten hier sein sollen?«

»Timothy und ich haben Verstecken gespielt. Wir haben die Zeit ganz vergessen«, sagte Freddie.

»Ich habe Hugo geholfen, ein Paar Schuhe zu suchen, die er, wie er sich schließlich erinnerte, zu Hause gelassen hatte«, sagte Jane Dockerill.

»Ich hätte schwören können, dass ich sie eingepackt hatte, Liebling. Ist mir ein Rätsel, wie ich ein solcher Schussel sein konnte.«

»Ich habe mich um Mildred gekümmert«, sagte Sylvia Reagan. »Sie hatte einen höchst seltsamen Anfall. Sie konnte längere Zeit nicht aufhören zu singen.«

»Zu singen, Madame?«, sagte Poirot.

»Mutter, bitte«, murmelte Mildred.

»Ja, zu singen«, sagte Sylvia Reagan. »Als Eustace und ich sie endlich zum Aufhören bewegen konnten, war sie in einem äußerst anomalen Zustand und musste sich hinlegen.«

»Ich war bei Mildred«, erklärte Eustace. »Ich bin begierig zu hören, was Sie uns zu sagen haben, Monsieur Poirot, und ich wäre garantiert Schlag zwei hier gewesen, aber Mildred schien eine Zeit lang unfähig, zu sprechen oder sich zu rühren, und ich fürchte, das war alles, woran ich in dem Augenblick denken konnte. Dadurch ist mir unser kleines Treffen entfallen. Wenn Timothy nicht vorbeigeflitzt wäre und mich daran erinnert hätte, hätte ich es vielleicht sogar endgültig vergessen.«

»Gut, dass *du* dich daran erinnert hast, Timmy.« Ivy lächelte ihrem Bruder zu.

»Hab ich gar nicht«, sagte er. »Ich machte Jagd auf Freddie. Ich dachte, ich versuch's mit dem Salon, obwohl ich da schon mal nachgesehen hatte. Freddie habe ich da zwar nicht gefunden, aber ...«

»Er hat mich gefunden«, sagte Poirot. »Es war nach zwei, und niemand war hier. Nur Catchpool und ich. Also habe ich Timothy auf die Jagd nicht nur nach Freddie, sondern nach Ihnen allen geschickt.«

»Ich war auf der Suche nach John«, sagte Stanley McCrodden. »Tatsächlich verließ ich mein Schlafzimmer in der Absicht, mich geradewegs hierherzubegeben, aber wie ich dann den oberen Korridor entlangging, kam mir der Gedanke, dass ich gern zuerst meinen Sohn unter vier Augen gesprochen hätte, bevor wir uns der größeren Gruppe anschlossen.«

»Warum?«, fragte John.

»Ich weiß nicht.« Stanley McCrodden schlug die Augen nieder.

»Wolltest du mir etwas Bestimmtes sagen?«

»Nein.«

»Du musst doch einen Grund gehabt haben!«, beharrte John.

»Hegten Sie möglicherweise die Hoffnung, Sie und Monsieur John könnten zusammen zur Versammlung kommen, Monsieur McCrodden?«, fragte Poirot.

»Ja. So ist es.«

»Warum?«, fragte John noch einmal.

»Weil du mein Sohn bist!«, brüllte Stanley McCrodden.

Sobald sich die Schockwirkung seines Ausbruchs gelegt hatte, sagte John zu Poirot: »Falls Sie jetzt nach dem Grund *meiner* Verspätung fragen möchten: Ich beschloss im letzten Moment, dass ich Ihnen den Gefallen vielleicht doch nicht tun würde – vielleicht würde ich einfach nach Hause zurückkehren, ohne mir Ihre Ausführungen anzuhören.«

»Sie kommen den ganzen weiten Weg von London hierher, nur um gleich wieder umzukehren, Monsieur?« Poirot hob eine Augenbraue.

»Wie Sie sehen können, bin ich nicht umgekehrt. Ich spielte mit dem Gedanken, und dann habe ich mich dagegen entschieden.«

»Was ist mit Ihnen, Mademoiselle Treadway? Und Ihnen, Madame Lavington? Warum haben Sie sich verspätet?«

»Ich war mit Hoppy draußen«, sagte Annabel Treadway. »Wir haben mit seinem Ball gespielt. Er hatte so viel Spaß dabei, dass ich ihn nicht enttäuschen wollte, indem ich wieder ins Haus ging. Ich … na ja, als Sie ›zwei Uhr‹ sagten, habe ich wohl angenommen, Sie meinten ›oder so ungefähr‹. Ich habe mich doch nur ein ganz kleines bisschen verspätet, oder nicht?«

»Um fünfundzwanzig Minuten, Mademoiselle.«

»Ich war draußen auf der Suche nach Annabel«, sagte Lenore Lavington. »Wie ich wusste, bestand die Gefahr, dass sie die Zeit völlig vergessen würde – sie ist Hopscotch gegenüber viel zu nachgiebig, und ich wusste, er würde stundenlang Ball spielen wollen. Das ist immer so.«

»Um zu verhindern, dass Ihre Schwester sich verspätete, haben Sie sich also selbst verspätet.«

»Tatsächlich habe ich, als ich die Kirchenuhr die Stunde schlagen hörte, einen Blick durch das Fenster da drüben geworfen …«, Lenore streckte den Finger aus, »… und all die leeren Stühle gesehen und ansonsten nur Sie und Inspector Catchpool, und da habe ich bei mir gedacht: Nun ja, offensichtlich fängt die Versammlung nicht pünktlich an. Was sie ja auch nicht getan hat. Ich habe also nichts verpasst. So, und könnten wir jetzt bitte hören, was Sie uns zu sagen haben, Monsieur Poirot? Kingsbury liegt wahrscheinlich in seinem Bett und schläft tief und fest. Er macht oft ein Nickerchen um diese Zeit. Er ist alt und ermüdet leicht. Annabel und ich werden schon dafür sorgen, dass er über etwaige Entwicklungen informiert wird.«

»Er ist nicht in seinem Cottage und schläft auch nicht«, sagte Timothy. »Freddie und ich haben gerade oben mit ihm gesprochen, nicht wahr, Freddie? Ich habe ihm gesagt, dass Poirot nach ihm suchte, und er sagte, er hätte diese Versammlung ganz vergessen, aber als ich ihn daran erinnerte, machte er sich sofort auf den Weg hierher, zum Salon.«

»Das stimmt«, bestätigte Freddie. »Dass er es vergessen hatte und so spät dran war, schien ihm sehr zu schaffen zu machen, und er ging direkt los in Richtung Treppe. Ich bin sicher, dass er auf dem Weg hierher war. Er sagte außerdem …«

»Stopp, Freddie. Sei still!«, sagte Timothy unvermittelt. Er stand auf. »Monsieur Poirot, dürfte ich Sie kurz unter vier Augen sprechen?«

»*Oui, bien sûr*«, sagte Poirot.

Sie verließen zusammen den Salon und schlossen die Tür hinter sich.

Sobald Poirot verschwunden war, blickten alle auf mich, als ob sie erwarteten, dass ich die Leitung übernahm. Ich hatte nicht die leiseste Ahnung, was ich sagen sollte, also machte ich eine launige Bemerkung über das Kaminfeuer und dessen Notwendigkeit an einem so kalten Tag wie diesem. »Ich hoffe, es gibt genügend Brennholz in Combingham Hall, um es in Gang zu halten!«, schloss ich.

Keiner reagierte.

Zu meiner Erleichterung kamen Poirot und Timothy Lavington schon wenige Augenblicke später wieder herein. Poirot hatte einen harten Blick. »Catchpool«, sagte er. »Sie müssen jetzt bitte, so schnell Sie nur können, jedes Zimmer im Haus überprüfen. Wir Übrigen werden hier warten.«

»Wonach suche ich?«, fragte ich, schon auf dem Sprung.

»In meinem Schlafzimmer ... Wissen Sie, wo es ist?«

Ich nickte.

»In meinem Schlafzimmer werden Sie nach einer Mitteilung suchen, die Kingsbury dort für mich hinterlassen hat.«

Da hörte ich einen Laut: ein abruptes, verblüfftes Atemholen. Es klang so, als käme es von einer Frau – ja, dachte ich, eindeutig von einer Frau –, aber es war unmöglich zu sagen, von welcher. Vielleicht, wenn ich mich in dem Moment gerade im Salon umgesehen hätte ... aber meine Aufmerksamkeit hatte ausschließlich Poirot gegolten.

»Außerdem werden Sie, gleichfalls in meinem Zimmer sowie in jedem weiteren Zimmer des Hauses, nach Kingsbury selbst suchen«, sagte Poirot. »Hurtig, mein Freund! Wir haben keine Zeit zu verlieren!«

Annabel Treadway stand auf. »Sie machen mir Angst«, sagte sie zu Poirot. »Sie klingen so, als glaubten Sie, dass Kingsbury in Gefahr schwebt.«

»So ist es auch, Mademoiselle. Er schwebt in allergrößter Gefahr. Bitte, Catchpool, sputen Sie sich!«

»Dann müssen wir uns *alle* auf die Suche nach ihm machen«, sagte Annabel.

»Nein!« Poirot stampfte mit dem Fuß auf. »Das verbiete ich! Nur Catchpool. Sonst darf niemand diesen Raum verlassen.«

Ich weiß nicht, wie viele Schlafzimmer es in Combingham Hall gibt, und auf meine Erinnerung an jene hektische Haussuchung ist wahrscheinlich nur bedingt Verlass, aber ich wäre gar nicht überrascht, wenn mir jemand sagte, dass es dreißig oder sogar vierzig davon gibt. Ich hetzte von Zimmer zu Zimmer, Geschoss zu Geschoss und hatte dabei das Gefühl, als irrte ich durch eine unheimliche, verlassene Stadt und nicht durch das Heim einer

Familie. Ich entsinne mich deutlich eines ganzen Stockwerks, das nur aus unbenutzten und fast verwahrlost wirkenden Schlafzimmern bestand, die teils nur nackte Matratzen, teils Bettgestelle ohne Matratzen enthielten.

Ich erkannte schon bald, dass ich offenbar doch nicht wusste, wo Poirots Schlafzimmer lag. Es kam mir wie Stunden vor, bevor ich es erreichte, aber dass es seines war, wusste ich dann gleich in dem Moment, als ich eintrat und, geometrisch exakt neben einem Buch und einem Zigarettenetui positioniert, die Bartbinde sah, die mein belgischer Freund zum Schutz seines Schnauzers beim Schlafen trägt.

Auf dem Fußboden, zwischen der Tür und dem Bett, lag ein Kuvert. Es war zugeklebt. Jemand – vermutlich Kingsbury – hatte mit krakeliger Handschrift darauf »Mr Herkl Porrott« vermerkt. Ich steckte es in meine Hosentasche und setzte meine Suche fort. »Kingsbury!«, schrie ich, während ich Korridor um Korridor ablief und dabei nicht enden wollende Reihen von Türen aufstieß. »Sind Sie hier drin? Kingsbury!« Ich erhielt keine Antwort. Alles, was ich hörte, waren meine eigenen Worte, die zu mir zurückhallten.

Schließlich, nach Stunden, wie es mir vorkam, stieß ich eine Tür auf und stellte fest, dass ich das Zimmer schon kannte. Es war das Bad, in dem Barnabas Pandy ertrunken war. Poirot hatte am Vortag darauf bestanden, es mir zu zeigen.

Zu meiner Erleichterung sah ich sofort, dass die Wanne leer war: kein Wasser und keine Leiche. Ich hielt mir gerade vor, wie absurd es war anzunehmen, ich könnte Kingsbury in derselben Badewanne ertrunken vorfinden, in der Pandy gestorben war, als ich etwas auf dem Fußboden bemerkte. Es lag keinen Schritt von mir entfernt, in der Nähe der Tür. Es war ein Handtuch: weiß mit roten Schlieren und Flecken.

Ich sah direkt, dass es Blut war.

Als ich mich bückte, um meinen Fund gründlicher in Augenschein zu nehmen, sah ich, zwischen den Beinen der Badewanne hindurch, hinter derselben eine dunkle Gestalt liegen. Die Wanne hatte mir zunächst den Blick darauf versperrt. Ich wusste sofort, was es sein musste, betete aber, während ich um die Wanne herumging, um mich zu vergewissern, bis zum letzten Moment darum, ich möchte mich getäuscht haben.

Es war Kingsbury. Er lag zusammengerollt auf der Seite. Seine Augen waren offen. Sein Kopf lag inmitten einer roten Pfütze, die fast vollkommen kreisförmig war. Sie ähnelte, zumindest in dem Moment und in meinen Augen, einem Heiligenschein oder einer Krone – wovon keines dem armen Kingsbury so recht gestanden hätte. Ein Blick auf sein Gesicht genügte, um es mir zu verraten: Er war tot.

33

Die Spuren am Handtuch

Am folgenden Tag wurde unsere Versammlung im Salon von Combingham Hall wieder einberufen. Auch diesmal war zwei Uhr die vereinbarte Zeit, aber anders als am Vortag waren alle prompt zur Stelle. Poirot vertraute mir später an, ihre Pünktlichkeit als persönlichen Affront empfunden zu haben. In seinen Augen war sie der schlagende Beweis dafür, dass sie alle absolut imstande waren, zum richtigen Zeitpunkt zu erscheinen – wenn ihnen etwas daran lag.

Dieses Treffen war nicht nur von Poirot, sondern auch von einem Vertreter der örtlichen Polizei, einem Inspector Hubert Thrubwell, anberaumt worden. »Wir behandeln den Tod Mr Kingsburys aus einem sehr einfachen Grunde als Mord«, erklärte er uns allen. »Auf dem Fußboden des Badezimmers, in dem er tot aufgefunden wurde, lag ein Handtuch. Als Inspector Catchpool besagtes Handtuch fand, lag es weitab von Mr Kingsburys Leichnam. Trifft es nicht zu, Inspector Catchpool?«

»Durchaus«, sagte ich. »Das Handtuch lag gleich hinter der Schwelle, am entgegengesetzten Ende des Zimmers. Ich wäre beim Hineingehen fast daraufgetreten.«

Thrubwell dankte mir und fuhr fort. »Als das Handtuch von unserem Polizeiarzt untersucht wurde, konnten zwei deutlich verschiedene Blutsorten festgestellt werden.«

»Blut*sorten* gibt es nicht, *mon ami*«, sagte Poirot, »nur Blut*gruppen*. Aber wenn es sich um Kingsburys Blut handelte, muss es durchweg derselben Blutgruppe angehört haben. Sie reden in Wirklichkeit von den unterschiedlichen Spuren, die das Blut auf dem Handtuch hinterlassen hat, *n'est-ce pas?*«

»Ja, so ist es«, sagte Thrubwell. »Genau so ist es!« Er schien erfreut, korrigiert worden zu sein. »Der Polizeiarzt stellte fest, dass Mr Kingsburys Tod die Folge einer schweren Kopfverletzung war. Er war entweder gestoßen worden oder von sich aus nach hinten gefallen und stieß mit dem Kopf heftig gegen die Ecke des einzigen im Raum befindlichen Schranks. Ohne das beweiskräftige Handtuch, das Inspector Catchpool auffand, wäre es unmöglich gewesen festzustellen, ob Mr Kingsbury gestoßen wurde oder selbst stürzte. Dank dem Handtuch können wir aber, glaube ich, sagen, dass er mit hoher Wahrscheinlichkeit gestoßen wurde – und selbst wenn nicht, so wurde er doch mit Sicherheit von jemandem, der ihn aus dem Weg räumen wollte, durch unterlassene Hilfeleistung zum Tod durch Verbluten verurteilt. Und das ist meiner Meinung nach nichts anderes als Mord!« Thrubwell sah Poirot an, der seinerseits beifällig nickte.

»Das verstehe ich nicht«, sagte Lenore Lavington. »Wie kann ein Handtuch irgendetwas beweisen?«

»Wegen der zwei unterschiedlichen Arten von Spuren, die Mr Kingsburys Blut darauf hinterließ«, sagte Thrubwell. »Auf der einen Seite war ein ausgedehnter, dicker dunkler Fleck von Blut – diese Stelle muss Mr Kingsbury demnach gegen seine Kopfwunde gepresst haben, um die Blutung zu stillen und damit nach Möglichkeit sein Leben zu retten. Wenn er das also tat, wie konnte das Handtuch dann aber am anderen Ende des Zimmers, jenseits der Badewanne, landen? Ich wüsste nicht, wie Mr Kingsbury es geschafft haben sollte, es so weit zu werfen. Das Badezimmer ist groß, er selbst befand sich in einem erheblich geschwächten Zustand, und selbst bevor er die Kopfverletzung davontrug, war er nicht gerade ein Herkules gewesen. Und damit kommen wir zu den anderen Blutspuren. Zusätzlich zu dem einen dicken, dunklen Blutfleck fanden sich auch, an einer ganz anderen Stelle des Handtuchs, fünf Schmierspuren. Sie waren farblich heller als der größere Fleck, und eine von ihnen war kürzer als die anderen vier.«

»Schmierspuren?«, wiederholte Ivy Lavington. Sie sah blass

und ernst aus. Annabel Treadway, die im Sessel neben ihr saß, weinte die ganze Zeit lautlos vor sich hin. Hopscotch stand vor ihr, eine Pfote auf ihrem Schoß, und leckte ihr in Abständen winselnd die Wange. Den meisten der anderen Anwesenden schien es die Sprache verschlagen zu haben.

»Ja, Schmier- oder Streifspuren«, sagte Inspector Thrubwell. »Mr Poirot brauchte nicht lange, um zu der Erkenntnis zu gelangen, dass es sich dabei um die Spuren von Fingern handelte. Die kürzere, unterste wurde vom Daumen verursacht.«

»Vom Daumen der Person, die Mr Kingsbury dem Tod durch Verbluten überließ?«, fragte Jane Dockerill.

»Nein, Ma'am«, sagte Thrubwell. »Diese Person dürfte sich gehütet haben, mit dem Blut in Berührung zu kommen. Die blutigen Fingerspuren wurden vom Mordopfer hinterlassen: von Mr Kingsbury selbst.«

»Folgendes muss sich nach unserer Überzeugung zugetragen haben«, sagte Hercule Poirot. »Entweder versetzte der Mörder Kingsbury einen Stoß, sodass dieser stürzte und sich den Kopf einschlug, oder aber der Sturz war ein Unfall. Entscheiden wir in diesem einen Zweifelsfalle zugunsten des Angeklagten und sagen wir, es war ein Unfall. Unmittelbar nach seinem Sturz erkennt Kingsbury, dass er stark blutet. Er ist außerdem alt und schwach und hat vor nicht allzu langer Zeit den tragischen Verlust seines lieben Freundes Monsieur Pandy erlitten.

Der Mörder sieht, dass Kingsbury zu schwach ist, um Hilfe herbeirufen zu können, und, sofern nichts zu seiner Rettung unternommen wird, sein Tod so gut wie gewiss ist. Das aber ist genau, was der Mörder will. Es gibt nur ein Problem: Im Fallen griff Kingsbury instinktiv nach einem Handtuch, das über dem Rand der Badewanne gehangen haben muss – einem Handtuch, das er jetzt in der Hand hält und auf seine Wunde presst. Dies, überlegt sich der Mörder, könnte die Blutung stillen und dem alten Mann das Leben retten. Es erweist sich somit als notwendig, Kingsbury das Handtuch zu entreißen. Als der Verletzte merkt, dass seine improvierte Kompresse ihm entglitten ist, versucht er, die Blutung mit der bloßen Hand zu stoppen. Jetzt hat er Blut an den Fingern. Der Mörder sieht auf den Liegenden hinab, lässt ihm vielleicht zum Hohn das Handtuch über dem Gesicht baumeln, und Kingsbury streckt die Hand nach oben aus und versucht, es wieder zu erhaschen. Es besteht für ihn keine Hoffnung, es den Klauen seines kräftigen und gesunden Peinigers zu entreißen, aber dieser gestattet ihm immerhin, das Handtuch kurz zu berühren, bevor er es ihm wieder, jetzt endgültig, entreißt und beim Verlassen des Badezimmers in der Nähe der Tür fallen lässt – wodurch er den hilflosen Kingsbury zum Verbluten verurteilt.«

»Sie setzen ja ziemlich viel als erwiesen voraus!«, sagte John McCrodden. »Was, wenn Kingsbury, schon bevor er nach dem Handtuch griff, Blut an seine Finger bekommen hätte? Was, wenn er es doch irgendwie geschafft hätte, das Handtuch ans andere Ende des Zimmers zu schleudern? Das Nahen des Todes kann einem Menschen außergewöhnliche Kraft verleihen.«

»Er könnte nicht das Handtuch so geworfen haben, dass es dort landete, wo Inspector Catchpool es vorfand«, entgegnete Inspector Thrubwell. »Selbst für einen kräftigen Mann ohne eine Kopfverletzung wäre es nahezu unmöglich gewesen.«

»Vielleicht wäre es das gewesen, vielleicht auch nicht«, sagte Poirot. »Ich gebe zu, dass es, ohne alle sonstigen Indizien, schwierig sein könnte, diese Streitfrage mit Gewissheit zu entscheiden. Sie dürfen aber eines nicht vergessen, Monsieur McCrodden: Ich weiß, dass heute ein Mörder unter uns ist. Ich habe Beweise dafür – Beweise, die Kingsbury selbst mir hat zukommen lassen.«

»Herrje!«, sagte Hugo Dockerill.

»Ich weiß, wer der Mörder ist, und ich weiß, warum diese Person Kingsburys Tod wollte«, fuhr Poirot fort. »Deswegen bin ich auch in der Lage, dem hier anwesenden Inspector Thrubwell zu sagen, dass ich ihm einige Arbeit erspart habe. Ich hatte den Mord an Kingsbury bereits aufgeklärt, bevor er in Combingham Hall eintraf.«

»Wofür ich Ihnen auch sehr dankbar bin, Sir«, sagte Inspector Thrubwell.

»Was für Beweise ließ Kingsbury Ihnen denn zukommen?«, fragte Stanley McCrodden. »Wie kann er Ihnen Beweise in Sachen seiner eigenen Ermordung geliefert haben, während er noch am Leben war? Oder sprechen Sie vom Mord an Barnabas Pandy?«

»Das ist eine gute Frage«, sagte Poirot. »Wie Sie wissen, war Kingsbury, kurz bevor er starb, auf der Suche nach mir. Er wünschte, mir etwas Wichtiges mitzuteilen. Außerstande, mich zu finden, hinterließ er in meinem Schlafzimmer einen kurzen Brief. Als ich ihn las, brachte mir der Brief gewisse Fakten in Erinnerung, die mir bereits bekannt waren. Dies hatte zur Folge, dass ich, als ich von Kingsburys Tod in Kenntnis gesetzt wurde und ich von dem Handtuch erfuhr und ich alle diese Dinge zusammenfügte, erkannte, dass ich wusste, wer Kingsbury so grausam hatte sterben lassen. Ich wusste es – ich weiß es – ohne den Schatten eines Zweifels. Diese Person ist ein eingefleischter kaltblütiger Mörder, ob er oder sie Kingsbury nun aktiv stieß oder auch nicht. Denn als was sollte man jemanden sonst bezeichnen, der einen Menschen sterben lässt, den er hätte retten können?«

»Man darf vermuten, dass dieselbe Person auch Barnabas Pandy ermordete«, sagte Jane Dockerill. »Sie werden mir ja doch wohl hoffentlich nicht erzählen, dass ich mit zwei Mördern im selben Raum sitze, Monsieur Poirot? Das zu glauben dürfte mir schwerfallen.«

»Nein, Madame. Es gibt nur einen Mörder.« Poirot holte ein Blatt Papier aus seiner Tasche. »Dies ist nicht die Mitteilung, die ich von Kingsbury erhielt, wohl aber eine exakte Kopie davon. Obwohl sein Gebrauch der englischen Sprache zu wünschen übriglässt, schafft es Kingsbury dennoch, sich verständlich zu machen. In einer Minute dürfen Sie alle die Kopie seines Briefes in Augenschein nehmen. Sie werden feststellen, dass Kingsbury mir berichtet, er habe gerade ein Gespräch zwischen Ivy Lavington und einer zweiten Person mit angehört, deren Identität ihm nicht bekannt ist. Kingsbury hörte diese Person weinen, aber nicht sprechen. Er glaubte, es könnte ebenso wohl ein Mann wie eine Frau gewesen sein. Wegen der Verzweifeltheit und der Unbeherrschtheit des Weinens war es schwer zu erkennen.

Das Zwiegespräch, wie ich es trotz seiner Einseitigkeit nennen möchte, das Kingsbury mit anhörte, fand in Mademoiselle Ivys Schlafzimmer statt, dessen Tür zwar angelehnt, aber nicht geschlossen war. Er hörte Mademoiselle Ivy sagen …«

Poirot unterbrach sich. Er reichte mir das Blatt Papier. »Catchpool, würden Sie bitte die Passage verlesen, die ich markiert habe? Mir fällt es zu schwer, nicht die nötigen Korrekturen vorzunehmen. Ich bin zu sehr Perfektionist.«

Ich nahm die Kopie des Briefes an mich und begann, den bezeichneten Abschnitt vorzulesen.

Sie sagte dem Sinn nach von wegen das so tun wie wenn man die Gesetze nich kennt wär keine Endschuldigung. Es giebt was man tun darf, und es giebt die Dinge, die wos nicht erlaubt ist sie zu tun, und so zu tun wie wenn man dass Eine von dem Anderen nicht unterscheiden könnte, das nimmt einem keiner ab. Keiner wird dir glauben, und weil kein Einzigster von uns allen auser dir diesen John Modden kennt …

Ich hielt an dieser Stelle inne und fragte Poirot, ob Kingsbury John McCrodden gemeint hatte.

»*Oui, bien sûr.* Sehen Sie sich um, Catchpool. Sehen Sie hier etwa irgendwo einen John Modden?«

Ich las weiter:

… und weil kein Einzigster von uns allen auser dir diesen John Modden kennt, solltest du Mister Porrott die Warheit sagen die ganze Warheit sowie du sie mir gesagt hast. Er wird es verstehen und schlieslich ist ja nichts pasiert wenn du jetzt die Warheit sagst und wenn nicht dann tut er es.

»Danke, Catchpool. *Mesdames et Messieurs*, Sie werden verstanden haben, wie ich hoffe, dass der größte Teil des soeben Verlesenen Kingsburys Paraphrase dessen war, was er Ivy Lavington sagen hörte. Er war nicht der sorgfältigste Protokollant. Nein, er achtete nicht auf die feineren Details. Aber im Wesentlichen, hinsichtlich des zentralen Kerns dessen, was er mithörte, ist er verlässlich. Wir erfahren also, dass Kingsbury Ivy Lavington zu jemandem – wem, wissen wir nicht – sprechen und ihn oder sie warnen hörte. Dem Sinn nach sagen hörte, dass Unkenntnis des Gesetzes nicht vor Strafe schützt. Und dass niemand an diese Unkenntnis des Gesetzes glauben würde, weil die Person, zu der Ivy Lavington sprach, als Einzige mit John McCrodden bekannt ist. Und wenn diese Person mir, Hercule Poirot, nicht die volle Wahrheit sagte, dann, warnte Mademoiselle Ivy, würde John McCrodden das möglicherweise tun.

Das alles scheint darauf hinzudeuten, dass Ivy Lavington zu Barnabas Pandys Mörder sprach, nicht wahr? Oder zumindest zu dem Verfasser der vier mit meinem Namen unterzeichneten Briefe?«

»Mir scheint es ganz einfach darauf hinzudeuten, dass Ivy zu Stanley McCrodden gesprochen haben muss«, sagte Jane Dockerill. »Wenn tatsächlich nur eine der hier anwesenden Personen seinen Sohn kennt, dann kann es ja nur er sein!«

»Ja, das ist eine logische Schlussfolgerung«, sagte Eustace Campbell-Brown.

»Sie stimmt aber nicht!«, meldete sich Ivy Lavington zu Wort. »Ich werde Ihnen zwar nicht sagen, zu wem ich da sprach, aber ich kann Ihnen schwören, dass es nicht Stanley McCrodden war – den ich im Übrigen nie duzen würde. Selbstverständlich kennt er seinen Sohn! Ich meinte, dass die von mir angesprochene Person die Einzige von uns ist, die John McCrodden angeblich nicht, tatsächlich aber doch kennt. Ich konnte nicht ahnen, dass Kingsbury an der Tür lauschte, also habe ich mich nicht um besondere Unmissverständlichkeit bemüht. Beiläufig gesagt, ist

Kingsburys Bericht nicht korrekt. Vieles hat er falsch verstanden. Was er schrieb ... das waren nicht meine Worte. Das war nicht das, was ich sagte.«

Poirot strahlte sie an. »*Eh bien*, Mademoiselle! Ich bin entzückt, Sie das sagen zu hören. Ja, Kingsbury verstand einige Worte falsch. Nichtsdestoweniger ermöglichte er es Hercule Poirot, alles richtig zu verstehen!

In seinem Brief an mich schrieb Kingsbury außerdem, während er vor Mademoiselle Lavingtons Tür lauschte, habe eine Diele laut geknarrt. Ursache war eine Bewegung, die er machte. Er entfernte sich eilends und hörte dabei, wie hinter ihm eine aufgestoßene Tür gegen die Wand knallte – zumindest deutete Kingsbury so das Geräusch. Er befürchtete, gesehen worden zu sein. Ich glaube, so war es tatsächlich. Getötet – oder seinem Schicksal überlassen, wenn es Ihnen lieber ist – wurde Kingsbury wegen dem, was er mitgehört hatte. Nicht lange nachdem er mit Timothy Lavington und Freddie Reagan gesprochen hatte, zwang ihn entweder oder folgte ihm jemand in das Badezimmer, in dem er seinen Tod finden sollte.

Natürlich wusste sein Mörder beziehungsweise seine Mörderin nicht, dass Kingsbury kurz zuvor noch diese wertvolle Mitteilung an Poirot geschrieben hatte! Meine Damen und Herren, hiermit kann ich enthüllen, dass Kingsburys Mörder ... diejenige Person ist, mit der Mademoiselle Ivy dieses heimliche Gespräch führte.«

»Und wer war das?«, fragte John McCrodden schroff.

»Ivy, was meint er damit?«, fragte Timothy Lavington seine Schwester. »Er scheint anzudeuten, dass du in eine Verschwörung zur Ermordung Grandys verwickelt warst und dass dein Mitverschwörer dann auch noch Kingsbury tötete.«

»*Pas du tout*«, widersprach Poirot dem Jungen. »Du wirst bald begreifen, inwiefern das nicht wahr ist. Mademoiselle Ivy, verraten Sie bitte uns allen: Mit wem unterhielten Sie sich gestern Nachmittag kurz vor zwei Uhr in Ihrem Schlafzimmer?«

»Das werde ich Ihnen nicht verraten, und es ist mir egal, ob ich dafür bestraft werde«, sagte Ivy Lavington. »Monsieur Poirot, wenn Sie wissen, wer Kingsbury tötete – oder ihn dem sicheren Tod überließ –, dann wissen Sie auch, dass ich es nicht war. Und wenn Sie schon alles wissen, wie Sie behaupten, dann brauche ich Ihnen auch nichts zu verraten.«

Annabel Treadway sagte unter Tränen: »Das war ich, ich war es, die Grandy tötete. Das habe ich Inspector Catchpool bereits gesagt. Warum will mir bloß keiner glauben?«

»Weil es nicht stimmt«, sagte ich.

Poirot fuhr fort: »Vierzig Minuten nach zwei waren wir vollzählig hier in diesem Zimmer. Alle, mit Ausnahme von Kingsbury. Catchpool und ich waren um zwei hier, aber sonst niemand. Nachdem ich Timothy Lavington losgeschickt hatte, damit er die Übrigen aufstöberte und hierherführte, was rund fünf Minuten nach zwei geschah, ergab sich diese Reihenfolge der Eingänge: Als Erste kam, um zwanzig nach zwei, Ivy Lavington. Jane und Hugo Dockerill folgten ihr auf dem Fuße. Als Nächste, um fünfundzwanzig Minuten nach zwei, kamen Annabel Treadway, Freddie Reagan und Timothy Lavington, dann John McCrodden und dann dessen Vater, Stanley McCrodden. Als Letzte trafen Mildred Reagan, Eustace Campbell-Brown, Sylvia Reagan und Lenore Lavington ein. Ich muss leider sagen, dass jede der von mir gerade genannten Personen diejenige gewesen sein könnte, die Kingsbury das Handtuch entriss und ihn seinem Schicksal überließ. Aus dem Kreis der Verdächtigen können wir lediglich vier der hier Anwesenden ausschließen: Inspector Thrubwell, Catchpool, mich selbst … und der Vierte im Bunde ist natürlich John McCrodden.«

»Ich wüsste nicht, warum wir Mr McCrodden ausnehmen sollten«, sagte Sylvia Reagan. »Für mich klingt es so, als hätte er reichlich Zeit gehabt, Kingsbury zu verletzen und ihn sterbend im Badezimmer zurückzulassen, bevor er in den Salon kam.«

»Ah, aber bedenken Sie, Madame!«, sagte Poirot. »Wenn Kingsburys Mörder mit der Person identisch ist, zu der Ivy Lavington sagte, sie sei ›als Einzige mit John McCrodden bekannt‹ ...?«

»Ach so, ich verstehe«, sagte Jane Dockerill. »Ja, Sie haben recht. Die so angesprochene Person kann somit nicht Mr McCrodden gewesen sein.«

»Wie ermutigend«, sagte John McCrodden. »Ich stehe nicht mehr unter Mordverdacht.«

»Stehst du doch«, sagte sein Vater. »Du wirst nicht verdächtigt, Kingsbury ermordet zu haben, aber der Fall Barnabas Pandy ist damit noch nicht aus der Welt.«

»Tatsächlich, *mon ami*, ist er es doch«, sagte Poirot.

Alle starrten ihn verblüfft an.

»Barnabas Pandy kam durch einen Unfall zu Tode«, sagte er. »Er ertrank in seiner Badewanne, wie zunächst auch alle, ganz richtig, angenommen hatten. Es hat nur *ein* Mord stattgefunden: der an dem armen Kingsbury, Monsieur Pandys getreuem Diener. Darüber hinaus hat es noch einen versuchten zweiten Mord gegeben, der nunmehr aber, wie ich Ihnen zu meiner Freude mitteilen kann, erfolglos bleiben wird. Oder vielleicht sollte ich Kingsburys Tod als den *zweiten* Mord bezeichnen und den versuchten Mord als den ersten, da dieser Versuch bereits lange vor Kingsburys Tod begann.«

»Ein versuchter Mord?«, sagte Lenore Lavington. »An wem?«

»An Ihrer Schwester«, antwortete ihr Poirot. »Sehen Sie, Madame, der Verfasser oder die Verfasserin der vier fälschlich mit meinem Namen unterschriebenen vier Briefe tat alles in seiner oder ihrer Macht Stehende, um zu erreichen, dass – obgleich, wie ich bereits ausführte, gar kein Mord vorlag – Annabel Treadway wegen des Mordes an Barnabas Pandy an den Galgen kommen würde.«

34

Rebecca Grace

D ürfte ich Ihnen eine Frage stellen, Monsieur Poirot?«, fragte Annabel Treadway.

»*Oui*, Mademoiselle. Was möchten Sie wissen?«

»Der Mörder Kingsburys, der Verfasser der vier Briefe und derjenige, der mich wegen des Mordes an Grandy an den Galgen bringen wollte – handelt es sich dabei um drei verschiedene Personen?«

»Nein. Verantwortlich ist eine einzige Person.«

»Dann ... habe ich dieser Person unwissentlich geholfen«, sagte Annabel. Sie hatte aufgehört zu weinen. »Ich habe mich am versuchten Justizmord an mir selbst mitschuldig gemacht, indem ich zu Scotland Yard gegangen bin und gestanden habe, Grandy in der Badewanne ertränkt zu haben.«

»Dann will jetzt *ich* Ihnen eine Frage stellen: Haben Sie Ihren Großvater, Barnabas Pandy, ermordet?«

»Nein. Nein, das habe ich nicht.«

»*Bien.* Jetzt sagen Sie die Wahrheit. *Excellent!* Es ist höchste Zeit, dass die Wahrheit gesagt wird. Mademoiselle Ivy, Sie glauben sehr fest an die Macht der Wahrheit, ist es nicht so?«

»Ja«, sagte Ivy. »Hast du wirklich einen Mord gestanden, den du nicht begangen hattest, Tante Annabel? Einen Mord, der nicht einmal ein Mord war? Das war dumm von dir.«

Poirot sagte zu Ivy: »Kingsburys Mörder oder Mörderin sagte Ihnen gestern die Wahrheit bezüglich seines oder ihres Versuchs, Annabel Treadway, Ihrer Tante, den Mord an Ihrem Urgroßvater in die Schuhe zu schieben. Sie weigern sich, den Namen zu verraten. Sie schützen eine reulose Kreatur. Warum? Ist es wegen der Macht der Wahrheit, die diese Person Ihnen geoffenbart hat?«

»Warum unterstellen Sie, dass die fragliche Person keine Reue empfindet?«, fragte Ivy.

»Ein wahrhaft reuiger Mensch würde hier und jetzt gestehen«, sagte Poirot, indem er sich im Zimmer umsah. Niemand meldete sich zu Wort, bis Eustace Campbell-Brown sagte: »Ist es nicht merkwürdig, dass man in solchen Situationen versucht ist, ein Geständnis abzulegen? Ich bin unschuldig, aber ich ertrage das Schweigen nicht. Ich verspüre den Drang, lautstark zu erklären, dass ich es war, der Kingsbury getötet hat. Ich war's natürlich nicht.«

»Dann schweigen Sie, bitte«, ersuchte ihn Poirot.

»Was, wenn die fragliche Person gar nicht reulos wäre, sondern ganz einfach Angst hätte – eine Angst, wie sie sie noch nie verspürt hat?«, fragte Ivy Lavington Poirot.

»Ich finde es erfreulich, Mademoiselle, dass Sie versuchen, Kingsburys Mörder zu verteidigen. Es bestätigt mir, dass ich in jeglicher Hinsicht recht habe. Die Wahrheit, die diese Person Ihnen anvertraute, während Kingsbury vor der Tür lauschte ... sie rührte an Ihr Herz, n'est-ce pas? Obwohl Sie wissen, welch unverzeihliche Taten diese Person verübt hat, bringen Sie es nicht über sich, Ihr Herz gegen sie zu verhärten.«

Ivy Lavington wandte den Blick ab. »Wie ich schon sagte: Sie wissen alles, Monsieur Poirot. Es ist nicht erforderlich, dass ich das, was Sie wissen, bestätige.«

Poirot richtete den Blick auf Sylvia Reagan. »Madame, ist Ihnen, abgesehen von Ihrem Sohn, Ihrer Tochter und Ihrem künftigen Schwiegersohn, eine der anwesenden Personen je zuvor begegnet?«

»Natürlich«, schnaubte sie. »*Sie* sind mir schon begegnet, Monsieur Poirot!«

»Dann hätte ich hinzufügen sollen: ›Und abgesehen von Hercule Poirot!‹ Gibt es sonst noch jemanden in diesem Raum, den Sie wiedererkennen?«

Sylvia Reagan senkte den Blick auf ihre Hände, die in ihrem

Schoß gefaltet lagen. Nach einigen Sekunden sagte sie: »Ja. Mrs Lavington ist mir schon früher begegnet – Lenore Lavington –, wenngleich ich zum damaligen Zeitpunkt ihren wirklichen Namen nicht kannte. Das war vor dreizehn Jahren. Sie sagte mir damals, ihr Name sei Rebecca Soundso. Rebecca Gray oder ... nein, Grace. Rebecca Grace.«

»Was glauben Sie, warum Madame Lavington es für nötig erachtete, einen falschen Namen anzugeben? Versuchen Sie bitte nicht, die Wahrheit zu verbergen. Poirot, er weiß alles!«

»Mrs Lavington war in anderen Umständen und wollte es nicht sein«, sagte Sylvia Reagan. »In jüngeren Jahren, da ... da half ich Frauen, die sich in einer solchen Situation befanden. Ich machte meine Sache gut. Ich bot einen Dienst an, der zugleich risikolos und diskret war. Die meisten Damen, die zu mir kamen, verwendeten nicht ihre wirklichen, sondern falsche Namen.«

»Madame?« Poirot wandte sich an Lenore Lavington.

»Es ist wahr«, sagte sie. »Cecil und ich waren unglücklich miteinander, und ich dachte, wenn ich ein weiteres Kind bekäme, würde es die Sache nur noch verschlimmern. Am Ende brachte ich es dann aber nicht über mich, den Eingriff auch wirklich durchführen zu lassen. Bei unserer ersten – und einzigen – Begegnung verriet mir Mrs Reagan, dass auch sie ein Kind erwartete. Sie wollte es haben, aber sie sagte, sie könne sich sehr gut vorstellen, welch eine Belastung es sei, ein ungewolltes Kind austragen zu müssen. Als ich diese Worte hörte – ‚ein ungewolltes Kind‹ –, entschuldigte ich mich und ging. Ich kehrte nie wieder zurück. Mein Kind, wurde mir bewusst, war wohl doch nicht ungewollt. Mit Sicherheit brachte ich es nicht über mich, es wegmachen zu lassen.«

Lenore Lavington warf einen bösen Blick in Sylvia Reagans Richtung. »Sobald sie merkte, dass ich meine Meinung geändert hatte, versuchte Mrs Reagan, mich mit allen Mitteln umzustimmen – nur um ja keine Kundin zu verlieren!«

Timothy Lavington stand mit unsicheren Bewegungen auf. Er

hatte Tränen in den Augen. »Das Kind, das du nicht wolltest, war ich, nicht, Mutter?«, sagte er.

»Sie hat es ja dann doch nicht gemacht, Timmy«, sagte Ivy.

»Ich wusste, dass ich dich lieben und wollen würde, sobald ich dich sähe, Timmy«, sagte Lenore. »Und so war es dann auch. So war es wirklich.«

»Hast du Vater gesagt, dass du dich mit dem Gedanken trugst, dich meiner auf so barbarische Weise zu entledigen?«, fragte Timothy mit vor Verachtung bebender Stimme.

»Nein. Ich sagte es niemandem.«

»In der Tat«, warf Poirot ein. »Sie sagten es niemandem. Das ist ein sehr wichtiger Punkt.«

Er gab mir ein Zeichen. Das war mein Auftritt. Ich ging hinaus und kehrte wenige Augenblicke später mit einem kleinen Tisch zurück, den ich mitten im Zimmer abstellte, sodass jeder ihn sehen konnte. Das Tischchen war mit einem weißen Tuch verhüllt. Poirot hatte es abgelehnt, mir zu verraten, was sich darunter verbarg, aber ich war mir ziemlich sicher zu wissen, was mein Freund im Schilde führte. Das Gleiche galt, nach seiner Miene zu urteilen, für Stanley McCrodden. Und tatsächlich, als Poirot das Tuch lüftete, erschienen ein kleiner Porzellanteller mit einem weiteren Stück Kirchenfensterkuchen darauf und daneben ein Messer. Wie viele Stücke von dem verflixten Kuchen, fragte ich mich, hatte er denn noch nach Combingham Hall mitgenommen? Fee Spring musste hocherfreut gewesen sein, so viel davon an den Mann gebracht zu haben.

»Haben Sie sich eine Kleinigkeit zu essen mitgebracht, Poirot?«, sagte Hugo Dockerill. »Oder wollten Sie uns damit sagen, dass die *Lösung des Rätsels* für Sie eine Kleinigkeit gewesen ist? Ha, der war gut, wie?« Er lachte wiehernd. Seine Frau empfahl ihm zu schweigen, und er verstummte angemessen betreten.

»Und nun, meine Damen und Herren, werde ich Ihnen vorführen, dass wir mit der Auflösung des Rätsels der drei Viertel auf dem besten Wege sind, den ganzen Fall zu lösen!«

»Was ist das Rätsel der drei Viertel, Mr Poirot?«, fragte Inspector Thrubwell.

»Ich werde es Ihnen erklären, Inspector. Wie Sie – und wie wir alle – sehen, besteht dieses Stück Kuchen aus vier Vierteln. In der oberen Reihe, wenn wir sie so nennen dürfen, haben wir das kleine gelbe Quadrat und dann das rosafarbene, und in der unteren Reihe kommt erst das rosafarbene und dann das gelbe. Gleichzeitig haben wir aber auch, da wir das Messer noch nicht eingesetzt haben, das ganze, ungeteilte Stück.«

Mit theatralischer Geste schnitt Poirot jetzt das Stück in zwei Hälften, die er dann an die entgegengesetzten Ränder des Kuchentellers schob. »Zu Beginn dachte ich, die vier Personen, die von jemandem, der sich für mich ausgab, Briefe erhalten hatten, die sie des Mordes an Barnabas Pandy beschuldigten, bildeten zwei Paare: einmal Annabel Treadway und Hugo Dockerill, bei denen eine Verbindung zu Monsieur Pandy vorlag, und dann Sylvia Reagan und John McCrodden, bei denen dies zunächst nicht der Fall zu sein schien. Beide gaben mir gegenüber an, von Barnabas Pandy noch nie etwas gehört zu haben. Dann erfuhr ich von Hugo Dockerill, dass Madame Reagans Sohn, Freddie, ein Zögling des Turville College ist, derselben Internatsschule, die Timothy Lavington besucht. So! Damit scheint sich die Sache für Poirot folgendermaßen zu verhalten.« Er nahm das Messer und schnitt die eine Kuchenstückhälfte abermals entzwei.

Jetzt ordnete er die gelben und rosafarbenen Quadrate auf dem Teller neu an: drei von ihnen dicht beieinander und eines allein und für sich. »Das ist, *mes amis*, was ich als das Rätsel der drei Viertel bezeichnet habe! Warum stellt Monsieur McCrodden die Ausnahme dar? Warum wurde er – ein Mann, der Barnabas Pandy nicht einmal dem Namen nach kennt und in keiner offensichtlichen Beziehung zu ihm steht –, warum wurde er ausgewählt, wo die drei anderen Adressaten doch Menschen mit eindeutigen Verbindungen zu Monsieur Pandy oder dessen Familie waren? Warum sollte unser Verfasser hochstaplerischer Briefe einerseits diese drei und andererseits diesen einen auswählen?

Ich fragte mich, ob der Briefschreiber vielleicht gewollt hatte, dass ich auf John McCrodden im Speziellen aufmerksam wurde. Dann ereignete sich etwas, was mich verblüffte. Ich war zufällig anwesend, als Mademoiselle Ivy ihrer Mutter gegenüber den Namen Freddie Reagans erwähnte. Ich bemerkte, dass Lenore Lavington entgeistert aussah. Bestürzt. Fast schreckensstarr. Warum, fragte ich mich, mag sie so heftig auf den Namen eines Mitschülers ihres Sohnes reagieren?«

Poirot hatte wahrscheinlich die Frage selbst beantworten wollen, aber ich konnte dem Impuls nicht widerstehen, die Idee, die mir da plötzlich kam, laut auszusprechen: »Weil sie, bevor Miss Ivy diese Tatsache erwähnte, nicht gewusst hatte, dass Freddie Reagan auf dem Turville College war. Sie hatte keine Ahnung gehabt, dass Sylvia Reagans Sohn dieselbe Schule besuchte wie ihr eigener Sohn.«

»*Précisément!* Sie wusste von einem Jungen, den sie als den ›seltsamen, einzelgängerischen Freddie‹ bezeichnete, doch dessen Nachnamen kannte sie nicht. Er war erst seit ein paar Monaten in Turville. Lenore Lavington war nicht bewusst, dass die Madame Reagan, deren Bekanntschaft sie dreizehn Jahre zuvor gemacht hatte, die Mutter des seltsamen, einzelgängerischen Freddie war, bis ihre Tochter es ihr sagte. Um mich von der Spur abzubringen, behauptete sie dann aus heiterem Himmel, starke Vorbehalte gegen Freddie zu hegen und Timothy schon früher davor gewarnt zu haben, mit ihm zu verkehren. Mir durfte nicht der Verdacht kommen, dass es Freddies Mutter war, nicht etwa Freddie selbst, die eine so schockierte Reaktion bei ihr ausgelöst hatte. Später jedoch schien sie vergessen zu haben, dass sie mir gegenüber behauptet hatte, Freddie nicht zu mögen. Als ich ihn noch einmal erwähnte, legte sie nicht die geringste Animosität an den Tag und schien gar kein Bedürfnis zu verspüren, ihn zu kritisieren. Sie hat auch keinerlei Einwände dagegen erhoben, dass ihr Sohn hier in Combingham Hall mit ihm viel Zeit verbrachte.

Meine Damen und Herren, ich würde sagen, erst als ich zur Gewissheit gelangt war, dass Lenore Lavington die Verfasserin der vier Briefe ist, fügte sich dieses bestimmte Puzzleteilchen ein.«

»Moment mal«, sagte John McCrodden. »Wenn Sie glauben, dass ein und dieselbe Person Kingsbury tötete und versuchte, Miss Treadway an den Galgen zu bringen … Beschuldigen Sie Mrs Lavington etwa auch dieser zwei Straftaten?«

»Vorerst sage ich nur, dass Madame Lavington die Briefe verfasste, die vier Personen – darunter auch Sie, Monsieur – des Mordes beschuldigten, und sie mit ›Hercule Poirot‹ unterzeichnete. Madame Lavington, Sie waren deswegen so erschüttert, als Freddie Reagans Name fiel, weil Sie sich so sicher gewesen waren, dass die Beziehung zwischen Ihnen und Sylvia Reagan niemals herauskommen oder erraten werden würde. Sie suchten sie vor dreizehn Jahren auf, um einen verbotenen medizinischen Eingriff an sich vornehmen zu lassen. Natürlich war es in Ihrer beider Interesse, dies niemandem gegenüber zu erwähnen. Dann teilt Ihre Tochter Ihnen auf die beiläufigste und argloseste Weise mit, dass Mrs Reagans Sohn, Freddie, ein Schulkamerad Ihres eigenen Sohnes ist. Plötzlich ist eine Verbindung zwischen Sylvia Reagan und Barnabas Pandy für jeden klar erkennbar.

Für Sie war das eine Katastrophe. Sie wollten die Halbe-halbe-Version des Kuchenstücks, ist es nicht so? Sie wollten den Eindruck erwecken, dass die Empfänger Ihrer Briefe je zwei Personen mit einer Beziehung zu Ihrem Großvater und zwei ohne eine solche waren. Auf diese Weise wäre niemand herausgestochen. Unter diesen Umständen wäre es nahezu unmöglich gewesen, die wahre Intention des Briefschreibers zu erschließen. Doch infolge des Missgeschicks, dass Freddie Reagan das Turville College besuchte, hatten Sie, wie Sie zu Ihrer Bestürzung erkannten, meine Aufmerksamkeit unbeabsichtigt auf John McCrodden als den Besonderen, den von allen anderen Verschiedenen gelenkt. Da wusste ich, dass es nur zwei Möglichkeiten gab: Entweder war er der ›ausgeschlossene Vierte‹, oder aber es gab gar keinen solchen ausgeschlossenen Vierten, sondern nur das ganze, ungeteilte Stück Kuchen.«

Poirot schob den Kuchen wieder zusammen, sodass alle vier Quadrate sich wieder berührten. »Wenn ich vom ungeteilten Kuchenstück spreche, beziehe ich mich auf die Möglichkeit, dass der Briefschreiber – oder, wie wir jetzt wissen: die Briefschreiberin – eine persönliche Beziehung zu allen vier Empfängern der Briefe haben könnte, einschließlich John McCroddens.

Sie beschlossen, Ihre Briefe mit meinem Namen zu unterschreiben, Madame Lavington. Warum? Weil Sie wissen, dass ich der beste Aufklärer von Verbrechen bin, *n'est-ce pas?* Es gibt keinen Besseren! Und Sie wollten meine Aufmerksamkeit. Sie wollten, dass Hercule Poirot, sobald er sich auf die Sache eingelassen hätte, mit einem in Zellophan eingeschlagenen, übel riechenden Kleid und der Überzeugung, dass Ihre Schwester Annabel Ihren Großvater ermordet haben musste, bei der Polizei vorstellig wurde. Wer sonst hätte so überzeugend geklungen, wenn er all die Dinge behauptet hätte, die Sie glaubten, mir einflüstern zu können? Madame, ich bin noch nie von ein und derselben Person gleichzeitig so hochgepriesen und so unterschätzt worden! Sie waren eine Närrin, wenn Sie glaubten, Sie könnten Hercule Poirot mithilfe eines in Wasser und Olivenöl eingeweichten Kleides von der Wahrheit ablenken!«

Inspector Thrubwell sagte: »Mr Poirot, ich bin leicht verwirrt. Wollen Sie damit andeuten, Mrs Lavington hätte in Wirklichkeit *nicht* gewollt, dass Sie Mr John McCrodden für den ›ausgeschlossenen Vierten‹, wie Sie ihn nennen, hielten?«

»*Oui*, Monsieur. Sie wollte nicht, dass ich mich fragte, wie er in das Bild passen könnte. Sie wünschte nicht, dass ich mich fragte: Wenn sich jetzt zeigt, dass Sylvia Reagan doch etwas mit Barnabas Pandys Familie zu tun hat, könnte dann nicht das

Gleiche auch auf John McCrodden zutreffen? Denn, *mes amis*, Lenore Lavington ist die einzige Person in diesem Raum, die eine Beziehung zu sämtlichen vier Empfängern der Briefe hat. Als sie ihren Plan ausarbeitete, unterlief ihr ein fataler Fehler. Wäre es ihr darum gegangen, völlig Fremde zu beschuldigen, hätte sie ihre Namen einfach blind aus dem Telefonbuch herauspicken können. Stattdessen wählte sie zwei Personen, zu denen sie eine lange zurückliegende Beziehung hat, eine Beziehung, von der sie glaubt, sie sei geheim genug, um ihr nicht gefährlich werden zu können. Wie Sie glaubt, wird Poirot schon bald herausfinden, dass Sylvia Reagan und John McCrodden Barnabas Pandy nicht ermordet haben konnten, weil sie mit ihm und seiner Familie nicht das Geringste zu tun hatten und weil sie an dem Tag, als er starb, nicht einmal in der Nähe von Combingham Hall waren. Sie hatten also weder Motiv noch Gelegenheit. Folglich, stellt sich Madame Lavington vor, werden die Namen Reagan und McCrodden bald aus dem Kreis der Verdächtigen entfernt werden.

Aber ach, auch das gerät ihr daneben! Bald war für mich klar, dass sowohl Madame Reagan als auch Monsieur McCrodden am fraglichen Tag sehr wohl hätten hierhergekommen sein können. Desgleichen Hugo Dockerill. Sie hätten sich hereinschleichen können, während der Rest des Haushalts damit beschäftigt war, sich zu streiten oder, in Kingsburys Fall, einen Koffer auszupacken. Sie hätten durch die stets offene Haustür eindringen, Monsieur Pandy töten und dann wieder verschwinden können, ohne von jemandem beobachtet worden zu sein. Keiner der drei hatte ein starkes Alibi: ein Weihnachtsmarkt, von dem man sich leicht hätte für ein, zwei Stunden entfernen können, ohne dass es jemand bemerkte; einen Brief von einer Spanierin, die möglicherweise alles bezeugt hätte, worum man sie bat.«

Poirot fixierte John McCrodden. Er schien darauf zu warten, dass dieser das Wort ergriff.

Endlich sagte McCrodden leise: »Ich wusste ihren wirklichen Namen nicht, bis ich in dieses Haus kam. Sie stellte sich mir als

Rebecca Grace vor, ebenso wie Mrs Reagan gegenüber. Lenore.«
Er sah sie über die Breite des Zimmers hinweg an. »Das ist ein
ungewöhnlicher Name. Ich bin froh, deinen Namen zu wissen,
Lenore.«

»Monsieur McCrodden, wären Sie so liebenswürdig, uns die
Art Ihrer Beziehung zu Lenore Lavington zu erläutern?«, sagte
Poirot. »Sie waren *des amants*, nicht wahr?«

»Ja. Wir waren für eine kurze Zeit ein Liebespaar. Eine allzu kurze Zeit. Ich wusste, dass sie verheiratet war. Wie ich das
Schicksal verfluchte, das es mir gestattete, ihr zu begegnen, als es
zu spät war und sie bereits einem anderen gehörte!« Seine Stimme brach. »Ich liebte sie von ganzem Herzen«, sagte er. »Und tue
es noch immer.«

35

Familienbande

Ich schäme mich nicht dafür«, sagte John McCrodden. »Ich bin schlechterdings nicht zu beschämen, wie mein Vater Ihnen gewiss mit Vergnügen bestätigen wird. Rebecca – Lenore – ist die einzige Frau, die ich je geliebt habe, obwohl wir nur drei Tage füreinander hatten. Seither ist keine Stunde und kein Tag vergangen, an dem ich mir nicht gewünscht hätte, es hätten mehr sein können ...«

»John, bitte nicht«, sagte Lenore. »Was sollte das jetzt noch nützen?«

»... aber sie bestand darauf, zu ihrem Mann zurückzukehren, der dem Vernehmen nach ein ziemlich langweiliger Typ war. Sie tat ihre Pflicht.«

»Wie können Sie es wagen, so über meinen Vater zu reden!«, empörte sich Timothy Lavington. An seine Mutter gewandt, fügte er kalt hinzu: »Hast du ihm gesagt, Vater sei ein Langweiler? Was für Lügen hast du sonst noch über ihn erzählt?«

Ivy berührte ihre Mutter am Arm und bat sie: »Sag es ihm, Mama. Du musst!«

»Dein Vater ist tot, Timmy«, sagte Lenore. »Der Brief, den du bekommen hast ... Ich habe ihn geschrieben. Ich habe ihn dir geschickt.«

»Was für ein Brief?«, fragte Jane Dockerill.

»Lenore Lavington schickte einen fünften Brief«, sagte Poirot. »Einen Brief, von dem die meisten von Ihnen nichts wissen. Sie tippte ihn auf derselben Schreibmaschine, die sie für die anderen vier verwendet hatte: der mit dem schadhaften Buchstaben ›e‹. Dieser Brief enthielt allerdings keine Mordanschuldigung, und Madame Lavington gab darin auch nicht vor, Hercule Poirot zu sein. Stattdessen gab sie sich für ihren eigenen verstorbenen Ehemann aus, Cecil Lavington. Der Zweck des Briefes war, seinem Sohn Timothy mitzuteilen, dass er, anders als allgemein angenommen, nicht tot war. Vielmehr arbeitete er für die Regierung in geheimer Mission.«

»Wie konntest du nur in einer solchen Sache lügen, Mutter?«, rief Timothy aus. »Ich habe wirklich geglaubt, er sei am Leben!«

Lenore Lavington wandte den Blick ab. Ivy berührte wieder ihren Arm, während sie Timothy gleichzeitig mit einem Blick zu schweigen befahl.

Poirot fuhr fort: »Als Timothy Lavington diesen vorgeblich von seinem Vater stammenden Brief Inspector Catchpool zeigte, fielen diesem die ›e‹s mit einem winzigen weißen Loch sofort ins Auge. Er begriff, dass derselbe Absender auch die vier mit dem Namen Hercule Poirots unterzeichneten Briefe verschickt haben musste, weil sie alle auf derselben Schreibmaschine geschrieben worden waren. Sie werden also alle gewiss verstehen, warum wir so darauf erpicht waren, diese ausfindig zu machen.

Als ich zum ersten Mal nach Combingham Hall kam, fragte ich Madame Lavington, ob ich die Schreibmaschine des Hauses ausprobieren dürfe. Sie lehnte es ab. Da nichts dafür spreche, dass eine Straftat verübt worden war, sei sie dazu nicht verpflichtet, mir welche Form der Haussuchung auch immer zu gestatten. Als ich dann zum zweiten Mal nach Combingham Hall kam, stellte ich fest, dass sie ihre Haltung geändert hatte und bereit war zu kooperieren.«

»Wir wollten Ihnen alle helfen, Monsieur Poirot, aber Sie haben uns getäuscht«, sagte Annabel Treadway. »Sie ließen uns in dem Glauben, Sie könnten beweisen, dass Grandy ermordet worden war. Jetzt allerdings erklären Sie uns, sein Tod sei ein Unfall gewesen, genau wie wir immer geglaubt hatten.«

»Mademoiselle, ich habe durchweg darauf geachtet, kein Wort zu sagen, das nicht wahr gewesen wäre. Ich sagte Ihnen lediglich, ich sei mir sicher, dass es eine schuldige Person, einen Mörder oder eine Mörderin, zu fassen gelte und dass, solang dies nicht geschehen sei, unverändert große Gefahr bestehe. Ich sprach von der Gefahr, in der Sie schwebten, Mademoiselle. Ihre Schwester wollte Sie für den Mord an Ihrem Großvater hängen sehen. Als sie dies Mademoiselle Ivy gegenüber zugab – das von Kingsbury mitgehörte Gespräch –, hatte sie noch niemanden tatsächlich getötet. Hätte sie vielleicht sogar von ihrem Versuch abgelassen, Sie an den Galgen zu bringen? Ich weiß es nicht. Eines aber weiß ich: Sehr bald darauf verurteilte sie – aus Angst vor Entdeckung und Bloßstellung – Kingsbury zum Tod durch Verbluten. Weder log ich, Madame Lavington, noch verdrehte ich auch nur die Wahrheit, als ich Sie als eine Mörderin bezeichnete. Es ist eine Frage des Charakters. Sie wurden in dem Moment zu einer Mörderin, als Sie den Plan fassten, den Tod Ihrer Schwester herbeizuführen.«

Lenore Lavington erwiderte Poirots Blick, ohne eine Miene zu verziehen. Sie blieb stumm.

»Warum wollte Lenore überhaupt, dass ihre Schwester an den Galgen käme?«, fragte John McCrodden.

»Was war mit den drei anderen Briefen?«, fragte Annabel Treadway. »Was auch immer meine Schwester in Bezug auf mich vorgehabt haben mag – warum sollte sie den gleichen Brief auch an Mr Dockerill, Mrs Reagan und Mr McCrodden schicken?«

»Mademoiselle, Monsieur – bitte. Ich bin mit meinen Ausführungen noch nicht zu Ende. Da man nicht enden kann, ohne irgendwo anzufangen, gestatten Sie mir bitte, mit der Schreibmaschine den Anfang zu machen. Lenore Lavington setzte ihre ganze List ein, um Poirot zu täuschen, aber sie scheiterte. Oh ja, sie war sehr geschickt. Die Maschine, die ich bei meinem ersten Besuch nicht hatte inspizieren dürfen ... sie war diejenige, nach der ich suchte, die mit dem fehlerhaften Buchstaben ›e‹.

Zwischen meinem ersten und meinem zweiten Besuch in Combingham Hall entschied Lenore Lavington, dass es klüger wäre, sich mir gegenüber so hilfsbereit wie möglich zu zeigen. Gleich bei meinem Eintreffen wurde mir mitgeteilt, ich dürfe jetzt die Schreibmaschine inspizieren, allerdings sei kürzlich eine neue hinzugekauft worden. Die alte, erklärte Lenore Lavington, habe ihre beste Zeit schon hinter sich. Um hilfsbereit zu erscheinen, erklärt mir Madame Lavington, sie habe die alte noch behalten, da sie ja diejenige sein müsse, die ich untersuchen wollte. Denn natürlich kann die neue Schreibmaschine, die, als die vier Briefe geschrieben wurden, ja noch immer im Geschäft stand, kaum diejenige sein, nach der ich suche. Madame Lavington teilt mir mit, sie habe Kingsbury angewiesen, mir beide Maschinen herauszustellen, die alte und die neue, sodass ich beide ausprobieren könnte. Ah, sie war gescheit – aber nicht gescheit genug!

Eine der Schreibmaschinen sieht neu aus. Die andere sieht ebenfalls neu aus, wenn man von einem Sprung und einem Kratzer absieht – und die sind leicht herbeizuführen. *Alors*, Poirot, er führt den Test durch, und er bemerkt etwas höchst Verblüffendes. Die Type ›e‹ druckt bei beiden Schreibmaschinen genau so, wie sie sollte, folglich können beide aus dem Kreis der Verdächtigen ausgeschlossen werden. Aber nicht nur das ›e‹ ist in beiden Fällen tadellos. Alles funktioniert einwandfrei. Ich konnte keinerlei Qualitätsunterschied feststellen. Abgesehen von den Schrammen an der einen hätten beide an demselben Morgen fabrikneu angeliefert worden sein können. Also dachte ich bei mir: Was, wenn Lenore Lavington mich angelogen und mir, statt einer neuen und einer alten Schreibmaschine, zwei neue zu prüfen gegeben hätte? Aber warum sollte sie das tun?«

»Das würde sie nur tun, wenn sie nicht wollte, dass Sie sich die echte alte Schreibmaschine ansehen«, sagte Timothy Lavington. »Und das wollte sie nicht, weil es sie belastet hätte.«

»Sei still, Timmy«, sagte Ivy. »Du brauchst wirklich nicht derjenige zu sein, der es ausspricht!«

»Familienbande sind momentan das Letzte, dem ich mich verpflichtet fühle«, entgegnete ihr Bruder. »Ich habe recht, nicht wahr, Monsieur Poirot?«

»Ja, Timothy, du hast recht. Deine Mutter war unvorsichtig.

Sie glaubte, mir zu erzählen, dass die alte Schreibmaschine nicht mehr richtig funktionierte, würde genügen. Wegen der Kratzer, die sie der einen Schreibmaschine beigebracht hatte, befürchtete sie nicht, dass ich beide ausprobieren und feststellen würde, dass sie gleichermaßen neu zu sein schienen.

Fast wäre ich darauf hereingefallen! Ich fragte mich: Ist es möglich, dass die alte Schreibmaschine ganz einfach in einem sehr guten Zustand ist und manchmal fehlerfrei funktioniert, manchmal aber nicht? Ich stellte mir gerade diese Frage, als Annabel Treadway erschien und zu mir sagte: ›Wie ich sehe, haben Sie mit Ihrer Schreibmaschinenprüfung begonnen. Lenore hat mir strenge Anweisung gegeben, Sie nicht abzulenken und Sie Ihre Ermittlungsarbeit machen zu lassen.‹

Warum sollte Mademoiselle Annabel zwei Schreibmaschinen und zwei mit Maschine beschriebene Seiten sehen und daraus folgern, dass ich meine Überprüfung der Schreibmaschinen erst begonnen und nicht vielmehr gerade abgeschlossen hatte? Ich konnte mir nur einen einzigen Grund dafür denken: Sie wusste, dass es im Haus tatsächlich drei Schreibmaschinen gab – die zwei neuen und die alte, die Lenore Lavington irgendwo versteckt hatte.«

»Und genau deswegen hatte Mrs Lavington Miss Treadway eingeschärft, Sie nicht abzulenken«, sagte Eustace Campbell-Brown. »Wenn Miss Treadway wusste, dass kürzlich zwei Schreibmaschinen angeschafft worden waren, hätte sie sich verplappern können.«

»*Exactement.* Und bedenken Sie, Lenore Lavington konnte ihre Schwester kaum bitten zu lügen. Denn dann wäre Mademoiselle Annabel sofort ein Verdacht gekommen, wer die vier Briefe geschrieben und abgeschickt haben musste.«

»Und«, begann Annabel Treadway zögernd, »als Sie mich aufforderten, mir die zwei beschriebenen Blätter genau anzusehen, und ich keinen Unterschied zwischen ihnen feststellen konnte …«

»Hatten Sie vollkommen recht! Erinnern Sie sich, dass ich Ihnen sagte, mir sei etwas Bedeutsames aufgefallen? Es war das Fehlen jeglicher Verschiedenheit. Häufig ist das, was man unbedingt erkennen muss, etwas, was nicht da ist. Ich wartete, bis ich wusste, dass Madame Lavington im Parterre war, und durchsuchte dann ihr Schlafzimmer. Wie ich gehofft hatte, fand ich die alte Schreibmaschine. Sie befand sich in einer Tragetasche unter ihrem Bett. Ein kurzer Versuch ergab, dass es die mit dem schadhaften ›e‹ war.«

Timothy starrte seine Mutter die ganze Zeit wutentbrannt an. »Du wolltest mich töten, bevor ich überhaupt geboren war«, sagte er. »Du warst Vater untreu. Du hast Kingsbury getötet, und du hättest zugelassen, dass Tante Annabel gehängt wird, wenn Monsieur Poirot dich nicht entlarvt hätte. Du bist ein Ungeheuer!«

»Das reicht!«, sagte John McCrodden scharf.

Jetzt an Poirot gewandt, fuhr er fort: »Was immer Sie auch glauben mögen, dass Lenore getan haben soll, können Sie doch kaum der Meinung sein, dass es sich für einen Jungen gehört, so zu seiner Mutter zu reden, und das auch noch vor Fremden!«

»Ich glaube nicht, Monsieur. Ich weiß. Verraten Sie mir – denn Sie sind für Lenore Lavington ja kein Fremder –, was taten Sie, um ihren Zorn zu erregen?«

McCrodden sah ihn verblüfft an. »Ihren Zorn? Wie können ... woher ...«

»Woher ich das weiß? Ganz einfach«, sagte Poirot. Er sagte das häufig von Dingen, die für keinen außer ihm einfach waren. »Lenore Lavington wollte Annabel Treadway an den Galgen bringen, aber sie musste ihr wahres Ziel verheimlichen. Sie tat dies, indem sie den gleichen Anschuldigungsbrief auch drei weiteren Personen zuschickte. Sie, Monsieur McCrodden, waren einer der drei. Wohl wissend, dass es sehr unerfreulich sein würde, einen solchen Brief zu erhalten, suchte Madame Lavington drei Personen aus, die es ihrer Ansicht nach verdienten, zumindest ein bisschen zu leiden. Nicht direkt wegen Mordes zu hängen – dieses Schicksal behielt sie ihrer Schwester vor –, aber vielleicht zu befürchten, sie könnten möglicherweise schon bald eines Verbrechens angeklagt werden, das sie gar nicht begangen hatten. Also frage ich Sie noch einmal: Was taten Sie, um Rebecca Grace, die in Wahrheit Lenore Lavington hieß, zu erzürnen?«

Während er sprach, blickte John McCrodden Lenore an. »Wir begegneten uns im Seestädtchen Whitby. Rebec... Lenore machte dort Ferien mit ihrem Mann. Sie ... ich fürchte, es gibt keine beschönigende Formulierung dafür. Sie ließ ihn sitzen, sobald wir uns kennengelernt hatten, um drei Tage mit mir zu verbringen. Ich weiß nicht, was sie ihm erzählte. Ich erinnere mich nach all den Jahren nicht mehr. Ich meine, mich vage zu entsinnen, sie habe sich irgendeine Ausrede ausgedacht, weswegen sie umgehend irgendwohin fahren müsse. Erinnerst du dich, was es genau war, Lenore?«

Sie gab keine Antwort. Sie hatte schon seit geraumer Zeit keinerlei innere Regung verraten und lediglich dagesessen und ins Leere gestarrt.

»Am Ende der drei Tage konnte ich es nicht ertragen, sie gehen zu lassen«, fuhr John McCrodden fort. »Ich flehte sie an, ihren Mann zu verlassen und mit mir zusammenzuleben. Sie sagte, das könne sie nicht, aber sie würde zu mir nach Whitby kommen, wann immer es ihr möglich wäre. Sie wollte unsere geheime Liebesaffäre fortsetzen, aber die Aussicht war mir unerträglich. Die Vorstellung, dass sie beabsichtigte, bei einem Mann zu bleiben, den sie weder liebte noch begehrte ... Es wäre falsch gewesen. Und ich war nicht bereit, sie mit jemandem zu teilen.«

»Während mit einer verheirateten Frau herumzutollen natürlich nicht falsch ist«, murmelte Sylvia Reagan.

»Schweigen Sie!«, befahl John McCrodden ihr. »Sie wissen doch gar nichts von Richtig oder Falsch, und es kümmert Sie sogar noch weniger!«

»Also haben Sie Madame Lavington, wie man sagt, den Revolver auf die Brust gesetzt?«, fragte Poirot McCrodden.

»Die Pistole, ja. Er oder ich. Sie entschied sich für ihn und nahm es *mir* übel. In ihren Augen hatte ich eine Liebesaffäre beendet, die durchaus hätte fortdauern können – die sie sehr gern hätte fortdauern lassen.«

»Und sie konnte Ihnen nicht verzeihen«, sagte Poirot. »Ebenso wenig wie sie Sylvia Reagan verzeihen konnte, dass sie versucht hatte, sie zur Abtreibung des Kindes zu zwingen, das sie beschlossen hatte, doch auszutragen. Ebenso wenig konnte sie Hugo Dockerill verzeihen, dass er gelegentlich nicht umhinkonnte, Timothy wegen schlechten Betragens zu bestrafen. Deswegen wurde Monsieur Dockerill als Empfänger eines der vier Briefe ausgewählt.«

»Woher wussten Sie, dass Lenore und ich eine Liebesaffäre hatten?«, fragte John McCrodden. »Ich habe nie ein Sterbenswörtchen gesagt, zu keiner Menschenseele. Ebenso wenig wie sie, dessen bin ich mir absolut sicher. Sie konnten es unmöglich wissen!«

»Ah, Monsieur, dieses Wissen war nicht schwer zu erlangen. Sie und Madame Lavington haben es mir selbst verraten, mit etwas Unterstützung von Mademoiselle Ivy.«

»Das kann unmöglich stimmen«, sagte Ivy. »Ich habe es doch selbst erst gestern Nachmittag herausgefunden, als Mr McCrodden durch die Haustür kam und Mama ihn wiedersah und sie dann so durcheinander war, dass ich es schaffte, sie dazu zu zwingen, mir alles zu beichten. Davor sagte mir der Name John McCrodden rein gar nichts, und seitdem haben Sie und ich kaum ein Wort miteinander gewechselt, Monsieur Poirot.«

»C'est vrai. Trotz alledem haben Sie, Mademoiselle, mir unwissentlich geholfen, das Geheimnis zu durchschauen. Ich fügte Dinge, die Sie gesagt hatten, zu anderen Dingen, die ich von Ihrer Mutter und von Monsieur McCrodden erfahren hatte, hinzu und …«

»Was für Dinge?«, fragte John McCrodden. »Ich schwanke noch immer, ob ich Ihnen auch nur ein einziges Wort glauben soll, Poirot.«

»Wie Sie sich vielleicht erinnern, erzählten Sie mir, Ihr Vater missbillige Ihre Berufswahl. Sie erwähnten, irgendwo im Norden Englands, an der Küste oder in der Nähe der Küste, als Bergmann gearbeitet zu haben. Ihr Vater billigte diese Art von Arbeit nicht, bei der Sie sich die Hände schmutzig machten – aber er billigte es ebenso wenig, als Sie, wie Sie es formulierten, zum sauberen Ende wechselten und den Flitter fertigten und verkauften. Es war ein seltsamer Ausdruck, dieses ›zum sauberen Ende‹. In dem Moment wusste ich nicht, was er bedeutete. Es kam mir allerdings nicht sonderlich wichtig vor, also hielt ich mich nicht weiter damit auf.

Ebenso wenig begriff ich anfangs, was Sie mit dem Wort ›Flitter‹ gemeint haben könnten. Ich hatte dieses Wort erst kurz zuvor gehört – aus dem Mund Ihres Vaters, um genau zu sein. Er bezeichnete damit, glaube ich, Weihnachtsschmuck. Aber das Wort ›Flitter‹ wird auch in einem anderen Sinn verwendet. Es kann auch ›billiger Schmuck‹ bedeuten. Was das ›saubere Ende‹ betraf, gelangte ich zu dem Schluss, dass Sie damit das saubere Resultat des Bergbaus meinten, denn das war ja unser Gesprächsthema gewesen. Was Sie mir zu sagen versuchten, Monsieur McCrodden, war, dass Sie von der Arbeit im Steinbruch – dem schmutzigen Ende – zur reinlicheren Beschäftigung übergingen, aus der Substanz, die Sie zuvor abgebaut hatten, Damenschmuck anzufertigen. Und diese Substanz war Whitby-Gagat, nicht wahr?

Lenore Lavington erzählte mir, dass sie früher ein Trauerarmband aus Gagat besessen hatte und dieses ihrer Tochter Ivy schenkte. Sie beschrieb dieses Armband als Erinnerungsstück von großem ideellem Wert – ein Andenken, das sie selbst anlässlich eines Ferienaufenthalts an der See mit ihrem Ehemann Cecil geschenkt bekommen hatte. Von Ivy Lavington erfuhr ich, dass die Ehe der Lavingtons keine glückliche gewesen war, zumindest aus Lenores Sicht. Warum, fragte ich mich, sollte sie in dem Maße an etwas hängen, was ihr ein ungeliebter Ehemann gekauft hatte? Aber das tat sie auch nicht! Das Armband aus Whitby-Gagat hatte ihr vielmehr ein Mann geschenkt, den sie leidenschaftlich liebte: John McCrodden, der Liebhaber, den sie sich während des Urlaubs genommen hatte.

Wie ich außerdem erfuhr, hatte Lenore Lavington ihrer Tochter zuvor auch ein anderes Geschenk gemacht: einen Fächer – einen weiteren Gegenstand, an dem sie nach eigenen Angaben sehr gehangen hatte. Der Fächer war mit dem Bild einer Tänzerin bemalt, welche dieselbe Haarfarbe wie Mademoiselle Ivy hatte, einer Tänzerin in einem schwarz-roten Kleid. Dunkles Haar und ein schwarz-rotes Kleid? Ich habe solche Bildnisse auf Fächern gesehen, die als Andenken vom Kontinent mitgebracht worden waren. Ich wusste dank Stanley McCrodden, dass sein Sohn John ein Haus in Spanien besaß, dass er das Land liebte und es häufig besuchte. Konnte John McCrodden, fragte ich mich, diesen Fächer Lenore Lavington während dieser drei Tage geschenkt haben, die sie zusammen verbracht hatten? Ich entschied, dass dies nicht nur möglich, sondern sogar wahrscheinlich war. Wie sonst hätte ein gewöhnlicher Fächer zu einem kostbaren Besitz werden können? Lenore Lavington hatte John McCrodden, wie wir wissen, nicht verziehen – dennoch hing sie an diesen Dingen, die er ihr geschenkt hatte, wie an einem kostbaren Schatz. So kompliziert ist das Wesen der Liebe!«

»Sie ist wirklich eine komplizierte Angelegenheit«, pflichtete Inspector Hubert Thrubwell ihm bei. »Keiner von uns könnte das bestreiten, Mr Poirot.«

»Das Gagat-Armband, der spanische Fächer«, fuhr Poirot fort, »diese Dinge hätten natürlich pure Zufälle sein können. Keines von ihnen war für sich genommen ein Beweis dafür, dass John McCrodden und Lenore Lavington sich tatsächlich kannten. Doch dann dachte ich: Lenore Lavington kann zu Sylvia Reagan in Beziehung gesetzt werden, zuallererst mittels Freddie; zu Annabel, ihrer Schwester; und zu Hugo Dockerill, dem Hausvorsteher ihres Sohnes. Warum nicht auch zu John McCrodden? Statt ihn weiterhin als den ›ausgeschlossenen Vierten‹ zu betrachten, entschied ich, dass dies ein Fall von einem ganzen, ungeteilten Kuchenstück war«, Poirot deutete theatralisch auf den Kuchenteller auf dem Tisch, »ohne irgendwelche ausgeschlossenen Viertel. Lenore Lavington kannte sie alle!«

»Haben Sie zu alledem irgendetwas zu sagen, Mrs Lavington?«, fragte Inspector Thrubwell.

Sie blieb vollkommen regungslos. Sprach weiterhin kein Wort.

John McCrodden sagte erregt: »Ich werde nicht zulassen, dass die Frau, die ich liebe, wegen Mordes gehängt wird, was auch immer sie getan haben mag! Es ist mir egal, ob du nach all den Jahren noch immer böse auf mich bist, Lenore. Meine Liebe zu dir ist unverändert. Um Gottes willen, so sag doch etwas!«

»Poirot, mir ist nach wie vor völlig unklar, warum die vier Briefe nötig waren«, sagte Stanley McCrodden. »Wenn Mrs Lavington hoffte, dass Miss Treadway für den Mord an ihrem Großvater bestraft wurde, warum schickte sie dann nicht einfach nur ihr einen Brief?«

»Weil, *mon ami*, sie die Tatsache zu verheimlichen wünschte, dass sie die Anklägerin war – diejenige, die angeblich einen Verdacht hatte! Lenore Lavington konnte nicht hundertprozentig sicher sein, dass ihr Plan aufgehen und Mademoiselle Annabel tatsächlich an den Galgen geschickt werden würde. Sollte ihr Plan scheitern, wollte sie die Möglichkeit haben, etwas anderes zu versuchen, eine andere Form von Rache. Dazu würde sie besser in der Lage sein, wenn Mademoiselle Annabel nicht wusste, dass sie eine zu fürchtende Feindin war. Fürchtet man jemanden, nimmt man sich augenblicklich in Acht. Lenore Lavington wollte vermeiden, dass irgendwelche Sicherheitsvorkehrungen getroffen wurden. Sie wollte ihre Schwester schutzlos wissen.

Wäre sie die einzige des Mordes Beschuldigte gewesen, hätte Annabel Treadway sich gefragt: Wer könnte mir so etwas angetan haben, und warum? Wenn sie hingegen von Hercule Poirot erfährt, dass vier Personen des Mordes an Barnabas Pandy beschuldigt werden, dann erscheint es ihr denkbar, dass der Ankläger durchaus auch jemand sein könnte, von dem sie noch nie etwas gehört hat. Dann sagt sich Mademoiselle Annabel, dass die Beschuldigung unmöglich von ihrer Schwester kommen könnte, da diese doch weiß, dass sie ihren Großvater nicht getötet haben kann, weil sie zum Zeitpunkt seines Todes beide zusammen in einem anderen Zimmer waren. *Eh bien*, Lenore Lavington ist somit vom Verdacht reingewaschen, diejenige zu sein, die einen Verdacht äußert, diejenige, die die Anklage vorbringt; ihr anvisiertes Opfer vertraut ihr weiter und ist dadurch verwundbar – und genau so wollte Lenore Lavington sie haben!«

»Einen Moment«, sagte John McCrodden. »Lenore und Annabel waren zusammen in einem Zimmer, als ihr Großvater starb? Hat Lenore Ihnen das gesagt?« Er klang aufgeregt. Mir war nicht klar, warum.

»*Oui*, Monsieur«, sagte Poirot. »Alle drei Damen sagten mir das, und es ist wahr.«

»Dann hat Lenore Annabel aber ein Alibi gegeben«, sagte McCrodden. »Warum sollte sie das tun, wenn sie sie, wie Sie behaupten, hängen sehen wollte?«

Poirot richtete den Blick auf Stanley McCrodden. »Ich bin mir sicher, Sie können Ihren Sohn über diesen Punkt aufklären, *mon ami*.«

»Der Schuldige versucht in der Regel den Eindruck zu erwecken, als ob er die Tat, die er verübt – deren er schuldig ist –, gerade *nicht* verübte«, sagte Stanley McCrodden. »Wenn Mrs Lavington hoffte, dafür sorgen zu können, dass ihre Schwester des Mordes für schuldig befunden würde – wie konnte sie dann besser den Eindruck erwecken, genau das Gegenteil zu tun, als dadurch, dass sie Miss Treadway leidenschaftlich in Schutz nahm und ihr ein Alibi lieferte?«

»Stellt denn niemand die wichtigste Frage?«, sagte Jane Dockerill ungeduldig.

»Ich tu's«, sagte Timothy Lavington. »Warum in aller Welt sollte Mutter den Wunsch haben, sich an Tante Annabel zu rächen? Was hatte Tante Annabel Mutter eigentlich so Schlimmes getan?«

36

Die wahre Schuldige

Poirot wandte sich an Annabel Treadway. »Mademoiselle«, sagte er. »Sie kennen die Antwort auf die Frage Ihres Neffen nur zu gut.«

»So ist es«, sagte Annabel Treadway. »Es ist etwas, das ich niemals vergessen werde.«

»In der Tat. Es ist ein Geheimnis, das Sie über viele Jahre gehütet haben, und es hat einen Schatten auf Ihr ganzes Leben geworfen, einen Schatten schrecklicher Schuld und Reue.«

»Nein. Reue nicht«, sagte sie. »Es war ja nichts, was ich bewusst getan, wozu ich mich entschieden hätte. Es war etwas, das einfach *geschah*. Oh, ich weiß, dass ich diejenige war, die es geschehen ließ, aber wie könnte ich es bereuen, wenn ich mich gar nicht erinnern kann, die Entscheidung getroffen zu haben?«

»Dann leiden Sie vielleicht noch unter der zusätzlichen Schuld, nicht zu wissen, ob Sie sich, in eine ähnliche Situation versetzt, heute anders verhalten würden«, sagte Poirot.

»Könnte das bitte jemand näher erläutern?«, sagte Jane Dockerill.

»Ja, bringen Sie es hinter sich, Monsieur Poirot«, sagte Ivy Lavington. »Für viele von uns ist das Ganze hier keine angenehme Erfahrung. Ich sehe ein, dass es notwendig ist, aber schweifen Sie bitte so wenig wie möglich ab.«

»Sehr wohl, Mademoiselle. Ich werde allen das Geheimnis erzählen, das Ihre Mutter Ihnen gestern enthüllte, bevor Kingsbury anfing, an der Tür zu lauschen.

Kurz bevor Barnabas Pandy starb, meine Damen und Herren, fand in diesem Haus ein denkwürdiges Abendessen statt. Am Tisch saßen Monsieur Pandy, Lenore und Ivy Lavington sowie

Annabel Treadway. Madame Lavington rügte Mademoiselle Ivy, sie esse zu viel. Während eines Ausflugs an den Strand mehrere Monate zuvor hatte sie ihr bereits gesagt, ihre Beine ähnelten Baumstämmen, und diese Episode referierte jetzt Ivy Lavington, erzürnt darüber, nun zum zweiten Male von ihrer Mutter beleidigt worden zu sein. Die Mahlzeit nahm einen traurigen Ausgang: Die drei Damen verließen den Tisch in einem Zustand großer Betrübnis, und auch Monsieur Pandy war unglücklich. Der verstorbene Kingsbury berichtete mir, als er den Speisesaal betrat, habe Monsieur Pandy allein am Tisch gesessen und geweint.

Jetzt muss ich zu dem Tag zurückkehren, als Annabel Treadway Ivy Lavington, damals noch ein kleines Mädchen, auf einen Spaziergang an einem Fluss mitnahm«, fuhr Poirot fort. »Skittle, der Hund, begleitete die beiden. Mademoiselle Ivy entschied, dass es unterhaltsam wäre, die Uferböschung hinunterzurollen. Die Gefahr erkennend, jagte Skittle die Böschung hinunter, um sie zu retten, konnte sie aber nicht davor bewahren, ins Wasser zu fallen. Bei dem Versuch, sie aufzuhalten, zerkratzte er ihr das Gesicht, weshalb es bis zum heutigen Tag von Narben gezeichnet ist. Schon bald war Mademoiselle Ivy im Wasser versunken, wo sie beinahe ertrunken wäre. Annabel Treadway musste in diese tödlichen Fluten springen und sie retten. Die Strömung war sehr stark. Mademoiselle Annabel setzte ihr eigenes Leben aufs Spiel, um ihre Nichte zu retten.

Alors, jetzt müssen wir in der Zeit wieder nach vorn springen, *mes amis*, zu dem Ausflug an den Strand, den ich bereits erwähnt habe. Lenore und Ivy Lavington hatten den Hund, Hopscotch, mitgenommen, weil Annabel Treadway mit Influenza das Bett hüten musste. Mademoiselle Ivy liebt es, im Meer zu schwimmen. Sie hat nicht zugelassen, dass ihr beinahe tödlicher Unfall eine bleibende Furcht vor dem Wasser bei ihr hinterließ.«

»Hopscotch?«, sagte Eustace Campbell-Brown. »Ich dachte, der Hund heiße Skittle.«

»Das sind zwei verschiedene Hunde, Monsieur. Skittle weilt

nicht mehr unter uns. Hopscotch, ein Hund derselben Rasse, hat ihn ersetzt.«

»Ihn *ersetzt?*« Tränen schossen Annabel Treadway in die Augen. »Niemand hätte Skittle ersetzen können, ebenso wenig wie jemand wird Hopscotch jemals ersetzen können, wenn er … wenn er … Ach!« Sie vergrub ihr Gesicht in den Händen.

»Tut mir leid, Mademoiselle. Ich sprach, ohne nachzudenken.«

»Also schön, es sind also zwei verschiedene Hunde«, sagte Stanley McCrodden. »Aber jetzt ist für uns wirklich nicht die Zeit, an irgendwelche Hunde zu denken.«

»Sie irren sich«, belehrte ihn Poirot. »Hunde – oder um genau zu sein, der verstorbene Skittle – sind genau das, womit wir uns befassen müssen.«

»Aber warum, um Himmels willen?«

»Ich will es gerade erklären. Am Tag des Ausflugs an den Strand saßen Lenore und Ivy Lavington in der Nähe einer Baumgruppe. Hopscotch kam auf sie zugerannt, nachdem er eine Zeit lang in den Wellen gespielt hatte. Beim Anblick der nassen Beine des Hundes, die jetzt viel dünner aussahen als im trockenen Zustand, fühlte sich Mademoiselle Ivy plötzlich an den Tag zurückversetzt, an dem sie beinahe ertrunken wäre. Erinnerungen stürzten auf sie ein, die ihr bis zu dem Moment nicht bewusst gewesen waren. Sie erzählte ihrer Mutter, dass sie, während sie sich im Zustand der Panik unter Wasser abkämpfte, die nassen Beine des Hundes für die Stämme der Bäume gehalten hatte, die entlang der Böschung wuchsen – obwohl es nicht sein konnte, weil sie dazu viel zu dünn waren und nicht stillstanden, sondern sich bewegten. Dann kam Annabel Treadway zu ihrer Rettung, und Mademoiselle Ivy sah die *wirklichen* Baumstämme: dick und unverrückbar. Sie begriff, dass die länglichen Dinge, die sie zuvor gesehen hatte, keine Bäume, sondern Skittles Beine gewesen waren.

Diese Erinnerung kehrte viele Jahre später, an jenem Tag am Strand, dank der nassen Beine des Hundes Hopscotch mit Urgewalt zu ihr zurück. Sie erzählte ihrer Mutter davon, und als diese die Geschichte hörte, ging ihr etwas auf. Es war etwas, dessen Mademoiselle Ivy selbst sich überhaupt nicht bewusst war ... und dabei blieb es auch, bis ihre Mutter ihr im Verlauf des Gesprächs, das Kingsbury mithörte, alles gestand.«

»Was ging Mrs Lavington auf?«, fragte Stanley McCrodden, mittlerweile außerstande, sein verzweifeltes Bedürfnis zu verstehen noch weiter zu verbergen. Ich verspürte selbst eine ganz ähnliche Verzweiflung.

»Liegt es nicht auf der Hand?«, sagte Poirot. »Skittles nasse Beine konnten sich nur dann auf dieser Uferböschung befunden haben – wo Mademoiselle Ivy sie sehen konnte –, wenn Annabel Treadway, bevor sie ihre Nichte rettete, zuerst Skittle aus dem Wasser gezogen hatte. Das ist der einzig mögliche logische Schluss. Sie musste zuerst ihren Hund und erst anschließend Mademoiselle Ivy gerettet haben!«

Sobald Poirot das ausgesprochen hatte, fiel es mir wie Schuppen von den Augen. »Wenn Skittle versuchte, Ivy Lavington davor zu bewahren, ins Wasser zu fallen, und scheiterte, dann hat er bestimmt nicht aufgegeben und einfach am Ufer gewartet«, sagte ich. »Kein treuer Hund würde sich so verhalten. Er würde ins Wasser springen. Er würde unbeirrt weiter versuchen, das Familienmitglied zu retten, das in Lebensgefahr schwebt.«

»Exakt, *mon ami*«, sagte Poirot. Seinem Ton nach zu urteilen, war er ziemlich stolz auf mich, was mich freute, obwohl wir beide wussten, dass ich es allein nie herausbekommen hätte. »Und nachdem sein Frauchen, Mademoiselle Annabel, ihrerseits ins Wasser gesprungen war, hätte Skittle erst recht nicht von seiner Rettungsaktion abgelassen. Freiwillig wäre er nie aus dem Wasser gestiegen – nicht, solange zwei Menschen, die er liebte, noch in Gefahr schwebten. Dadurch wäre, wegen der starken, reißenden Strömung, auch *sein* Leben in Gefahr gewesen. Am Ende hätten alle drei ertrinken können.«

»Und wenn Skittles Beine nass und dünn waren, als Ivy Lavington sie sich am Ufer bewegen sah, dann mussten sie zuvor im Wasser gewesen sein«, sagte Stanley McCrodden. »Sie haben recht, Poirot. Kein Hund würde in einer solchen Situation beschließen, nur seine eigene Haut zu retten, und die Böschung wieder hinaufklettern. Jemand musste ihn aus dem Wasser gezogen … und irgendwo angebunden haben!«

»*Oui*. Annabel Treadway band ihn so an, dass er keine Möglichkeit hatte, in den Fluss zurückzuspringen und sich erneut in Lebensgefahr zu begeben. Erst dann stieg sie wieder ins Wasser, um Mademoiselle Ivy zu retten. Ihnen war die Tragweite Ihrer Erinnerung gar nicht bewusst, Mademoiselle, als Sie sie ihrer Mutter schilderten – wohl aber ihr. Sie begriff sofort. Sie stellte sich Skittles nasse Beine vor, die sich am Ufer gegen die Leine stemmten, die sein Frauchen ihm angelegt hatte. Sie erkannte genau, was dieses Bild bedeutete. Doch hier kommt das Dilemma …

Fragte sich Lenore Lavington, ob ihre Schwester vielleicht nur deswegen zuerst den Hund herausgezogen und angebunden hatte, weil er im Wasser so heftig strampelte, dass er sie beim Versuch, ihre Nichte zu retten, behinderte? Wäre dies der Fall gewesen, hätte Mademoiselle Annabel dann nicht wahrheitsgemäß davon erzählt? Das hätte sie wohl – also musste es anders gewesen sein. Annabel Treadway hatte das Leben ihres Hundes höher geschätzt als dasjenige ihrer Nichte und beschlossen, zuerst Skittle zu retten – und hatte dadurch Mademoiselle Ivys Leben auf ungeheuerliche Weise aufs Spiel gesetzt. Das kleine Mädchen hätte in der Zeit, die es erforderte, Skittle in Sicherheit zu bringen, ohne weiteres ertrinken können.«

Mittlerweile weinte Annabel Treadway. Sie unternahm keinerlei Versuch, Poirot zu widersprechen.

Poirot sprach leise weiter: »Als wir uns zum ersten Mal begegneten, Mademoiselle, sagten Sie zu mir, niemand bedaure es, wenn sehr alte Menschen sterben, während der Tod eines Kindes immer als eine Tragödie angesehen werde. Das war Ihr Schuldbewusstsein, das aus Ihnen sprach. Es quälte Sie, dass das Leben, das Sie aufs Spiel gesetzt hatten, das eines kleinen Kindes gewesen war, in dem so viel Potenzial steckte, das noch so viele Jahre vor sich hatte. Sie wussten, dass die Gesellschaft Sie dafür umso strenger verurteilen würde. Das ist ein seltsamer Zufall … Als ich mit der Schwiegertochter von Vincent Lobb sprach, dem Mann, mit dem sich Ihr Großvater nach langjähriger Feindschaft zuletzt auszusöhnen versucht hatte, da sagte sie zu mir, das Schlimmste sei, das Richtige zu spät zu tun. Und genau das haben Sie getan, Mademoiselle: Sie retteten Ihrer Nichte das Leben – aber Sie taten es zu spät.«

»Und ich habe seither ununterbrochen gelitten«, schluchzte Annabel.

»Während unseres allerersten Gesprächs erzählten Sie mir, Sie hätten ›Leben gerettet‹, was ich als eine Mehrzahl verstand. Anschließend korrigierten Sie sich rasch, so sah es wenigstens aus, und plötzlich war es ein einziges Leben, das Sie gerettet hatten: dasjenige Mademoiselle Ivys. Ich glaubte, Sie genierten sich, übertrieben zu haben – nahm an, Sie bemühten sich um peinliche, strikteste Genauigkeit des Ausdrucks und wollten nicht mehr Lorbeeren beanspruchen, als Ihnen rechtens zukamen. Erst viel später kam mir der Gedanke, dass es auch eine andere, gleichermaßen plausible Möglichkeit gab: dass sie tatsächlich mehr als nur ein Leben gerettet hatten, diese Tatsache aber verheimlichen wollten. Ihre erste Aussage – ›Leben‹ als Plural verstanden – hatte der Wahrheit entsprochen.

Darauf kam ich im Verlauf eines Gesprächs mit Mademoiselle Ivy. Ich hatte von der Notwendigkeit gesprochen, ›Menschenleben zu retten‹. Ivy Lavington fragte mich, ob ich mehr als nur ein Menschenleben meinte, das gerettet werden müsse, und ich glaubte damals tatsächlich, dass nur eines in Gefahr schwebte. Denn natürlich wusste ich damals noch nicht, dass Kingsbury getötet werden würde. Ich stellte fest, dass mein Gespräch mit Mademoiselle Ivy mich an irgendetwas erinnerte, und fragte mich, was es wohl sein könnte. Ich brauchte anschließend nur wenige Sekunden, um auf des Rätsels Lösung zu kommen: meine erste Begegnung mit Annabel Treadway, daran hatte es mich erinnert, und an unseren kurzen Dialog über das Retten von Menschenleben – oder vielleicht auch nur eines einzigen Menschenlebens. Plötzlich – im Lichte dessen, was ich über den Tag, an dem Mademoiselle Ivy beinahe ertrunken wäre, erschlossen hatte –, ergab Mademoiselle Annabels anfängliche Behauptung, sie habe ›Leben‹, in der Mehrzahl, ›gerettet‹, einen glasklaren Sinn.«

Ich konnte nicht umhin, verwundert den Kopf zu schütteln und zu staunen, wie Poirots Gehirn funktionierte. Andere Anwesende sahen gleichermaßen beeindruckt aus. Wir saßen alle sprachlos da, während er mit seinem Bericht fortfuhr.

»Als wir uns zum ersten Mal begegneten, unmittelbar nachdem sie einen Brief erhalten hatte, der, wie sie glaubte, von mir stammte und sie des Mordes an Barnabas Pandy beschuldigte, sagte Annabel Treadway noch etwas anderes, das mir ungewöhnlich erschien. Sie sagte: ›Sie können nicht wissen …‹ und brach dann ab. Sie hatte nämlich das Gefühl, es moralisch durchaus zu verdienen, einen Brief erhalten zu haben, der sie des Mordes bezichtigte, obwohl sie niemanden ermordet hatte und Mademoiselle Ivy an jenem Tag nicht im Fluss gestorben war. Aber eigentlich hatte sie sagen wollen, dass ich, Hercule Poirot, nicht wissen konnte, dass sie schuldig war; es war unmöglich.

Sie wird nie aufhören, sich schuldig zu fühlen, meine Damen und Herren. Sie hat sich alle Mühe gegeben, Buße zu tun. Sie, Monsieur Dockerill, erzählten mir, dass sie Ihren Heiratsantrag ablehnte. Sie sagte, ihr würde die Eignung fehlen, sich um die Jungen des Turville College zu kümmern. Auch das wird jetzt besser verständlich: Sie glaubte nicht, dass es richtig wäre, ihr das Wohlergehen von Kindern anzuvertrauen, und daher versagte sie es sich auch, zu heiraten und eigene großzuziehen. Gleichzeitig vergötterte sie die zwei Kinder ihrer Schwester und überschüttete sie mit all ihrer Liebe, um ihr Jahre zurückliegendes Versagen wiedergutzumachen.«

»Angst muss auch eine beträchtliche Rolle gespielt haben, nicht lediglich Schuldbewusstsein«, sagte Stanley McCrodden. »Miss Lavington hätte sich schließlich jederzeit daran erinnern können, was sich an dem Tag am Fluss tatsächlich abgespielt hatte.«

»Allerdings«, pflichtete Poirot ihm bei. »Und vor dieser Möglichkeit graute Annabel Treadway. Schließlich, nach vielen Jahren, bewahrheiteten sich ihre schlimmsten Befürchtungen. Während des desaströsen Dinners erzählte Mademoiselle Ivy von dieser Monate zurückliegenden Bemerkung über Beine und Baumstämme, und Annabel Treadway konnte ihrer Schwester vom Gesicht ablesen, dass sie die Wahrheit kannte – dass sie sie seit jenem Tag am Strand gekannt hatte. Monsieur Pandy begriff ebenfalls rasch die Bedeutung von Mademoiselle Ivys verspäteter Erinnerung – und Annabel Treadway sah auch das.«

Poirot wandte sich zu Ivy Lavington. »Sie, Mademoiselle, waren an jenem Abend die Einzige am Tisch, die glaubte, die ganze Aufregung drehe sich ausschließlich um Beine und Kartoffeln und die Ansichten Ihrer Mutter bezüglich Ihrer Kleidergröße und Figur. Die drei anderen Personen am Tisch dachten an etwas ganz anderes.«

»Ja, und ich hatte keine Ahnung«, sagte Ivy. »Nicht die blasseste. Tante Annabel, du hättest mir die Wahrheit sagen müssen, sobald ich alt genug war, um zu verstehen. Ich hätte dir verziehen. Ich verzeihe dir. Bitte hab keine Schuldgefühle mehr – ich könnte es nicht ertragen. Es ist eine solche Zeitverschwendung, und du hast dich schon mehr als genug selbst dafür leiden lassen. Ich weiß, dass es dir leidtut, und ich weiß, dass du mich liebst. Das ist alles, was zählt.«

»Das Schuldbewusstsein Ihrer Tante wird sich, so ungern ich es sage, nicht so leicht verscheuchen lassen«, erklärte ihr Poirot. »Ohne dieses Bewusstsein wäre sie, fürchte ich, vollkommen verloren. Sie würde sich nicht mehr wiedererkennen. Für die meisten Menschen ist dies eine unerträgliche Vorstellung.«

»Du magst mir verzeihen, Ivy, aber Lenore wird das nie tun«, sagte Annabel. »Und Grandy ... er konnte mir auch nicht verzeihen. Er hatte vor, mich aus seinem Testament zu streichen – mich zu enterben.«

»Und das war für Sie der Tropfen, der das Fass zum Überlaufen brachte, ist es nicht so, Mademoiselle? Das führte Sie zu der Entscheidung, zu Scotland Yard zu gehen und den Mord an Monsieur Pandy zu gestehen, obwohl Sie unschuldig waren.«

Annabel nickte. »Ich dachte: Wenn Grandy beschlossen hat, mich so zu behandeln, wenn meine ganze seitherige Freundlichkeit und Anhänglichkeit nichts zählen ... na, dann kann ich auch ebenso gut wegen Mordes gehängt werden. Vielleicht ist es genau das, was ich verdiene. Aber Ivy, Liebes, ich möchte, dass du eines weißt: An dem Tag am Fluss war ich wie von Sinnen. Mir wurde erst klar, dass ich eine Wahl getroffen hatte, nachdem ich Skittle bereits mit seiner Leine an einen Pfosten angebunden hatte. Es war so, als erwachte ich aus einem Traum. Einem Albtraum! Und du strampeltest noch immer hilflos im Wasser, und dann habe ich dich natürlich gerettet, aber ... ich konnte und kann mich nicht erinnern, mich entschieden zu haben, dich erst als Zweite zu retten. Ich kann es ehrlich nicht!«

»Wie alt war Skittle damals?«, fragte Lenore Lavington unvermittelt.

Mehrere Anwesende sogen hörbar die Luft ein. Sie hatte schon lange keinen Ton mehr von sich gegeben.

»Er war fünf, nicht? Wenn's hochkommt, hätte er noch sieben, acht Jahre zu leben gehabt, und soweit ich mich erinnere, war er sogar erst zehn, als er starb. Du setztest das Leben meiner Tochter aufs Spiel, um einen Hund zu retten, der danach nur noch fünf Jahre lebte!«

»Es tut mir unsagbar leid«, sagte Annabel leise. »Aber ... du brauchst nicht so zu tun, als wüsstest du nicht, was Liebe ist, Lenore, und wozu sie einen Menschen bringen kann. Schließlich haben wir alle von deinem Mr McCrodden gehört, mit dem du sogar nur drei Tage verbracht hast. Und dennoch liebtest du ihn leidenschaftlich, oder etwa nicht? Und ich sehe dir an – auch wenn ich die Einzige bin, weil dich niemand so gut kennt wie ich –, dass du ihn nach wie vor liebst. Ich liebte Skittle, wie wenige Lebensjahre ihm auch vergönnt sein mochten.

Die Liebe!« Annabel wandte sich zu Poirot. »Die Liebe ist die wahre Schuldige, Monsieur Poirot. Warum versuchte meine Schwester, mir einen Mord in die Schuhe zu schieben? Weil sie fest entschlossen war, ein Unrecht zu rächen, das ihrer Tochter vor vielen Jahren angetan worden war – weil sie Ivy so sehr liebt. So viele Sünden und Verbrechen werden im Namen der Liebe begangen!«

»Das mag wohl sein«, sagte Stanley McCrodden, »aber könnten wir unsere Erörterung seelischer Zustände vielleicht vertagen und uns noch eine Weile mit den Fakten aufhalten? In seiner an Sie gerichteten Mitteilung, Poirot, schrieb Kingsbury, er habe mitgehört, wie Miss Lavington ihrem Gesprächspartner – und wir wissen inzwischen, dass diese Person ihre Mutter war, Mrs Lavington – erklärte, Unkenntnis des Gesetzes schütze nicht vor Strafe. Inwiefern, wenn ich fragen darf, ist das für den Fall relevant? Zu welchem Zeitpunkt, und in Bezug worauf, sollte Mrs Lavington sich auf ihre Unkenntnis des Gesetzes berufen haben sollen? Ich bedaure es, wenn die Frage pedantisch sein sollte.«

»Ah, *mon ami*!« Poirot lächelte ihn an. »Jetzt muss Hercule Poirot sogar ein noch größerer Pedant sein! Was Kingsbury in seiner Mitteilung an mich schrieb, war, dass er Mademoiselle Ivy *dem Sinn nach* sagen hörte, Unkenntnis des Gesetzes sei keine Entschuldigung. Das bedeutet doch wohl, nicht wahr, dass diese Aussage auch mit anderen Worten getätigt worden sein könnte? Worten, die dieselbe Bedeutung vermittelten. Bedenken Sie, Kingsbury schrieb auch ›John Modden‹ anstelle von ›John McCrodden‹. Er war kein Mensch, der sich allzu sehr um Genauigkeit des Ausdrucks oder der Nomenklatur bekümmerte.«

»Durchaus, durchaus«, sagte Stanley McCrodden. »Aber gleichgültig, wie Miss Lavington es tatsächlich formuliert haben mag, muss sie doch gewusst haben, dass ihrer Mutter so gut wie jedem anderen in diesem Lande bekannt gewesen wäre, dass es gegen das Gesetz verstößt, jemanden fälschlich des Mordes zu beschuldigen und zu versuchen, ihn mithilfe untergeschobener falscher Beweismittel zu belasten. Es ist mit Sicherheit keine Handlungsweise, die man glaubhaft mit den Worten entschuldigen könnte: ›Tut mir leid, Euer Ehren, mir war nicht bewusst, dass ein solches Verhalten nicht erlaubt ist und nicht von jedermann als absolut legitim betrachtet wird.‹«

»Aber war es nicht genau das, was Kingsbury Miss Lavington zu ihrer Mutter sagen hörte?«, fragte Jane Dockerill. »Dass Unkenntnis des Gesetzes von keinem Gericht als Entschuldigung akzeptiert werden würde?«

»Ich kann nachvollziehen, was Sie zu dieser Annahme verleitet, Madame Dockerill – ebenso wie ich den Scharfsinn der Ausführungen Monsieur McCroddens zu würdigen weiß. Jedoch sind Ihre Argumente und Gegenargumente gleichermaßen irrelevant, da Lenore und Ivy Lavington keineswegs darüber diskutierten, ob Unkenntnis des Gesetzes in diesem speziellen Fall als entlastendes Moment angeführt werden könnte. Keinen Augenblick lang haben sie darüber diskutiert!«

»Was wollen Sie damit sagen, sie hätten nicht darüber diskutiert, Poirot?«, fragte Inspector Thrubwell. »Mr Kingsbury schrieb in seinem Brief an Sie doch, er hätte gehört …«

»Ja, ja. Jetzt werde ich Ihnen erklären, was Kingsbury tatsächlich hörte. Es ist verblüffend einfach: Er hörte Mademoiselle Ivy ihre Mutter warnen, dass sie bald entlarvt werden würde, weil sie die einzige Person sei, die eine Beziehung zu allen vier Empfängern des Briefes habe. Ich könnte mir vorstellen, dass sie sinngemäß sagte: ›Bald wird herauskommen, dass du und John McCrodden euch kennt, und Sylvia Reagans Sohn Freddie ist ein Schulkamerad von Timothy, also wird es zwecklos sein zu behaupten, du würdest die Reagan nicht kennen. Damit wirst du gar nichts erreichen. Keiner würde dir Glauben schenken.‹« Poirot hielt inne und zuckte die Achseln. »Doch Kingsbury hatte ›die Regeln‹ verstanden und gab das in seinem äußerst hilfreichen Sendschreiben, dem Sinn nach, mit ›die Gesetze nicht kennen‹ wieder.«

»Die Reagan«, wiederholte ich im Flüsterton. »Ivy sprach nicht von Gesetzen oder ›Regeln‹, sondern von der Familie Reagan!«

»Ich verstehe«, sagte Stanley McCrodden. »Danke für die Klärung dieses Punktes, Poirot.«

»Es war mir ein Vergnügen, *mon ami*. Und jetzt verbleibt nur noch eine weitere Sache, die der Klärung bedarf. Madame Lavington, es gäbe da etwas, was ich Ihnen sagen muss. Es wird Sie, wie ich glaube, sehr interessieren. Sie haben geduldig dagesessen und zugehört, wie ich allen anderen Dinge erläuterte, die Ihnen bereits nur zu gut bekannt waren. Jetzt habe ich aber eine Überraschung für Sie parat …«

37

Das Testament

Dann lassen Sie mal hören, Poirot«, sagte John McCrodden. »Wie lautet diese abschließende Offenbarung?« Er sprach in provozierendem Ton, als ob alles, was Poirot bislang gesagt hatte, ebenso gut erlogen gewesen sein könnte.

»Barnabas Pandy hatte keineswegs die Absicht, Mademoiselle Annabel zu enterben. Nicht die geringste! Die Enkelin, die er aus seiner letztwilligen Verfügung zu streichen gedachte, war Lenore Lavington.«

»Das kann nicht sein«, sagte Annabel. »Er betete Lenore förmlich an.«

»Ich habe ein kleines Experiment durchgeführt«, sagte Poirot. »Diesmal nicht mit Schreibmaschinen. Stattdessen verwendete ich dazu Menschen. Es gibt eine Frau, die in Stanley McCroddens Kanzlei arbeitet: eine Frau, die Monsieur McCrodden eine Zeit lang – wie man sagen könnte, aus unbedeutendem Grund – verabscheute.«

»Es ist nicht ganz leicht, mit ihr umzugehen«, fühlte ich mich verpflichtet zu sagen.

»Ihr Name ist Emerald Mason«, fuhr Poirot fort. »Um meine Theorie über Barnabas Pandys Einstellung zu Annabel Treadway und deren mögliche Auswirkungen auf sein Verhalten seinem langjährigen Feind Vincent Lobb gegenüber zu verifizieren, habe ich Monsieur McCrodden einen kleinen Streich gespielt. Ich erzählte ihm, Emerald Mason sei in einen schrecklichen Verkehrsunfall verwickelt gewesen und werde infolgedessen beide Beine verlieren. Dies entsprach nicht der Wahrheit, und ich enthüllte schon bald, dass ich mir diese kleine Geschichte nur ausgedacht hatte. Bevor ich das aber tat, entschuldigte sich Monsieur

McCrodden bei Catchpool dafür, dass er während ihrer gemeinsamen Herfahrt aus London recht ungesellig gewesen war. Nachdem er sich während der ganzen Fahrt alles andere als liebenswürdig verhalten hatte, verwandelte sich Stanley McCrodden, kaum dass er von der armen Mademoiselle Emerald und ihrem vorgeblichen Beinverlust erfahren hatte, in einen bescheidenen und zerknirschten Mann, der einsah, wie ungenießbar er bis zu diesem Augenblick gewesen war.

Warum fand diese Metamorphose statt? Weil Stanley McCrodden schreckliche Schuldgefühle hatte. Er erkannte, dass er sich gegenüber dieser relativ harmlosen Frau ungebührlich schroff verhalten hatte und dass ihr nun ein grausamer Schicksalsschlag widerfahren war. Er fühlte sich fast verantwortlich – als ob er ihr tragisches Schicksal selbst verschuldet hätte. Dies führte ihn sofort dazu, an weitere Menschen zu denken, die er möglicherweise ebenso unfreundlich behandelt hatte. Prompt kam ihm Catchpool in den Sinn, und so entschuldigte sich Stanley McCrodden bei ihm – was niemals geschehen wäre, wenn ich nicht das Märchen über Mademoiselle Emerald Masons Beine erfunden hätte.«

»Schon wieder Beine!«, sagte Hugo Dockerill. »Herrje!«

»Sie haben wahrscheinlich recht, Monsieur.« Poirot lächelte ihm zu. »Es muss ein unbewusster Einfluss am Werk gewesen sein. Wie dem auch sei: Als ich hörte, wie sich Stanley McCrodden bei Catchpool entschuldigte, erkannte ich glasklar, was der Grund für Barnabas Pandys plötzliche Sanftmut war, die sein Rechtsanwalt Peter Vout beobachtet hatte. Ich wusste, sie musste dadurch herbeigeführt worden sein, dass er endlich das Leid der furchtsamen, traurigen Enkelin erkannte, die er schon so lange ›gewogen und für zu leicht befunden‹ hatte. Plötzlich begreift er, wie sehr sie all die Jahre gelitten haben muss. Er bereut zutiefst, sie so mitleidlos beurteilt zu haben. Und er merkt, dass seine Abneigung gegen Vincent Lobb verflogen ist. Er kann nicht nur Annabel Treadways, sondern auch Lobbs Schwäche entschuldigen. Was er allerdings nicht tolerieren kann, ist das gnadenlose Urteil, das er in den Augen seiner anderen Enkelin, Lenore Lavington, sieht und aus ihrer Stimme heraushört. Dies erinnert ihn an die, wenn ich so sagen darf, drakonische Weltsicht, die er selbst erst in so fortgeschrittenem Alter überwinden konnte. *Eh bien*, er beschließt, dafür zu sorgen, dass Lenore Lavington von seinem Tod nicht profitieren wird – und er beschließt, Annabel Treadway für die jahrelange Bevorzugung ihrer Schwester zu entschädigen, die Mademoiselle Annabels Leiden erheblich verschlimmert haben muss.«

»Wovon reden Sie da?«, sagte Lenore Lavington. »Das ist Unsinn.«

»Ich erkläre gerade, Madame, dass Sie diejenige waren, die Ihr Großvater, wäre er nicht früher gestorben, aus seinem Testament gestrichen hätte.«

»Aber ... das kann doch nicht sein!«, sagte Annabel Treadway. Sie sah völlig verloren aus.

»Ich war heute Vormittag in London«, sagte Poirot. »Ich habe Monsieur Peter Vout gefragt: ›Sagte Monsieur Pandy ausdrücklich, dass es Mademoiselle Annabel war, die er von seinem Erbe auszuschließen plante?‹ Seine Antwort lautete, wie erwartet: Nein, er habe nicht gesagt, welcher seiner Enkelinnen er dieses beklagenswerte Schicksal zugedacht hatte. Tatsächlich, erfuhr ich von Monsieur Vout, sei Monsieur Pandy untypisch vage gewesen, als er von seinem neuen Testament sprach. Der Rechtsanwalt hatte lediglich angenommen – wie Lenore Lavington ja auch, als er ihr, ohne Namen zu nennen, von seiner Absicht erzählt hatte –, dass Mademoiselle Annabel diejenige war, die leer ausgehen würde, weil sie von jeher die weniger bevorzugte Enkelin gewesen war.«

»Warum mag sich Mr Pandy nur auf so bewusst irreführende Weise verhalten haben?«, fragte Jane Dockerill. »So würde doch wohl nur jemand handeln, der gewissermaßen vom Grabe aus eine überraschende Strafe verhängen wollte – eine Strafe, die, weil unerwartet, um so vernichtender ausfallen würde.«

»*Précisément*, Madame. Natürlich zweifelte Lenore Lavington keinen Augenblick, dass sie diejenige war, die infolge des neuen Testaments doppelt so reich werden würde, als es sonst der Fall gewesen wäre. Wie hätte es anders sein können? Hatte Monsieur Pandy nicht erst ein, zwei Tage zuvor erfahren, dass Annabel Treadway seine Urenkelin hätte fast ertrinken lassen, während sie sich um die Rettung eines Hundes bemühte? Und ob er das hatte! Und eben sie, Lenore Lavington, war schließlich heimlich zu ihm gerufen und darüber informiert worden, dass ihr Großvater sein Testament dahingehend zu ändern beabsichtigte. Vermutlich sagte er ihr – um wieder Kingsburys Formulierung zu verwenden – *dem Sinn nach*: ›Nach meinem Tod wird jeder erhalten, was er verdient. Wer nichts verdient, wird auch nichts bekommen.‹«

»Sie irren sich«, sagte Lenore Lavington. »Selbst wenn er fähig war, Annabel und Vincent Lobb zu vergeben, so hatte Großvater doch keine Veranlassung, mich zu enterben!«

»Ich glaube doch«, sagte Poirot. »Ich glaube, an dem Abend mit dem unseligen Ausgang bemerkte er bei Tisch ein grausames, unnachsichtiges Funkeln in Ihren Augen, als Sie erkannten, dass er die Wahrheit über Mademoiselle Ivys Unfall und die Handlungsweise Ihrer Schwester erraten hatte. Er sah, dass Sie ihn aufmerksam beobachteten und hofften, dieses neue Wissen würde bei ihm jegliche Zuneigung und jegliches Verantwortungsgefühl gegenüber Ihrer Schwester ein für alle Mal auslöschen. Er sah in Ihren Augen reinen, unerbittlichen Hass. Er schockierte ihn. Er fand ihn unerträglich. Soll ich Ihnen verraten, warum? Weil er ihn an sich selbst erinnerte! Plötzlich erkannte er, wie grausam seine Unversöhnlichkeit gegen seinen einstigen guten Freund, Vincent Lobb, gewesen war. Er begriff möglicherweise, dass die allerschlimmste Sünde die Unfähigkeit ist, anderen ihre Sünden zu vergeben. Ebendeswegen, Madame Lavington, entschied er, dass Sie nichts verdienten.«

»Das ist eine absolut schamlose Erfindung Ihrerseits, Poirot«,

sagte John McCrodden. »Es ist mir wirklich unbegreiflich, wie
Sie behaupten können, das alles zu wissen!«

»Ich ziehe Schlüsse aus den Fakten, die mir bekannt sind,
Monsieur.«

Poirot wandte sich wieder Lenore Lavington zu. Er sagte:
»Nach dem desaströsen Abendessen beschloss Ihr Großvater,
Sie auf die Probe zu stellen. Er wollte herausfinden, ob Sie – da
Sie wussten, dass Schuldgefühle das Leben und die Seele Mademoiselle Annabels aufgefressen hatten, und wussten, wie sehr
sie Mademoiselle Ivy liebte und wie leid ihr das alles tun musste – ihn bitten würden, es sich noch einmal zu überlegen und ihr
zu vergeben. Deswegen erzählte er Ihnen von seinem Plan, ein
neues Testament aufzusetzen. Das war der einzige Grund. Hätten Sie gesagt: ›Bitte, bestrafe Annabel nicht, sie hat schon genug
gelitten!‹, dann wäre er bereit gewesen, sein existierendes Testament unangetastet zu lassen. Doch Sie taten nichts dergleichen.
Vielmehr verrieten Sie eine diebische Freude über die Aussicht,
dass Ihre Schwester zu einem Leben in Armut verdammt sein
sollte. Sie bewiesen, dass Sie kein Erbarmen kannten.«

»Monsieur Poirot, wenn ich Sie recht verstehe, sagen Sie gerade, dass Mutter durchaus ein starkes Motiv hatte, Grandy zu
ermorden«, warf Timothy Lavington ein. »Nur dass er erstens
nicht ermordet wurde und zweitens Mutter nicht wusste, dass
sie ein solches Motiv hatte. Sie glaubte ja, Tante Annabel wäre
diejenige, die nach dem neuen Testament vom Erbe ausgeschlossen werden würde, nicht sie.«

»Das ist genau richtig«, sagte Poirot. »Barnabas Pandy wurde
nicht ermordet, doch sein tödlicher Badeunfall war die Ursache
für den Mord an dem armen Kingsbury und den versuchten Justizmord an Mademoiselle Annabel. Ich glaube nicht, dass Lenore
Lavington versucht hätte, den Tod ihrer Schwester herbeizuführen, wenn Monsieur Pandy nicht gestorben wäre. Er hätte sein
Testament geändert, und Lenore Lavington hätte angenommen,
die Änderung sei zu ihren Gunsten und zum Schaden ihrer

Schwester ausgefallen. Das könnte ihr genügt haben – Mademoiselle Annabel dadurch bestraft zu wissen, dass sie keinerlei Anteil am Familienvermögen haben würde –, zumindest bis Monsieur Pandy zu guter Letzt doch gestorben und die Wahrheit über das geänderte Testament ans Licht gekommen wäre.

Tatsächlich aber starb ihr Großvater, bevor er die versprochene Modifikation seiner letztwilligen Verfügung vornehmen konnte. Das war mehr, als Madame Lavington ertragen konnte. Mademoiselle Annabel würde ihrer wohlverdienten Strafe, der völligen Mittellosigkeit, also doch noch entgehen! Da, meine Damen und Herren, beschloss Lenore Lavington zu versuchen, ob sie ihre Schwester nicht für einen Mord, den sie nicht begangen hatte, an den Galgen bringen konnte. Letzteres ist natürlich eine bloße Vermutung. Beweisen kann ich es nicht.«

»Weder das noch sonst etwas von dem, was Sie uns heute aufgetischt haben«, sagte John McCrodden kalt. »Wo ist Ihr Beweis dafür, dass Mr Pandy Lenore – die, wie Sie selbst sagen, von jeher sein Liebling war – enterbt hätte? Ihr albernes Experiment beweist gar nichts.«

»Glauben Sie, Monsieur? Da bin ich anderer Ansicht. Ich glaube, jeder in diesem Zimmer, der nicht in Lenore Lavington verliebt ist, kann die Logik meiner Ausführungen nachvollziehen. Ich will versuchen, Sie durch ein weiteres Argument vielleicht doch noch zu überzeugen: Kingsbury erzählte mir, am Abend des Dinner-Desasters habe er Monsieur Pandy, nachdem seine Enkelinnen und seine Urenkelin ihn allein gelassen hatten, am Tisch sitzen und weinen sehen. Eine einzelne, einsame Träne, sagte Kingsbury. Lässt dies etwa den Schluss zu, Barnabas Pandy habe Mademoiselle Annabel gezürnt? *Non, mes amis.* Es ist denkbar, dass jemand aus Zorn weint, aber dann sähe man eine ganze Sturzflut von leidenschaftlichen Tränen, *n'est-ce pas?* Er zürnte Mademoiselle Annabel nicht. Er hatte Mitleid mit ihr. Er war traurig – traurig und von Reue erfüllt. Ohne zu ahnen, mit welch schrecklicher Schuld sie tagtäglich rang, hatte er immer nur Ungeduld für sie übrig gehabt. Doch plötzlich verstand er diese unbegreifliche Enkelin: die unsichtbare Aura von Tragik, die sie stets zu umgeben schien; ihre Weigerung, sich zu verheiraten und Kinder zu bekommen.

Nun ist es leicht vorstellbar, dass solche Gedanken – solch ein erschütternder Wechsel der Perspektive – ihn dazu bewegt haben könnten, auch über den anderen Menschen zu reflektieren, den er mit unangemessener Härte behandelt hatte: seinen Feind, Vincent Lobb. Die Analogie erwies sich bei näherer Betrachtung als absolut stichhaltig und überzeugte mich, dass ich recht hatte. Wie Annabel Treadway hatte sich Vincent Lobb der Feigheit schuldig gemacht. Aus Angst vor den Auswirkungen, die eine Entscheidung für die richtige Vorgehensweise hätte nach sich ziehen können, entschied er sich für die falsche. Anschließend fühlte er sich schuldig bis an sein Lebensende – wieder wie Annabel Treadway. Lobb beging, so wie Mademoiselle Annabel, einen entsetzlichen Fehler, und beide litten schrecklich darunter. Beide wurden von da an ihres Lebens nicht mehr froh. In dem Augenblick, wo er allein bei Tisch saß, beschloss Barnabas Pandy, beiden zu verzeihen. Es war eine weise Entscheidung.«

»Man kann leicht von Verzeihen salbadern, Poirot, wenn man selbst nicht derjenige ist, der etwas zu verzeihen hat«, sagte John McCrodden. »Sie haben keine Kinder, nicht wahr? Ich auch nicht, aber ich besitze Vorstellungsvermögen. Glauben Sie, Sie könnten jemals einem Menschen verzeihen, der Ihr ertrinkendes Kind seinem Schicksal überlassen hat, um stattdessen einen Hund zu retten? Ich weiß, dass *ich* das nicht könnte!«

»Ich weiß, Monsieur, dass ich niemals ein nasses Kleid unter einem Bett verstecken würde in der Hoffnung, dass es von Hercule Poirot entdeckt wird und dazu führt, dass die Person, der ich nicht verzeihen kann, wegen eines Mordes, den sie nicht begangen hat, zum Galgen verurteilt wird. So viel weiß ich.

Sie, Madame, verrechneten sich fatal«, sagte Poirot jetzt zu Lenore Lavington. »Die Auffindung des Kleides lieferte mir einen entscheidenden Hinweis. Ich erkannte dadurch: Entweder hatte Ihre Schwester Monsieur Pandy ermordet, oder aber jemand wollte, dass ich das glaubte. Das war der Moment, wo ich begriff, dass es einen Mörder zu fassen galt: entweder jemanden, der bereits getötet hatte, oder jemanden, der Annabel Treadways Tod herbeizuführen wünschte, oder vielleicht auch beides. Ohne das nasse Kleid hätte ich meine Nachforschungen nicht so beharrlich vorangetrieben, und die Welt hätte vielleicht nie von Ihrer Schuld erfahren, Madame.«

Annabel Treadway stand auf. Hopscotch stieß einen Laut aus, während er sich gleichfalls aus seiner sitzenden Position erhob und neben seinem Frauchen stehen blieb. Man hätte meinen können, er wüsste, dass sie etwas Wichtiges zu sagen hatte. »Meine Schwester kann nicht des Mordes schuldig sein, Monsieur Poirot. Als Kingsbury getötet wurde, war sie bei mir. Stimmt's nicht, Lenore? Wir waren die ganze Zeit zusammen, von zwei Uhr, bis wir beide in den Salon kamen. Sie sehen also, sie kann es nicht getan haben.«

»*Ich* sehe, Mademoiselle, dass Sie dem Beispiel Ihres Großvaters folgen und Barmherzigkeit üben wollen. Sie beabsichtigen, Ihrer Schwester den Versuch, Ihnen das Leben zu nehmen, zu verzeihen, *n'est-ce pas?* Sie können Hercule Poirot nicht hinter das Licht führen! Wenn Sie und Madame Lavington zwischen zwei Uhr und Ihrem gemeinsamen Erscheinen im Salon zusammen gewesen wären, so hätten Sie das schon viel früher erwähnt.«

»Nein, das ist nicht wahr«, entgegnete Annabel. »Lenore, sag du es ihm. Wir waren zusammen – weißt du nicht mehr?«

Lenore Lavington nahm von ihrer Schwester keine Notiz. Sie blickte Poirot an und sagte: »Ich bin eine Mutter, die ihre Kinder liebt. Das ist alles.«

»Lenore.« John McCrodden kniete sich neben sie hin und ergriff mit beiden Händen ihre Hand. »Du musst jetzt stark sein. Ich liebe dich, mein Herz. Er hat nicht den geringsten Beweis, und ich glaube, das weiß er auch.«

Eine Träne entschlüpfte Lenores Augenwinkel und glitt langsam ihre Wange hinunter. Eine einzelne, einsame Träne: genau
wie die eine, die Barnabas Pandy nach Kingsburys Schilderung
vergossen hatte.

»Ich liebe dich, John«, sagte sie. »Ich habe nie aufgehört, dich
zu lieben.«

»Wie sich herausstellt, Madame, sind Sie also doch imstande
zu verzeihen«, sagte Poirot. »Das ist gut. Was auch sonst geschehen sein mag oder noch geschehen wird – das ist immer gut!«

38

Stanley ohne Strang

Der Besucher, den Sie erwarteten, ist soeben eingetroffen, Sir«, sagte George eines Dienstagnachmittags zu Poirot. Fast zwei Wochen waren vergangen, seit Poirot und ich Combingham Hall verlassen hatten und nach London zurückgekehrt waren.

»Monsieur Stanley McCrodden?«

»Ja, Sir. Soll ich ihn hereinbitten?«

»Seien Sie so gut, Georges.«

Kurz darauf trat Stanley McCrodden mit einer trotzigen Miene ins Zimmer, die allerdings leicht erschlaffte, sobald er Poirot erblickte und sein herzliches Willkommen vernahm.

»Sie brauchen sich nicht zu genieren«, sagte Poirot. »Ich weiß, was Sie mir eröffnen wollen. Ich hatte es erwartet. Es ist nur natürlich, dass es so gekommen ist.«

»Sie haben also davon gehört?«, fragte McCrodden.

»Nichts habe ich gehört. Man hat mir nichts erzählt. Und trotzdem weiß ich es.«

»Das ist nicht möglich!«

»Sie sind hier, um mir zu sagen, dass Sie Lenore Lavingtons Verteidiger unterstützen werden – ist es nicht so? Sie soll sich zu den Vorwürfen des vollendeten und des versuchten Mordes unschuldig bekennen.«

»Man hat es Ihnen also doch erzählt! Sie haben offenbar mit John gesprochen.«

»*Mon ami*, ich habe mit niemandem gesprochen. Sie allerdings haben mit John gesprochen, und zwar sehr lange, nicht wahr, seit unserer gemeinsamen Zeit in Combingham Hall? Sie haben alles Unliebsame, das zwischen Ihnen beiden vorgefallen war, beiseitegeräumt, wie den Schnee von gestern, *non?*«

»Nun ja, doch. Aber ich begreife nicht, wie Sie …«

»Verraten Sie mir, könnte es sein, dass John Ihnen jetzt doch, wie Sie immer gehofft hatten, in die Juristerei folgen wird?«

»Tatsächlich, ja, er … erst gestern bekundete er seinen Entschluss«, sagte Stanley McCrodden argwöhnisch. »Warum wollen Sie mir nicht endlich reinen Wein einschenken, Poirot? Es ist schlechterdings nicht vorstellbar, dass jemand etwas so genau erraten können soll. Nicht einmal Sie.«

»Es ist kein Raten. Es ist Kenntnis der menschlichen Natur«, erklärte Poirot. »Monsieur John, er wünscht, er könnte die Frau, die er liebt, selbst verteidigen – so dankbar er Ihnen auch für alles ist, was Sie seinet- und ihretwegen unternommen haben. Er zeigt seine Dankbarkeit, indem er anerkennt, dass es schließlich und endlich doch keine so dumme Idee wäre, sich als Anwalt zu betätigen. Besonders jetzt, wo sein Vater seine Ansichten bezüglich der angemessenen Bestrafung für des Mordes Schuldige geändert hat.«

»Sie sprechen von meinen Ansichten und inwieweit sie sich geändert haben, als ob Sie mehr über sie wüssten als ich selbst«, sagte McCrodden.

»Nicht mehr – nur genauso viel«, sagte Poirot. »Ich weiß, was wahr sein muss – immer. Und in diesem Fall war alles ganz leicht vorherzusehen. Ihr Sohn liebt Lenore Lavington, und Sie, *mon ami*, Sie lieben, wie jeder gute Vater, Ihren Sohn. Und deswegen – und obwohl Sie glauben, dass Poirot recht hat und dass Madame Lavington schuldig ist – werden Sie helfen, sie zu verteidigen. Sie wissen, dass, sollte sie wegen Mordes gehängt werden, es Ihrem Sohn das Herz brechen würde. Jede Hoffnung auf ein zukünftiges Glück wäre für ihn auf immer dahin. Sie würden alles tun, um das zu verhindern, oder etwa nicht? Nachdem Sie ihn schon einmal – scheinbar unwiederbringlich und für so lange Zeit – verloren hatten, werden Sie nicht riskieren, ihn jetzt erneut zu verlieren, weder aufgrund einer Meinungsverschiedenheit über das Gesetz und dessen moralische Grundlage noch infolge seines

Kummers. Also helfen Sie Lenore Lavington, und Sie ändern Ihre Ansichten über gewisse juristische und ethische Fragestellungen. Ich vermute, jetzt sind Sie der Überzeugung, dass überhaupt kein Mörder wegen seines Verbrechens gehängt werden sollte, ja? Sollen wir Sie von nun an ›Stanley ohne Strang‹ nennen?«

»Ich bin nicht gekommen, um darüber zu diskutieren, Poirot.«

»Oder sind Sie weiterhin ein Befürworter der Todesstrafe und machen nur in diesem speziellen Fall eine Ausnahme?«

»Dann wäre ich ein Heuchler«, sagte McCrodden mit einem Seufzer. »Gibt es denn keine andere Möglichkeit? Könnte es nicht sein, dass ich einfach an Lenore Lavingtons Unschuld glaube?«

»Nein. Daran glauben Sie nicht.«

Die zwei Männer schwiegen sich ein paar Sekunden lang an. Dann sagte McCrodden: »Ich habe Sie aufgesucht, weil ich Sie persönlich davon in Kenntnis setzen wollte, dass ich Lenore helfen werde. Außerdem möchte ich Ihnen danken. Als ich damals erfuhr, dass John diesen abscheulichen Brief erhalten hatte ...«

»Sie sprechen von dem Brief, den Lenore Lavington ihm zugeschickt hatte – die Frau, der sie zu helfen beabsichtigen?«

»Ich versuche, Ihnen zu danken, Poirot. Ich bin Ihnen dafür dankbar, dass Sie meinen Sohn entlastet haben.«

»Er ist kein Mörder.«

»Wie Ihnen vielleicht bekannt ist, bleibt Miss Treadway bei ihrer Darstellung der Ereignisse«, sagte McCrodden.

»Sie meinen, sie behauptet weiterhin, sie sei zum Zeitpunkt von Kingsburys Tod mit ihrer Schwester zusammen gewesen? Auch das hatte ich erwartet. Es ist das Werk ihrer Schuldgefühle – ein Werk im Dienst der Ungerechtigkeit. Madame Lavington kann wahrlich von Glück sagen, dass Mademoiselle Annabel und Sie und Ihr Sohn ihr so zur Seite stehen. Weniger Glück haben diejenigen, die sie vielleicht in Zukunft noch töten könnte, falls Sie den Prozess gewinnen. Mit Sicherheit ist Ihnen bekannt, dass ein Mensch, der sich ein Mal hat dazu hinreißen lassen, einen

Mord zu begehen, bei jedem weiteren Mal umso weniger Hemmungen kennen wird. Deswegen bete ich darum, dass Sie nicht gewinnen. Wie ich hoffe, werden die Geschworenen mir glauben – nicht aufgrund meines Rufes, sondern weil ich die Wahrheit sagen werde.«

»Gegen Lenore liegen ausschließlich Indizien vor«, sagte McCrodden. »Sie haben nichts Konkretes in der Hand, Poirot. Keine unanfechtbaren Fakten.«

»Lassen Sie uns nicht hier und jetzt darüber streiten, wer die besseren Beweise hat, *mon ami*. Das hier ist kein Mordprozess. Bald werden wir uns im Gerichtssaal gegenübertreten, und dann werden wir ja sehen, wem die Jury eher glaubt.«

McCrodden nickte knapp. »Ich hege keinen Groll gegen Sie, Poirot«, sagte er, schon auf dem Weg zur Tür. »Ganz im Gegenteil.«

»*Merci*. Und ich …« Poirot war sich unschlüssig, wie er fortfahren sollte. Schließlich sagte er: »Ich bin erfreut zu hören, dass das Verhältnis zwischen Ihnen und Ihrem Sohn sich verbessert hat. Die Familie ist etwas sehr Wichtiges. Um Ihretwillen freut es mich, dass Sie den Preis dieser Aussöhnung nicht als zu hoch empfinden. Aber bitte, tun Sie Poirot einen kleinen Gefallen: Fragen Sie sich jeden Tag, ob dies der Kurs ist, den Sie beizubehalten wünschen – und ob es der richtige Kurs ist.«

»Kingsbury hatte keine lebenden Verwandten«, sagte McCrodden. »Und Annabel Treadway ist nicht auf dem Weg zum Galgen wegen einer Straftat, die sie nicht verübt hat.«

»Und so entsteht kein Schaden, wenn Lenore Lavington freigesprochen wird? Da bin ich anderer Meinung. Wenn das Recht gebeugt und die Gerechtigkeit pervertiert wird, entsteht durchaus ein Schaden. Sie, Ihr Sohn, Lenore Lavington … und, ja, Annabel Treadway mit ihren Lügengeschichten … wenn Sie Glück haben, werden Sie für Ihre Taten in diesem Leben nicht zu zahlen brauchen. Über eine höhere Gerechtigkeit zu spekulieren steht Hercule Poirot nicht zu.«

»Leben Sie wohl, Poirot. Danke für alles, was Sie für John getan haben.«

Mit diesen Worten wandte sich Stanley McCrodden ab und ging.

39

Eine neue Schreibmaschine

Ich schreibe diesen abschließenden Teil meines Berichts über »Das Rätsel der drei Viertel« sechs Monate nach den zuletzt geschilderten Ereignissen, und zwar auf einer brandneuen Schreibmaschine. Im vorliegenden letzten Kapitel sind daher sämtliche »e«s tadellos. Weder unsere gleichnamige Freundin noch sonst eine Fee braucht also weiter im Schnee zu stehen.

Es ist komisch – während ich diese Geschichte niederschrieb, habe ich eine immer heftigere Abneigung gegen die schadhaften »e«s entwickelt, aber jetzt, wo sie weg sind, fehlen sie mir irgendwie.

Die neue Schreibmaschine war ein Geschenk Poirots. Ein paar Wochen nachdem der Prozess gegen Lenore Lavington zu Ende gegangen war und ich ihm keine weiteren Seiten zu lesen geschickt hatte, erschien Poirot bei Scotland Yard mit dem elegantesten Geschenkpaket, das ich je gesehen hatte. Er sagte: »Sie haben das Schreiben aufgegeben?«

Ich gab einen unverbindlichen Laut von mir.

»Jede Geschichte braucht ein Ende, *mon ami*. Selbst wenn uns die Auflösung missfällt, ist es dennoch erforderlich, was wir angefangen haben, auch abzuschließen. Die losen Enden, sie müssen sauber vernäht werden.«

Er stellte das Paket auf meinem Schreibtisch ab. »Dieses Geschenk wird Sie, wie ich hoffe, dazu ermutigen, Ihren Bericht zu vollenden.«

»Wozu?«, fragte ich. »Die Chancen stehen ziemlich gut, dass niemand mein Geschreibsel jemals lesen wird.«

»Ich, Hercule Poirot, werde es lesen.«

Sobald er mein Büro verlassen hatte, öffnete ich das Paket und starrte die funkelnagelneue Schreibmaschine an. Dass die Sache ihm wichtig genug gewesen war, um mir ein solches Geschenk zu kaufen, berührte mich und ließ mich zugleich, wie so oft, über seine Klugheit staunen. Natürlich würde ich nach einer solchen Geste nicht umhinkönnen, die Geschichte abzuschließen. Und so sitze ich hier und schreibe sie zu Ende. Womit es meine Pflicht ist zu berichten, dass der Prozess gegen Lenore Lavington nicht so lief, wie ich es mir erhofft hatte. Sie wurde des Mordes an Kingsbury und des versuchten Mordes an Annabel Treadway für schuldig befunden, aber dank Stanley McCroddens Eintreten für sie blieb ihr der Strang erspart. Wie ich zufällig weiß, wenngleich es mir lieber wäre, es nicht zu wissen, erhält Mrs Lavington im Zuchthaus regelmäßig Besuch von dem ihr treu ergebenen John McCrodden – während der arme, loyale Kingsbury im Grabe ruht.

»Glauben Sie, dass der Gerechtigkeit Genüge getan wurde?«, fragte ich Poirot, als wir erfuhren, dass Mrs Lavington für ihre Verbrechen nicht mit dem Leben bezahlen würde.

»Eine Jury hat sie für schuldig befunden, *mon ami*«, sagte er. »Sie wird den Rest ihres Lebens im Zuchthaus verbringen.«

»Sie wissen ebenso gut wie ich, dass sie, wären Stanley McCroddens fehlgeleitete Bemühungen nicht gewesen, gehangen hätte. Jeder Richter im Lande kennt ihn als leidenschaftlichen Befürworter der Todesstrafe, und plötzlich bittet er um Mitleid mit einer verzweifelten Frau, die lediglich in einem Augenblick der Schwäche einen schrecklichen Fehler beging? Das mitreißende Schlussplädoyer von Lenore Lavingtons Strafverteidiger stammte aus McCroddens Feder, und das war dem Richter durchaus bewusst. Der Feder desselben Stanley Strang, der schon Dutzende vom Glück weniger begünstigter Burschen an den Galgen gebracht hat, ohne auch nur einen Gedanken daran zu verschwenden, wen sie möglicherweise liebten oder von wem sie geliebt wurden, und zwar aus dem einfachen Grund, dass keiner von ihnen sein Sohn war! Das ist nicht richtig, Poirot. Das ist nicht gerecht.«

Er lächelte mir zu. »Quälen Sie sich nicht so, *mon ami*. Mir geht es nur darum, die Fakten ans Licht zu bringen und den Schuldspruch zu ermöglichen, nicht um die folgende Strafbemessung. Derlei Erwägungen überlasse ich einer höheren Instanz. Die Wahrheit ist vor einem Strafgericht anerkannt worden – das ist alles, was zählt.«

Wir schwiegen uns ein paar Sekunden lang an. Dann sagte er: »Möglicherweise wissen Sie es nicht, aber es gibt jemanden, der seine Absicht erklärt hat, sich so zu verhalten, als *wäre* Lenore Lavington gestorben – der gelobt hat, ihr nie zu schreiben und alle etwaigen Briefe von ihr zu verbrennen.«

»Und das wäre?«

»Ihr Sohn, Timothy. Das, glaube ich, wird eine zusätzliche Strafe für sie sein. Von seinem eigenen Kind verstoßen zu werden, was immer man auch getan haben mag – das ist entsetzlich.«

Ich wusste nicht, ob Poirot mit dieser Bemerkung andeuten wollte, dass ich Stanley McCrodden nicht allzu streng beurteilen sollte. Ich entschied, dass, wenn das Sinn und Zweck seiner Äußerung war, es unklug gewesen wäre, unsere Diskussion fortzusetzen, und so sagte ich nichts.

Und jetzt, da ich das Ende dieses Berichts erreicht habe, sehe ich ein, dass Poirot absolut recht hatte: Festzuhalten, dass eine Geschichte einen unbefriedigenden Ausgang nahm, ist irgendwie immer noch erheblich befriedigender, als überhaupt keinen Abschluss zu liefern.

Damit also endet »Das Rätsel der drei Viertel«.

Edward (mit einem makellosen »E«) Catchpool

Danksagung

Riesigen Dank schulde ich

James Pritchard, Mathew Pritchard und allen bei Agatha Christie Limited; David Brawn, Kate Elton und allen bei HarperCollins UK; meinem Agenten Peter Straus und seinem Team bei Rogers, Coleridge & White; meinem wunderbaren Verlag William Morrow in New York und allen meinen Poirot-Verlagen weltweit, die dabei mitgeholfen haben, die Bücher unter die Leute zu bringen; Chris Gribble, der von früh an mitgelesen und mitgefiebert hat; Emily Winslow, für ihre wie immer unschätzbaren, scharfsichtigen redaktionellen Vorschläge; Jamie Bernthal-Hooker, die auf zigfache Weise, von Korrekturlesen über Recherchieren bis hin zu Titel-Vorschlägen, behilflich war; Faith Tilleray, die mir eine umwerfende neue Website entworfen hat und dann mein Marketing-Guru geworden ist; meiner Familie – Dan, Phoebe, Guy … und diesmal, aus Gründen, die jede Leserin und jeder Leser leicht einsehen wird, ganz besonders Brewster!

Danke den Gewinnern des Preisausschreibens, Melanie Vout und Ian Manson, denen ich jeweils die Namen Peter Vout und Hubert Thrubwell verdanke. Sie gefallen mir beide unheimlich gut! Außerdem ein ganz dickes Dankeschön all den Leserinnen und Lesern, die mir geschrieben / getwittert / gewhatsappt haben, wie sehr ihnen *Die Monogramm-Morde* und *Der offene Sarg* sowie meine anderen Bücher gefallen haben – eure Begeisterung ist mir der schönste Lohn.

Sophie Hannah
im Atlantik Verlag

Agatha Christie: Die Monogramm-Morde
Ein neuer Fall für Hercule Poirot
Kriminaloman
Aus dem Englischen von Giovanni und Ditte Bandini
344 Seiten, Taschenbuch
ISBN 978-3-455-65064-8

Eine Sensation! Hercule Poirot ermittelt wieder – in einem
Fall, der seine Höchstleistung erfordert.

1920 erschien der erste Kriminalroman von Agatha Christie.
Seither haben sich ihre Bücher weltweit mehr als zwei Mil-
liarden Mal verkauft. Mit diesem Band haben die Erben von
Agatha Christie erstmals der Veröffentlichung eines neuen
Romans zugestimmt, der die beliebteste Figur der Schriftstel-
lerin wieder zum Leben erweckt. Die Bestsellerautorin Sophie
Hannah ist seit ihrem dreizehnten Lebensjahr ein großer Fan
von Agatha Christie: »Es ist Hercule Poirot und Miss Marple
zu verdanken, dass ich Krimiautorin geworden bin. Ich fühle
mich unendlich geehrt, dass man mir dieses wunderbare Pro-
jekt anvertraut hat.«

»Ein kleines Geschenk für Christie- (und Krimi-) Fans.«
Kultur Magazin

»Die Liebe zum Detail und zu
ihrem Protagonisten tropft aus jeder Seite.«
Westdeutsche Zeitung

Agatha Christie: Der offene Sarg
Ein neuer Fall für Hercule Poirot
Kriminaloman
Aus dem Englischen von Giovanni und Ditte Bandini
352 Seiten, Taschenbuch
ISBN 978-3-455-00218-8

Die 70-jährige Lady Athelinda Playford, Witwe und Herrin von Lillieoak, lädt zu einem großen Dinner in ihr irisches Gutshaus ein. Die Zusammensetzung der Gäste ist so illuster wie kurios. Neben ihren Kindern mit Anhang und ihrem Sekretär sind auch zwei Anwälte, ein Gerichtsmediziner sowie Hercule Poirot und sein Kollege von Scotland Yard, Edward Catchpool, geladen. Als die Runde komplett ist, legt die alte Dame die Karten auf den Tisch: Sie wird ihr Testament ändern, ihre Kinder enterben und alles ihrem todkranken Sekretär vermachen. Unter den Familienmitgliedern bricht ein Sturm der Entrüstung los. Als man den Sekretär am nächsten Morgen ermordet auffindet, scheint der Fall für alle klar. Nicht aber für Poirot.

»Hannah liefert ein Sujet in bester Christie Manier.«
General-Anzeiger

»Fans können in Erinnerung schwelgen.«
Münchner Merkur